暮星归途

吴楚 著

目 录 contents

楔　子　去银河中心养老
异星养老计划　　　003

第一章
初醒　　　007
回家　　　014
老裘的杂货店　　　021
怪人　　　031
墓地的怪人　　　041
老年大学　　　047
初见　　　053
间章一　老无所依　　　064

第二章
偷渡　　　073
外星恶棍　　　079
偷渡客与走私者　　　084

生死危机	*093*
替死	*106*
间章二　错误	*111*

第三章

不归	*119*
秘密	*127*
无理要求	*137*
病危	*146*
死亡手稿	*158*
遗物	*168*
密码	*175*
殊途同归	*181*
间章三　母亲的病	*186*

第四章

真实世界	*193*
潜入	*202*
世界的尽头	*213*
山外有山	*226*
真相的真相	*234*

解决"真相"	*244*
求同存异	*255*
慈悲	*260*
民可使由之	*265*
公投	*273*
故事	*279*
间章四　母亲的钻戒	*293*

第五章

过审	*303*
逆袭	*311*
为了人类	*318*
背叛	*333*
间章五　父亲	*342*

第六章

假象	*347*
最后一日	*356*
绝路	*361*
终局	*379*
时空之盒	*388*

楔子

去银河中心养老

异星养老计划

尊敬的长者：

您现在看到的，是人类历史上最宏伟、最浪漫的公益慈善计划——南山计划。

该计划由世界百强企业南山会社发起，会社是亚洲"介护产业"领军者，主营项目有大型综合养老社区建设运营、智能介护机器人研发等。

南山计划总投资两万亿日元，在位于银河系中心的XV-31行星（宜居指数99.60）赤道附近，建设首个人类文明大型外星殖民中心——南山福祉中心。目前完工的一期工程占地六百万平方米，可容纳五千人。

现向全世界征集三千名志愿者，穿越0471虫洞，前往南山福祉中心，开启异星养老之旅。

该项目完全公益性质，旨在探索孤岛养老模式的合理性与可行性。

在南山福祉中心，每位长者可免费享受以下生活、医疗保障——

1. 日均两万日元的生活物资。

2. 总价值两千万日元的医保额度；充足、顶尖、无须排队的医疗资源。

3. 总价值五百万日元，任意型号的护理或伴侣型机器人，及终身维修、升级服务。

报名条件：

1. 八十周岁以上。
2. 健康评级不低于C1级，具备基本自理能力。
3. 无子女或子女未尽赡养义务。

重要通告：

1. 根据联合国2107年第11号《宇宙探索公约》，XV-31行星的开发、殖民权属于南山公司私有财产，为保护此权益不受侵犯，行星详细坐标暂不公开。

2. 因成本所限，除非"福祉中心"遭遇重大自然灾难，或发生危及多人生命的严重事故，我们不受理任何志愿者的回家请求。这将是一次单程之旅。

该项目全程接受东京最高裁判所东京伦理道德委员会监督。您可在我司官网查阅相关资料，包括行星VR实景、行程与交通、法律保障等。

2110年1月1日

第一章

初醒

我从一个漫长黑暗的梦境中醒来,睁开眼,目光所及之处一片洁白——洁白的墙壁、洁白的床单、洁白的被褥,面前两三米,一位穿白大褂、慈眉善目的老太太微笑地看着我,温和地说:"你醒了?"

"嗯……我睡了多久?"

"十天。"

十天?我顿时清醒了几分,一些模糊、破碎的记忆片段涌入脑海——山岳般巨大的巨型星舰,数百张热切、渴望、忧虑、不舍的苍老脸庞……昏迷前,我跟在长长的记者队伍里,登上"彭祖"4号飞船,采访了十多位自愿永别地球、要前往南山福祉中心度过余生的老人。当走到7号生活舱时,一对加起来超过一百八十岁的老头因为抢着上厕所,发生了一场不太激烈的争执,或许用"拌嘴"形容更贴切些。我下意识地后退,想拍下这有趣的纷争,却被地上的行李绊了一跤,仰面跌倒。

"你摔倒时,后脑勺磕在舱室床沿上,颅内少量出血。经过二百四十小时的治疗,已恢复健康。我是您的主治医师夏目和子,叫我和子就可以。"

"和子小姐……我现在在哪儿?"我记得飞船发射基地位于东京湾向东,约四十海里的人造海岛上,"这里是东京?"

和子摇摇头,她有一张饱经风霜的清瘦脸庞,看模样至少有八十岁了,但眉眼间依旧保留了几分年轻时的优雅美丽,她的眼睛很大,眸子很黑,让我下意识地生出一种亲近与信赖感。和子顿了顿,说:"你现在不在地球上。"

不在地球上?

大脑发出嗡的一声,下一秒,我从床上坐了起来,我感觉身体似乎轻了一些,不像是眩晕的错觉:"怎么回事?我在哪儿?"

"你当时脑部受伤,任何移动、颠簸都可能危及生命,医疗组决定就近把你送到飞船医疗舱,接受哈维·库欣[①]Ⅵ型智能机器人的紧急治疗。您知道,即便在东京,这也是最尖端、昂贵的医疗手段了。"和子笑了笑,两颊的皱纹如波纹般荡漾开来,"就在手术时,飞船点火发射了……您应该理解,一次耗资数千亿日元的飞船发射,是不太可能因为一名记者意外受伤更改行程的。"

我愣住了,思绪更加混乱:"这么说,我跟老人们一道,来到了XV-31行星?"

"是的。"和子的笑容更和煦了,"你现在是这个星球上,唯一的年轻人。"

冷汗顺着脊背流淌下来,将宽松的病号服浸得透湿。没错,"异星养老计划",有资格报名、踏上XV-31行星的,无一例外是

[①] 哈维·库欣(Harvey Williams Cushing, 1869—1939),外科医生、作家,专长于脑外科,对脑外科手术的技术进行了改进,在神经系统、血压、垂体和甲状腺领域有重大发现。

耄耋的老者。一些细碎的人语声在不远处响起，不知何时，病房落地窗外，聚集了七八位老者，略显拥挤地站成一排，用奇特的目光，打量病床上的我。

我数了一下，五男三女，都是亚洲人面孔。从外表看，最年长的是最右边的枯瘦的老头，皱纹包裹着骨架，前额如鹤首般隆起，深陷的眼窝里，藏着一对浑浊的灰白瞳孔，多半已过了百岁。至于谁最年轻则不太好判断，但毫无疑问，他们每个人都很老。老人们见我转头，纷纷冲我挥手示意，他们挥手的动作相当迟钝，其中一位头发稀疏的老妪，咬紧仅剩的两颗牙齿，也无法将柴枝般的右手抬到胸口，只能提在腰间，颤巍巍地轻轻摇动。

我点头、苦笑，下一秒，恐惧如潮水般卷入脑海，我想起通告的最后一条：

我们不受理任何志愿者提出的回家请求。
这将是一次单程之旅。

这条不太寻常、有悖常理的规则，打消了大多数人的报名热情。不仅如此，整个南山项目都因"不符合客观经济规律"，一直受到全世界的质疑。即便如此，通告发布后半个月内，全球依旧有四百多万符合条件的老人报名，这意味着对这四百多万人来说，对地球的眷恋远远比不上"每天两万日元生活物资、两千万日元医保额度；顶尖、充裕的医疗条件"的诱惑。

与其留在地球，在贫穷、孤苦中挣扎，不如前往异星，享受衣食无忧的日子。这是多数报名者的共同心态，但绝不包括我！

我只是一名记者，要不是意外摔伤，我本该在飞船发射前一小时离开，回家——东京市郊我与母亲相依为命的老旧别墅，或是南京大学城附近父亲和他的伴侣机器人"墨子"同居的公寓。但无论如何，我都不该在这里！

这里离"家"多远来着？27000光年！在这个距离面前，任何即时通信模式都全无意义，要把任何信息传回地球，唯一的法子是将视频、图片、文字拷入高防护硬盘，打包装箱，搭载宇宙飞船穿越虫洞，送回地球——就像一千年前的飞鸽传书。

这一刻，我甚至没法给地球上的父母报个平安。

我将头偏向另一侧，墙上开着一扇窗户，此时已是夜晚，一轮明亮的满月孤零零地悬在黑色的天空里。这满月不大，视觉面积只有"正常"月亮的三分之二，但明亮程度却远远超之。在明月的辉映下，所有的星星都隐匿了痕迹。

"XV-31行星自转周期约二十二小时，比地球略短，白昼、黑夜比例约1.2∶1，行星没有卫星，出于夜间照明与情怀需要，公司向距离地面12千米的高度，发射了人造卫星辉月，亮度会随着天色自动变化……"和子看出了我的疑惑，解释道。

我摇了摇头，深呼吸了两口，试图让心脏的狂跳放缓一些，然而收效甚微——一旁的AI医疗设备上，我的心率数字始终在140上下浮动，血压也在临界值边缘徘徊，这使得机器断断续续地发出警报声。

我长长呼出一口气，说："我要回家！"

我要回家，我不属于这里，也根本不该来这里！27000光年外的地球，我的母亲需要我！三个月前，她刚被确诊癌症——尽管这个时代癌症已不是绝症，但癌症加上贫困，却是一种绝症。如果缺少了我还算体面的薪水，母亲根本无力承担免疫细胞疗法的高昂费用。

"我怎么才能……"我顿了顿，改口问，"我什么时候能回家？"

"对不起，我没法回答。"和子的目光里满是同情，"我知道，你在东京的母亲很需要你，但回家……实在，太远了。"

"这里的负责人是谁？我要见他！你带我去！"我因为激动而语无伦次，跳下床，伸手去拔贴满全身的、跟医疗设备相连的电极片，然而，在手指触到电极片前，设备却未卜先知地发出尖锐的警报，嘟嘟……嘀嘀……红色的警报灯开始疯狂闪烁。

140……180……220……

"心率过高，心率过高！"

我愣了愣，仪器上飙升的心跳读数让我有些困惑，有这么严重？我赶紧深呼吸，尝试控制情绪，然而毫无作用，一种奇特、难以用语言描述的感觉骤然来袭，我感到整个身体，乃至身体里的灵魂，都颤动了一下，这颤动转瞬即逝，像是恐惧与震惊带来的失神，又似乎不是。下一秒，更大的意外，或者说"奇迹"发生了：仪器上不断上升的心率波线，忽然画出一个奇特的拐点，急剧下坠，就像是——

掉下了悬崖。

220……100……40……30……25……

"心率过低，心率过低！"

我被吓呆了，大脑一片空白，在我反应过来之前，仪器上的心率曲线又变了，这一次，波形疯狂地上下起伏，好像一长串的"W"。

60……200……240……80……190……

我从未听说，甚至从未想象过，一颗心脏能以如此诡异的节奏跳动。

这……是我的心脏吗？

"你先冷静！"

和子一把抓过我的手,将两根手指搭上我的脉搏,我有些发蒙,也不敢喘气,问:"这是……"

"测心率啊。"

我呼出一口气,才反应过来。是的,即便不借助医疗仪器、智能穿戴设备,我们也可以用一根手指来测量心率——只是这离我们的时代太远了,至少我人生的三十年里,从未自行,也未被医生把过脉。这很正常,就像21世纪的摄影师无须学会冲洗胶卷;"40后"的极少用纸笔写字;"60后"的人们从未接触过现金一样。

和子的手指粗糙却温暖,轻轻地扣住我的手腕:"放松……深呼吸……呼气……吸气……"五六秒后,和子的引导声戛然而止,她看着仪器上的读数,脸上露出不可思议的神情。表现出同样反应的,还有我,外加窗外八位围观的老人。

仪器上,我的心率读数,猛然飙升到了600,并且再也没有动过。

"这是……"我艰难地说。

和子向前猛冲一步,毫不犹豫地按下仪器上最醒目的绿色按钮——若不是亲眼所见,我绝不敢相信,这具衰老的身躯能爆发出如此迅捷的力量。下一秒,和子走回床头,重新扣住我的手腕,屏息,闭目,十五秒后,和子摇摇头,说:"心率160……"

"这是?"

"仪器故障。"和子站起身,拔掉了设备电源,重启。果然,一切读数都恢复了正常。我长出一口气,打算继续跟和子讨论回家的事,病房大门猛地被推开了,另一名医生冲到门口。

这是一个高瘦清癯的老头儿,他应该是一路小跑来的,喘息让微驼的脊背更加弯曲,他没有进门,靠在门口对和子说:"刚才全院设备故障，04号床出了点状况，你快下来。"

和子点头，转身，用最快速度走了出去。我有些茫然，又有些恍惚，不知该做些什么，于是走到窗前往外看去，这儿能看到南山的大半状貌，它给我的第一印象是整齐，整齐得不像是一处人类聚居点，而是一座采用标准模型搭建的模拟城市：数百栋建筑都是绝对地坐北朝南（如果把我面对的方向定义为南的话），数十条街道都是标准的平行、垂直相交线。尽管时值深夜，但在辉月的照映下，依旧能看清每一栋建筑的形状，无一例外都是绝对标准的长方体结构，就像一方方巨型积木，抑或万吨货轮上整齐摆放的集装箱。

幸好，在这一栋栋如积木般的房屋里，一条条仿佛用直尺画出的街道上，散落着几道人影。这些人都很苍老，步履蹒跚，动作迟缓。这些佝偻、不规则分布的身影给南山增添了些许人间气，将它从一片建模规整的虚拟空间，变成一个暮气沉沉、远离尘嚣的异星小镇。

回家

人类的新宇航时代始于2070年9月20日，NASA利用色味连锁夸克物质，在火星基地成功打通首个"火星—半人马座α星"虫洞的一刻。一年后，联合国政府颁布的《宇宙探索07号公约》，则正式给波澜壮阔的星际时代拉开了帷幕。《宇宙探索07号公约》共七十一页，但核心内容只需数十字便能概括：

联合国政府鼓励任何国家、企业、个人自行投资、开拓虫洞，尝试星际探索。经五大常任理事国同意，将距地球五百光年以外的宇宙范围定义为公共探索区域。任何组织一旦率先登陆此区域内的任何星球，即自动获得该星球二百（地球）年的独家开发权（包括但不限于殖民地建设、矿产开发权等）。

即便如此，2071年至今，人类星际移民的伟业依旧只能用"雷声大，雨点小"形容。短短十年内，人类打通了一百一十个能容Ⅲ、Ⅳ型航天母舰通过的大型虫洞，并将足迹成功印在了银河系四十七颗宜居行星表面，然而时至今日，真正被开发出价值的外星基地也仅有七个，而且用途也都局限于旅游观光而非殖民。原因很简单，即便全球人均寿命已升至一百二十岁，人口突破一百四十亿，移民外星依旧是个成本远大于收益的项目，在此背景下，"异星养老计划"的横空出世，就显得极不合常理了。

"南山会社想干什么？"

"他们是如何说服公司股东的？"

"他们遴选了三千位年过八十的老人，担任人类首批星际移民试验者？"

日本是全球老龄化最严重的国家，正因如此，经济实惠的养老方案才理应是"唯一答案"。经济学家估算，"南山计划"这两万亿日元投入，足以解决日本国内数十万老人的养老问题，然而会社竟用这么一大笔钱，将三千名不同国籍、肤色的老人带到地球数万光年之外的外星基地？

当然，也有一些专家给出了"南山公司斥资两万亿做形象工程，希望在总价值超千万亿（日元）的养老社区蓝海市场独占鳌头"，日本以"民用""公益"为幌子，开拓军用宇航、外星殖民技术等看似合理的猜测。项目公布后的一个月，南山公司股价暴涨120%，更给这些猜测添上了合理的注脚。

毫无疑问，在过去的一个月，南山是全世界的焦点所在，吸引全球媒体蜂拥而至，我不过是其中的平凡一员。然而谁能想到，一次不慎跌倒，竟让我成了数千名记者中最特别的一个。

我才三十一岁，难道要在这个平均年龄超过九十岁的养老院里待一辈子？

不！我要回家！我不属于这里！我还没有女朋友呢！而这儿最年轻的异性，也比我老整整半个世纪！

随着这个滑稽的念头在脑中升起，我苦笑，转身走向病房大门。门没锁，走廊上一片静寂，此前围观我的老人也已散去。我径直走进电梯,按下一楼的按钮——我原本是想下楼找和子谈回家的问题,却在无意中目睹了一次死亡。

电梯门缓缓往两边打开,首先在视野里出现的,是一长排侧对我、并肩站立的人影,这些人都垂着头,花白的脑袋连成一道高低不平的阶梯线,视野渐渐变宽,我看到在走廊一侧,和子与那位男医生,两人推着一张被白布覆盖的病床,从右边第二间病房里走了出来,白布下凸出明显的人形轮廓。很明显,这是一个刚刚失去生命的躯体。

"吱嘎吱嘎",病床的电动轮在地板上缓缓碾过,人群发出一阵啜泣声,越来越大,一具具佝偻的身躯以不同幅度颤动,我有些意外,毕竟这儿的病房都是单间,老人们又基本不沾亲带故,虽然近距离目睹死亡的感觉绝不好受,但也不足以引发陌生人如此悲伤。

"他们一起住院很久了?"我木然站在电梯里,直到两位医生推着病床,并排走了进来,并按下"-1"的按钮,我低下头,对着洁白床单下的人形轮廓默哀,"他的人缘很好?"

"不是,去世的这位武田先生,昨天刚住进来。"

"那他们怎么这么伤心?我还以为,他们跟他很熟。"

"因为……"和子沉默了更久,她叹息了一声,银白的头发微微颤动,"或许,他们是想到了自己吧。"

我悚然一惊,没错,我还年轻。死亡对我来说,不过是一个缥缈遥远的概念,但对这些过了耄耋之年的老者来说,却是一个终日游荡在床前、随时会攫取他们生命的幽灵。我迟疑了片刻,问:"刚刚怎么了?"

"三分钟前,医院的智能医疗设备,不,不只是医疗设备,全南山一大半智能电子设备,都出现了报错、死机的情况,谁都不会想到，这些地球上最尖端、昂贵的设备，竟同时出现严重故障，甚至保险程序也没起作用。——就像你刚才经历的，仪器误读了病人的心率、血压数据，然后根据错误读数，给病人静脉注射了应急药物……"和子的脸色变得更加黯淡，"武田先生原本就有严重心衰……这一来直接要了他的命……对了，这件事你先不要跟别人说，我怕别的老人恐慌……"

我点点头，感到一阵寒意，智能医疗设备出现恶性bug，导致病人死亡，这类事故在地球上也时有耳闻。电梯门再次打开，我站在原地，目送他们把尸体推入太平间。两分钟后，和子一个人走了出来，说：

"我能理解你想回家的心情，但这事我不能做主，你需要说服樱小姐。"

"樱小姐？"我一怔，这名字有些耳熟。

"樱小姐是南山集团董事长的女儿，也是南山项目的第一负责人，这儿一切重要事宜，都由她决断。"

"你说的是南山樱女士？"我脱口而出。南山樱，这是一个传奇人物，三十二年前，二十九岁的南山樱带领十一位星际开拓者，历经二十多天的星际旅程，成功登陆XV-31行星，并宣示主权。据媒体报道，之后三十二年，她一直留在XV-31行星，参与南山基地的建设，可以说，她是这处基地的创造者与开拓者，以及这个星球唯一的主人。

只不过，和子将"小姐"这个称谓加在一位六十一岁、掌控惊人财富与权力的传奇女性身上，才让我一时没反应过来。

"是啊，我们都叫她樱小姐。"

我哑然失笑，没错，和子得有八十多岁了，将一位六十一岁的晚辈称作"小姐"，完全在情理之中："我要见樱小姐，您能帮我联系她吗？"

"樱小姐很重视你，今天上午，她特地让我通知你，两天后，她会在中心区的住处与你见面。"和子说，"XV行星的公转、自转周期跟地球不同，所以我们采用了一套新的历法，南山历。以三千名移民入住的第一天为元年1月1日，今天是1月3日。樱小姐约你见面的日子是后天，也就是5日下午3点……还有，这里的一天相当于地球上的二十二小时，但为了迁就大家的生活习惯，我们改变了'分'与'秒'的换算规则，这里的每分钟只有五十五秒，但每天依旧是二十四小时，每小时也还是六十分钟。"

"1月3日？您刚刚不是说我睡了十天吗？"

"前七天是飞船的航行时间。"

"对不起，我还不太清醒。"我晃了晃脑袋，试图消除一些已不太明显的眩晕感，说，"如果见到樱小姐，她会同意让我回家吧。"

不知为什么，即便明知和子无法给出这个问题的答案，我依旧在说话时，将目光牢牢锁定在这张和蔼苍老的面庞上，和子的反应让我失望了，她微微眯眼，并未说出任何宽慰的话语，只是摇摇头，说："不知道……"

"您知道，我出现在这里，本来就是一场意外。"

"我理解你的心情，但我们并没有发射载人飞船回地球的计划。而即便最小的蝇级载人飞船，往返一次的成本也在十亿日元以上。"

我深吸了一口气，十亿日元，对我来说无疑是一个天文数字，"但是，地球那边应该也很关注我……以樱小姐的财力，她对慈善的态度，应该不会计较这点经济成本吧？"我说。

"我不是樱小姐，不能代替她回答你的问题。"

"好吧……那么这几天，我可以离开医院在附近走走吗？"

这一次和子抬起头来，眼眶边的皱纹微微舒展开来，她说："这个没问题，樱小姐说过，没有人有权限制你的人身自由。"

"那我能出去住？"

"可以。"和子再一次爽快地答应了我，"根据移民的语言、民族差异，这儿分为八个居住区，你是中日混血，选华人区还是日本区？"

"华人区。"

"出医院东门，沿07号公路向前走大约400米，那一片红色的房子就是。到了华人区后，你找区域的保安队长，让他给你安排住处就行。我们给你定做了一套智云，你带上吧。"

"智云"是一种集合了手机、电脑、个人信用卡等功能的迷你智能终端，大多数场合也可以取代身份证，起到身份标识的作用。只有半厘米厚，半个手掌大小。通常情况下，还会配备同步的智能手环、智能眼镜设备。和子引着我走进办公室，从抽屉里翻出一套智云设备，说："你的个人ID已经录入了，南山已经建好了基础的通信网络，你可以用它联系别人，或是查阅数据库里的百科资料。"

和子将设备递到我手里，深深地看了我一眼，这目光很复杂，似乎包含了许多难以言状的情感，我被触动了，问："怎么了？"

"其实，樱小姐希望，你能在这里留上一段时间。"

"为什么？"

"等你见到她就知道了。"和子说，"到那个时候，也许，你会舍不得离开这里的。"

我愣住了，正要仔细回味这句话中的深意，和子已转过身，往走廊另一端走去，她的脚步很慢，但坚决。四五秒后，她推开一间病房的门，走了进去。我抬起头，迎着明亮的月光，往另一头的医院大门走去。走廊很冷清，只有一个护士和一个穿着病号服的老妪，两侧数十间简约宽敞的单间病房里，只有四分之一住着病人——如此充裕，甚至该用浪费形容的医疗资源，和地球上人满为患的医院产生鲜明的对比。

我深吸了一口气，快步走了出去。

老裘的杂货店

街道很宽，笔直，如同直尺下的线段，延伸至视野的尽头——一片笼罩在薄霭中的群山影影绰绰。路边没有路灯，但头顶的月格外明亮，足以照亮城镇里的一切：公路两侧整齐竖立着一座座极其规整的长方体建筑——并非钢筋混凝土结构，而是从骨架到血肉都由金属构成，只有皮肤——墙壁、地板、天花板采用传统的建筑材质——这是出现于2180年的记忆金属建筑技术，一块长6米宽高3米的记忆合金，一旦激活，便能自动延展生长，变成一栋800平方米、高6米的双层"方"屋，整个过程用时不到两个钟头，就像是花蕾打开，怒放成鲜花。

记忆金属建筑的缺点有二：昂贵，千篇一律。但对于极地科考站、外星殖民点来说，这两个缺点完全可以忽略不计。

南山行星的大气含氧量比地球上大气的含氧量高，重力加速度只有地球的95%，这两点让它格外宜居。住处离医院很近，但我还是习惯性地打开了导航，并在指引下很快走到了华人区——这一片红色二层楼房坐落于城镇东北角，共二十多栋，全都是40

米×20米×6米（双层）规格。我估算了一下，就算按人均80平方米的富裕标准，也能住四五百人。此刻是深夜，四周一片安静，在1号楼一楼，我找到了亮着灯的保安办公室，叩响了冰冷的金属房门。

"等等！"门里响起苍老的男音听起来颇不耐烦，紧接着是一阵乱七八糟的混响，床板的吱嘎声、物件在地板上拖动的摩擦声，最后是胶鞋踏在地上的噼啪声。半分钟后，门开了一道三四十厘米的缝隙，一张黝黑、饱经风霜的脸庞出现在缝隙后面。

由于逆光，我看不清这张脸上的表情，只能从体形辨认出，这是个高大、魁梧的老年男性，他的身材很宽，半个身子堵住了整个门缝，与我四目相对的一刻，他怔了片刻，叫出了我的名字："易一，那个记者？"

"是的，我找保安队长。"

"我就是。"

"您好。"我伸出手，对方愣了愣，伸出手，与我交握。他的手很粗糙，指节粗大，手指上的力道甚至让我感到一些疼痛。考虑到对方的年纪，我更感觉讶异。

"捏疼了？不好意思，俺是粗人，干了大半辈子农活。"保安队长虽这么说，但语气里并不见什么歉意。他魁梧的身子始终堵在门口，并没有把我让进房间或者走出来与我交谈的意思。我隐隐感到，这个保安队长，对我的态度并不十分友善。

"和子医生让我找你安排住处。"

"你打算住这里？"

"嗯。"

"你不回地球吗？"

"我也想回去，但和子说这事要樱小姐才能决定。我要到后天才能和她见面。"

"樱小姐要见你？"这一次，对方的语气出现了明显的波动。

"是啊。"

"咳！"保安队长咳嗽了一声，几粒唾沫飞到了我的鼻尖上，我皱起眉，后退了一步，说："我应该不会住太久，你随便安排一个宿舍吧。"

"4号楼，204，你在门口等我一下。"保安队长转过身，走到桌前，从抽屉里取出一张金属ID卡，授权，递到我手上，"用它开门就行。"

ID卡？我有些困惑，毕竟在地球上，实体房卡都已经相当罕见了，这半个世纪，最主流的门锁都是虹膜、指纹认证，我问："不能刷脸进门吗？"

"也可以。"队长漫不经心地说，"也对，既然是你，应该是用不到这卡了。"

"什么意思？"

"刷脸总要正对摄像头对吧？对你来说简单，但我们都八十往上了，对弯腰驼背的老头老太，抬个头比要命还难，还有，老年人手也抖，按指纹也要按半天。这个卡就是为他们准备的。"

我沉默了，没错，地球上已近乎被淘汰的、支持刷卡解锁的门锁，在这儿却成了标配。我正想说什么，保安队长却露出不耐烦的神态，问："还有事吗？"

"暂时……没有了。谢谢！"

"砰！"保安队长关门的力道很大，金属门框都被震得微微颤动。我不明白这个初次谋面的老汉为何对我如此排斥。"难道他刚刚睡下，被我扰了清梦？"这说法虽然牵强，但是我能想到唯一合理的解释了。

4号楼跟1号楼并不紧挨，相距百米左右，我一路走去，小区已漆黑一片，显然大多数人都已经睡下。当走到4号楼近前，一片光明出现在眼前不远处，居然还有一扇门孤零零地开着，门里亮着灯，仿佛在等待外出的归人。

这灯光勾起了我的好奇，我快步向这扇门走去，当走到门口，看清里面的布置时，我愣住了，一种强烈的穿越感扑面而来。

居然是一间杂货店。

事实上，作为一个出生于2080年的"80后"，不只是我，就连我的父辈大多都没有亲眼见过杂货店。出现于21世纪40年代的第五代住宅，内置的物流管道像自来水管一样直达每家每户。居民在客厅、房间里，就可以借助壁挂的自动贩售设备，获取大多数日用品。而眼前的这间屋子，则是我在电影、纪录片里看到的杂货店。四排一人高的货架上摆着数百样商品——烟酒、食物、毛巾牙刷，每件商品上贴有纸质标签，写着货名、单价，在货架侧面，我甚至看到了一个收款二维码，黑白相间，分外扎眼——这玩意被淘汰至少半个世纪了吧。

在门口右侧，两个头发花白的老头面对面坐在一张饭桌前，桌上摆了两瓶酒，两个酒杯与三盘炒菜。旁边站着一个南山Ⅴ型介护机器人，这种机器人大约一米高，有长方体的身体与细长的四肢，乍一看有些滑稽，仿佛一只长出蜘蛛腿的垃圾箱。它能完美地胜任多种家务、护理工作，包括协助穿衣、进食、取物，甚至炒菜与紧急医疗处理。此刻，机器人正用细长的金属臂，给桌上的酒杯加酒。

穿越感更强烈了，我摇了摇脑袋，咳嗽了一声，走进了这间杂货店。

"欢迎光临，请随便看。"机器人的脑袋转过一百八十度，客客气气地对我说。

"不好意思,打烊了!"背对我的老头却头也不转,冷冷抛出一句,但他很快从同伴惊异的脸色里发觉了异样,扭头与我对视。这是一个矮小、干瘦的老头儿,白须白发,慈眉善目,看面相至少九十岁了,老头穿得很潦草,衬衣只系了最上面一粒扣子,下面敞着,露出干瘪的腹部;袖子也空着,柴枝般的两手从塌软的衣摆里伸出来,下身穿沙滩裤,脚蹬人字拖,他的衣服上竟都印着奢侈品的标志——就这一身花销,已抵得上我过去个把月的收入了。在他对面,也就是正对我的位置,坐了一位年轻些的老头,个头不高,但身材敦实,短发、胡须修剪得很干净。背心下还能看见胸肌轮廓,手臂也粗壮。

"你就是那个记者吧?"干瘦老头冲我笑了笑,五官与皱纹全部拧到一起,却有一种特别的温和、友善感,"我姓裘,是这家店的老板,他姓包,我舍友。你要不要坐下来喝两杯?"

我平素并不喝酒,但这间略显空荡的杂货店却带给我一种莫名的温暖,我点点头说:"好!"

"喝茅台,还是二锅头?"

我愣了愣,这才发现桌上摆的两瓶酒,正是茅台跟二锅头。这两种酒的价格有着天壤之别。

老裘似乎看穿了我的诧异:"老包喝茅台,一瓶两万,我喝二锅头,每瓶一百五,都是日元。但你不用客气,想喝啥喝啥。"

"不用加星际物流费用?"

"不加,这儿的物价跟地球直接挂钩。当然,这里允许奢侈,但不能浪费,你可以一天买五瓶茅台,但不能买五百瓶二锅头。"

"我记得之前的公告,每个人每天的生活费是两万?"

"那是低保,如果你肯干点活,那就更多。"老裘指了指老包,"这老小子还有力气,这两天在中心区修神像,每天三个小时,挣五万。"

"修神像三小时五万?"这个数字让我震惊了,"那你只喝一百多的二锅头?"

"到这儿第一天,每人发了五十万生活费,我当场就买了五瓶茅台。"老裘笑了起来,"喝第一口的时候,觉得真是玉液琼浆,比我过去喝的那些酒,简直好了不知道多少倍,但等喝到第三瓶,我感觉茅台也就这样,柔、腻,像个娘们儿,等喝完五瓶茅台后,我就喝回二锅头了。嗯,在地球上,喝茅台有面子,但这儿是人都喝得起,谁还在乎面子不面子?也就老包这种俗人,还死抱着不放了!"

老包是个寡言的人,即便被如此"奚落",也依旧一言不发,只是脸色涨得通红。

"这杂货店是你开的?"我问老裘,"能有生意?"

"还行,老人们没事做,就来逛逛,也算情怀嘛。我今年九十岁,小时候最羡慕的人就是村口的杂货店老板,每天不用出门,就躺在店门口的藤椅上,渴了,冰箱里的可乐、雪碧、芬达,想喝啥喝啥;饿了,货架上的饼干、话梅、薯片,想吃啥吃啥。但等我大学毕业,就连老家农村都见不着杂货店了,我这辈子做过不少工作,但开杂货店的念头,一直藏在心里。现在到这儿了,不用为生计发愁了,就把这店张罗起来了。"

"这些货从哪儿来的?"

"跟别人收的。"老裘说,"有不少像我一样的家伙,一开始大手大脚买了好多东西——茅台酒、特供烟、十万一盒的古巴雪茄,到头来发现也就那么回事。我就找到他们,让他们把不用的东西放我这儿,按照市场价八折卖,我提5%,至于那些便宜的商品，大多是我自己买的，不然货架空着不好看！"

我点点头，倒了一杯茅台，一饮而尽。辛辣的液体顺着喉管一直流到胃里，仿佛一团火在身体里燃烧，我对老裘说："我有点不太明白。"

"不明白什么？"

"这儿的每个人，不干活每天也有两万日元生活费，干点活就有五万。这钱你们都怎么花？"我又给自己倒了一杯，这次是二锅头，与老裘、老包依次碰杯，"还有，你们省钱、赚钱，究竟为了什么？"

"没错，在南山不用愁吃喝拉撒，但钱毕竟是钱，怎么会不管用呢？第一，用不完的生活费可以转入医疗账户，我们每个人的医保数额是两千万日元，应付大多数情况是够了，但万一得了罕见病、慢性病，医疗费不够，咋办？第二，那些信教的老头老太太，会把钱捐出去做功德，这个老包最清楚，他们修神像刚修到一半，就有印度人在筹办法会了。"老裘又笑了起来，冲我挤了挤眼睛，说，"当然，也有不少俗人，存钱为了买个漂亮点的老婆。我们小区的保安队长，找别人借了一百万，买了最新款的夏娃，这两天夜夜笙歌，连门都不怎么出了。"

夏娃？这是世界知名的伴侣机器人品牌，最贵的款式售价高达数十万人民币。我恍然大悟，说："怪不得我刚才找他安排住处，他一副不耐烦的样子，一直堵在门口不让我进去，看来是金屋藏娇。"

"哈哈，你没看到他那个小情人？"

"没。"

"不是我说，他那小情人确实漂亮，据说是找一位韩国小明星授权建模的。"老裘的笑容更暧昧了，"但他买她，肯定不是因为崇拜那个小明星,而是那个小明星长得像樱小姐。"

"樱小姐?!"我失声道。

"是啊,你不知道,樱小姐是这儿一大半男人的梦中情人。"

"梦中情人?"我大脑有些不太够用了,毕竟樱小姐已经六十岁了,就连半老徐娘的年纪都已一去不返。男人是专一的,无论七十、八十、九十岁,都始终钟情青春正茂的小姑娘。

我打开智云,在网上找到樱小姐的照片,照片上的她青春四射,一双眼睛如晨星般闪亮。"照片是不错。"我说,"但这照片是三十多年前的,最近的照片,我找不到。"

"不,她比照片上还漂亮!飞船降落的第一天,樱小姐在中心区的广场上给我们做了一段演讲,那会儿我就站在第二排,樱小姐的模样、气质,简直比二三十岁的小姑娘还青春……这么说吧,那一刻,你的前后左右,挨挨挤挤的都是八九十岁甚至一百多岁的老家伙,唯独在台上,站了个俏生生的小丫头片子,这就像一幅黑白的水墨画里,有人用胭脂涂了个红艳艳的影儿,这种感觉,没有亲眼看到的人,是不会明白的。"

老裘的眼睛微微眯了起来,白皙的面庞上浮起一丝红晕。我心中微叹,一个过了花甲之年的女人,即便能在舞台上维持表面的光鲜靓丽,一旦失去灯光、化妆加持,就会从松弛的肌肤、眼角的鱼尾纹中看出岁月的痕迹,距离越近,就越明显。我不忍打破老人心底这美好的梦儿,只能岔开话题说:"我只关心,过两天见面,樱小姐会不会让我回家。"

老裘闻言一怔,双目微眯,洁白的寿眉弯出个不太明显的弧度,另一边,老包的筷子也悬在了空中,两三秒后,此前一言不发的老包说:"应该不能不让你走吧,没道理啊!"

我摇摇头,这吉言虽然悦耳,但显然有些敷衍。老裘倒是个细致人，他端起酒杯，目光凝聚在杯里的酒液上，思索了一会儿，说："应该问题不大。"

我眉头一展，举起酒杯，与老裘的杯子轻轻相碰："为什么？"

"发射火箭是要花好几亿，但对于南山集团来说，也就是九牛一毛。再说了，你本不该在这儿，把你平安地送回去，对樱小姐、对集团的名声都有不小的好处。"老裘将酒杯里的二锅头一饮而尽，说，"你挑个樱小姐心情好的日子，到时候再说几句好话哄哄她，女人嘛，都喜欢听好话的。"

我哑然失笑，也不知这话到底是戏谑还是认真。

老裘又说："你不是记者吗？如果我是你，这两天一定多记录点这儿的美好生活，然后告诉樱小姐，等回地球之后，会怎么写新闻报道，嗯……多用用'安居乐业''颐养天年'这些词。至于负面报道就算了，毕竟人家送你回家得花不少钱，你再说人家坏话，就是有点不讲究了。"

"负面报道？"我微微一愣，"这儿有什么不好的地方？"

"也没啥不好，就是刚搬家，不少人有点不太习惯。就拿这屋子来说，宽敞是宽敞，但四四方方的，跟个骨灰盒一样，不吉利。还有空气、重力、花草，虽然也都不错，但总归有些陌生。话说回来，人家合同上承诺的都做到了，也没亏待咱们……"老裘又给自己倒了一杯酒，这一次是茅台，浓厚的酒香在空气中四溢，"再怎么说，咱们现在这日子都比过去好多了，不过是有些人挑剔，就算过得再好，也会给你挑出刺来。"

老裘的语气很诚挚，丝毫没有虚伪之态，我点点头，说："我知道了，我会努力说服樱小姐的。"

"这就对了，后天你打扮得帅气点，在这儿，你可是唯一的帅小伙儿！"

我笑了起来，事实上，我对自己的外表，一向是有几分自信的，更何况这里的所有同性，都比我老了至少五十岁。

至少，跟一群年过八旬的老翁相比，我还是很有魅力的吧……

咚！咚！

一阵剧烈的拍打声让我从陶醉中惊醒，我抬起头，发现老裘、老包面带苦笑，望向杂货店一侧的金属墙壁，隔壁有人在拍墙。多半是我们的午夜聊天打扰了一墙之隔的邻居，以至于对方发出这种激烈的抗议，我歉然一笑，压低声音问："隔壁是谁？"

"一个一百零二岁的怪女人。"

"怪女人？"

"我们晚上没事做，要么喝酒聊天，要么玩游戏打麻将，你知道她都干什么吗？"

"干什么？"

"做数学题。"老裘补充了一句，"用铅笔和白纸。"

怪人

做数学题？

一位一百零二岁的老妪，在这异星养老院里，深夜排遣寂寞的方式，竟然是做数学题？

滑稽的感觉从心底升起，但很快滑稽就变成了好奇，甚至尊重。毫无疑问，一位用做数学题来打发漫漫长夜的老人是偏执但有智慧的。我放下酒杯，闭上嘴。拍墙声持续了七八秒，之后安静了下来，又过了半分钟，我听到从墙壁的另一端，传来一阵奇特的呼吸声。

之所以用"奇特"来形容，是因为这呼吸实在太沉重了，似乎每一次呼吸，都要将肺泡竭力挤满，又完全压缩那般。我的心揪了起来，怀疑隔壁的老人是不是呼吸困难，或哮喘发作，老裘摇摇头，轻声说："没事，她在吸氧。"

"吸氧？"

"是啊，老吴买了台制氧机，每天晚上，都要像这样吸氧五分钟，她认为吸氧可以加快新陈代谢，还能锻炼肺功能，可以多活几年。"

多活几年？一个兴趣是做数学题的老人，竟然信吸氧可以延年益寿？

老裘也不解释，只是从口袋里摸出两根拇指粗细的雪茄，递了一根给我，我摇摇头，没接，老裘也不强求，将另一根点燃，深吸了一口，说："老人在死亡面前都会变蠢的，就像你们年轻人在漂亮姑娘面前会变蠢一样。"

老裘又抽了一口雪茄，青色烟雾缓缓升起，将他沧桑的面孔遮蔽得有些模糊。我有些意外，没想到貌似平凡的老裘，居然是个如此通透睿智的人。于是，我端起酒杯，向两人致意，一饮而尽后说："不早了，我走了。"

南山的气候和地球很接近，但昼夜温差要大一些，外面起了风，寒意钻过衣服的缝隙，刺得身子微微发抖。即便如此，我还是走得很慢，路过隔壁窗口时，我偏过头向里面看去——如果方向感没错，在这个房间，应该住着那个怪人老吴。

下一秒，我僵在了原地，冷汗从脊背的每个毛孔里冒出来。

窗帘没拉，窗户开着，一张苍白、苍老的面庞与我四目相对，距离不足半米。

"啊！"我被吓得尖叫起来。

苍老的脸庞瞬间凝住，半秒后，干瘪的嘴唇微微张开，发出"咦"的一声，皱纹如涟漪般挤压、扭曲，显露出困惑的表情。很明显，这人也被我过激的反应惊到了。我深吸了一口气，轻抚胸口，竭力冷静下来，没错，这本不是什么可怖的事，只不过在月光的明暗交界处，蓦然出现一张干瘦、皱纹交错的正脸，把我吓了一跳罢了。老吴是一个极瘦小的老妪，干瘦得近乎皮包骨头，鼻梁上架了一副黑框眼镜，镜片极厚，后面是一双因瘦削而显得分外硕大的眼睛，眼珠漆黑，眼白呈现浑浊的淡黄色，乍一看是有些吓人。老妪穿着睡衣，但领口、袖口都格外工整，稀疏的头发经过仔细打理，一丝不乱。

"对不起，吓到你了。"老吴说。

"该我说对不起，刚刚打扰你休息了。"我问，"您在窗口做什么？"

"看天。"

"看天？"我抬起头，往天空看去，南山的夜空格外澄澈，辉月如银盘般剔透，远方的地平线附近，几颗不太明亮的星星如钻石般点缀在黑色幕布上……我将目光从夜空移回老吴脸上，不知什么时候，老人笑了起来，干瘪的嘴唇下露出三五颗摇摇欲坠的牙齿，牙齿与嘴唇碰撞、翕动，里面的声带摩擦出沙哑的声音，汇成一个成语："月明星稀。"

"月明星稀？"我愣住了，老吴却做出更加奇怪的举动，伸出手，将窗帘给拉上了。

这是闭门谢客？老吴的举动无疑有些失礼。我苦笑、转身，走向楼梯，规整的金属台阶在月色下闪闪发光，我上了楼，204房间就在楼梯右侧10米左右，我刷卡开门，走了进去。

房间挺宽敞，有七八十平方米，但略显空旷，一张床、一张沙发、一套桌椅，都是最标准的记忆金属产品。被褥、枕套、沙发垫也都是简约、舒适的款式。我一边整理，脑海里却反复回想老吴关窗谢客前，用低沉的语气，吟出的那个"月明星稀"。几秒后，我下意识地走到窗前，向夜空看去。

没错，穹顶那轮辉月过分明亮，至少是月球亮度的两三倍，以至于其他恒星、行星都难以现形，只有在最远的地平线附近，才显出几颗"漏网之鱼"。南山位于银河系中心附近，若没有这轮明月，头顶的这片星空，本该格外璀璨壮观才对。

不久前和子说过，这轮永不熄灭的人造明月，是南山夜间的主要光源。这儿的住民都是老人，大多都不再耳聪目明，一次普通的摔倒就可能危及生命，为了安全，让夜晚不那么漆黑，牺牲一片美丽星空，也是理所当然吧。既然如此，老吴那般专注地仰望天空，又在看什么呢？在酒精的催化下，疲惫很快战胜了困惑，我躺上床，很快便睡着了。

这一晚我做了若干个梦，醒来后，大多数梦境已变得破碎且模糊。我能确定，至少有一个梦是关于母亲的。梦里的母亲竟病到奄奄一息的程度，床头放着一个药瓶和一个汤碗，药瓶是空的，汤碗里只剩下一层浅浅的、稀薄的小米粥。她声嘶力竭，一遍遍呼喊我的名字，我心如刀绞，走上前想抱她，双手却穿过了她的身体……这是劣质游戏里才会出现的穿模bug。这个噩梦让我惊醒，爬到洗手间、呕吐、哭泣，过了许久才重新入眠。然而噩梦接踵而至，这一次我梦到了樱小姐，梦里的樱小姐有着窈窕少女的体态与气质，举手投足让我心旌摇曳，然而走近后，我却看到一张被厚厚脂粉掩盖、枯瘦干瘪的面庞。我再次猛醒，整个后背都被冷汗浸得湿透了，只能起来换上一套干净衣服。起床，拉开窗帘，和煦的日光让我舒服得几乎呻吟出来。

这儿的太阳比我们熟悉的那个略大，但光芒要温和许多，如果微眯着眼甚至可以长时间直视！它就像薄雾天气里，将落或初升的红日。楼下的路上，零零散散地站了十余名老人，有男有女，其中两名老人牵着憨态可掬的智能宠物。如此温暖、充满人间气息的场面让我一时有些恍惚，不禁怀疑自己此刻正置身于某个地球小镇，而非遥远的异星他乡。

我站在窗口，发了一会儿呆，直到一个熟悉的身影从楼下的杂货店走了出来,是老包。

"老包!"

老包回头的同时,楼下的十几位老人同时停下了手头的事情,仰起头,直刷刷向我看来。我是这儿唯一的异类,在他们眼中我应该就像是一个多世纪前中国街头的洋人,又或者是动物园里的大熊猫。

"老包,你去哪儿?"

"上班。"

上班?我来了兴趣,老包昨晚说,他的工作是"修神像",我冲他招手:"等等我,我和你一起去!"

老包愣了片刻,点头答应了。

老包的工作地点在中心区,距离住处一公里多,我们在路边找了辆无人汽车,刷卡、定位,汽车慢悠悠地启动,以40公里的巡航速度匀速前进。

"这路上也不堵,为什么不上80?"

"那是为你们年轻人定制的速度。"老包憨憨一笑,"我们老年人,都喜欢慢一点。"

我再次怔住。是的,在地球上,多数城市的自动汽车巡航速度都锁死在时速80公里,0~80加速用时六秒。这是综合了效率、安全的最优解——但仅针对年轻的上班族,被不少老人抗议。他们可不习惯风驰电掣的推背感,希望汽车慢一些,至少能有慢一挡的速度选择。这些诉求并没有得到官方的回应,毕竟劳动者的快捷出行,才是保证生产力提高的头等大事。

"老人买菜?坐地铁不就行了,少占用点公共资源吧。"当年,我采访一位年轻社畜时,他曾毫不避讳地说。

五分钟后,我们抵达了中心区,中心区面积只有五六个足球场大小。正中心是一座巨大的喷泉广场，在广场的周围，有两座公园，以及十多栋大小不一的建筑——主体依旧是四四方方、棱角分明的记忆金属标准件，却多出了一些特别之处。

由记忆金属生长成的建筑自然千篇一律，但在中心区，这些规整的长方体外表面，被额外加入了一些人工实现的装修元素，以至于呈现出明显的中国民居、日本别墅，甚至欧洲中世纪城堡的特点。离我最近的07号楼，原本平整的屋顶上加盖了一层不知材质的青砖黛瓦，配上独特的飞檐与下面一串红色灯笼，颇有几分中国江南民居的感觉。

纵观整个中心区，最显眼的建筑，无疑是东侧的02号别墅。

这是一幢标准的二层别墅，建筑主体平平无奇，它最大的特点在于配套的园林——别墅的向阳一侧，有一座三四百平方米的庭院——一座湖石假山横跨在一汪碧绿的池塘之上，数十株形似灌木的植物点缀其间，这是南山行星上的原生木本植物，学名"南山树"，在这精致、奢华的私家庭院里，有三名老者正在忙碌，两人在修剪树枝，另一人则抱着一把巨大的刷子，在灰色的外墙上粉刷一些图案，图案尚未完工，但隐约能看出一幅山水画的轮廓。

"他在刷壁画？"我问老包，"还有，修剪植物为什么不用机器人？"

此刻老包已开始了工作，在两名鬈发碧眼印度老头指导下，仔细打磨一尊石质神像，神像和我差不多高，象头，人身，多手。听到我问话，老包停下手里的活计，抬头看去。

"对有钱人来说，用机器人不够档次，用人才有排场。那个刷墙的是日本某个知名画家，要在墙上画一座富士山！"老包说。

"富士山？"看来这建筑的主人多半是个日本人，至少是日本文化爱好者,"那别墅是谁的?"

"我也来这儿没几天,哪儿知道。"

我点点头,转过身,继续用智云拍摄老包打磨神像的工作过程。广场一侧的临时工地上立着近百尊形态各异的石质神像,全部手工打造,因为信徒认为这样才虔诚,而老包做的事,就是用一些简单工具,将初步成形的神像打磨光滑。老包每工作五分钟,便会坐下来抽一根烟,再休息十分钟。一旁的两个印度人更甚,完全是工作五分钟待机半小时的节奏。

"累吗?"我走到老包身边,拿起一件工具,学他的样子打磨神像,然而刚一发力,右手就顺着光滑的石面滑了出去,手掌一阵刺疼,"哎哟——"我忍不住喊出来。

老人都笑了起来,我有些窘迫,老包走到我身边,说:"这叫砂纸,你拿反了,光滑的一面对着手掌,用粗糙的一面去磨石头。"

我的脸红了,砂纸,这是一样我闻所未闻的东西。自动化高度发达的社会里,很少有需要手工操作的体力劳动了,更不需要这样危险的工具。"放着吧。"老包说,"没有年轻人会这个的,也没用。"

"难学吗?"

"不难,那边的雕工的才难。"老包指向一旁,不远处,七八个赤着上身的老人正用特制的锤子,雕琢一批即将成形的佛像。他们腰背佝偻,单薄的胸肌下凸出一根根伶仃的肋骨,但当挥起锤子的一刻,动作依然充满美感,"叮,叮!"石屑在清脆的敲凿声里四下飞溅,佛像惟妙惟肖的五官显露出来,我忍不住赞叹道:"他们的身体不错。"

"不只是身体,这里面有技巧的,换成不会的人,锤子挥两下就喘了。不过即便是熟手,也得做十分钟,歇半小时,毕竟老了嘛。"

"他们的工资多少钱?"

"小工八万,大师傅十万!不过说实话,人家比我们苦了可不止一两倍。据说,有很多人都不是为了钱,而是为了积德。说白了,我们还想着这辈子,人家都想着下辈子了!"

我苦笑,更加无法理解,南山的经济体系是如何运营并保持平衡的。这不是慈善,而是烧钱。

下一秒,耳边忽然响起一声短促的惊呼:"看那边!"四周正在劳作的数十个老人同时抬起头,目光交汇、游移,最终聚焦在不远处的还在装修的2号别墅阳台上。不知什么时候,那儿多出了一道纤细的身影。

身影无疑是位女性,长发,纤弱。她从阳台的一端走到另一端,脚步不快,却没有一丁点拖泥带水老态龙钟,她俯腰的动作利索且优雅,跟楼下修剪植物的工人说了几句话,旋即转过身,回了屋里。

"咕咚",我听到清晰的、有人吞咽口水的声音,下一秒,伴着一声沉重的闷响,一座刚雕到一半的神像晃了两下,咚地倾倒在地——是一位须发皆白的印度石匠,因心情激动引发的意外。

"那女的是谁?"我问老包。

"还能是谁?当然是樱小姐!"

"樱小姐!"尽管早猜到了答案,但这三个字真切地从老包嘴里说出来时,我依旧因激动而全身发抖,没错,正如老裘前一晚所说,远观下的樱小姐竟如此年轻、美丽、超尘脱俗,看不出丝毫的老态,以至于刚满三十岁的我,都生出一种强烈的倾慕,甚至仰慕感。

一个六十一岁富可敌国的女强人，怎么会是这样青春又纤弱的模样？我未来数十年的命运，就完全掌控在这样一个女孩的手上？啊，六十岁的女孩？我也错乱了？

我竭力平复纷乱的心情，转过头，重新将智云的镜头对准工地，刚刚犯错的石匠发现雕到一半的神像仰面朝天倒在地上，面色慌张，念出一串梵语。很快，四五个老头围了过来，想要合力将倾倒的石像抬起来。这种石料并不重，密度不到花岗岩的一半，然而他们五个人哼哧了半天，也没能将神像抬正。倒不是力道不够，而是即便最年轻的工人，也没法完成弯腰发力的动作——这个鬈发、矮胖的印度老汉弓下佝偻的腰背，想去抱神像的头，但没有成功，他的上身最多只能弯到七八十度，双手还差10厘米才能够到神像的头部。无奈之下，他只能在另两人的搀扶下，慢慢跪倒，用这个姿势俯身托住神像，向上发力，然而这具苍老的皮囊里残余的力量，配上这无比别扭的姿势，根本无法移动神像分毫。过了一会儿，另一名老人依葫芦画瓢地跪了下去，两人合力，却只是将并不沉重的石像推得晃了一下。

我沉默了，一种莫名的悲悯之情在心头蔓延，没错，他们都太老了，老到连弯腰、跪倒都相当艰难的程度。一个老头摇摇头，扶起地上的同伴："去找机器人来吧。"

"我来吧。"我放下智云，在一群老人复杂的目光里，走上前，弯腰，吸气，将神像扶了起来——神像比预料中更轻，只有五六十斤，我只用了七八成力气就搞定了这事。一旁的几位老人想来帮我，当意识到毫无必要后，只能发出稀疏的感谢声，我咧嘴一笑，说："举手之劳。"

老人们纷纷散去，继续雕刻、打磨一尊尊神像。但我很快感觉到，周遭的气氛变了，工人们沉默了许多，他们休息抽烟时的交谈都压低了声音。更奇怪的是，短短几分钟，那个鬈发印度老人先后看了我四次，目光复杂，但绝不包含友善或感激。

我愕然问老包："我扶那神像，是犯了什么忌讳吗？"

"没有的事。"

"但他们看我的眼神有点不太对劲。"

"你走吧。"

"怎么了？"

老包缓缓吐出一口烟，烟雾升起，填满皱纹的沟壑，他摇摇头，说："你不在的时候，大家都感觉自己还不太老，至少能干活，你刚才出丑的时候，大家格外开心。但刚刚发生的事情，让我们明白了，我们都老了，没力气，也没啥用了。"

我呆住了，不知该说什么。其实，即便事后思索再三，这依旧是个我无法回答的问题。我关掉智云，起身往远方走去，这时我并没想好要去哪儿，或许被某种潜意识指引，我走向了樱小姐刚刚露面的2号建筑，两位修剪花木的园丁正坐在椅子上休息，而那位画家仍在全神贯注地创作墙壁上的富士山，我抬头仰望，二楼的窗帘拉得很严实，一丝缝隙都没有。

我犹豫了一会儿，终究没有驻足，继续走向太阳升起的方向。

墓地的怪人

整个下午，我在居住区转了一圈，拍下了两小时的视频素材：美国、欧洲区的民风外向奔放，那里的人甚至有些放浪形骸，无人超市最热销的商品是大麻与伴侣机器人；俄语区自然是烈酒当道；非洲区歌舞升平，皮肤黝黑的老人扭动僵硬的关节，跳出热烈的舞蹈。离开非洲区时，太阳已没入远方的群山，头顶的夜空上，那轮熟悉的辉月光芒渐显。白天，辉月保持熄灭状态，静静地悬浮在天顶，就像一个不会移动的巨大圆盘。

南山目前相当地广人稀，只入住了三千人。南北、东西的跨度都超过两公里，比同等人口的大学校园大好几倍。这也正常，毕竟南山孤悬于地球之外，需要一整套能源供应、物资物流、医疗保障体系。这些核心设施大多由宇航飞船的部件改装而成——这是2065年，中国航天局率先实现的"星舰就地利用技术"：大型星舰着陆后，便化整为零，将生态维持设备、能源设备、污水处理设备直接用于殖民点建设。

我打算回家，但导航软件的异常令我改变了想法：此时我在南山东北角,向南七八百米,便是被标记成红色的华人区住处,然而在导航地图上,我的正西方,一片灰色正方形区域,没有任何标识。我按比例尺算了一下,这片区域长宽超过200米,有五六个足球场那么大。

这是哪儿?未开发区域?

可是,殖民点西北的娱乐区也没建好,但导航上标注了。

好奇心被勾了起来,我也不多想,一路向西,走了三四分钟,来到这片神秘的无名区边缘。眼前的景象让我更加疑惑——一堵高逾5米、密不透风的金属墙,将这片正方形区域围了起来,就像是……监狱。

不,不是监狱,前方不远,围墙上有一扇四五米宽的门,开着。我一路小跑到门前,看见门楣上刻着一行英文:

Rest in peace.

我愣了几秒,旋即打了个寒噤,这居然是一片墓园。

墓园里很安静,也很空旷,一马平川的荒地,看不到一个人影。唯独在远处,地面上凸出四五个小小的方块,是墓碑——这些墓碑孤零零地立在墓园最北侧,黑夜中,仿佛几张纸片剪成的黑影。我不免有些诧异,要知道所有移民在登船前都经历了严格的体检,这才第三天,就有四五个人离开了人世?要是再过七八年……或许只要三五年,这儿就会很拥挤吧?

我硬着头皮走进了墓园,我想知道,远方那几座墓碑下,埋葬了谁,墓碑上刻了些什么。墓园里还没修路,地上覆了一层南山特有的植被,踩上去就像踩在一块松软的地毯上。

沙沙沙……我的脚步声清晰可闻。周围一片死寂、荒芜、寒凉，我心里生出无边的恐惧，这是所有违反熵增定律的存在——生命，在面对宇宙终极规律死亡的原始恐惧。我忽然理解，这片区域为什么没有在地图上标识，以及要用3米多的高墙围住了，对那些年过八旬的老人来说，死亡的恐惧，肯定要比我这个年轻人感受到的强烈千百倍。

当走到墓碑前时，我的后背已满是冷汗。月光将墓碑照得很亮，在地上投下几片清晰的影子，我很快看清了墓碑上的文字：

藤井一郎，大阪，2012年生まれ："ここは私が行った一番遠いところです。"

（藤井一郎，2012年出生于大阪："这儿，是我到过的最远的远方。"）

Sasa Lillian, USA, age 95: She hates earth, so she's resting here.

（萨沙·莉莉莲，美国，95岁：她讨厌地球，所以选择在这里安息。）

Jim Jones, age 110……

我的英语不算好，后两块墓碑上的文字，我只能一知半解。于是伸手入怀，想戴上智能眼镜，打开翻译功能。忽然，一些奇怪、细碎的声响钻入耳膜。

"沙沙……沙沙……"我身后响起一阵脚步声！

声音很近离我最多二三十米，却格外细微，显然来人故意放轻了脚步。我怔住了，毛骨悚然的感觉爬遍全身，我僵在原地。没敢转身，只是微微侧头，用眼睛的余光往后瞥了一眼。然而正是这一眼，让恐惧彻底攥住了我的心脏。

来人很高大，体格不算魁梧，但也不瘦弱。但让我恐惧的绝非他的身材，而是穿着——被黑色层层包裹，漆黑的风衣，脸戴墨镜，外加一个大大的黑色口罩，头上还有一顶深色的帽子。五官外貌，完全无法辨认。

他是谁？守墓人？

怎么可能？守墓人怎么会蒙面、戴墨镜？怎么会刻意放轻脚步？

"你是谁？"我深呼吸了一口，转身直面对方，轻声说。

来人愣住了，脚步顿在原地，他似乎也没有想到，我会在这么远的距离发现他——我的耳力比正常人要敏锐一些，又或许，他的听力比他自认为的差一些。来人摇摇头，用不太流利的英语说："我来看我的朋友。"

朋友？想必，在这儿安息的人里，有一位是他的朋友吧。我如释重负，如果真是吊唁，那他这身打扮，也就合情合理了。

黑衣蒙面男子叹息了一声，继续朝我走来，我冲他笑了一下，侧过身，让出一条道路——其实这动作有些多余，毕竟这片空旷的公墓里并没有"路"，然而下一秒，我的身体瞬间再度绷紧，更多的冷汗从每一个毛孔里流了出来。

不对！不对！

这人的步子很大，步频保持匀速。不止如此，他的腰杆很直，双肩稳定，整个上半身基本不带颤动。说实话，这样的走姿很寻常，然而问题在于，这儿不是地球，是南山！南山的准入门槛，是年龄超过八十岁！

老人的脚步总是细碎、蹒跚、颠簸颤巍的。如此平稳的步伐，绝不是一个年过八旬的老人走出来的！

"你是谁?"我又问了一遍。

"我?"来人抬起头,报出一个英文名字,好像是Jone,或是John。

"你朋友叫什么名字?"

"我朋友?"这一次,黑衣人怔了怔,思索了三四秒,用不太流利的语气,报出了一个女性名字,"凯瑟琳。"

我摇摇头,后退了两步,大声说:"站住!"

"嗯?"

"这里没有凯瑟琳。"

黑衣人顿住了,口罩后的嘴动了几下,但没有发声,一时间,四周的空气仿佛凝固了。此时,我跟他的距离只剩六七米,这距离已足以让我看清此前被忽略的一些细节,他的帽檐下露出几根浅色的头发,裸露在外面的肤色不太深,应该是白人或黄种人——至少不是黑人。

他是谁?

他为什么来墓园?看他这身打扮,难道是想做一些见不得人的事?不,若是这样,那他在看到我的一刻,就该离开!难道说,他在跟踪我?

这一联想让我全身每一个毛孔瞬间缩紧,眼前的蒙面男子,无疑极其危险,绝不能让他靠近。

"我走了!"我没有转身,而是保持直面对方的姿势,快速后退,直到将距离拉远到二三十米后,才转过身,快步往墓园大门走去。十来秒后,我扭过头,往后看了一眼,蒙面男人依旧矗立在原地,一动不动,宛若一尊沉默的雕塑。

我松了一口气,至少,对方没有追上来。

稍后,男人转过身,走向几座墓碑中的一座,动作一如既往地有力稳定，似乎丝毫没有受到我这个插曲的影响。明亮的月光照在他挺拔的脊背上，在荒地上拉出一道清晰的影子。

　　难道，是我猜错了？

老年大学

离开墓园后,我没有原路返回,而是一路向南,穿过繁华的中心区。这里依旧有不少人:几个白人老头正用带VR功能的智能眼镜玩联机游戏;一群中国老太太在同非洲老太太斗舞;两三对黄昏恋、"人—伴侣机器人"情侣在散步。我归心似箭,径直往华人区走去。然而几分钟后,我被一位熟人吸引住了目光,并停下了脚步。

我看见了老吴——在邻居眼里性情古怪、每晚做数学题打发寂寞的一百零二岁老妪。此刻,她正站在一栋建筑前,与一个老头聊着天。这老头打扮得很"潮",穿一件浅白色风衣,衬衣配上牛仔裤,脚穿一双"鸳鸯"配色的运动鞋,发型竟是"莫西干头"。两人交谈得很投入,老吴偶尔抬起头,仰望夜空,伸手指向那轮皎洁的辉月,以及地平线附近那几颗寥落黯淡的星星。我不确定两人是不是黄昏恋,正犹豫要不要过去打个招呼,这对老人向前走了几步,想要在建筑前的草地上坐下。

原地坐下这个动作,放到两个老人身上,成了一项困难,甚至艰巨的挑战。老头用右手撑住建筑的金属外墙,膝盖一点点弯曲、下蹲,直到臀部跟地面的距离不足10厘米,才放松肌肉,坐了下来。老吴的关节更僵硬,她尝试蹲了两次,都没成功,最后不得不整个人靠在墙上,在老头的帮助下缓缓下滑,才勉强坐了下去。接着,老吴身子前倾,伸手,用力将地上的一株植物拔了出来,颤颤地递到对方手上,老头点点头,用两根手指拈起草叶,放到眼前,对准月光仔细端详,整个人一动不动,就跟痴了一样。

我有些发愣,如果没看错,老吴刚刚拔的,是南山最常见、普通的植物——紫艾。"就算是黄昏恋,也该找朵花吧?"我正困惑,老头竟掐下一段草叶,用手指摩挲了几下,吃进了嘴里。老头咀嚼的动作缓慢而仔细,带动两颊的皱纹舒展、扭曲,再舒展、扭曲。

这老先生是神农的粉丝,还是童心未泯的老顽童?

我掏出智云,查阅紫艾的信息:"紫艾,俗称紫草,南山行星特有的多年生类草本植物,日光下显淡紫色,无毒。"我俯下身,也从松软的土壤里拔出一根紫草,草叶很细长,上面沾了几片浅浅的泥斑,我皱起眉,犹豫要不要学着尝一口,耳边却响起一个沙哑的声音:"年轻人,你好。"

我抬起头,发现刚才尝紫草的老头已抬起头来,微笑地看着我。

毫无疑问,这也是位中国人,面相看不算太老,约莫八九十岁,比老吴年轻许多。他的目光非常奇特,给人的第一感觉似乎很温和,但仔细看又会觉得锐利。我很难想象,这两种截然相反的特质,是如何出现在同一人的目光里的。还有,这老头虽然穿得很"潮",气质却格外沉稳睿智——头发稀疏洁净,额头光亮饱满，胡须打理得很整齐，无一例外，符合印象中智者的特质。

"您是？"

"我姓孟。"老人说，"孟子的孟，孟德尔的孟。"

"孟子？孟德尔？"我有些迷惑，这两个名字虽然都极具知名度，但绝不应该被放到一起，"您好，孟老。"

"别叫我孟老。"老人咧开嘴，说，"在这儿，大家都叫我小孟，因为我上个月刚满八十岁。"

小孟？我哑然失笑，没错，在南山上，他是最年轻的一批人了："你好，小孟。"

老人的笑容更灿烂了，显然，他没有因我的"僭越"感到不悦，他说："你好，老易。"

老易？这是我第一次被这样称呼，而这两个字，竟出自一位比我年长半个世纪的老人之口。我摇了摇头，试着将这强烈的不真实感甩出脑袋。与此同时，坐在地上的小孟又一次低下头，继续观察四周其他紫草——只不过没有品尝。他的神态很专注，上身努力前倾，恨不得将整张脸贴在草叶上。我饶有兴趣地看了几分钟，问："您到底在干什么？"

"我打算做一轮植物杂交实验。"

这一刻，我忽然明白，为什么自我介绍时，他会说出"孟德尔"这个名字了。我问："你是植物学家？"

"不是。"

"那是？"

孟德尔（我在心里已经默认为他叫孟德尔了。）又笑了，他没有回答我，只是像变魔术一样，从口袋里摸出一把铲子，将一株紫草刨了出来，捧在手上，就像捧着一件了不得的珍宝。接着，两个老人彼此搀扶，颤巍巍地站了起来，往身后的建筑走去。我犹豫了一下，也跟了上去。

"这是你家？"

"不，这儿是大学。"

我这才注意到，在建筑外墙上，确实有四个巴掌大小、用白色颜料刷出的汉字——"老年大学"。

孟德尔推开大学的金属门，引着我走了进去。竟真是一栋教学楼——走廊两侧分别有四间教室，桌椅、讲台一应俱全，想必是记忆金属出厂时便预设好的程序，孟德尔一边走一边说："这是高数教室，这是物理学教室，再前面是生物学、计算机教室。"

"高数？物理学？生物学？"我感觉大脑有些缺氧。我的母亲也上过日本的老年大学，我记得那所大学开设的专业，是"插花""书法""女红"等，我从未听说，也不认为，一所老年大学会开设"高数""物理学""生物学"课程。

"这里……平时学生多吗？"我问。

"不多，四五个。"

"您是老师，还是学生？"

"我是校长！"孟德尔眉飞色舞，领着我走进后一间，挂有"生物"门牌的教室，窗台上，摆了一整排花盆，那是二三十个用茅台、五粮液、威士忌等高档酒瓶改成的花盆，五颜六色，装饰精美，里面栽着同一种植物——紫草。

窗户开着，微风将修长的草叶吹得微微颤动，在皎洁的月光映照下，折射出浅浅的迷人紫色光芒。

"孟校长，这大学真的很特别，能采访一下你吗？"

"现在？"孟德尔犹豫了下，摇了摇头，"改天吧，我今天刚干完活，衣服上还有泥点，头发也是乱的。"

我有些意外，没想到孟德尔这么注意形象。"好吧。"我惋惜地说，他似乎猜到了什么，眉头一皱，问："你是不是要走了？"

"是啊，我的父母都在地球……"

"这儿条件这么好，吃、穿都是最高档的，多留几天不挺好吗？"

"我母亲生了病……"我叹息了一声，怔怔地看着窗台上那排用高档酒瓶改成的花盆，"她每个月的退休金，还不够买这儿的两瓶酒。"

"樱小姐同意送你回去了？"

"还没，樱小姐约我明天见面，我想，她应该没理由反对吧。"

孟德尔脸色一变，目光从紫草移到我的脸上，嘴唇微微颤动："樱小姐明天会见你？"

"是啊，怎么？"

"呵呵……在这里，几乎有一大半人，不，一大半男人都想见樱小姐一面，但没一个如愿的。樱小姐不单独见任何外人，无论什么样的理由。"孟德尔说，"对了，之前几次公开露面，樱小姐都背对阳光，就算站最前面的人，离她都有十几米。所以，尽管这儿的每个人都见过樱小姐，但没一个人近距离看过她的五官相貌，在大家的记忆里，她只是一道剪影，一个轮廓，这剪影很美，很神圣，可远观而不可亵玩。"

"就像是……女神？"

"对，女神！"孟校长深深看了我一眼，说，"年轻人，你可能是第一个，近距离见到这位女神的外人了。"

"我？第一个？"这份殊荣实在过于意外，让我难以置信，"我找她，就是为了回家而已……"

"我知道。"孟德尔笑了一下，"其实，我也曾约樱小姐当面聊聊，但是被她拒绝了。"

孟德尔也倾慕樱小姐？不，不可能，孟德尔提到樱小姐时，语气很平静，脸色自然，绝不是"倾慕者""粉丝"该有的模样，我没有将好奇表露出来，只是说："明天我与樱小姐见面，你有话需要我帮忙转述吗？"

"没事，到需要的时候，我会主动去找她的。"

需要的时候？主动找她？我更迷茫了，孟德尔刚才还说，樱小姐拒绝了所有的见面请求，他又哪来的自信，一定能见到樱小姐？

疑问越积越多，却又不知道该从何问起，孟德尔看穿了我的心思，摇摇头，说："你不用问了，10点了，我准备休息了，你回家吧。"

晚上10点了？我茫然抬头，智云的液晶屏幕上，"2203"四个数字正在闪烁。自从太阳落山后，我遇到的一切都过于离奇，甚至诡异——墓园里的黑衣怪人、在老年大学做紫草杂交实验的孟德尔，以至于忽略了时间的流逝。就在不久前，老吴已离开了教室，空荡荡的教学楼里只剩我和孟德尔两个人。我点点头，说："校长，再见。"

"再见。"孟德尔微笑着说，"还有，祝你早日回家。"

初见

南山历1月5日，深夜12点。

这一晚我睡得依旧不安稳，一合眼，无数信息便争先恐后地钻入脑海，这些信息大多源自这些天的见闻，也包含一些模糊破碎的胡思乱想。这一夜我又做了许多梦，光怪陆离，其中至少有三个梦是"我见到了樱小姐"。在第一个梦里，樱小姐是个老态龙钟、慈眉善目的小老太婆，由于身处梦境，我并未因她的形象与一天前露台上那道身影判若两人而惊讶，但我试图开口说"我想回家"时，却发现我发不出任何音节，我被吓坏了，竭力呼吸，却跟离了水的鱼儿一样，嘴唇徒然开合却寂然无声，我努力挣脱这个噩梦，却无济于事，最后还是被一阵刺耳的警报声惊醒。我睁开眼，房间里的大多数智能设备都在疯狂闪烁，楼上楼下到处都是嘈乱的脚步和人语。

"和前两天一样，许多智能设备同时死机，或出现了bug。"

"空调自动打到了最低温度，智云自动拨号，收到了乱码消息。"

好在，电子设备的失控只持续了半分钟就恢复了正常，人群也在十多分钟后渐渐平息。我怀着担忧合上眼,并在疲惫的牵扯下,坠入了下一个梦境。

在这个梦里,樱小姐背对我坐在宽敞的办公室里,纤细的背影一如我先前所见,年轻、美丽、充满活力,正因如此,当她转身的一瞬,那张枯槁、干瘦的脸庞将我吓出了一身冷汗。一个老人并不可怕,但当一个女人的背影与面容的观感相差四五十岁时,这种强烈的反差便会带来恐惧。

在最后一个梦里,与我见面的樱小姐是一个 AI 智能机器人,她有着标致却缺乏生气的五官,樱唇轻启,用清冷动听的电子音对我说:"为什么你会认为,我是人类呢?"

直到中午 1 点,我才被智云的来电铃声惊醒,电话那头和子熟悉的声音依旧温和平静:"下午 3 点,你去中心区 2 号别墅,樱小姐在家里等你。"

"好。"

我起床、洗漱、下楼,走进冷清的杂货店,老裘正在和一位顾客聊着前一晚的意外。

"有上次的教训,现在医院把智能医疗设备都设成了安全模式,没出人命。"

"官方说,这里的宇宙辐射和地球不太一样,量子计算机容易出 bug,但没关系,最重要的核心设备,例如能源区的发电、供电机组,用的都是稳定性更高的电子计算机,都运行正常。"

我一面听他们说话,一面从货架上挑了几件最贵的化妆品——发蜡、摩丝、粉底、修眉笔、爽肤水,它们加起来的价格已抵得上我过去两个月的工资,坐到柜台前,用智云的摄像头做镜子,开始拾掇自己。老裘点了支烟,似笑非笑地看着我。直到一刻钟后,我手指一滑,将刚刚修平的眉角剃秃一小块,老裘终于忍不住笑了出来,然而很快便被烟雾呛了一口,剧烈咳嗽起来。

"很好笑吗?"我有些不悦,"之前不是你给我说,见樱小姐前好好打理一下形象吗?"

"嗯……你这一身打扮挺精神的,西服多少钱?"

"七十万。"

我对着镜子,试着弥补手滑造成的缺陷,眉毛的缺角并不明显,只有米粒大小,我仔细刮了三五刀,让两边重新对称,但毕竟有了瑕疵,如今怎么都看不顺眼了。

"时间来不及了,不然得去把眉毛重修下。"

"你把手拿开,我瞅瞅。"

我点点头,老裘放下了烟,怔怔地盯着我,许久没有说话,最后咧开嘴,再次笑了出来。

"有这么好笑吗?"

"不,我不是在笑你,我是在羡慕你。"

"羡慕?"

"是啊。去年我住院,一个小护士,十八九岁,自己动手剪刘海,手抖了一下,剪歪了半厘米,说实话,比你这个还不明显,却坐在护士站哭了一下午,来给我挂水的时候眼睛都是肿的。我们几个老头老太太表面笑她,心里却羡慕,对她来说,一点刘海就是生命里的头等大事,这就是青春啊。"老裘抽了一口烟,面庞在烟雾后变得模糊不清,"你今天要去见一位漂亮的异性,因为眉角的一个小小缺口就会懊恼沮丧……年轻,真好。"

我愣住了,不知该如何搭话:"其实这和年龄没多大关系,如果你去见一个很重要的人,也会……"

"不,如果我去见樱小姐,也会拾掇一下,但绝不会像你这样,因为一点头发、眉毛的缺陷而纠结沮丧。没错,樱小姐年轻、漂亮,男人都倾慕,但是我这样的糟老头子,打不打扮,又有多大区别?"

我摇摇头,这是我第二次从老裘口里听到"年轻漂亮"四个字了,事实上,到南山的这些天,我听到的,任何一个男人对樱小姐的描述,几乎都离不开这四个字。而前一天中心区的惊鸿一瞥,又切切实实地证明了,在三五十米的距离,逆光的环境下,樱小姐给人的感觉确实无比惊艳。再过一会儿,我就要与这个神秘、美丽的女人近距离见面,这让我不由得嘴唇发干,心跳加速起来。更何况,这个女人,还掌握着我的命运。

中心区距离住处只有不到十分钟路程,日光温暖和煦,在天空的正北方,还未亮起的辉月悬挂在熟悉的位置。我抵达2号别墅门口的时间是2点50分,那位日本画师正站在门前的长椅上,看着墙上即将完工的富士山发呆。我走上前,想找他聊两句再准点敲门。大门却从里面打开了,一个须发皆白的小老头儿走了出来,客客气气地对我说:

"您好,易先生,樱小姐已经在等您了。"

老头个头有一米六左右,戴着眼镜,五官很平凡,他冲我伸出手,说:

"我是樱小姐的管家,菅野直人,您叫我菅野就可以。"

"谢谢您,菅野先生。"

菅野点点头,引我走入客厅,屋内的装饰让我觉得眼花缭乱。精美的红木桌椅,天鹅绒地毯,以及手工打造、略显粗糙但充满生气的壁炉。两边墙壁上,挂着十余张一米多高的油画,一看便知出自名家之手。如果只看内部装饰,任何人都不会相信,这是一栋由记忆金属智能延展成的标准建筑。

菅野是个寡言的人，他带我穿过客厅、上楼，始终缄默不言。没有介绍室内装潢，更没有提樱小姐，当我踏上二楼最后一节台阶，菅野对我垂首致意，转身下楼。

我抬起头，见到了樱小姐。

我用力眨了一下眼睛，想从近乎窒息的不真实感里挣脱出来。不，这不是窒息，而是每一处血液都停止运动，每一寸神经都陷入麻痹。我怔怔地看着两三米外的、俏生生立着的女孩，一时忘了呼吸。

我知道，用"女孩"这两个字形容一个六十岁的女人，实在过于违和，甚至有些恶心。但无论如何，这都是我最纯粹的直觉。正如传说中一样，樱小姐太年轻了——纯净剔透的眸子、满脸的胶原蛋白、光洁柔嫩的肌肤，让我实在没有办法，将她与"六十岁"的年龄联系起来。

过去几年，我近距离接触过不少上了年纪的主持人、艺人、偶像明星。整容、保养、化妆、灯光……确实可以掩盖许多岁月在脸上、身上雕琢出的痕迹，但只要距离够近，光线够亮，这些伪装都会被看穿，暴露出厚厚脂粉下的深深皱纹、紧致皮肤下的松弛肌肉。但樱小姐不同，她身上仿佛被施了某种神奇的时间魔法，容颜、体态定格在了三十甚至四十年前的某一刻。

我口干舌燥，完全说不出话来。

"我知道，你一定在诧异我的年龄，我生于2049年，再过三个月，就是我的六十一岁生日。"樱小姐的声音清脆、悦耳，听起来比外表更加年轻，"这要归功于一种前沿医学科技，这种技术普通人是接触不到的，包括你见过的那些艺人、明星，也没有资格。"

我艰难地点点头，没错。我认识的那些名流名媛，论个人财富与社会地位,都比樱小姐差了至少一个层次。然而这并不能打消我的疑惑,这种驻颜魔法到底是什么?人体冬眠?端粒酶重塑?到底什么人有资格享有这种福利?为什么电视上的那些政客、豪商,也没有像樱小姐这般青春常驻?

我张了张口,终究没有问出来,只是说:"您真的很漂亮,很年轻……能当面见到您,是我的荣幸。"我说,"听说您之前每次露面,都与人群保持很远的距离。"

"我是故意这么做的。"樱小姐的坦率让我有些惊讶。

"为什么?"

"因为我要在多数人心里,树立一个神秘、高高在上的形象。"

我愣住了:"你想让大家崇拜你?"

"没错,但不是因为我想做偶像。"樱小姐的脸色很平静,"你在中国长大,应该听过一句老话,'七十从心所欲'。老人的性格往往很执拗,如果单单靠法律、暴力手段维持治安,效果并不太好。更何况,大多数国家的监狱都不会关押八十五岁以上的老人。所以,我们需要树立一个或几个高高在上的人物,用崇拜这种个人情感,配合法律、制度,维持南山的社会秩序。"

"你在中心区建寺庙、神像,也是为了这个?"

"是的。"樱小姐笑了起来,贝齿轻扣在嫣红的嘴唇上,"当然,这包括经济方面的因素。"

樱小姐深深看了我一眼,这目光很奇特,似乎是审视,又似乎是端详,无论如何,在这样近的距离,被一个如此漂亮的女人凝视,都让我脸上发烧,我低下头,不敢与这个光彩照人的女人对视,樱小姐扑哧笑了,她说:"告诉你也无妨,我们给老人的物质承诺,每天两万的生活费,其实是超出实际预算的。所以计划中,我们会通过宗教、医疗等手段合法回收一部分。"

我愣住了，没错，老裘曾说过，有很多老人平日都省吃俭用，唯独，在看病、保养上从不吝啬，不少人都会把工资、生活费的一大半存入医疗账户，以来防止患上超出医保范围的重症，而这笔钱，至少有一大半概率，是到死都用不出去的。南山并没有遗产继承制度，到了重病垂危，这些孤寡老人显然不太可能会考虑遗产问题，这笔钱自然就省下来了。

我心头思绪翻滚，有无数问题想要问樱小姐。事实上，不只是我，绝大多数南山移民，以及27000光年外，地球上的记者、政客、普通人，都对南山这个完全违背经济规律、社会规律，甚至人性伦理的慈善项目心存疑问。但此刻，面对这位南山的总设计师，这个美丽、神秘的女人，我最想说的，只有四个字。

我想回家。

这里的老人们衣食无忧，最常见的烦恼，是思考如何分配每天两万的生活费：购买最昂贵的吃穿用品、奢侈品？选择最高档，或最钟爱的智能伴侣？存进医疗账户以备不时之需？又或是捐给佛陀、耶稣换取"精神的富足与心灵的宁静"？

而在地球上，每个周六深夜，我的母亲都要挤上2号地铁，去东京市中心最大的无人超市抢购一大堆牛奶、鸡蛋——那是超市的固定打折时段。记忆里，那班地铁永远很忙，成千上万白发苍苍的老者像罐头里的沙丁鱼一样挤在一节节车厢里，用高驼的脊背，护住胸前的生活必需品。有一次，母亲买的鸡蛋被挤破了六七个，到家后，她小心翼翼地将塑料袋底的蛋清、蛋白倒进铁锅，打着饱嗝，吃下了那个月最奢侈的一顿夜宵。

如今，她病了，她医保账户上的数字甚至不足维持两个月的治疗费用，即便她凑够了钱，想约一流医院的专家大夫，至少也要排队一个月。智械诊断可以快一些，但也要十五天，还不是最前沿、尖端的 AI 版本，我回去的话，或许可以托朋友、同事的关系，优先一点……

我深呼吸了两口，说："樱小姐，我有一个请求。"

当说出"请求"二字时，我鼓起勇气，直直地盯着樱小姐的眼睛，这无疑是一双极具魅力的眼睛，长长的睫毛后面，漆黑的眸子深邃纯净。

我一咬牙，说："我想回家。"

"我知道。"

"我的母亲刚确诊了重病，她的经济条件很不好……"

"我也知道。"

"嗯？"我微微一愣，"那……"

"你在飞船上跌倒受伤后，南山的公关部门立刻调查了你的情况，当了解到你母亲的病情后，公司决定，承担你母亲的全部治疗费用，同时，安排最顶尖的医疗团队，立刻着手准备诊断资料。"

我呆住了，眼泪不由自主地流了下来，眼前的这个女人，不，应该是女神，一瞬间仿佛发出光来，我激动得全身颤抖，心中千言万语，却说不出一字。樱小姐笑了笑，唇角弯出无比美妙的弧度，她从上衣口袋里掏出一片微型芯片，递到我的手上。"南山离地球两万多光年，两边的唯一通信手段，就是靠飞船搭载硬盘、书信往来。你到这里后，我们第一时间给你母亲报了平安，并在昨天收到了回信。昨晚抵达南山的物资飞船里，有一块记忆硬盘，里面有一段你母亲录制的 AR 视频，你将芯片插入智云，就可以直接观看了。"

"谢谢！谢谢！"我接过芯片，哽咽着说，"我真的……不知该如何报答您。对了……这两天,我记录了南山的一些生活场景,大多数老人都很快乐,等回到地球后,我会真实、客观地报道这些情况的。"

"不,你不能回去。"

我呆住了,仿佛从天堂坠到了地狱。

樱小姐顿了顿,说:"我们会一直援助你的母亲,保证她的富足生活,也可以让你们继续通信,但唯独不能答应你回家的请求。"

我脑袋里发出嗡的一声,不能回家?是的,樱小姐刚刚的承诺,已解除了我最重要的后顾之忧。她是我的恩人,是我的女神。如果她说"你得多留一段时间",甚至说"你暂时还没法回去",我都不会有丝毫异议,但她却用了最简单的"不能"二字,没有期限,没有前提,不可回旋。

"为什么?"

"我不能开这个头。"

"开这个头?"

"是啊,大多数老人来到南山后,对新生活十分满意,但总有例外。今天是1月5日,我接到了几十个投诉,有老人觉得空气不够清新——其实南山的大气含氧量比地球高,污染几乎没有,但不少老人说总闻到一股恶心的怪味;这里的重力是地球的95%,对健康有百利无一害,但有人说走路轻飘飘的不踏实;有一个老太太,说这里的辉月太亮了,影响她的睡眠——她死活不愿拉窗帘,说是八十年养成的习惯。"樱小姐顿了顿,接着说,"最让我头疼的投诉来自一位台湾老太太,昨天她被确诊患有一种罕见的血液疾病,能治这种病的纳米级智能设备,三套在美国,三套在欧洲,南山目前还没有的,她想治这病,就得回地球,但这个诉求我也没法满足。"

"那她就只能在这儿……"我皱了皱眉,将"等死"两个字咽了回去。樱小姐笑了笑:"其实她就算回地球,也同样是等死。以她的经济条件,就算留在地球,也根本做不起、排不上这种治疗。她现在要南山会社捐助她一百万美元,并给她争取一个治疗名额,再送她回去。至于理由——她说自己是来这儿之后才被检查出这种病的,一定是坐飞船时,途中受到辐射的结果。"

我沉默了,无言以对。

"为了避免这种状况,在出发前,我们跟每位报名者都当面确认,签订了合同,除非不可抗力,所有移民都得在这儿终老,但人的想法是会变的,尤其是上了年纪的老人,就像不懂事的孩子一样。你想一下,如果我专门安排一架载人飞船,把你送回地球,这些老人会怎么想?他们会觉得,既然能送你回去,那也能送他们回去,到时候,今天你想走,明天他想走,有些人回地球过几天苦日子,又闹着要回来。到那个时候,南山建立起来的秩序就会荡然无存!"

我无言以对,事实上,见面之前,我担心樱小姐会因为成本太高不让我回家,然而事实证明我错了。樱小姐根本不在乎钱,她反对我回家的理由,比成本强大千万倍,强大到我完全无法辩驳。我艰难地抬起头,与樱小姐对视,这张美丽脸庞上的平静与淡漠让我打消了再求求她的念头。樱小姐看穿了我的沮丧与无助,她说:

"先给你的母亲回信报个平安吧,后天我们有一艘SPACE-Z型货运飞船返航地球,飞船计划装载四吨矿物、植物样本,以及二百公斤传递信息的硬盘。你回去后,用智云的AR录像功能录下要说的话,将文件加密,在明晚之前,送给华人区的通信负责人就行。"

毫无疑问，此刻的我是极度失望的，以至于精神有些浑噩。我从椅子上站了起来，与樱小姐握手道别，当两手交握的一刹，指尖传来的柔嫩感让我的心跳加速了几分，这只手的触觉，比樱小姐的外观、声音都显得年轻、光洁、柔软。不知为什么，临别时，我鬼使神差地问了一句："以后，还能再约你见面吗？"

樱小姐微微一怔，洁白的脸颊浮起微微的红晕，她犹豫了会儿，说："看情况，你可以通过和子医生联系我。"

这态度应该是婉拒了。我有些失望，转身下楼，菅野正坐在一楼客厅的沙发上打瞌睡，我不想惊扰这位疲惫的老人，于是径自往门口走去。但脚步声还是惊醒了他，菅野睁开眼，面带惶恐地站了起来，对我连鞠三躬："十分抱歉，希望您宽恕我的失职。"他的腰背本就佝偻，当鞠躬时，瘦削的双肩都在颤抖，这谦卑的态度让我手足无措，只能回礼，道谢。当走出大门时，我看到不远处挤着数十位面带好奇、热切的老人，他们伸长脑袋，往我这边看来。菅野再次朝我深鞠一躬，说："欢迎再次光临。"

我，还会再来吗？

我从人群中穿过，没有回答任何一个老人的问题。

"你见过樱小姐了？"

"你要回家了吗？"

"那个送你出来的老头是谁？"

不少人被我的沉默激怒了，出言诘难我的失礼，于是我加快脚步，钻入一辆无人驾驶汽车，当脊背与座椅相触的一瞬，我忽然觉得很累，身心俱疲，干脆闭上眼，睡了。

间章一　老无所依

母亲这一生最重要的改变发生于2099年10月21日晚上7时整，那一年她六十一岁。即便已过去了十年，我依旧能清晰地回忆起当时的全部细节。那一天，母亲有些感冒，于是请假在家休息。晚饭后，她将客厅里的AR电视调到东京电视台，收看当日的《NHK新闻》，而她是那档节目的三名主持人之一。当时我正在卧室上网，忽然，我听到客厅里传来尖锐的玻璃破裂声，我赶紧跑出房间，却目瞪口呆地在客厅里看到了两个母亲：一个躺在沙发上，一个站在客厅地板中间。

没错，AR投影里，《NHK新闻》的主持人也是母亲。她身穿淡紫色正装，用数百万观众无比熟悉、字正腔圆的语调，播报一条当日的民生新闻。

我愣住了，因为我知道，《NHK新闻》只有一种播出模式——直播。

母亲明明在家，又怎么可能同时在演播室里播报新闻？

我的身体不由自主地发抖，脑海里浮起小时候听过的鬼怪奇谈：女孩拉着母亲的手，雀跃着跑进电梯，电梯门缓缓关闭，女孩的手机却突兀地响了起来，电话里传来母亲焦急的声音："你跑到哪儿去了？！"

在我恢复清醒前，沙发上的那位母亲发出尖锐、愤怒的叫喊声："他们不能这样！他们怎么可以这样？"

我愣住了，记忆中的母亲是个温文尔雅的人。我甚至怀疑，沙发上的这个声嘶力竭的母亲是假的，是狐仙魑魅变化成的幻象，因为记忆里的母亲，从未用过如此尖厉的语调说话。下一秒，沙发上的母亲停止了呼喊，她愣愣地、茫然地看着我，眼睛里流出泪来。

"呜呜……"

这哭声让我的恐惧消退了一些，混沌的大脑渐渐恢复清明，我忽然猜到这背后的真相了。下一秒，屏幕下方的滑动字幕验证了我的猜想。

"主持人——绿子（AI）"，绿子是母亲的名字。

没错，这个端坐在演播室里、播报新闻的母亲，其实是一个精密、拟真的AI虚像。她的外表、声线、发音习惯、表情细节都与真人全无二致——这技术早在21世纪30年代便基本成熟。在之后被称作第五次工业革命的技术浪潮里，具备全新思考、探索学习能力的智能AI，在文化、服务等行业取代人类，它们学会了写作、作曲，甚至编程。技术门槛并不太高的播音主持，自然早早被AI技术占领。

在大多数娱乐、生活类电视节目里，AI主持人都取代了真人主持人，其中有凭空塑造的虚拟形象（例如已红了一个世纪的初音未来），也有得到真人授权、能够以假乱真的真人AI拟像。除去永远年轻、始终进步等优势外，一个由良心开发者创造的AI主持人，要比真人便宜许多——一位人类主持除去工资福利外，还需要化妆师、灯光师、音响师配合，这一系列人力成本加起来，要远高于开发、维护一个拥有秒切妆容，自带灯光、阴影效果等功能的AI主持人。

但即便如此，作为日本最权威的新闻节目，NHK使用AI取代真人播报，应该还是第一次。

"您签授权协议了？"

"每个主持人都签了。"母亲说，"但我只是请了一天病假啊，他们明明可以安排美纱子来替我主持的。"

"或许美纱子临时有事。"我宽慰母亲，"又或者，他们觉得美纱子没有您主持出色。"

"但是……他们用的参数明显有问题啊！你看，这条新闻报道了一位流落街头的九十岁老人。前面的新闻事实部分，AI的播报语气选择了'同情6'，后面的评论则是'质问2'。这根本就不合适，'同情6'更适合疾病、受伤的情形，这里应该用'同情11'才对，至于'质问2'就更不合适了，通常用于政府不作为的情况，但这个老人是被子女遗弃，才流落街头的，应该用'质问4'才对。唉，如果我今天坚持去上班，就不会这样了。"

"这应该是AI第一次出镜，等观众反馈数多了，AI深度学习，会渐渐提高的。"

"唉，就算它能用对表情、语气，那也不够。你听，她的呼吸永远都是均匀的，但人就不一样，我们在读稿子的时候，如果稍微长一点的句子，中间就要换气，会出现颤音，AI就没有这些。它缺少人味儿。"

我苦笑了一下，我能理解母亲的反应，事实上，一大半被AI取代的主持人、演员、歌手，都会存在这种自信。然而冰冷的数据证明，这种自信是与事实背道而驰的。且不说大多数观众根本分辨不出"呼吸""颤音"等微不足道的细节，就算能分辨出的那一小撮，也大多认为这所谓的"人味儿"是缺点而非优点，就如同尖端工业里，标准件与手工件的差异。后者是情怀、文化，最大的用处大约是被炒作、贩卖。

在这种大环境下，人类不得不借助法律来保护数十亿人的劳动权。然而我也知道，无论哪一个国家的劳动法，最主要的保护对象都是五十岁以下的年轻劳动者。毕竟他们精力旺盛，劳动产出比远高于老年人。再说了，如果不给年轻人找点事做，社会很容易出乱子。

"您今天病假，AI临时代班一天罢了。"我宽慰她道，然而母亲神色黯然，她说："不，有了第一次，就会有第二次，或许用不了多久，AI主持人就彻底取代我了，毕竟授权费比我的薪水要低许多。这样的话，电视社可以省下一大笔钱。"

"他们给您多少授权费？"

"每年一百万日元，刚好达到东京的最低福利标准。"母亲的声音更低沉了，没错，绿子（AI）在电视屏幕上的出现，意味着不久之后，母亲极可能从衣食无忧的中产阶层，下跌为只能解决温饱的赤贫阶级——这是所有被AI取代岗位的劳动者，尤其是老年劳动者的必然命运。

"别想了，明天，您健健康康地回到岗位上，AI就下岗了！"

最终的事实并不如我说的那么乐观，幸好也没有像母亲担忧的那么悲观。这件事的最终结果落在了一个中庸的区间，母亲部分失业了。之后两个月，大约有四分之一的日子，荧幕上的主持人绿子是由AI代班的——包括大多数法定节假日（这样电视社就无须支付双倍加班费），母亲因感冒、疲惫而状态欠佳的日子，以及社长认为她该休息的日子。而她的年薪也意料之中地削减了20%。

在这两个月，母亲烦躁、易怒的情绪日渐增长。2100年1月1日，世纪之交的那一天，我试图扭转这一切，但最终放弃了。

这次半途而废的尝试源于元旦前夜，母亲喝下半斤清酒后的一次倾诉，她流着泪对我说，电视社社长曾向她亲口承诺，只有等她七十五岁退休后，绿子（AI）才会被正式起用。我因母亲受到欺骗而无比愤怒，决定第二天去找社长理论，但第二天，一具从天而降的枯瘦身体改变了我的幼稚想法。

母亲的主持搭档，七十三岁的中田先生，从110米高的电视塔一跃而下，摔在我面前的水泥地面上，一些咸咸的、不知是脑浆还是鲜血的液体溅到我的唇角，我瘫软在地，爬到最近的花台边开始呕吐。

后来我了解到，就在母亲被"绿子AI"首次替代，并被迫降薪的第二周，中田先生也遭遇了同样的不公。但他比母亲执拗许多，竭力抗辩，并联系了一位著名律师。反抗给他带来了厄运，电视社领导委托了一家侦探社，查出了中田过去二十年里，在风俗店的三笔消费记录；外加比一本书还厚的报销单据里，大约四十万日元来由不明的发票。这些信息被一个匿名账号发布在某热门社交网络上，其具体真伪没人清楚。我只知道，这位和蔼、善良的老人一夜间成了上百万市民口诛笔伐的道德败类。而他做得最错的一件事，就是不甘心被AI取代，做一个安分守己的退休老头。

我还了解到，就在同一个月，电视社一共有二十四名年过七旬的员工被AI取代，与此同时，一大半年轻人都觉得他们罪有应得。比起中田的下场，这些老人能够保持体面，甚至领到足以不被饿死的微薄养老金，已经是政府极其仁慈的做法了。

毕竟，在一年前的人口报告里，全日本七十岁以上的老龄人口已达到了骇人听闻的40%。另一项数据是，全日本二十四到四十岁的劳动者，其薪水的60%被强制用于承担社会的养老成本。

当年轻人意识到自己有六成的劳动所得，被扣除用于赡养老人后，一种苗头开始蔓延滋长，年轻人不再待见老人——尤其是那些与自己没有血缘关系，还在工作上存在竞争的前辈。他们认为，这些前辈老朽、迟钝、冥顽不灵，偏偏又身居高位尸位素餐。然而受限于传统，自己还不得不对这些老不死们鞠躬敬礼、低声下气，甚至忍耐他们的颐指气使。起初，反对尊老、以下克上的年轻人只是一小撮，但很快，便成了一小群、一大群、大多数。反感也升级成仇视。那一日我在花台边呕吐时，就看见六七个年轻人，在老人烂泥般的遗体前露出了笑容。

回家后，我并没有对母亲说中田的事，而是哽咽着哀求她谨言慎行。母亲木木地看着我，整个人显得相当迟钝，我又说："您工作时千万小心，不要犯错误，否则他们很可能会辞退您。"母亲点了点头，说："放心，我很认真，每一篇稿件我都会读三遍，然后校对三次参数，我不会出错的。"

然而，即便你不犯错，错误还是会主动找到你。

第二章

偷渡

我在汽车座位上醒来,太阳已坠至群山的山尖,淡黛色的天空里飘着几片奇形怪状的云朵。很快,穹顶的辉月开始绽放清辉,起初只是微亮,但随着天色转暗,光也变得慷慨,把所及之处照得透亮。前方不远处,一位须发皆白的老人蹒跚着走在楼边的阴影交界线上,他小半个身子在亮处,银发闪闪发光,一大半则匿于黑暗,从背后看,有一种莫名的诡异感。

我挺喜欢南山的夜晚,安静、缓慢,仿佛一切都停止了流动。我将座椅放到最平,躺下,将樱小姐给的芯片插入智云,戴上配套的智能设备,打开文件夹里唯一的文件。

一刹那,眼前的景象变了,我回到了熟悉的家里:先进的智能AR技术可以让视频观众与录制者身临其境地在虚拟场景对谈,母亲怔怔地看着我,眸子里流出泪来。

"你……你离开了很久,我很担心你。"

"我很好。"我将母亲紧紧抱住,"您放心,我现在很健康。"

手指、胸口传来强烈、真实的触感,我感觉真的抱住了母亲——这是神经元连接技术创造的美妙幻觉,我说:"您还好吗?"

"我挺好,你没事就好……"幻象中,母亲头顶浮现出一个绿色的"R"字,这意味着刚刚这句话是真实录制(real)的,而非AI根据录制者的性格数据联想生成的,如果是后者,她的头顶会出现显著的黄色"I"(imagine)标识。为了让录制者与观众能顺利、流畅地交流,想象功能是必不可少的。

母亲缓缓说:"你出事之后,南山会社第一时间联系了我,向我致歉,表示无法立刻送你回来,我……很想你。"

"我也想您。"

"我很好,南山会社答应承担我的医疗费用……"

我心头微安,但很快发现,视频里的母亲苍老了许多,白发更多了,皱纹也加深了,憔悴的眉目间,含着明显的忧郁之色——这才过去了短短几天啊!但母亲似乎不想让我担心,她丝毫未提我离开后的孤独生活,当我询及她的病情时,她摇摇头,头顶的"R"字符号变成了黄色的"I",说:"我身体挺健康,你不用担心。"

我愣了愣,这意味着母亲在录制这段留言时,并未曾提及自己的病情,我又追问了几句,包括最近睡眠怎样,吃了哪些药,有没有做手术,母亲一一回答了我,但头顶始终悬挂的"I"标识让我明白,这都是AI智能联想出的善意谎言罢了,我说:

"我不问了,您还有什么要对我说吗?"

"南山的晚上很冷,你要记得多穿几件衣服……"母亲头顶重新浮起绿色的"R",她开始不厌其烦地叮嘱我,一个人在异星他乡如何照顾自己,之后用呢喃的语气,回忆过去三十多年,那些乱七八糟的往事,包括我的童年、我的大学,甚至我谈过的两个女朋友。"要不,你先找一个AI伴侣吧,有人陪着,也不会孤单。"我微笑着，流着泪听完了一长段絮叨，视频最后，母亲说："你多录几段你在那边的生活，用硬盘寄回来。你知道，要不是条件不符合，我也很想报名南山的……"

"好！"

我跟母亲挥手告别，退出AR。下车，打开智云的AR录影，将镜头先后对准穹顶的皓月、街边的长方体标准建筑，最后是自己，我说：

"我现在在南山的2号街，这儿环境挺好，就是晚上人有点少……"

"前面是中心区，那边是中心花园……您看，漂亮吧？"

"我住在华人区，楼下有一家杂货店，您一定没见过杂货店吧，回头我拍给您看。"

嘀——嘀—— 一阵刺耳的汽车喇叭声打断了录影，我恼怒地扭过头，一辆黑色的汽车停在我身后不足五米的地方，明晃晃的前灯照得我几乎流下泪来，我眯起眼，只见驾驶座上坐着一个秃脑门的老头儿，东方人模样，八九十岁，老头冲我说："易一？"

"我们认识？"

"不认识，但你是名人嘛，打个招呼。"老头关掉大灯，咧嘴笑了起来，露出一口被烟熏火燎的黄色板牙，"上车聊聊吗？"

"你是？"

"我姓赖，无赖的赖，你叫我老赖就成。我现在是出租车司机。"

"出租车？"我愣住了，跟杂货店一样，出租车也是只在老电影、纪录片里出现的文物，我顿时起了兴趣，拉开车门，坐到副驾驶位置上。老赖身材不高，尽管是坐姿，也能看出肯定不满一米七，皮肤黝黑，圆圆的秃脑壳上寸草不生——看上去就像一颗卤蛋。

不过老赖的眼睛挺有神，闪闪发光，精神劲儿也足。看样子，应该是这儿年轻的一拨，我好奇地问："你这车？"

"商业区买的，两百万，一半是无息贷款。"

"这儿又不缺免费的无人驾驶汽车，你买车干吗？还有，你跑出租，能有生意？"

"有啊，这里虽不缺车，但大家更不缺钱，偶尔花点小钱，怀怀旧，坐一趟带司机的出租车不挺好？只可惜我的形象差了点，老太太们瞧不上，不然能赚更多。"

"你很缺钱？"

"钱这东西，永远是越多越好的。"老赖笑得更灿烂了，"你呢，杵大街上拍什么？"

"拍这边的生活，给我妈妈报个平安。"

"给你妈妈报平安？"老赖怔了片刻，说，"他们……不放你回家？"

"你……你怎么知道？"

"这还用问？是个人都知道，你下午跟樱小姐见面了，如果她答应送你回去，你还用录视频报平安吗？嗯，不许你回家也正常，毕竟送你一个人回去是小事，但开了这个头，以后就不好办了。"

我张了张嘴，不由得对这个其貌不扬的家伙刮目相看，很明显，这是个聪明绝顶、洞悉人情世故的老头儿："确实是这样。"

"你录完了视频，怎么传回去？"

"拷到硬盘上……后天有一艘货运飞船回地球。"

"噢，"老赖漫不经心地点了点头，忽然，他转过脸，露出一种促狭、暧昧的笑容，问，"那艘货运飞船，是不是SPACE-Z型？"

我一时错愕:"不太清楚,可能吧……"

"那你干吗不偷渡?"

我有些恍惚:"什么意思?"

"你不知道么,SPACE-Z飞船属于A级货运飞船,一般用于运送精密设备和贵重物资,最高加速度不超过7G。如果你做足准备,偷偷溜上飞船,也能平安回去!这不就是偷渡吗?"

"偷渡?"我记得,根据宇航法,物流飞船严禁载人,毕竟两者安全性至少差了一个数量级。即便抛开安全因素,飞船起飞前,也一定会做严格的安全检查,我又怎么可能混上去?我说:"偷渡,哪有那么容易?"

"嗯,是不容易,但我可以帮你。"

"你?帮我?"我先是一喜,旋即警觉起来,我跟老赖以前素未谋面,他凭什么帮我?但老赖很快说:"当然,你要给我报酬。"

"报酬?"

"你的卡上有多少钱?"

我苦笑道:"二十六七万,到这儿第一天,他们给了我半个月的生活费。"

"我都要。但别转账,去买一些东西,当面交给我……"老赖思索了几秒,眉飞色舞地报出一连串的商品名称,名烟名酒、高档保健品、奢侈品,都是贵重易携的一般等价物。我听完了这些条件,内心有些波澜,但并不十分激动。

毕竟这才是我们第一次见面,我无法确定,这个陌生的秃顶老头是否值得信任,这份突兀的殷勤背后,是不是藏着什么阴谋。再说,即使他真有诚意与能力,我是否要选择"偷渡"这个极端、冒险的法子。汽车很快开进了华人区,老赖将车停在路边,静静地看着我,双眼里流露出期许的神色。

"我考虑考虑。"

"不急,想好了随时联系我。"老赖伸手指向不远处的一栋公寓,"我住7号楼204,中国人不骗中国人。"

我不置可否地笑笑,下车,走向对面的04号公寓,一楼的杂货店依旧亮着灯,门里传出隐约的人语。我没有驻足,径直走向楼梯,上楼,在推开冰凉的金属房门前,我扭过头,将目光投向深邃夜空里某个特殊的位置,由于月光过于明亮,那片夜空"一无所有",肉眼看不见任何星体,但每个人都知道,那儿,是猎户座第二悬臂的位置。

那里,是地球、是家。

外星恶棍

这一夜我又失眠了。

无论躺下、坐着、做任何事,偷渡这个念头,都如魔鬼般在脑海里盘旋。

老赖真能帮我偷渡?A级货运飞船真的安全吗?航程中的食物、饮水怎么办?飞船内有供氧吗?

凌晨两点,我再次打开母亲录制的AR视频,想再看一遍来转移注意力,然而适得其反。AR场景中,母亲憔悴的面色让我更加归心似箭。

唉,妈妈,您只关心我在这边过得好不好,就不能关心关心自己吗?

等等。一个念头冒了出来,我忽然觉得很冷,身子不由自主地颤抖起来——在这段一个多小时的AR留言里,母亲对自己的身体状况、病情进展竟然只字未提!但凡她有所好转,不,即便没有好转,只是维持原状、基本稳定,她也一定会"报喜不报忧",说一堆让我宽心的话语。然而,从头到尾,她一个字都没有说。这意味着，母亲的病情，多半又加重了，甚至恶化到了无可救药的地步。

如果再等几个月、几年，我回家那天，还能再见到她吗？虽然樱小姐承诺，会尽快，尽力让母亲接受最好的治疗，但来得及吗？

我不再犹豫，立刻用智云上网，以"货运飞船""星际偷渡"为关键词，搜索到了几条信息。过去十多年，曾出现过两次类似的"偷渡"事件：两个胆大妄为的冒险者潜入A级货运飞船，"逃票"出其他星球，最后，他们都成功（活着）抵达了目的地，其中一个在下船时被发现，被处以半年拘役、十万美元的罚款的惩罚！

这一点风险与代价，对此时的我来说，简直不值一提。

杂货店。

"老裘，你认识老赖吗？一个住7栋的秃顶老头。"

这会儿老裘正坐在柜台后的椅子上闭目养神，当听到"老赖"这个名字时，一下子睁开眼，警觉地打量了我几眼，说："你问他干吗？"

我犹豫了片刻，并没有把见到老赖的事说出来，只是问："他怎么了？"

"这个老秃驴是个混账，你最好离他远点。"

"混账？他做什么了？"

"1月2日，我们入住的第二天，他就跑美洲区买了一批大麻，然后带到日本区去卖……这玩意在许多区域都是违禁品，据说他贿赂了那边的保安，保安都睁一只眼闭一只眼，后来他还做鸡头，问好几个人借钱，买了四个漂亮的AI伴侣机器人，但不是自用，而是搞起了色情产业……真是要钱不要脸！当然，他的主业还是走私！"

"走私？"

"嗯，南山殖民点毕竟刚落成，很多配套设施都没完全跟上，所以每两天，都有一艘货运飞船往返地球，将地球的物资运过来，把这儿的矿物、生物样本运回去。0471虫洞的A端入口在火星附近，从南山往返的货运飞船，都会去火星基地中转、补充燃料。据说老赖之前在那边工作过，熟门熟路。最近他跟南山发射区的工人也勾结上了，常常在运回去的矿物里，加一点私料，例如名贵雪茄、奢侈品，你也知道，这些东西在我们这儿根本不缺，火星基地的工人中饱私囊后，出于回报，也会送一些我们这儿稀缺的东西过来。"

"我们这儿缺什么？"

"清单外的商品。比如有些小众品牌的烟酒、食物、日用品，就要提前预订，至少要等几个月，还不一定能搞来。但最值钱的，还是一些文物、手工制品，比如带签名的纸质书，地球上的标本、花草，文玩核桃、黄花梨手串，这些玩意儿不属于必需品，正常都不给运。"

我瞠目结舌，没想到那个长得像卤蛋的老赖竟然如此无法无天。

"没人管他吗？"

"谁管啊！据说大多数保安，都收过他的好处，再说他做的这些，都是擦边球性质的事情，通常也不会惹出乱子，反而能改善治安，促进消费。"

我点点头，内心反倒有些窃喜，毕竟我不是执法者，更不是道德圣人，老赖做的这些勾当，非但影响不到我，反而足以证明，他确实有本事帮人偷渡回家。我思索了一会儿，对老裘说："我今天去见樱小姐，她没答应我回家的事。"

"她不让你回去？"老裘有些义愤，"为什么？那点路费对她来说，也就是九牛一毛！"

"她说目前人心不太稳，送我回去，别人也会想走，不能开这个头。"

老裘怔住了，半天没有说话，他点燃了一根烟，猛吸了两口："这么说的话，也有点道理。"

"我妈妈的病情可能不太乐观。"

"你先别想那么多……"

"刚才我在路上遇到老赖，他说，他可以想办法，帮我偷渡回去。"

"偷渡？"老裘失声吼道，夹烟的右手猛抖了一下，燃烧的香烟落在地上，溅起几粒火星，"他胆子这么大？"

"既然东西可以偷偷弄上飞船，那人……应该也可以吧。"

老裘瞪大眼，透过袅袅上升的青色烟雾，与我对视。不知为什么，我很信任这个刚认识两天的老人，以至于毫无保留地向他坦白了这个重要的秘密。老裘咳嗽了两声，捡起香烟，将烟蒂在袖口擦了两下，猛吸一口，说："你这么想回去？"

"嗯。"

"如果能确保安全的话，倒可以试试……"

"我有点奇怪，老赖为什么要帮我这个忙，我能给他的报酬也就二三十万，这点钱，他应该看不上眼吧？"

老裘再次沉默，想了一会儿，说："说不定他想发展你成为他的下线，从地球搞物资给他，毕竟你来过南山，清楚这里的市场规则。"

"他应该不会骗我吧?"

老裘的眉头皱了起来,额上的纹路也加深了一些:"我觉得不会,没必要,他骗你能有什么好处?为了这二三十万赔上自己好不容易积累的名声?再说了,如果收了你的钱,最后没送你走,他不怕你报复吗?说实话,你是这儿唯一的壮小伙,真要惹了你,这儿的老头老太太,没一个够你打的。"

我苦笑起来,没错,在南山上,我是唯一的青壮年,拥有当之无愧的最强武力与最强体力。看似令人艳羡,实则毫无价值,难不成我要用武力欺压那些八九十岁,甚至一百岁的老人吗?

这一刻我压根没有想到,我的最强武力,居然很快就会派上用场。

偷渡客与走私者

华人区7号公寓，204室。

我叩门的声音很轻，毕竟老赖声名狼藉，我又身份特殊，被别人看见我们之间来往，总不太好。"嘟嘟，嘟，嘟嘟，嘟。"我下意识地敲出了两短一长的节奏，来提醒屋里人这是一次见不得光的会面。

"谁？"

"我，易一。"

"噢，后生仔。"门开了一条手指宽的小缝，一个油光锃亮的脑壳从缝里露出来，老赖警觉地往我身后看了一眼，打开门，"进来再说。"

我走进屋，却发现房间里几乎没有下脚的地方，四五十平方米的客厅地上堆满了各种杂物：半人高的木刻佛像、尚未装裱的西方油画、两盆吊兰，以及南山上近乎无限供应的高档雪茄、白酒、奢侈品、化妆品。这些物件堆放得相当杂乱，整个屋子就像一个巨大的垃圾场。我瞠目结舌地问："这都是你的货？"

老赖咧嘴一笑，露出标志性的大板牙："是啊，佛像、油画、吊兰是从地球带来，打算在这儿卖的，烟酒、奢侈品是带回去的。总之，只要在南山物资清单上的商品，我就出货，清单上没有的，我就进货，来回一倒手，少说赚十几倍。"

我点点头，俯下身，捧起那尊佛像，对着灯光仔细端详，这是一尊印度的"千手佛像"，木质精细沉重，表面光滑，看不到一丝裂痕、瑕疵，我把玩了一会儿，忽然伸出手，用指甲在木像表面轻轻划了一下。

"你干什么?!"老赖又惊又怒，"这玩意卖八十万！别给我弄坏了。"

"你进的商品里面，有瓷器这些易碎品没？"我放下佛像，环顾四周。

"你啥意思？"

"毕竟是货运飞船，安全性不能和载人飞船比。"我说，"如果易碎品能完好地运过来，我才放心。"

"后生仔，你怀疑我？"老赖跟我对视了几秒，忽然嘿嘿一笑，转过头，对一旁的介护机器人说，"把烟灰抱来。"

烟灰？我不知道这个特别的名字代表什么。"收到。"机器人转身、进屋，当它再度出现时，机械臂上捧着的东西，让我一下子惊呆了。居然是一只刚断奶不久的英短猫。

这猫品相极好，蓝宝石般的瞳孔、毛色银中带灰、嘴唇带着天然的微笑弧度，小猫有些认生，冲我细细地叫了一声，眼睛眯成直线。

"你知道，《星际移民法》明文规定，禁止携带任何活体宠物上移民星球，以免物种入侵，对星球环境造成难以预测的影响。这只奶猫，就是我安排火星基地那边偷偷运上飞船的。你想想，这一只没断奶的小猫都能好端端地过来,你一个大男人比它还娇嫩吗?"

"这……也是卖的吗?"

"当然,而且是拍卖,有个日本老头筹了六百万日元,对它势在必得,还有个中东老太太,要用两枚五克拉天然钻戒换这只猫!"

"六百万?五克拉?"我瞠目结舌,"你是要做这儿的首富吗?"

"不出意外的话,我已经是首富了。"老赖露出标志性的大板牙,扬扬得意地说,"当然,樱小姐除外。"

"这只猫怎么运上船的?"

"问这么详细,看来是想走了?"老赖嘿嘿一笑,吩咐介护机器人给他点了一根雪茄,吞云吐雾着说,"其实也不难,就是请火星基地的工人把一个装高档红酒的木箱掏空了,把猫藏里面运来的。为了货物跟清单能对上,我花二十万买了一箱红酒,又花了三十万贿赂发射场的卸货工人,所以说,这猫卖六百万也不高。"

我并不关心老赖的生意经,问:"我不是猫,你用什么箱子装我?"

"下一批运回火星的物资里,有一批中型灌木标本,最大的标本箱有七八个立方,藏一个人绰绰有余。"老赖说,"起飞前的检查我能搞定,至于火星中转站,那边的负责人是我表弟。当然,这几天,你也要做一些准备工作。"

我点点头,说:"我查过了,飞船从南山起飞,穿过虫洞,抵达火星中转点大约四十个小时。三四瓶矿泉水,两块面包也就够了,口袋就装得下。"

"水和食物是次要的,四十个小时,就算不吃不喝也死不了。最大的问题是氧气。货运飞船为了安全,防止物品自燃,点火前会抽空货舱内的氧气,然后充入氮气。"

"那怎么办?"

"带氧气瓶呗。"老赖伸出手,指向墙角堆着的一个氧气瓶,"这只奶猫运过来的时候,用了一个五升的氧气瓶,你一大活人,四十小时,得三个八升的氧气瓶才够,保险的话,最好带四个。"

"氧气瓶怎么弄?"

"好弄,无人超市就有,这儿都是老头老太,不少人都需要吸氧。"老赖说,"买起来容易,但搬起来不容易,一个八升的氧气瓶有九公斤多,四个就是将近四十公斤。你得把这四个氧气瓶,一口气搬到飞船里去!"

没想到我的最强体力这么快就派上了用场,我低下头,瞅了瞅勉强有点轮廓的腹肌,说:"为什么要一口气搬?"

"你现在忙不忙?"老赖没有直接回答我,而是话锋一转,"现在有空的话,跟我去发射场踩个点,你就明白了。"

我用力点了点头。

发射场孤悬于南山区西南角,距离中心区将近两公里路程。发射场面积很大,长宽在一千米左右,外侧并没有围墙、栅栏隔离。东南、西南两角矗立着两座数十米高的发射架,北部则是一片巨大空旷的降落坪。这个点,发射区的人不算多,一眼望去,只有十来个物流工人,外加三四个保安,加起来也不到二十人。

这些工人、保安都是南山的年轻人,年龄在八十到九十岁。保安都坐在岗亭的椅子上,各自聊天、玩游戏。偶尔站起来走个两圈——说是巡逻,更像是舒活筋骨。物流工人则坐在自动驾驶的小车上,监督、指挥搬运机器人干活儿。

"我们去东南角的2号发射架。"老赖带着我,大摇大摆地往

2号发射场走，路上有一位保安看见了我们，笑眯眯地冲老赖挥手致意，丝毫没有盘问的意思。我有些惊愕："这里的安保这么松吗？"

"等你偷渡之后，估计会严一点吧。"老赖皮笑肉不笑地说。

我们很快走到了2号发射架，在这里，至少有表面上的安保措施了：一堵两米高的金属栅栏将一块足球场大小的空地围了起来，空地的正中便是六七层楼高的发射架，在发射架旁，一架SPACE-Z飞船正整装待发。飞船的底部舱门开着，一个体态微胖的老妪正坐在起落梯旁，指挥机器人将几十个货箱从地面搬入货舱。

这片封闭区域只有一个出入口——一道五六米宽的道闸，关着，但我一猫腰就能钻过去，两名保安坐在道闸旁，一个在打瞌睡，另一个在玩游戏。我问："你能搞定他们？"

"这三个人都跟我有业务往来。"老赖嘿嘿一笑，"不过虽然他们愿意帮我带货，但把你这个大活人给送上去，他们肯定没有这个胆子。"

"那怎么办？"

"你看到门右边的那个小方屋了吗？那是他们的休息室，嗯，我每次偷偷带货，都会约他们几个去休息室聊一会儿……"老赖大摇大摆地走向大门，跟两个保安使了个眼色，保安心领神会，立刻从椅子上站起身，跟着老赖，蹒跚着往休息室走去。到门口时，老赖朝那老妪喊了一声，老妪扭头看了一眼，也放下手头的工作，屁颠屁颠地跟了过去。

我拿出智云，开启了摄影功能，一来为了计时，二来也方便记下更多细节，老妪是最后走进休息室的，旋即就把门关上了，整个发射场空空荡荡，先前忙碌的装卸机器人也跟雕塑一样，站在原地。这样的静止持续了两分四十五秒。门开了，老赖一个人走了出来，我本以为那三个人也会很快跟着出来，没想到却猜错了。老赖出门后，居然反手把门又掩上了，只见他快步走到飞船旁，像监工一样巡视了一圈，最后爬上装卸梯，往舱内看了一眼。

老裘这番动作用了一分三十秒，在这段时间，休息室始终大门、窗帘紧闭，直到老裘从货舱里走出来，又过了半分多钟，窗帘才被拉开，三人不紧不慢地从休息室走了出来，两位保安嘴上叼着雪茄。老妪用沙哑的嗓子，对装卸机器人吆喝了一声，装卸机器人立马重新忙碌了起来。他们慢慢踱回原本的位置，整个发射场恢复了之前的景象，就像什么都没发生过。

老赖大摇大摆地踱到我身边，说："飞船的货舱右手边，04号矿物箱只装了一半，可以放氧气瓶，05号生物样本箱基本是空的，你藏里面绰绰有余。"

"到那天，你也能这样把他们支开？"

"当然，这儿的规矩是工作人员离岗不能超过五分钟，我最多帮你争取这么久。"

"规矩？"我哭笑不得，"他们都这样了，还知道守规矩？"

"走私是走私，规矩是规矩。"老赖嘿嘿一笑，"年纪越大，脑子就越迂。所以，即便他们收了我的贿赂，即便这规矩根本就是形同虚设，但他们就是守规矩，你懂不？"

我点点头，这已不是我第一次用年轻人的角度，去代入老人的思维模式了，每一次都错得离谱。

"这里离飞船大约100米，你要在五分钟内，带着四十公斤的氧气瓶，跑上飞船，把自己藏好。"

我估算了一下说："不用五分钟，两分钟就够。"

"那就更稳妥了。"老赖连连点头，"如果万一你被发现了，就一口咬定是来偷东西的。这三个人都参与了走私，肯定不敢声张。"

"我什么时候付你钱？"

"不急，走之前给我就行，如果你不放心，可以把东西先放杂货店的老裘那儿，事后让他转交给我。"

没想到老赖竟如此诚意十足，甚至愿意"货到付款"。而据我查到的所有资料，加上老赖与保安、工人的关系，理论上说，这次偷渡是十拿九稳的，但即便如此，一种强烈的不安感依旧纠缠着我。我直直地盯着老赖的双眼说："老赖，我有一个问题。"

"什么问题？"老赖说，"知无不言。"

"你……到底为什么帮我？"

老赖怔住了，黝黑的面皮现出一丝不太明显的红色，眼睛下意识地眨了两下："我不是说了吗？中国人帮中国人。"

"不，一定有其他原因！"

"怎么可能！你这人怎么这样！"老赖看似愤怒，但眼神闪烁。

"再怎么说，这也是偷渡，我可不想拿自己的性命开玩笑。我打听过了，你不是那种乐于助人的人。"我说，"你不告诉我原因，我就不走了，反正我也没那么着急……"

"你年纪不大，怎么这么疑神疑鬼，你不走，那就待这儿好了。反正再过五十年，你也八十岁了，能融入这里了。"老赖的脸拉了下来，转过身，佝偻着往前走。我静静地看着他远去的背影，心头纠结。

难道，我真的错怪他了？

一个"声名远扬"，无利不起早的老赖，怎么可能真心帮我？图我的那点钱？笑话，这事的风险跟收益完全不成正比。可是，如果说他要害我，那动机又是什么呢？

就为了诓我二十万？我跟他无冤无仇，他坑我，那不等于砸自己的招牌吗？

五米……十米……十五米……老赖越走越远，标志性的秃脑门渐渐隐没在夜色中，我的意志也越来越薄弱，忍不住想追上去，叫住他，想再商量商量，就在我妥协前，老赖却站住了，瘦弱的身影在月光下静止了一下，他扭过头，像是下了很大的决心说："行，那我告诉你。"

我又惊又喜，三两步走到他身边。

"其实，我是想拿你打个广告。是这样的，你是这儿的名人对吧，所有人都知道你想走，但是樱小姐没批。这时候，我老赖把你弄回去了，消息一旦传出去，我不就出名了？你也知道，有不少老头老太在这儿住不惯想回去，我正打算发展偷渡业务。当然，到他们的时候，收费就不可能这么低了，不给我个两三百万，我都不考虑的。"

我哭笑不得，这个理由相当合理，跟老赖利欲熏心的奸商人设完全符合。

"你还打算多偷渡几个人回去？就不怕被惩罚吗？"

"惩罚？"老赖斜着眼说，"我这把年纪，还怕啥惩罚？枪毙我？让我坐牢？南山确实有一个隔离区，用于惩戒寻衅滋事的老头老太太，环境比宿舍也差不了多少。噢，对了，他们还有个撒手锏，当初的合同上就有写，如果我们违法，会被削减生活与医疗经费，我也不在乎，毕竟富贵险中求，这么大年纪了，不找点刺激的事情做，多没意思。等赚到一亿日元，我就收手，把钱换成钻戒、珠宝，然后想办法自己偷渡回去！"

这理由说服了我。前一天，我打听过老赖的底细，他少年时混过一段时间，但结婚生子后有所收敛。三年前，他的老伴病故，儿子又遇上车祸——人生如此艰难，如今他寻求刺激，搞搞走私偷渡，也符合情理。我主意已定，说："好，我回去准备氧气瓶。"

"嗯，不过最好别亲自去无人超市买。你身份特殊，平时又不吸氧，忽然买氧气瓶，很容易被大数据盯上。"

老赖的提醒让我心念一动，我忽然想到了老吴，没错，就是那个上老年大学、深夜做数学题消遣时光，却迷信吸氧能长寿的奇怪老太太。

毕竟她就住在我的楼下，要不一会儿回家找她买几个氧气瓶？这个偶然冒出的念头竟救了我一命。

生死危机

"你要做有氧锻炼,找我买氧气瓶?"老吴有些意外,"在床头扫码就能买,机器人送货上门。"

"得明天才配货……"我扫视了一下老吴的房间,在墙角,整齐地码着八个氧气瓶,"你能不能先卖四瓶给我?"

"四瓶?"老吴问,"一瓶就够十几个小时了。"

"我运动量比较大。"我撒了个明显不合常识的谎。

"那也不用这么多……"老吴说出半截话后,忽然顿住了,浑浊的瞳孔里放射出异样的目光,这目光很锐利,几乎刺穿了我的伪装。正当我犹豫是该继续扯谎,还是直接放弃时,老吴笑了起来,说:"好吧,你拿四个走,按原价给我就行。"

我被老吴盯得有些发毛,怀疑这个聪明的老妪是不是猜到了什么,却更加聪明地没有追问。我感激地点点头,付了钱,深吸了一口气,两手将四个氧气瓶提了起来。

"慢点走……"老吴收敛了笑容,一字一顿地说,"欲速则不达。"

我后背的汗毛一下子竖了起来，这话是什么意思，难道老吴知道了我想偷渡回家？可老吴面色依旧很平静，完全看不出别有深意的样子。

我不再多想，出门上楼，楼梯有四五十层，每层都很低矮，专为老人设计，但我毕竟拖着三十多公斤的负重，爬到二楼后，气就喘不上来了，贴身的衣服被汗水浸得透湿滑腻，让人很不舒服。

我放下氧气瓶，靠在冰凉的门上，歇息了半分钟，刷卡进门，房间里很黑，我跺了一下脚，想打开声控灯。灯没有亮。

我正要用更大的力气跺一下脚，忽然面门一凉，一阵微风吹在我的额头上。

没开窗，哪儿来的风？我毛骨悚然，在有所动作前，一团黑影从黑暗里跃出，笔直向我的面门袭来！

屋里竟然有人！而且就在我开门的一瞬间，对我发动了袭击。

我本能地偏头，想要躲开，但为时已晚，我的右额被一样坚硬的东西砸中了，瞬间眼冒金星，身体失去平衡，恰好软倒在一旁的四个氧气瓶上，意识也变得模糊……不知是不是幻觉，在昏迷前，我仿佛听到了"咦"的一声。

不知过了多久，我悠悠醒转，眼前一片漆黑。我在极度恐惧中陷落了两秒，旋即反应过来，我的双眼被一块黑布蒙住了，除此之外，手脚也被牢牢地捆成一团，身后是一堵金属质感的冰冷墙壁。直觉告诉我，我还在自己宿舍，并没有被带到其他地方，而且像是破麻袋一样被扔在墙角。

我能听到清晰的呼吸声，偷袭我的人没有走，而且近在咫尺。求生的欲望淹没了一切，我艰难地说："别杀我，我什么都配合……"

"你买这些氧气瓶干什么?"一个冰冷的女性电子声响了起来,显然,对方使用了自助翻译系统。

"我晚上要做有氧锻炼……"

"当我是白痴?"

我不敢搭话。对方沉默了片刻,用力掰开我的右手,用食指解锁了我的智云。他的指节很粗大,触感粗糙,明显是个男人。他摆弄了一会儿我的智云,很快我听到,这人点开了我刚刚在发射场录制的视频。

"老赖想帮你偷渡?上货运飞船?"

我心头一惊,这人竟如此利落地猜到了真相,证据确凿,我只能点头承认。

"他胆子真大,这事也敢做。"

"我不走了,求求你,放了我。"

我如筛糠般发抖,额头的鲜血、眼前的黑暗彻底剥夺了我的勇气。我羞于承认,又不得不承认,自己竟如此懦弱贪生。然而下一秒,对方说出一句让我无比震惊的话。

"不,你走,我不杀你。"

"什么?"

"不瞒你说,我本来想杀你的,但既然你要走,那我就不杀你了。"

这一刻,惊讶让我忽略了疼痛。我毫不怀疑对方杀我的决心,这从我进门时,他偷袭我那一下的力道就能看出,若不是我反应还算迅捷,用额角代替了太阳穴承受了那一击,只怕现在已经是一具尸体了。

"你是个威胁。"这人说。

威胁?尽管有百般疑问,我也不敢开口。

"你打算什么时候走？7号吗？"

"是。"

神秘人走到我身前，解开了手上的某个绳扣，我僵在原地，不敢动弹分毫。

"我走了，你得谢谢这四个氧气瓶，要不是它们，你已经没命了。"神秘人推开门，不紧不慢地走了出去，他的脚步均匀且稳定，出门后，他还轻轻带上了门。

我默数了十个数字，挣脱绳结，扯下眼罩，大口大口地喘气。窗帘被拉开了，皎洁的月光均匀地洒在房间的金属地板上，我扫视四周，想要找出一些对方留下的痕迹。然而一无所获，除去墙角堆着四个氧气瓶，屋里的布置与我出门时一模一样，丝毫看不出有人来过的痕迹。

他是谁？他要杀我？只因为我存在"威胁"？

我想破了脑袋，却死活想不出其中的原因。

当然，我也瞎猜了几种可能，例如我这个年轻人的存在，对一些老人的生活、工作心态产生负面影响，这从前两天我在中心区，帮几个印度老头扶起佛像后遭受的冷遇便能看出；或者，我回家的诉求，从法律、情理上理应得到批准，但樱小姐又不愿意破例，于是处理掉我这个不安因素就成了最佳方案……这些猜测都不太经得起推敲，但毕竟人类迷惑行为太多，我也不敢断然否定，然而睡下后，我忽然想到了一种最另类、最有趣的可能。

这个要杀我的男人，莫非是某位樱小姐的狂热追求者？他之所以要杀我，唯一的目的是消灭情敌？

我是这儿唯一的年轻人，就在一天前，我刚刚获得无数移民梦寐以求、求之不得的殊荣——跟樱小姐单独见面。这想法确实荒谬，但仔细想想，却很可能是硬伤最小的那一种。它能完美解释"你是个威胁"这句话。又能完美解释"我本来是想杀你的，但既然你要走，那我就不杀你了"。

算了，不想了，这都不重要……

我并非一个宽容大度的人，但这一刻，重归冷静的我，已经放弃了找出这个人的执念，我甚至决定，不把今晚的事告诉任何人。毕竟只要离开南山，回到地球，那么，这个人究竟是谁，他与我的一切恩怨，也都一笔勾销，没有任何意义了。

我看了一眼时间，1月5日晚上11点整，距离偷渡的时间，只剩四十五个小时。

异变

南山历1月7日，晚上7点03分，距离SPACE-Z发射，只剩一个小时。

下雨了，不大，我出门时有些烦躁，但很快便轻松起来。街上人很少，我又穿了雨衣，这一来更不会有人注意到我手里半人高的简易货箱——箱子里装着氧气瓶、少量食物饮水，一些安全物件，如缓震棉、安全帽等。

箱子很重，有四十公斤，没有滚轮，只能手提。我冒着雨，喘息着步行了两百米，钻进一辆无人驾驶汽车。五分钟后，我在2号发射场门口看到了老赖。他的模样有些狼狈，一把不大的黑伞刚刚遮住卤蛋般的脑袋，以及不算宽阔的肩膀，矮矮的躯体倚靠在发射点的金属栅栏上。他穿了一身宽大的黑色防水外套，但裤脚被雨水打得透湿，眉毛上也缀着好几粒水珠，看到我，他浑浊的眼睛亮了起来，干瘪的嘴唇挤出笑容。

很快，老赖注意到我额角的胶布，问："你脑袋怎么了？"

"在家不小心摔的。"我不想说前天遇袭的事，提着行李箱走下车，问出了唯一的顾虑，"下雨不影响发射吧？"

"当然不影响。"老赖掀开我的雨衣一角，"东西带全了吗？氧气瓶，食物，水。"

"全了。"

"我检查一下。"老赖说。

检查？我错愕了几秒，还是打开了箱子。

"八升的氧气瓶，四个。"老赖扫了一眼，忽然伸出枯柴般的右手，抓住一个氧气瓶的把手，用尽全力，将它提了起来。

这氧气瓶有九公斤，对我来说不算什么，但对于年近九十岁的老赖来说显然重若千钧，他干瘪的胸腔上下起伏，发出牛一样的喘息，显然，这个动作榨干了他衰弱身体的全部气力，我愣住了，问："怎么了？"

"没什么，帮你检查下，重量没问题，氧气瓶是满的。"

"放心，我检查过了。"我笑着说，"这关系到我的小命，不可能不上心的。"

"那是我多心了。"老赖晃了两下秃脑袋，"老头子都这样，你别介意。"

我心底忽然涌出一丝感激，没错，老赖的动机并不单纯，但无论如何，我感到他是真心实意希望我顺利回家的。我点点头，拍了拍他的肩膀，说："谢谢。什么时候行动？"

"马上。"老赖的眼睛更亮了，黝黑的脸庞也放出光来，也不知是雨水反射还是我的错觉。他的自信是有理由的，下雨天，当值的保安更加懈怠，两人蜷在岗亭的椅子上，眼睛片刻不离手里的智云。发射架旁，那个老妪监工一如既往地在指挥机器人干活——此时装卸工作已经完成，机器人正在货舱内扫描对件，以确定货物与清单上一致。老赖说："这是最后一次清点，你等会儿上去,稳稳没问题!"

"好!"

"一会儿你进货舱后,把行李放进04号矿物箱,密码090711;人进05号植物样本箱,密码304133。"

"090711,304133。"我默念了两遍,同时掏出智云,在记事本记了下来。

"藏好后,千万别发出声音。"

这时,货舱里的机器人完成了清点,跟在监工身后走下起落梯。

"准备上船!"老赖也不多话,头也不回地往大门走去,不知是不是错觉,老赖的脚步,似乎比上次见面时更蹒跚了几分,一步一步,仿佛在地上拖行,就连腰背都更加佝偻。

两名保安很快看到了老赖,也看到了不远处的我,但丝毫没有警惕之意,笑呵呵地接过老赖递上的香烟,走进休息室,关窗帘十秒后,那位监督装货的老妪也走了进去,关上了房门。

我深吸了一口气,脱掉雨衣,用力提起行李箱,往发射架入口走去。我没有奔跑,时间绰绰有余。在肾上腺素的激励下,我感觉手里的箱子比任何一次训练时都要轻许多,这让我一度怀疑是不是少拿了一瓶氧气,于是又花了二十秒检查了一下,没有问题,一切完美。

我钻过道闸、爬上货梯、钻进舱门,舱内挺暗,只能勉强视物,空间也不算宽敞:二三十平方米,三四米高,十多个货箱整整齐齐地固定在两侧。我很快找到了04号矿物箱,输入密码,矿物箱顶盖缓缓打开,七八块拳头大小的矿石堆在底部。我拎出一瓶氧气放在身边,将行李箱小心翼翼地放了进去。

该藏自己了。05号样本箱是一个1.5米×1.5米×1.5米的立方体，藏一个人绰绰有余，我输入密码，顺利打开了箱盖。箱底覆了一层几厘米厚的土壤，能隐隐看到几十粒大小不一的种子，在箱子一侧，斜着两株一米出头、底部绑有泥团的灌木，但空间依旧宽裕。我毫不犹豫地跳进样本箱，将灌木搬到角落，半蹲在箱子里，双手举到接近箱口的高度，以免顶盖自动关上。这姿势很累人，但此刻我的心脏狂跳，所以完全忽略了这一点。大约过了一分钟，我听到，外面传来咚咚的声音，是鞋面踩在飞船货梯上的声音。

"后生仔！后生仔！"是老赖在喊。

我的心跳得更快了，几乎要从胸腔里蹦出来，问："怎么了？"

老赖走到箱口，居高临下地看着我，说："没什么，过来看一下，氧气瓶放好了？"

"放好了。"

"我检查一下。"老赖并不放心，转过身，输入密码，打开04号矿物箱，我有些不爽他的多疑，但还是按捺住了，等他检查完毕，我说："保安快出来了，你快走吧。"

"你别把手举着，那个女的可能看见。"

"我怕这箱子顶盖自动关上……"

"不可能，封箱需要手动操作。"老赖走回我藏的样本箱前，"把手放下去！"

老赖的语气有些急促，甚至带着一丝严厉，我有些费解。一来他才说已做完了最后一遍检查，二来我的手指离箱口还有二三厘米，除非那监工走近前，只从外面仰视，是绝不可能看到我的手的。即便如此，我还是把手往回缩了一两厘米。

"放下去。"老赖又走近半步，将他硕大、黝黑、光秃秃的脑壳探到我眼前，这一来，这颗"卤蛋"就遮住了大部分亮光，由于逆光,我无法看清这张密布皱纹的脸上带着什么表情,甚至无法从这团阴影里,找出眼睛、鼻子的位置,下一秒,老赖居然伸出枯瘦的右手,去按我举过头顶的双手。

老赖的手很凉、很粗糙、沾着雨水,就像一截湿润的枯木,我心里起毛,恼怒这老头的多疑与执拗,但还是忍了下来,但很快,我发现不对劲了。

老赖的另一只手在干什么?

我腾的一下从箱子里站了起来,看清眼前的一切时,顿觉后背上有一条阴冷的毒蛇缓缓游过。

老赖的左手食指,正虚按在样本箱外部,闪烁着红光的按键上——"LOCK"!

他想封箱?!

毫无疑问,只要我一缩回手,他按下按键,我就会被封死在这个不足四立方米、阴冷黑暗的05号植物样本箱里!

货舱里的空气凝固了,几乎在一瞬间,我用双手撑住两边的箱壁,打算跳出来。然而狭窄的空间让我动作迟缓,与此同时,眼前这具衰老、枯瘦的躯体爆发出不可思议的速度与力量。老赖向后闪了一步,右手入怀掏出一个黑黝黝的长条状物体,笔直向我的腰部戳来。

此刻我尚未从箱子里脱身,避无可避,但老赖毕竟太老了,发力时整个肩膀、手臂都在颤抖,生死关头,我来不及多想,用尽力气,抓住了老赖手里这黑黝黝的未知物件。即便这是一把锋锐的匕首,被削断两根手指,那也认了,总比被戳在腰眼上,然后闷死在箱子里好。

光,有光。

黑色物体闪烁了一下,两道耀眼的电弧在眼前闪过。我的手一麻，竟诡异地被弹开了，接着，我感觉大半边身体，似乎都不属于我了。

这武器竟然是一根电击棍！

我竭力嘶吼、挣扎，但身体却软绵绵地，像面条般瘫软下来，一并被击垮的是我的愤怒与勇气，我的眼睛里流下泪来："求求你，别杀我！"

老赖摇摇头，说："我不杀你，中国人不杀中国人。"

我想摇头，却发觉脖子已不听使唤，心里彻底绝望，我实在想不出，若不是为了杀我，他这么做到底有什么意义。

"我知道你不信我，但我真没想杀你。"老赖咧嘴一笑，同时伸手去解外套的纽扣，伴着一阵清脆的金属撞击声，我看到，老赖的脖子上，有七八根小指粗细的金链子正来回晃荡。

"这……这算什么？"

"我带了三公斤的黄金珠宝，这都是我用赚的钱、借的钱，从那些老头老太手里换的，这儿不流行摆阔，很多人都觉得这些是累赘，三文不值二文就卖了。"

"你要干什么？"

"我真没打算害你，只是这次，我打算自己先上船偷渡回去，至于你，可以贿赂那些保安，日后依样复制一次好了。"

"那为什么要拉上我？你自己走不好吗？"

"我自己走？"老赖咧开嘴，用力拍了拍我的脑袋，"我这把年纪，如果不靠你，这快一百斤的氧气瓶，谁帮我搬上来？"

我呆住了，有些哭笑不得，没错，以老赖的体格，除非借助机器人，根本不可能独自完成这个任务。

"说真的，我对你不错，特地选了样本箱，这箱子透气、底下又有助力滚轮方便推动，要是我真想害你，就让你进矿物箱了。"老赖用尽全身力气,把我身边的氧气瓶抱了起来,搬进一旁的矿物箱里,接着又走到我跟前,笑了笑,按下了封箱键。伴着一阵令人绝望的金属摩擦声,头顶的箱盖缓缓闭合,在箱口只剩一条小缝时,老赖忽然一扬手,将一个沉甸甸的物体给扔了下来。

这物件不大,只有拇指大小,但明显很沉重,砸在土里的瞬间陷了进去,然而这对此时的我来说已经完全不重要了。我就像被关进了一口棺材,伸手不见五指,阴冷、窒息、令人绝望。

半麻的身体感到轻微的震动,伴着滚轮滑动的骨碌声。老赖推动了箱子。

"你别怕,我跟保安老周说了,有一份礼物要给他,就放在这个箱子里,一会儿我把你推到发射场的地下仓库,半小时后,他会来开箱取礼品……嗯,就是我刚才扔下来的那根金条。"老赖嘿嘿一笑,"我记得有个成语,好像就是形容我对你做的事的。"

"请君入瓮?"

"对!就是请君入瓮!你们年轻人就是有文化!不像我,高中都没上过!"

"你什么时候想到这个计划的?"

"说实话,我起初也没有想到偷渡,还是你提醒了我。而且最开始,我确实是想送你回去的,但这两天我越想越不踏实,毕竟我做的这些事,说不准哪天被秋后算账。对了,我还有个上线,先前我做走私都是他罩我,但最近,他对我也有点不满了。正好昨天那只布偶猫拍出了高价,我就不犹豫了。对了,这根电击棍也是我连夜搞到的,放心,是瞬间电流,不会留啥后遗症。"

"你下手真狠。"

"没办法,你是年轻人,我一个老头子,真要翻脸,我哪是你对手……先不说了，再说话，我的气有点喘不过来。"

老赖推着我走了四五分钟，中途拐了两个弯，停了二三十秒，这二三十秒里，轻微的失重感让我猜到应该是进了电梯。后来，老赖的喘息声越来越重，明显体力接近了极限，正当我怀疑他还能不能坚持的时候，滚轮声戛然而止，箱子停住了。

"到了？"

"到了，我还得再推一个同样的箱子上飞船，给自己藏身！"老赖说，"我得走了，要不要祝我一路顺风？！"

毫无疑问，被摆了这么一道，我已愤怒、憋屈到了极点，但毕竟此刻小命还在别人手里，只能说："祝你一路顺风。"

此刻的我咬牙切齿，恨不得将这个可恶的老家伙食肉寝皮，然而谁知道，老赖阴险、处心积虑的完美骗局，竟然救了我一命。

替死

阴冷、窒息，我蜷缩在1.5米见方的样本箱中，仿佛置身于一口冰冷的棺材。这感觉度日如年，幸好，保安老周对礼物的渴望程度比预期的更强烈迫切些——只过了十多分钟，我便听到一阵窸窸窣窣的脚步声走近，我有些纠结，也不知该如何应对。

求生的本能让我忍不住想拍打箱壁，大声呼救。

然而如果老周知道，"礼品箱"里还多了一个活人，会不会出什么岔子？

呼救，还是沉默？

还是先沉默吧……

此时我的身体尚未完全恢复，整个人瘫软在箱底，大口大口地喘气，一旁，灌木样本不太尖锐的枝叶戳在脸上、身上，我无暇顾及。脚步声越来越近，我的心跳也越来越快。"嘀"一声清脆的电子按键声在头顶响起，比最动听的天籁还美妙百倍。

箱盖打开的一瞬，一个寸头、矮胖的老头出现在眼前。当看到我的一霎，老周吓了一跳，往后退了两步，目瞪口呆地看着我，脸色先是苍白，之后越憋越红，过了好一阵子，才冒出一句："你，你怎么在里面？"

"先别激动。"我费力地伸出右手，将刚从土里刨出来的金条递给老周，"这是老赖给你的……"

"这，到底是怎么回事？"

"说来话长。"我看了一眼智云，晚上7点55分，距离SPACE-Z点火发射还剩五分钟，毫无疑问，我现在做什么都于事无补了。向老周举报老赖偷渡的事？且不说这五分钟够不够上报、中止发射，就算我成功阻止了飞船发射，对我来说，除了泄愤，又有什么好处？

非但没有好处，相反暴露了自己未来的偷渡计划，自断后路。

我并非冲动到不顾一切的傻瓜，所以，尽管老赖狠狠摆了我一道，但我现在能做的，也只能是目送他先走一步了。

"带我出去。"我对老周说。

"干吗？"

"看火箭发射。"

"怎么？"

老周有些狐疑，目光在我身上来回打量，此刻的我可谓十分狼狈：额头的胶布不知何时被蹭掉了，露出前天遇袭的伤口，脸上被泪水、泥土搞得一团花，衣服完全辨不出原本的颜色，衣领上挂了两片半蔫的灌木叶片，老周问：

"老赖把你关箱子里了？为啥？"

我摇摇头，也不回答，双手撑住箱壁，跳了出去。老周怔了怔，下意识地上前半步，似乎想拦住我问个清楚，但很快便立定了，脸上露出尴尬的笑容。毫无疑问，刚刚的这一跳，足以证明我在力量、反应上的绝对优势。他讪笑着对我摆摆手，说："这里是发射场B1层,上楼从这边走。"

我跟在老周身后走了六七十米,拐了一个弯,进了电梯,出门。我发现,那艘熟悉的、本该搭载我回家的飞船,就在正前方两百多米的位置。

飞船被几十盏探照灯照得通明,警报声尖锐刺耳:"即将发射,请所有人退至安全红线后!切勿靠近发射架!"

"前面就是红线,站这儿等一刻钟,等飞船上天后再走。"

我点点头。很快"切勿靠近"的警报变成更加尖锐的倒计时,"5!4!3!2!1!"飞船带着震耳欲聋的轰鸣声缓缓升空,刺目的尾焰让我不得不闭上双眼,铺天盖地的热浪席卷而来,身边的气温瞬间升高了十来度。

"挺壮观吧……"老周说,"起初那三五天,有不少老头专程跑来看飞船发射,但现在少了,今天又下雨……"

外面,雨更小一些,阴云也分裂开来,为正在升空的飞船让出条道。

"你到底为什么会在箱子里?"老周问,"那金条,真是老赖让你给我的?"

"怎么了?"

"你是不是被他害的?能不能别举报他?他也就在两头捎一些紧俏货,你要把他举报了,我们也跟着倒霉……"老周猜到了一些端倪,但明显对实情一无所知。

"放心,我不会举报他的!"这话让老周宽慰了不少,他咧开嘴,笑了起来,抬头和我一道目送升空的飞船,飞船的速度越来越快,只过了十来秒,便缩小成一个小小的光斑,然而,在这片光斑消失在视野之前,可怕的意外发生了——它忽然爆裂开来,化作无数璀璨的、拖曳的光点,向四周散射、坠落,就像一团无比绚烂的烟火。

我的呼吸瞬间停滞了。

飞船竟然解体、爆炸了！

下一秒，我狂喊着，找到最近的一处可以做掩体的建筑，双手抱头趴了下来。老周也反应了过来，嘴巴里发出呜呜的叫喊声，奔到我身边。

"轰——"

震天动地的爆炸声几乎震破耳膜，无数大大小小，燃烧的残骸、碎片呼啸着从天而降，大多数坠落在远处的无人荒地上，但也有不少较小的碎片，被爆炸的气浪带到我们上方，劈头盖脸地砸了下来，其中有一块恰好落在我前面五六米的地上，那是一长条闪烁着金光的物件，不大，已融化得辨不出形状。但即便如此，我还是一眼认出，那是挂在老赖脖子上的七八条"金链"中的一条。

粉身碎骨、尸骨无存。

热浪扑面而来，我的心却仿佛被冻住了。

我离开发射场时有些浑噩，以至于并没有绕开足够远的距离。五分钟后，一场几十米开外的二次爆炸将一些金属残骸抛向我的方向，我躲闪不及，被一小块指甲大小、燃烧着的碎片擦到了手臂，痛得惨呼起来。叫声吸引来了刚刚赶到的救援队，一个身材高大的白人老头注意到了我，用英语问："你怎么在这？你受伤了？"

"没事，一点点擦伤……"

"来两个人，送他去医院。"

我想拒绝，但手臂上火燎的痛楚改变了这个想法。半小时后，我又一次见到了和子，她投向我的目光很复杂，似乎有些忧虑，又似乎有些责怪，但我已没有力气思考这些了。"二度烧伤，需要深度清创。"很快，我被带到了外科处理室，面前竟是一台"裘法祖4.0ultra"[①]型智械。我有些惊异，这是中国，乃至世界最尖端的智能外科手术智械，价值三亿人民币，检查、手术精度，超过任何人类和同类智械——据说全国只有十台，我之前只在新闻报道里见过，今天，在这异星的医院，我居然有资格用上？

智械缓缓伸出数十条长短不一的机械臂，开始麻醉、清创，随着镇痛药剂注入静脉，疲惫感席卷而至，我看着和子熟悉、忙碌的背影，忽然生出一种奇特的错觉。

或许，我再也回不去，再也见不到母亲了。

---

① 裘法祖（1914—2008），中国外科手术之父。

间章二　错误

时至今日，我依然常常会想，如果当初在东京地下铁2号线的涩谷站入站口，母亲能克制一点冲动与愤怒，她的晚年生活，是否会和现在截然不同。

这次意外发生在2100年10月1日，距离绿子AI首次上岗已过去了将近一年。母亲已日渐习惯，失去了25%的工作，以及20%的薪水的生活：虽然比过去紧巴了一些，但毕竟还属于中产阶层。然而意外终究出现了。事后，母亲给我讲述那段经历时，眼睛里有一些奇异的东西在流动，我不知道那是懊悔、不甘，还是骄傲。

那是一个细雨绵密的秋日早晨，7点10分，母亲合上伞，踏上涩谷站入口的下行电梯，发现前面的人流，比印象中任何一次都更拥挤、混乱。

母亲有些焦急，自从一年前开始，她便对迟到产生一种近乎病态的恐惧。毕竟，自己犯下的任何错误，都可能成为社领导用AI主持人彻底取代自己的理由。母亲咬着牙，右手将用来刷卡通过的智云高举过头顶，瘦弱的身躯像泥鳅一样，一次次变形、扭曲，想要从人群缝隙中挤过，但举步维艰，前方的人群好像一团刚和上水的面团，将所有人的脚步都牢牢黏在了原地。

"怎么了？"母亲问路边的巡警。

"你不知道吗？从今天开始，进地铁站需要脑机配对了，只有完成了脑机配对验证的人，才能坐地铁。"

母亲瞬间明白了，她在上一周播报的新闻里曾提过这件事。"脑机配对"技术出现于21世纪50年代，通俗点说，就是脑机接口技术的无线版——价值数百万美元的电波接收器可以实时、同时分析数百人的脑电波，从而探知每个人的思维（当然只是一部分），这样的群体读心术自然不会在大多数场合被允许，然而用在地铁、飞机等公共交通领域，无疑能极大程度减少恐怖袭击、危害交通安全事件的发生。

"脑机配对"的验证过程不复杂，顺利的话只用五分钟就能完成。配对者站在设备前方，按照指示完成一系列冥想，即集中精力，想象一些物体或概念，例如"苹果""100""安全""鲜血""炸弹""××站"，仪器会记录下配对者冥想时的实时脑电波频率，智能分析、归纳，进而破译每个人的实时想法。当然，这种破译是模糊的，不足以剽窃个人隐私、商业机密与灵感创意，但足以发现对公共交通产生威胁的恐怖分子、反社会人群。除此之外，还能极大地提升公共交通运行效率。入站口的脑电波分析仪可以在乘客入站前，便收集到乘客的此行路线、终点信息，从而更科学地规划每一班地铁的运行计划。

"全面启动脑机配对，交通不是应该更通畅吗？"母亲问。

"按理说是这样，但有些人事先不知道这个消息，尤其有很多老人，根本就没用过脑机配对。"

"可以现教啊，也很快。"

"是有人教，但很多老人根本就完不成脑机配对，他们年纪太大了，思想迟钝，无法长时间集中精神，而且脑电波也很不稳定。比如说，同样在脑子里想数字100，前后两次，脑电波的波形相差很大。今天又这么乱，肯定更不可能配对成功了。"

"现在要排多久？"

"难说，刚才对讲机里说，有五六十个老头老太太配对失败，上不了地铁，在跟保安发脾气，有一个老头直接动手，把拦道器砸坏了！目前涩谷警署已经在往这边调警察，应该很快就能控制场面了。"

不知是不是巧合，下一秒，刺耳的警笛声在母亲的耳膜边炸响，原本水泄不通的人群像被劈开了一道口子，人们尖叫着让出一条通道，二十多名全副武装的警察从通道里冲了过去，母亲愣住了，她在至少一半警察的手上，看到了漆黑、獠牙般的防暴警棍。没过多久，"啊"一声衰老的、沙哑的惨叫穿透重重障碍，刺入每个人的耳朵，旋即，两个人高马大的警察，一左一右钳着一位枯瘦矮小的老头走了出来，老头雪白的银发缠绕在漆黑的警棍上，没剩几颗牙齿的嘴巴里发出痛苦的呜咽：

"我错了！我不坐地铁了！你们放了我吧！"

"你涉嫌破坏公共交通设施，危害公共安全，跟我们回警察署。"

"我坐地铁是给我太太送饭！我太太在东京第一医院，人快不行了，我有轻度老年痴呆，在家脑机配对了一个月也没能配上，今天过来，就想问问能不能通融的，没想到一时激动！对不起！我错了，我再也不了！"警察并不理会。

母亲怔住了，没错，在之前的新闻采访里，她也曾听老人抱怨，脑袋不灵光，完不成脑机配对怎么办。但她并没有太在意，毕竟对此表态的议员慷慨激昂地承诺，"一定解决个别老人的实际困难"，然而现在……她更没有想到，现实里，这样的老人并非一个两个，而是几十几百、成千上万，这些老人成了公共交通的遗弃者，也成了这座城市、这个社会的"被遗忘者"。这一霎，母亲忽然想起一年前，自己被绿子AI取代的一刻，一股不知从何而来的勇气从体内的某个角落升起，她向前跨了一步，拦在警察的身前："等等！"

警察站住了，愣了几秒，智能执法记录仪认出了母亲的身份：NHK新闻播报员。握住警棍的手缓缓放了回去。

"绿子女士，我们在执行警务。这位老先生触犯了法律。"

"法律不该为人服务吗？这位老先生为什么不能上地铁？难道说，所有的老迈的、精神衰弱的、完不成脑机配对的老人，都要被剥夺乘坐公共交通的权利吗？"母亲越发愤怒，声音也越发高亢，"二十年前，你们升级了东京磁悬浮地铁，新型强磁电场会干扰心脏起搏器的运行，那一次，你们剥夺了三百万心衰老人乘坐高速城市交通的权利！六十年前，你们取消了零售业的现金交易，所有不会用二维码、智能支付的老人，被强制剥夺交易、经商的权利！八十年前，你们用健康码，剥夺了那些不会用智能手机的老人的出行权利！为什么每一次，利益受损的几乎都是老人？！你们是不是希望这些跟不上时代的、和社会脱节的老人，永远待在家里，老去！等死！"

警察沉默了，他无法回答这个问题。

直到此时，母亲的言行虽然过火，但依然未到不可挽回的地步，然而下一秒，她终究跨出了最错误、也最致命的一步：她打开智云的摄像头，对准自己、身后手持警棍的警察、被牢牢钳制的老头，以及更后方几十个与警察对峙、对骂、因完不成脑机配对而无法乘坐地铁的老人,打开了直播功能。

"我是绿子……我现在所在的位置,是东京地铁2号线,涩谷地铁站……"

"我,福原治,今年八十一岁!我老了,脑子不好使了,东京就抛弃了我们!"

"我这辈子缴纳了两千万日元的税款,然而如今,连坐地铁的权利都被剥夺了!不只是地铁!我们也不能坐飞机、高铁、汽车了!我们唯一能做的,就是坐在家里等死!"

"早死早好,节约国家的养老金!议员们就是这么想的!对吧?"

这场直播只持续了不到十分钟就被强制掐断,在这之前,它的收看人数已经超过了一千万,很快,东京数十家电视社、报社、自媒体主动出击,用尽方法扭转舆论,他们利用大数据,挖出了那位被采取强制措施的老人之前的种种污点——遛狗十年六次未拴绳,两次在街头角落便溺(老人肾功能有问题),参加社团活动时对年轻女士的胸部行数秒注目礼。当然,东京电视社对母亲的义举也感到愤怒,碍于民意,他们不敢直接开除母亲,只是做了一件事——让AI主持人彻底取代了母亲。

当接到下岗通知的一刻,母亲呆住了,在浑噩中沉陷了三四个小时,到家后,她甚至不记得,自己这一路是怎么回来的。我惊慌失措地抱住她,宽慰她,母亲怔怔地看着我,说:"我错了吗?"

"不,您没有错,我为您骄傲。"

"那谁错了?我没用了,电视社不需要我了。"

"您别难过了,正好休息休息,他们没有开除您。这样虽然工资福利会降一点,但至少清闲许多,就当提前退休吧。"

然而事与愿违,在这之后,母亲反而更累了。而且这一切无法怪罪任何人：她的岗位从主持人调整成了"AI主持人监督员"。这工作很简单——每天开播前例行检查，确认软硬件无故障、未被入侵或植入木马，然而母亲却主动、自觉地做了一些分外的事——每次AI直播前，她都要花两三个小时，一遍遍调试参数，纠偏改正，例如AI在报道国内新闻时不够慷慨激昂，报道敌对国新闻时不够义愤填膺，宣扬好人故事不够婉转悠扬，插播的广告不够煽情……母亲会根据自己的经验，加上观众反馈的意见，实时调整AI的情感指数，包括重音、语调、表情等。

我不忍提醒母亲，她做的这一切都毫无意义，AI完全可以自行学习来不断提高，完全不需要有一位"老师"指手画脚。更重要的是，当AI和她意见相左时，她往往并非正确的那个。

岗位调整后，母亲几乎变了个人，她早晨的化妆时间减少了三分之二，甚至有时素面出门；眼角的皱纹几乎在一夜间生了出来，而且日渐细密；头发在短短两个月内白了一半；她的精神不再矍铄，反应不再敏锐……曾几何时，母亲被无数人夸赞至少比同龄人年轻二十岁。然而出事后，她的外表年龄，甚至比实际年龄更苍老。

我为她悲哀，但什么也做不了。我祈祷随着时间的推移，母亲能恢复一些、改变一些。

意外的是，改变很快就到来了，然而并非变好，而是更糟。

第三章

不归

0107 SPAZE-Z飞船失事报告

南山历1月7日晚上8时0分24秒,南山发射场2号发射塔发生一起飞船爆炸事故,失事飞船为"蝇级"SPAZE-Z货运飞船,在升空至9000米高度时发生爆炸、空中解体。造成一人死亡,两名地面人员轻伤。

据初步调查,死者赖××,男,87岁,中国籍。此前一周,赖某曾多次做出违背道德法律的行径。1月2日开始,赖××通过行贿等方式,利诱发射场工作人员配合其进行走私活动,走私物品包括毒品、药品、奢侈品、植物、宠物等,借此牟利。短短六天内敛财数千万日元。当日,赖某携带氧气、饮水、食物,以及大量黄金珠宝,非法潜入SPAZE-Z飞船内部,试图偷渡回地球。事故发生后,赖某当场死亡。

关于飞船失事原因,初步判断为导航计算机故障,造成航向偏离。关于事故与偷渡行为是否存在直接关联,正在进一步调查中,届时公之于众。

安全专家特别提醒:货运飞船的安全系数远低于客运飞船,过去二十年内事故率约1.4%,远高于载客飞船0.02%的事故率。即便飞船顺利抵达,货舱内部环境也极易造成偷渡人员伤亡。

南山会社承诺,会进一步建设、美化我们的新家园,望诸位移民遵纪守法,安居乐业。

南山株式会社　南山樱
南山历1月8日

当和子把一份打印出来的失事报告递到我手上时,我正坐在病床上,吃一份鱼子酱、烤沙丁鱼、寿司组成的日式早餐,食材都很高级,即便在超市买也要五六千日元——想到这是远在地球的母亲半周的生活开销,这一餐我吃得味同嚼蜡。吃完早餐后,我将报告又仔细看了一遍,问:"这报告已经对外公开了?"

"嗯,半小时前,智云给所有移民推送了这条新闻。"

我想多疑的老人们一定会揣测这背后的阴谋与秘密。在未来相当长时间,关于飞船坠毁、老赖偷渡,以及这两件事之间的联系,都将衍生出无数版本的谣言与猜想。和子静静地看着我,不说话,她一向是个冷静、有耐心的女人,这一刻也不例外。五分钟后,和子开口了:"我知道你有很多问题。"

我点点头,事实上,过去的一夜我几乎没睡,只要一合眼,眼前便会浮现出那张可憎、熟悉的面容。我并不喜欢老赖,但他确实因我而死。我辗转反侧了六七个小时,直到恒星跃出远方的群山,辉月渐渐暗淡,困意才席卷身体,然而在入梦前,一个可怕的念头钻入了我的脑海，并再也挥之不去。

这次事故，会不会是人为的？

这是针对我偷渡的一次谋杀？

我忽然想起两天前，那个潜入我房间的神秘"暗杀者"。对方在给我重重一击后，注意到我刚买的氧气瓶，改变了主意。

"不瞒你说，我本来是想杀你的，但既然你要走，那我就不杀你了。"

难道说，那一刻他临时决定，与其动手把我杀死在宿舍，不如安排一场飞船事故造成意外身亡？可是，策划一场飞船事故，难度不比直接杀死我大上千百倍？

如果这真是一场谋杀，那元凶是谁？

从动机来说，这个人一定不想我离开南山，回到地球。还有，这个人一定神通广大、大权在握，以至于有能力制造一起飞船爆炸事故。

当想到这两点后，我的心脏漏跳了半拍。毫无疑问，我所认识的、符合这两点的人选只有一个——

樱小姐。

我抬起头，直直地看向和子，郑重地说：

"我想见樱小姐。"

"可以。"

和子回答得很干脆，干脆到让我有些错愕。"不需要征求樱小姐本人的意见吗？"在我问出这个问题前，耳边，一个熟悉、清脆的声音响了起来。

"我知道你在怀疑什么，但是，不是我。"

我有些失神，不知何时，门口多出了一道纤细的身影。这是整个南山最特别的身影，比任何人都更年轻、高贵、青春洋溢，南山上的一大半男人都为之魂牵梦绕，绝大多数女人都嫉妒艳羡。

樱小姐竟然来了，蛾眉淡扫，一身淡黄色的长裙，她静静地注视病床上的我，在她身后，站着谦卑、佝偻的管家菅野。

樱小姐说："可以进来吗？"

"当然……"

樱小姐浅浅一笑，走进病房，坐到我对面的椅子上，菅野恭恭敬敬地立在一旁。樱小姐说："如果我提前知道你想偷渡，一定会阻止你，但不会用这种方式。"

我愣住了，说实话，此前我并不确定，见到樱小姐时，自己是否有勇气质问她，没想到我还没问，她竟然主动坦白。也不知为什么，我相信了她。这或许是因为她的坦诚，或许因为她的美丽，又或者两者兼而有之，或许还有些我自己都说不清道不明的因素。

樱小姐说："你做的一切，我都知道了，但是都是在事后。"

"通报里没有提到我，是你授意的？"

"是。"

"为什么？"

"没必要。"樱小姐说，"这份通报略去了你的事，但至少落在纸面上的每一句话都是真的，包括飞船失事的原因调查、包括老赖的那些小动作，没有一句假话。"

我对此不置可否，樱小姐没有继续解释，而是在不足一米的距离，微笑着端详我，她今天只化了淡妆，但眉目如画，漆黑的眸子格外清亮，肌肤如凝脂般柔嫩，她微笑的时候，唇角、眼角找不见一丝皱纹，这样的面庞，与她六十一岁的实际年龄所引发的反差，让我再度怀疑这个世界是否真实。

难道她是樱小姐二十五岁的克隆人，甚至是……樱小姐的女儿？一些荒诞的念头在脑海里生长，我摇头苦笑，这表情引起了误会，樱小姐秀眉微蹙，但没有开口，先前一言不发的菅野说话了："因偷渡者非法潜入，导致飞船失事的案例在人类航天史上发生过，2086年，俄罗斯的一架货运飞船失事，两名偷渡人员死亡，当然，那艘飞船只是B级的，稳定性比A级要差，黑匣子的飞行数据证明，两名偷渡者钻进了两个相邻的货物箱，改变了飞船的质量结构……"

菅野的中文不算标准，但语气不疾不徐，他继续说："你是做媒体的，应该明白如果我们想推脱责任，或者以儆效尤，一定会在通告里强调，是老赖的偷渡行为导致了事故。但我们没有，老赖应该在起飞前做了功课，他藏的那个货箱正好处于货舱中部，并不会影响飞船的重力布局。"

这番话极有道理，而且直击关键，我第一次发现，菅野——这个看似质朴、老迈的管家，竟然还藏着如此睿智、锋锐的一面。只不过在平日里，他的这些特质，都被臃老的外表、沉默的表象掩盖了。

樱小姐点点头，说："目前的调查结果看，事故原因是导航系统出了问题，飞船升空后，出现了轻微的方向偏移，这种程度的偏移原本完全可以自动校正，然而飞船的中控系统却对误差浑然未觉，直到彻底失去重心才有所反应，但已经回天乏术了。"

我全身发冷，这样的失事过程，就像是乘坐的无人汽车笔直撞向山壁，但车载雷达却毫无察觉……令人毛骨悚然。

"我可以把黑匣子的航行数据给你看。"樱小姐说，"如果你认为数据也是伪造的，那我就没有办法了。"

"不用了……"直觉告诉我，樱小姐今天说的每一句都是实话,然而只说真话并不意味着客观真实,因为你并不知道对方放大了哪些细节,又隐瞒了什么真相。同一张新闻照片经过不同的裁剪,可能传递出截然相反的信息,语言也是。

"毕竟我拒绝了你回家的请求,飞船意外坠毁,你怀疑我也很正常。"樱小姐的目光很清冷,看不出丝毫情绪变化。我试图避开她的目光,但避无可避,只能仰起头,直视这双冷淡、深邃、美丽的眸子。下一瞬,我做了一个艰难的决定。

"是的,我怀疑你。"我说,"但并不只是因为你拒绝了我。"

"还有其他原因?"

"前两天,有人闯进了我的宿舍,想要杀死我!"

"什么?!"樱小姐失声道,她腾的一下从椅子上站了起来,脸上的淡漠一扫而空,双手微微发抖,"什么情况?"

我并不说话,而是死死盯住她的双眼,试图从表情、目光里找出端倪,然而我失败了,樱小姐流露出的震惊、愤怒极其自然。她的呼吸骤然急促,带动美妙的胸膛上下起伏,七八秒后,她似乎意识到自己有些失态,点点头,放缓呼吸,重新坐了下来。

"怎么回事?"她问。

我整理了一下思绪和语言,将前天晚上,在住处被神秘人袭击的经过陈述了一遍。

"你说,他发现你准备的氧气瓶后,放过了你?"

"是的。"

"那个人有什么特征?"

"不知道,我的眼睛被蒙住了。"

"口音呢?"樱小姐说,"他说的是什么语言?是否流利?"

"他用了智能翻译装置……"我摇摇头,说,"我只能确认,他是个男人。"

"为什么?"

"女人没这样的力道和速度。"我说,"我还怀疑,他没有八十岁。"

这一刹,一道突如其来的灵光在脑海闪现,"没有八十岁"。没错,之前我在"公墓"遇到的,那个疑似"跟踪"我的高大蒙面怪人,给我的第一感觉,不也是"没有八十岁"吗?难道是同一个人?

"南山上,除了我以外,还有不满八十岁的男性吗?"

"有。"樱小姐点点头,但很快又摇摇头,说,"马克?! 不可能是他的!"

马克? 很明显,这是个欧美人的名字,我忽然回忆起更多被忽略的细节,那一晚,当袭击者强行掰开我的手,用我的食指解锁智云时,我确实闻到了一些不算浓重,但专属于白种人的体味。我瞬间警觉起来:"马克是谁?"

樱小姐说:"三十二年前,我乘坐'翔鹤'号飞船穿越0471虫洞,发现了XV-31,也就是南山行星。当时飞船上一共有十一名宇航员。登陆后,这十一人,有七名折返回地球,但除我之外,还有三个人也留了下来,利用各种自动化设备,建设、开拓这个荒芜的星球。马克也是其中之一,他是美国人,一直在南山工作,对公司很忠诚,他是南山安保最高负责人。"

"安保最高负责人?"马克的头衔让我怔了片刻,但还是追问道,"他多大年纪?"

"七十四。"

我有些失望,七十四确实小于八十,但依旧与记忆中那个在墓地跟踪我的黑衣人,以及深夜偷袭我的神秘人相去甚远。直觉告诉我,那两个人(或许是同一个人)的真实年纪,应该在六十甚至五十岁以下才合理。我摇摇头，说："你刚才说，一共有三个人留了下来，另两个人呢？"

"一位是和子，我们的医务官。"樱小姐说，"另一位是安腾先生，程序员，负责AI设备的维护、升级，今年已经八十二岁了……"樱小姐坚定地说，"安腾前辈是个很安静的人，身高比你矮一个头，体重应该不到一百斤。"我瞬间排除了对安腾的怀疑。

一时间，脑海里的问号更多了，是我推断错了？还是樱小姐没说实话？又或者，在这颗孤独、遥远的行星上，还有什么樱小姐都不知道，更无法把控的暗潮在涌动？我抬起头，试图从樱小姐的表情里找到说谎的痕迹，但又一次失望了，樱小姐神色茫然，洁白的牙齿轻扣在嘴唇上，她看了看我，旋即偏过脸，将征询的目光投向一旁的管家菅野，但他已低下头，将脸上的皱纹全部藏进灯光的阴影里。

"菅野……"樱小姐轻轻地说。

老人惶恐抬头，挺直腰杆："小姐，什么事？"

"去调查这件事。"

"明白！"菅野点头，又提议道，"我觉得，应该加强对易先生的安全保护，给他配备一个宫本安保机器人。"樱小姐微微颔首。

"不用！"我拒绝了这个善意的提议。这种以日本剑圣命名的智能机器人确实能全方位保护雇主，但同时也会剥夺保护对象的全部自由：宫本一旦被下达任务，便会二十四小时寸步不离保护对象，那个时候，我无论吃饭、睡觉，甚至洗澡、上厕所，都会被一个梳着奇怪发髻，操着北海道口音的机械人全程监视，让我毫无隐私，觉得有损尊严。

至少，直到下一次危险来临前，我都不会因为这个决定而后悔。

秘密

我回到住处时已是晚上10点，与往昔冷清的景象不同，今晚的华人区格外热闹。我住的4号楼下，围坐了十来位老人，其中包括老包，但老裘却不在场，有些奇怪，这位和气生财的杂货店老板，不该缺席这样的邻里会才对。

难道他在看店？我下意识地瞥了一眼，却诧异地发现，平日都开到深夜的杂货店大门紧闭，里面一团漆黑，居然打烊了。

我不再多想，径直往这群老人走去，在我听清他们的谈话内容前，一位陌生的老人看见了我，说："后生仔回来了。"几十道目光齐刷刷地向我射来，我尴尬地笑了笑，走上前对老包说："这么晚不睡，聊什么呢？"

"还能聊什么，飞船掉下来的事呗。"

"听说你当时在发射场附近？还受了伤？"有人插话道。

我微微一愣，旋即明白过来，官方通告隐去了我试图偷渡的内容，但现场的几位救援队员，把我这位名人送到了医院。这一来，我在飞船坠毁时，出现在发射场附近的消息被传播开来也很正常。我笑了笑,说:"晚上出去散步,正好路过附近。"

"有人说,当时在飞船上的有好多人?"一位戴着眼镜的老太昂起头,一脸神秘地问我。

"好多人?"我呆住了,"什么意思?"

"我听别人说的啊,他说那飞船炸了后,飞船碎片、断胳膊、断腿,就跟下雨一样洒下来,还有血水,溅到身上腥臭腥臭的。是啊,这儿至少有上百号人想回去,但官方通告说就老赖一个人藏在飞船里,谁信呢?"

我哑口无言,这谣言的夸张程度明显超出了我的想象。南山的移民都是年过八旬的老人,他们对信息的甄别能力、外加多疑的性格,能信任官方通告才不正常。我摇摇头,说:"没有,天上掉下来的大多是金属碎片,而且很多都烧化了。"

"那就是直接火化了?真惨啊!"老太一脸哀痛,"哎,也不知道骨灰能不能运回去。"

"我真不懂,当初挤破头报名的是这些人,这才过去一个礼拜,一个个就闹着要回去。回去有什么好?"一个干瘦的老头出言道,"在地球上,吃吃不好,住住破房子、养老院,病了连个医生都瞧不起,回去干吗?!"老人奋力弯腰,抄起地上一个空茅台酒瓶,"我就问,这瓶酒,过去谁喝得起?"

"我喝得起!"一个矮胖、斑秃的老头说,酒糟鼻涨得通红,明显已喝了不少,"我过去开厂子的,退休后,我去了南京最贵的一家安养中心,每年的安养费四十万人民币,这茅台还喝不起?"

"你这么有钱,那还上这来干吗?"

"感觉不爽呗!说实话,我吃穿都不愁,就是不喜欢那些小年轻瞧我的眼神。我喜欢钓鱼,每周至少三天,会起大早去郊区钓鱼,你知道早上七八点,地铁上那些年轻人怎么看我吗?嗯,一面假模假样地让座，嘴里却说，'大爷，您这把年纪，没必要起这么早啦！'这话啥意思我还不明白吗，不就是嫌弃我们这些老废物占用公共资源吗？为了不受这窝囊气，我只能打车、租车，一来一回起码多花一个小时。还有，逢年过节，都有一大群志愿者过来看望我们，送一堆不值钱的破烂玩意儿！谁稀罕他们送的那些月饼、重阳糕？我们有人抗议，院长就给我们扯什么社会公益、什么情感陪护，这不扯犊子吗？一年来一趟，待半个小时，其中二十分钟在拍照片，这就叫陪护？智能伴侣不比他们贴心多了？就算要找真人，出去找个小姐也比他们有耐心啊！对了，最气人的是去年，来了三五个头发搞得花里胡哨的小瘪三，说要免费给我们理发，我寻思人家也是一片好心，就答应了。你知道最后啥情况吗？给我理发花了三分钟，最后在电视上播了五分钟的广告！这不消费我们这些老头老太太吗？"

老头义愤填膺地发完牢骚，眼角的余光落在我的身上，嘿嘿一笑，说："我不是说你啊，年轻人。"

我苦笑道："没事，我理解！"

"这就对了，年轻人，说实话，你现在在我们这儿，是不是很不自在？"

"是的。"

"是啊，过去在地球上，咱们跟你们年轻人相处的时候，比你现在还不自在一百倍。"

我沉默了，没错，过去半个世纪医学发展，社会老龄化急速加剧。老人与年轻人之间的隔阂，已经上升到难以想象的程度：许多老人看轻年轻人，认为他们毛躁幼稚，又嫉妒他们的体能、活力、未来的无限可能；年轻人敌视老人，敌视他们一把年纪还占据高位，敌视他们思想陈腐却把控话语权。或许，正是由于这天堑一样的隔阂，南山基地，这个完全有悖经济常理的养老院才会诞生。

难道说，南山是一块"实验田"？它的存在意义，是探索一种将老人与年轻人完全割裂、分离的养老模式？

然而这猜想依旧存在巨大的漏洞：即便要"割裂""隔离"，27000光年的距离也实在太远了，成本也太高昂了。完全不符合奥卡姆剃刀原理，"如非必要，勿增实体"。

我不再言语，在角落坐了下来，静静地听这些老人讨论。他们中的大多数过去是穷困、孤独的，以至于认定南山就是人生永久的归宿与家园。但也有两位老人含蓄地表达出想回去的愿望，一个微胖的老妪抱怨南山的空气让她日夜咳嗽，以及早晚寒凉让膝关节定时作痛；第二个人的理由更特别一些，这是个戴黑框眼镜、外表斯文的白发老头儿，他说："我觉得这儿太简单了。"

"你看，这儿的每座房子都四四方方的，就跟棺材一样；宿舍里的桌椅、沙发，也全都一模一样，都是千篇一律的标准件，我感觉就像生活在一个拟真的游戏里，而且是程序员偷工减料、建模最简单的那种。"老人说，"对了，你们看头顶的人造月亮，永远挂在那儿，这么大，这么圆，唯一变的就是亮度。在我看来，这不是月亮，就是个路灯，只不过恰好做成了月亮的形状罢了。"

老人说这话时，明亮的月光均匀地洒在他清癯的脸上，将他沧桑的双眼、深刻的皱纹勾勒得无比清晰，然而不可思议的变化发生了，这张脸骤然暗了一下，五官全部隐没于深邃的黑暗中，旋即又亮了起来，然而只持续了不到一秒，便重新归于彻底的黑暗。

我猛然惊醒，旋即明白，这一明一灭的并非老人的脸庞，而是头顶的辉月。

夜空里,那轮明亮的圆月,竟闪烁了一下,就像行星眨了一下眼睛,旋即熄灭了。

与此同时,我第一次看见了头顶那片辉煌、壮丽的夜空。这是一方绚烂到令人窒息的星空。南山位于银河中心地带,又是一颗尚未开发的荒芜星球,所以,当失去了唯一的"光污染"——人造明月后,星空露出了真容。尽管云层遮蔽了大半的天幕,但在其他的地方,数以万计的恒星如璀璨的钻石,点缀在纯黑色的幕布上,其中好几颗,更是放射出比金星炫目数倍的夺目光芒。

可惜星空并不重要。

群星越璀璨,便意味着夜色越黑暗。明月骤然熄灭,突如其来的黑暗让目力衰弱的人们陷入恐慌,有人惊声尖叫,有人四散奔走。一团混乱中,一个老人被绊倒了,摔在离我四五米、不算坚硬的泥地上,发出一声沉闷的滞响,口里流出血来。

我惊呆了,这一摔对我来说不算什么,但对这个须发皆白的老者来说却可能致命。我赶紧上前,俯下身检查询问。老者艰难地抬起头,冲我摆摆手,示意自己还好,并让我扶他起来。我两手托住他的腋下,老者瘦削的身躯就像竹竿一样,很轻,我轻而易举地将他扶了起来。他喘息了两口,将温热的、带着血腥味还算充沛的气息喷到我的脸上,咳嗽了两声,吐出一颗焦黄的牙齿:"没啥事,就是磕掉了颗牙。"

"没事就好。"

我将老人扶坐下来,转过头,想要安抚其他人。却看到四周有两三个老人打开了智云,拍摄混乱的街景,我想了想,开始做同样的事情。镜头里的骚乱持续了三四分钟,有七八个老人跑回了住处,却有更多的人从房间跑了出来,人群聚在一起,不约而同地打开智云的手电,数十道微弱的光芒汇聚在一起,场面略微平静了一些,但人心里的恐惧并未退去,而是继续生长、蔓延,老人们窃窃私语,明月骤灭的原因,以及可能的后果。

"公用电力断了吗?"一位老人说,"难道是能源区出了问题?"

"但房间里的灯……电子设备都有电啊。"

"是不是计算机故障?就像前几天医院里,医疗设备大面积瘫痪那次一样?"另一人说,"对了,昨晚飞船失事,公告里也说是计算机故障。"

"我听说,在太空里,计算机出问题,大多是看不见的宇宙射线、辐射造成的。"

"射线?会不会对人有影响,致癌什么的?"

"如果是真的,我要回家!"

骚动愈演愈烈,不少已睡下的老人也被惊醒,从窗户里探出头来,发现异样,穿着睡衣跑下楼,加入这场鸭吵堂的交流。我完全理解老人们的恐慌。没错,天空里少了一轮人造月亮,无关痛痒。但引发辉月骤灭的原因却可能对所有人的生活、生命产生巨大威胁。南山是一片孤悬于银河系中心的星际殖民地,一切生活供给都依赖于飞船、虫洞,以及临时建成的能源、物流系统,其中任一环节出现问题,都可能将我们困在这片远离母星的孤岛上,直至渴死、饿死、冻死。

昨天,飞船爆炸事故已经给所有人心头蒙上一片厚重的雾霾,今天,辉月熄灭了,那么,明天、后天,又会发生怎样的天灾人祸!

"这儿的食物能维持多少天?"

"听说今晚有一艘物资飞船抵达,为什么一直没看到?"

"赶紧回去囤水囤粮,买生活必需品!"

我低下头，深呼吸，试图让翻滚的情绪平复一些，但嘈乱的环境让我难以做到。吱嘎，尖锐的摩擦声仿佛一把刀子，划在我的心脏上。我抬起头，发现这是正前方不远处，某扇窗户被打开的声音，一个熟悉、瘦骨伶仃的脑袋从窗户里探了出来。

居然是老吴。

她抬起头，仰望头顶的绚烂"星空"，口中喃喃自语。我有些愣神，脑海里不禁浮现出第一次见到她时的情景，当时，她也像今天这样，痴痴地、久久地注视头顶的夜空，那一次，她说："月明星稀。"

今天，月亮熄灭了，星空格外璀璨，她又会吟出哪一句诗词呢？是"星汉灿烂"吗？

老吴的表情很专注，对人间的骚乱仿佛浑然未觉，过了几秒，她用枯瘦的右手，哆哆嗦嗦地举起智云，对准夜空，按下了拍摄键。

起初，我以为她会拍几秒、几十秒夜空，然后便关闭智云，或是将镜头下移，拍摄混乱的人群。然而我错了，半分钟、一分钟过去了，老吴依旧没有停止拍摄，更没有移动镜头，她始终在拍摄星空，没有丝毫停止、改变的迹象。这对一位体力衰微的老妪来说并不容易，很快，她的右手开始颤抖，以至于只有把大半条胳膊贴在窗台上，才能勉力保持镜头的平衡。老吴对星空浓厚、长久的兴趣让我费解，我走到窗前，问："你在拍星星？"

老吴没有抬头，说："是的，我在拍星星。"

"你很喜欢星星？"

"不喜欢。"

这回答令我再次呆住，不禁回忆起跟老吴的第二次见面，那是在老年大学门口，她与孟德尔校长坐在地上研究紫草的过程里，也数次仰望星空，一个不喜欢星星的人，又怎么会一而再，再而三地凝望夜空？我十分困惑，于是问了出来，老吴没有回答我，她抬起头，干瘪的嘴唇牵扯出怪异的弧度，反问我道："你想回家？"

我茫然失语，点了点头。

"回家的秘密，或许就藏在星星里。"

我更眩晕了，这句话就像一句谜语，我无法理解，更不知如何回应，老吴是魔怔了吗？就在我沉思的时候，眼前闪了一下，黑暗被光明驱散，人群爆发出一阵欢呼声，头顶的辉月，重新亮了起来。

老人们欢呼、祈祷，感谢佛祖、三清、上帝。然而很快，一阵尖锐的哨声钻入耳膜，我转过头，发现四五个高大、身穿保安制服的老人正快步朝这边走来。

为首的家伙很熟悉，一个黝黑、魁梧的老头儿，寸许的白发如钢针般倔强竖立，是"保安队长"，姓刘，但大多数人都习惯叫他的外号："黑牛"，因为他确实像一头老迈的黑牛，孔武有力，脾气暴躁。

"大家放心，月亮出了点小故障！很快就修好了！"保安队长瓮声瓮气地说。

"修"，当这个动词被放在"月亮"这个名词前时，显得相当违和。但无论如何，多数人因此心安了，有人找保安队长打趣："黑牛，你刚买的老婆呢，怎么不带出来让大伙瞧瞧？"保安队长先是一怔，黝黑的面皮涨得通红，想要发作，但还是忍住了。他低下头，冲身边的两个保安耳语了几句，这两人点点头，其中一人走向不远处，将三五个正准备回家的老人叫住了，另一名则直接走向3号楼,开始敲一户亮着灯的房门。

"怎么了?"有人问。

"3、4号楼所有人,来这里集合。"

"什么事?"

"集合了再说,对了,没有带智云的人,回家把智云拿上。"

老人们议论纷纷,但终究没有反对,毕竟,这两天发生的"意外"太多了,他们也迫切想听到解释与答案。一刻钟后,人聚齐了,五六十个老者不甚整齐地围成一圈,等保安队长说话,我张望了一下,发现老裘不知什么时候回来了,此刻正站在人群的角落里发呆。

我走到他身边,问:"去哪儿了?"

"我?刚刚进货去了!去欧洲区收了两瓶洋酒。"老裘有些结巴,低着头,瘦削的肩膀微微颤抖,不知为什么,直觉告诉我,老裘有些害怕。

"你怎么了?"

"没怎么,但我觉得今晚要出事!"

"出事?"

"你没看见,队长身上揣着警棍吗?"

我心头一震,抬头望去,没错,黑牛腰间的皮带上,别了一根黝黑的警棍——小臂粗细,三四十厘米长。这玩意的威力我领教过,就在前一天晚上,老赖用同样的警棍,瞬间制服了我,他登上了返航的货运飞船,踏上了回家、死亡的归途。

"他……平时不带警棍吗?"

"起码我没看他带过,黑牛今年八十一岁,体格又魁梧,平时老头老太有什么口角、纠纷,他往那一站,瞪两眼,哼一声,大多数人就收敛了。遇到少数脾气犟的,黑牛就威胁说:按照安全条例,削减你的生活费或医疗费,正常人就都认尿了。但他今天居然把警棍带上了,你知道,那玩意儿是带电的,这儿可都是老头老太啊,被电这么一下,说不准命都没了……"

我战栗着,下意识地握紧了拳头:如果"黑牛"真的滥用权威,将手里的警棍戳向不听话、不配合的老人,我是否该出手阻止——我并不是个爱管闲事的人,但能力越大责任越大。此时此处我是唯一有机会制服手持警棍的黑牛的英雄。同时,前一晚被警棍戳中、电击,那瞬间瘫软,险些大小便失禁的感受依旧在脑海里萦绕不去。不知为什么,一种强烈的预感告诉我,这一晚,黑牛真会"动用"那件无比危险的武器。

然而让我没有想到的是,第一个面临电击威胁的"受害者",竟会是她。

无理要求

"请所有人解锁智云,并交到我手上。"

"黑牛"用不容置疑的口吻发号施令,现场瞬间一团混乱。没错,在22世纪,这样的要求就跟让一个人"脱到只剩内衣内裤,站在七八台摄像机前的舞台上"差不多。在众人的愤怒爆发前,"黑牛"咳嗽了一声,表示可以"让步":

"我等十分钟,各位可以提前删除智云里的隐私信息。"

人群的愤怒略平,但议论更甚。"你要干吗?"有人问。

"今晚月亮忽然熄灭,大家都很恐慌,这一点我们理解。但有些人用智云拍下了街上混乱的场景,为了防止这些画面流出,被别有用心的人发回地球,我们需要删除各位今晚拍摄的照片、视频。"一位保安开口解释道,这人个头不高,头发染成黑色,以至于看起来格外"年轻","各位放心,除了删除这些视频、照片之外,我们不会对你们的智云进行任何其他操作,更不会侵犯各位的隐私,队长让大家提前删除隐私信息,是担心大家有所顾忌。"

"这儿跟地球根本没法直接通信,只有通过硬盘寄回去,你们怕什么?"有老人抗议道。

"近期一直有人在走私各类物品回地球,我们也为了避免风险。"

这无礼的要求激起了更多的愤怒,老人们梗着脖子,三五抱团,坚决抵制这种侵犯人权的暴行。保安队长有些发怵,毕竟只靠他和三四个跟班,是不可能"对付"百十个团结一心的老人的,他很快给"上级"打了个电话——这是我从他打电话时的语气、表情推断出来的,打完电话后,"黑牛"用力咳嗽一声说:

"为了补偿大家,配合我们工作的,将一次性发放十万日元生活费与五十万日元医疗基金。"

人群刹那安静了,但转瞬即逝,很快,更激烈的争论爆发了——"怎么才这点钱?""他们会不会有什么图谋?"然而,当保安队长换上严肃的语气,强调"反抗者将被视为对南山治安的严重挑衅,考虑处以削减生活保证金,甚至剥夺医保等惩罚"后,多数人静默下来。两秒后,第一位服从者出现了:一个喝得醉醺醺的白发老头儿走出人群,将智云解锁,递到保安队长手里。

"我什么都没拍,你快点查,我还要回去喝酒。"

保安队长笑了起来:"有觉悟!有情商!"旋即当着老人的面,打开了智云的相册,以及另两个附带摄影功能的软件,检查了一遍。"没问题了。"保安队长拍了拍老头的肩,"把身份信息登记一下,钱很快到账。"老头接回智云,点头、致谢,拖着醉态十足的踉跄脚步,往楼梯口走去。

在"榜样"的带动下,顺从者越来越多。许多人争前恐后地上前,接受队长与几位保安的检查。只有七八个人没有立刻行动，其中四五个人在观望，另两人则打开了智云，主动删除刚刚拍摄的混乱街景。很明显，人们放弃了反抗，因为这并不"值得"。

这一幕让我犹豫起来，刚刚，我也拍下了三四分钟，因"月亮熄灭"引发的骚乱。我是个记者，这样难得的新闻素材自然是无比宝贵、必须尽力守护的。然而此刻我只身一人，还是个"流浪"在外星，无法归家的"局外人"，"黑牛"身上的那套保安制服，腰间那根黑黝黝的"警棍"，无疑代表了"执法者"的地位。

反抗，还是顺从？

在做出抉择前，我惊异地发现，在我身前，还立着一道孤零零的人影，挡在我与几名执法者中间。

这是一道矮小、瘦削的身影，头发苍白而稀疏，颤巍巍的，仿佛一阵风就能吹倒，明月照在她的肩头，投在地上的影子也是小小的一团，伴着头顶的白发被微风吹动，显得有些诡异。

居然是老吴。

她怎么留了下来？

看她的样子，难道要对抗执法？

我记得，当骚乱发生时，她对这"人间"的一切毫无兴趣，只是一直在仰望、拍摄头顶的星空。

她想干什么？

保安队长抬起头，一脸困惑地看向老吴，旋即越过她，向我看来。同时目光从困惑变得阴冷，右手下意识地伸向腰间，握了下那根漆黑的电击警棍——并没有攥到手上，只是确认它还在原本的位置，保安队长缩回手，向前两步，走到老吴身前，说：

"阿婆，智云。"

老吴毫无反应。

"阿婆！把智云给我！我检查一下，马上就还给你！"保安队长以为老吴耳背，于是加大了音量，他的声音原本就很沙哑，这一来更像破锣敲出来的一样。

"不。"

我有些失神，一时有些怀疑自己的耳朵。

老吴，这个枯瘦、站都站不稳的老妪，面对比自己高一个半头，面色不善的保安队长，说出了"不"这个字。

只为了保护智云里那段"星空"的录像，和四五个比她强壮、年轻的保安正面冲突？上了年纪的老人，都这么执拗的吗？不，刚刚接受检查的，至少有三四位比老吴还年长一些，但也就发了几句牢骚，最后都顺从了啊。

"你说什么？"很明显，保安队长也有些怀疑自己的听觉。

"我说不，我不会把智云给你检查，也不会删除里面的任何东西，现在，我要回家了。"

老吴沉默，低头，一步一步往住处挪去，她的脚步很慢，蹒跚，踏在地面上，发出的声音轻微却沉滞，却让我感到一种难以用语言形容的坚决——就像是一个被囚禁了数十年的人，走向牢笼的出口。

"你刚才拍了什么？"

老吴走得更快了一些。

"拦住她！"

三名保安冲向老吴，其中两人一左一右，控制住她的两条胳膊，动作还算温柔，只是"拖住"而非"揪住"，那位头发染黑的保安则机警地绕到老吴身后，防止她因为用力挣脱而向后仰倒——这可是要出人命的。

老吴奋力挣扎，身体如狂风中晾衣架上的衣服那样来回晃荡，喉管里发出凄厉的呜咽声。

"你干什么!"我向前跨了一步。

"后生仔,滚远点。"保安队长脸色阴沉下来,掏出了警棍,对准我。

怒火涌上胸腔,填满脑海,但我没有失去理智:面对手持电警棍,还有三个"帮手"的保安队长,我并没有太大胜算。该怎么办?找人帮忙?老裘、老包?他们会站在我跟老吴这边,反抗保安吗?在这栋楼,这个小区里,还有这样的人吗?

怎么办?

就在我犹豫不决时,保安队长猛地跨了一步,从老吴上衣口袋里取出智云,对准老吴的脸,老吴想要低头,但终究迟钝了半秒,智云发出短暂的蜂鸣声,解锁了。

老吴拼命摇头,浑浊的眸子里流下泪来。

"你拍了啥?"保安队长点开老吴刚刚拍的视频,"星星?嗯,是挺漂亮,你是搞天文的?"

"我就拍了天空,没有拍人……你把智云还给我。"老吴说。

"但你录声音了啊,你听,有人在叫,在骂脏话。"保安队长摇摇头,"还是得删掉,您再抬下头,需要人脸验证。"

"不……不……"老吴把头埋到最低,瘦弱的肩膀起伏颤抖,保安队长毫无怜悯之意,用粗糙的右手托住老吴的下巴,想用蛮力将她的脸抬起来,"不!不要!"老吴苦苦挣扎,脸上的肌肉、骨骼变形、扭曲成一团,保安队长置若罔闻,相反加大了手上的力道,老吴干瘪的下巴几乎被捏碎了,我甚至听到了牙齿摩擦的咯咯声!

"住手!"我大叫。

保安队长抬起头,用威胁的目光扫了我一眼,左手握紧了警棍说:"别管闲事!"

"你们可以好好跟她说!她一百多岁了,身体也不好!"

"我不一直在好好跟她说吗?"

我被这挑衅的言语激怒了,肌肉瞬间绷紧,屈腿、弓腰,随时准备暴起。没错,只要被电警棍碰到身体的任何位置,我都会瞬间失去反抗能力,但他的右手正捏着老吴的下巴,而左手是非惯用手。

再怎么说,我比在场的任何一个人,都要年轻五十岁以上!

我有机会吗?

在"机会"出现前,变化出现了。

或许是被黑牛的手指压到了喉管,老吴的脸色越来越红,她拼命摇晃、踢腿、甩头,却无法挣脱束缚。她的挣扎力道渐渐衰竭,但愤怒依旧在积蓄,某一瞬,她安静了下来,不再做毫无意义的反抗。这样的"屈服"让保安队长放松了戒备,他将智云对准老吴的面部,当听到"嘀"的认证提示声后,挪动食指,准备去按"确认"键。

然而,就在下一秒,老吴张开嘴,猛然低头,对准队长的手臂,用力咬了下去。

哎哟。

啪。

咯嗒。

第一声,是保安队长痛彻心扉的惨呼,第二声,是智云摔在地上的声响,最后的"咯嗒",则是一颗焦黄色、缺了半截的牙齿撞在某个硬物上的声音。

老吴的牙齿已到了摇摇欲坠的程度,这一咬,除了在保安队长的胳膊上留下一排浅浅的、参差不齐的血印外,还让一颗牙齿脱离了牙床，在队长的手臂上镶嵌了零点几秒，最后随着黑牛的一个"甩手"动作飞了出去，撞到我身后四五米的"外墙壁"上。

"放开她！"我再也无法按捺怒火，向前冲去，保安队长怔住了，左手晃了一下，食指按向电警棍的电击保险开关，没想到竟按歪了，下一秒，他做出一个对他自己来说最"正确"的选择，伸出手，将身边的老吴，一把向我"推"来。

一个瘦小、衰老、嘴角流着鲜血的身躯踉跄着向我"扑"来。

我惊呆了，不得不将全身的力气聚集在两腿，用粗糙的鞋底紧急"刹车"，同时张开双臂，竭力"接住"老吴，幸好，我做到了，我抱住了她，没有碰撞，没人摔倒。我深吸了一口气，正想放开老吴，找保安队长理论，或是搏命时，一股钻心的疼痛忽然从左脚脚踝处传来——没错，刚刚的"急停"让我崴伤了脚踝。

我缓缓屈膝、踮脚，将身体重量压在没有受伤的右脚上，保安队长和几名随从发现了我的异常，也不追击，捡起地上老吴的智云，手指滑了两下，嗤笑着说：

"视频我删了。不就拍了一段星星吗？何必呢？值得吗？"

老吴没有说一句话，也没有再反抗，她机械地接过智云，揣进怀里，这一连串动作迟缓而僵硬，就像一个没有上足发条、关节生锈的木偶。不知为什么，看到此情此景，我的愤怒也消失了。当两名保安走向我，让我"配合工作"时，我没有反抗，对方很快便"检查完毕"，删光了我这一晚拍下的内容。一切结束后，我看着眼前面色苍白的老吴，说：

"没事了，回家吧。"

老吴点点头，转身，一步一步，往住处走去，我有些讶异，因为她丝毫没有关心我的伤势,甚至没有说一声"谢谢"。这个老妪的精神、精气仿佛被抽空了,开门、进屋、关门,她用了超过一分钟才完成这三个无比简单的动作。我叹息了一声,忍着疼痛,踮起受伤的左脚,一瘸一拐地向前走,当走到月光阴影的交界处时,耳边忽然响起一声轻微的开门声。

老吴的房门开了一条小指宽的缝隙,露出那张熟悉的枯瘦面容:

"今天,谢谢你。"

"没什么,我很佩服你。"

一只枯柴般的手臂从门里伸了出来:"给你。"

我低下头,发现老吴递给我的,是两盒跌打药、一把黑色雨伞、一盒饼干。

"一盒药内服、一盒外敷,伞可以当拐杖,还有饼干……吃点甜食,心情好。"

我点头、苦笑。药确实很管用,雨伞做拐杖也正好合手,至于饼干——我并不常吃甜食,但也不会拂了老吴的一片好意。我接过三样物件,说:

"谢谢!"

"你回去就把药吃了,嗯,再吃几块饼干,这是我最爱吃的牌子,奥利奥。"

"好的,你早点休息吧。"

"晚安。"

雨伞很坚固,长度合适,戳在金属地面,发出嘟嘟的声音,我的脚步轻便了一些,走出三四米后,我听到一墙之隔的房间里响起轻微的漱口声,夹着几声微弱的呻吟。我心头恻然,但还是走上楼,当推开"家"门的一刻,一种隐约的不安感忽然爬上脊背：两天前，被神秘人击伤的额头开始隐隐作痛。

　　幸好，这一次预感没有成真，房间里空空荡荡，一如我离开时的模样。

病危

老吴给的药挺管用，涂上去没一会儿，脚踝的肿痛便缓解了许多。这让我对她附赠的那盒奥利奥饼干也爱屋及乌地产生了兴趣。我很少吃饼干，但我的爷爷很喜欢。老年人大都喜欢甜食，对他们来说，身材已不如心情重要。或许等我老了之后，也会喜欢这些食物的。

我随手拆开饼干的包装，却大失所望。

奥利奥最显著的特点是配色与造型：两片纯黑色的圆饼夹一方乳白奶油，黑白分明，天圆地方，颇能勾起食欲。然而这盒饼干却一片狼藉，一大半饼干都碎了，白色的奶油残片混在黑色碎屑里，仿佛黑土里的碎雪。

应该是运输时，被暴力分拣、抛摔的后果。

这盒饼干有两小屉，分别装在两个船形的塑料容器里，原本应有8×2，十六枚，却只有三枚完整的。我苦笑着用两根手指挑出一块完好的饼干，放进嘴里。

脆、甜，并不生腻，确实让人心情愉悦。吃完三块完整的饼干后，我又挑出两块相对完好、只缺一两个角的饼干吃了下去。然后刷牙，上床。谁知还没合眼，就被一阵敲门声惊醒了，咚！咚！咚！声音又急又重！每一下都敲在心脏上，我有些害怕，大声问：

"谁？"

"我！"是老裘的声音。

我跳下床，赤着脚奔去开门，门外的老裘满头大汗，喘着气说：

"快，快跟我下楼！老吴发病了！"

发病？大脑发出嗡的一声，我冲下楼，老吴的住处大门敞开，窗子破开一个大洞，风从洞里呼呼卷进房间。屋里很乱，许多物件散落在地上，空气里弥漫着一种难以形容的味儿，像"老人味"，但似乎又有些不同，总之不好闻。我顾不上这些，两步冲到床头，老吴仰面躺着，枯黄的面容涨得通红，呼吸急促，时不时夹杂几声剧烈的咳嗽，几乎把肺咳出来的那种。她的双手向前伸出，就像溺水之人想抓住一根救命稻草，在她的手边，扣着一个杯盖大小的呼吸器，应该是平时吸氧用的。过了十来秒，老裘气喘吁吁地跑了进来。

"什么情况？"我问。

"不知道，刚刚我们已经睡下了，听见隔壁老吴猛咳了两声，接着用力拍了两下、捶了一下墙。我心想坏事了，敲门也没人应，就破窗进来了。"老裘抓起呼吸器，想给老吴戴上，却因为手抖得太厉害而没能成功，"打过急救热线了，说要半小时才能到！"

"这么久？"

"据说今晚有好几位老人突发急病！"老裘说，"我想把她送到医院，但又抬不动……老包已经去找车了。"

我弯下腰，去抬床上的老吴，她的意识已不太清醒，但还明白我的用意，两手箍住我的脖颈，顺从地让我抱了起来。她的躯体很轻，最多七十来斤，但扭伤的脚踝还是让我举步维艰，刚跨出一步，伤处便仿佛被锥子戳了一下，钻心地疼。我强撑着走到门口，忽然，感觉鼻腔里一阵发痒，想打喷嚏。幸好老裘发现了我的异样，赶过来用枯瘦的双臂分担了一小半的重量。

阿嚏！

我顾不上擦拭唾沫，重新抱稳老吴，挪到路边。一辆无人驾驶汽车带着震耳的喇叭声开了过来。我一鼓作气，将老吴放到后座上——当车门关上的一刻，我猛然意识到，或许，我是整个南山上，唯一能做到这件事的人了。

老裘？老包？在南山，他们已算得上"年轻力壮"，但即便二人合力，也不可能将老吴平稳抬到路边吧。

老吴的情况又恶化了一些，蜷缩在并不宽敞的汽车后座上，干瘪的胸膛不规则地起伏。她的咳嗽越发频繁，每一次都让汽车随之轻微地震晃，同时让本不顺畅的呼吸变得更加困难。一次咳嗽后，老吴手足乱舞，嘶嘶地拼命吸气，直到胸膛高高鼓起，脸上的青筋全都暴凸出来，也迟迟不将空气呼出来，就像这一次呼吸是人生的最后一次呼吸，肺泡里的那些气体就是生命仅存的希望一样。我被吓到了，另一边的老裘赶紧用力按压她的胸膛，终于帮她渡过这次生死攸关的险境。医院到了，车还没停稳，我就推开门，抱着老吴冲上楼，跟一脸错愕的和子在电梯口险些撞了个满怀。

"救救她！"我大喊。

和子愣了半秒，领我们跑进急救室。一台日本制造，明显价值不菲的"急救AI医生"很快给出了初诊判断：呼吸综合征，考虑异物进入呼吸道、过敏、气管炎症等可能,动脉血氧饱和度91%,有生命危险。紧急处理手段:快速血透,提高血氧饱和度。

智能医械的金属臂缓缓下沉,寻到老吴枯柴般的手臂,定位静脉、扎针,第一次居然失败了——"老人的血管情况很差。"和子神色紧张,但所幸第二次成功了。透析机发出轻微的蜂鸣,91%、92.5%、94%,随着血氧指数缓缓增长,老吴胸腔不再夸张地起伏,呼吸、心跳也渐渐平稳。我感激地看了和子一眼,正想问些问题,但和子已直起身,说:

"还有病人等着我,我得先离开一会儿。"

"老吴怎么办?"

"你朋友暂时脱离危险了。我忙完楼下的病人,就上来给她复查。你们也不用太担心,这儿有全套的智能医护设备,病人出现任何情况,都能第一时间上报、处理。"

和子冲我礼貌一笑,快步出了门。我目送她离开,正想跟老裘说些什么,病床上的老吴却忽然有了反应,插了管的右手轻轻在床沿拍了两下,喉管里发出微弱的声音:

"小,小易……"

我赶紧将耳朵凑到她嘴边,凝神细听。

"谢谢……"

"没事,您好好休息。"

"有一件事,要麻烦你……"老吴的声音微弱而坚定,"我房间里有一本日记本,蓝封皮的,是我的手稿,刚才犯病的时候,好像碰到地上了……你回去帮我收拾好……明天带过来。"

日记本?手稿?我刚刚进房间时,地板上确实散了许多东西,有智云、眼镜、纸笔、一本浅色封面的本子——好像还被我踩了一脚,老吴惦记的"手稿",多半就是那册本子了。我不禁摇头苦笑：老吴这个怪人，当其他老人靠刷剧、玩游戏打发漫漫长夜时，她却在做数学题、仰望星空，或是在老年大学跟孟德尔研究紫草杂交实验。如今，她刚刚死里逃生，首先想到的，居然是一本手稿……

吾生也有涯，而知也无涯，以有涯随无涯，殆矣。想必便是形容她这种人的吧。

"行，我一会儿回去帮你收拾。"我说，"您这几天就别操心什么手稿了，好好休息。"

"不，不，帮我带过来，那手稿很重要……如果你有事，就麻烦一下老裘、老包。"

我不禁唏嘘："放心，我明天一定带给你。"

老吴点点头，伸出插着血透管的右手，用力按在我的手上，目光里的期许更让我生不出半点糊弄的念头，我郑重地说："放心，您还有什么事，都跟我说，一定照办。"

"没事了，你们早点回去吧，我有点困，想睡一会儿。"

回去这一路，老裘、老包的脸色都很难看，一副心事重重的样子。当车开到一半时，老裘打开车窗，掏出一支烟，点燃，犹豫了片刻，问我：

"她今晚是不是被保安队长打了？"

"这个……"我努力回忆当晚的每一个细节。没错，因为不肯删视频，老吴跟保安杠上了，黑牛为了解锁智云，曾用蛮力捏住老吴的下巴，强行抬起她的脑袋，老吴想反抗，却弄断了一颗牙齿。后来，我要出手，黑牛更不顾后果地，一把将老吴推向我——若不是我眼疾手快，恐怕当场就要出人命。老吴当时说没事，但没过两个小时，老吴就发病了。想到这儿，我咬了咬牙，将拳头捏得咯咯作响，说：

"那保安队长欺人太甚，老吴发病，八成就是他刺激的。"

"唉……"老包叹息了一声，"为了一段视频，何苦呢？"

"我现在去找那家伙！"我说，"我一个人去，你们回家。"

"别冲动！"老裘说，"你去干什么？"

"我要问他凭什么这么对一个弱不禁风的老太太！"我咬牙切齿地说，"我今晚就让他知道，什么是恃强凌弱！"

"你确实比他年轻，少说能打他三个，但他有电警棍！再说了，你教训了他，我们知道是伸张正义，但别人看来，就是一个三十岁的小伙子揍了个八十岁的老大爷，不知情的老人，日后都会敌视你。"

我咬牙切齿，却又无可奈何。无人汽车很快抵达了华人区，我远远看见4号楼前面围了一圈人，老吴住处的大门依旧敞开着，但门口却多出了两个穿制服的保安，地上还横了一条用荧光喷雾喷出的亮黄色"隔离线"，线的外侧写着一行歪歪扭扭的"警示"：

案发现场、闲人勿进！

又怎么了？

下一秒，一个无比熟悉的身影从门里走了出来——居然是保安队长，手里还提着两个鼓鼓囊囊的黑色塑胶袋。袋子并不透明，看不清装了什么。

冤家路窄。

"千万别冲动。"老裘拉了我一把。

我点点头，深呼吸，走到近前，问：

"怎么了？"

"有居民反映，4号楼107室大门敞开，窗户被暴力破坏，但屋里没人。"保安队长斜了我一眼，说，"我怀疑是案件，所以来看看。"

"是我们砸的窗子。"老裘说,"隔壁老太太半夜呼吸困难,拍墙求救,我们进不去门,只能把窗子砸了。"

"你们砸的?"保安队长一愣,粗黑的眉毛往上挑了一下,"老太太呢?"

"送医院了。"

"你们先站着,我问问。"保安队长拿出智云,拨号,用谦恭的语气问了几句,挂断,脸色阴晴不定。

"怎么?"

"人确实在医院,说是犯了气喘病,刚睡着。"保安队长一挥手,吩咐身边的保安,"大家先回去,等病人明天醒了,去医院做个笔录。"

保安队长一面说,一边将手里的黑色袋子递给旁边一位矮个子保安,袋子明显不重,这人毫不费力接了过去,提在手上。

"等等!"我猛醒过来,"袋子里是什么?"

"现场证物啊,呼吸器、地上的一些杂物,万一是有人入室盗窃、抢劫,好对比指纹和DNA。"保安队长用不太友善的目光瞥了我一眼,"至少目前,还不能完全排除案件的可能。"

地上的杂物?

如果没记错的话,那些杂物包括眼镜、纸笔,以及那本淡色封面的日记本,前几样倒无所谓,但那本日记,不正是老吴特意叮嘱我收好,明天带给她的"手稿"吗?

没想到,它却成了"现场物证",被保安队长直接"收缴"了。

我走近一步,问:"证物里,有没有一本淡色封皮的本子?"

"有啊!"

"那是房主的日记本,她让我明天带给她!"

"那不行，这是现场证物，你要这个干什么？"保安队长狠狠瞪了我一眼，毫不客气地说。但不知为什么，我从他凶神恶煞的表情里，看出了一丝转瞬即逝的慌乱。

"不是我要，是老吴要。"我说，"日记本是私人物品，你没有资格收缴。"

"我没有资格，那你有什么资格？老太太又不在，我怎么知道你说的是不是实话？"保安队长的嗓门更大了，"万一是你们哪个破窗盗窃，被老太太发现了呢！嗯……说不定有谁想强奸老太太……对了，你这么紧张，该不会老太太在日记里写了，楼上有个变态小年轻对她有想法吧……"

我全身的血液涌上脑门，双手握拳。老裴从后面死死抱住我，"别冲动！别冲动！"

"你激动个啥，我又没说你，只是说不排除这种可能……不就是一本本子吗？又不值钱，你放心，在确认情况前，我不会动这本子，也不会看里面写了啥。"

我深深吸气，试图平息愤怒的情绪。没错，我并不清楚那份手稿里写了什么，从老吴一贯的行事作风来看，很可能不过是一些"无关隐私"的"学术"内容。但毫无疑问，是她极其重视、珍视的物件。我绝不能让它落在眼前这个肮脏、无信、粗鄙的家伙手里。关键时刻，我冷静下来，轻轻地、坚定地掰开老裴搭在我肩头的双手，说：

"不用拦着我。他今天没带警棍，旁边就两个保安，我有把握。"

"你……你真要干他？"

"你放心，我有分寸，我看出来了，这黑牛就是个外强中干的尿货。"我摇摇头，将手指关节捏出咯咯的声音，向前逼近了一步。保安队长的表情瞬间变了,嘴角牵扯了一下,下意识地往后退了一步。

"你想干什么?"保安队长大喊,"袭警?"

"把日记本给我!"我的声音不大,但在气势上完全压过了对方。

"这是证物!"

"这是一个老人的私人日记!"我又往前逼近了一步,"我不知道里面写了什么,但我知道,她一定不希望被陌生人看到里面的内容。"

"我都说了,不看!"

"我不信!你们明天不是要做笔录吗?如果到时候老吴说的跟我现在说的不一样,你们随时可以把我抓起来。你们要是不相信我,我们现在一起去医院。老吴没醒的话,这本日记先给和子医生保管。"

和子,这个名字无疑有着极高的知名度与说服力——这让我赢得了不少老人的声援。保安队长更理屈词穷,但依旧不肯就范,毕竟在众目睽睽下退缩,会让他的面子、威信彻底扫地,他梗着脖子,说:

"你不要多管闲事!"

我置若罔闻,又往前迈出一步。或许是这一步跨得太大、太坚定、太有"杀气",原本挡在中间的两个保安对望了一眼,机灵地闪到四五米外。一瞬间,保安队长的脸色从通红变成黑红,颤抖着从怀里抄出一件"武器":一个金属水杯。

"你八十多了,我三十。"我全身绷紧,脚下加速。

五米、四米、三米……

再往前走一步,我就有信心,在任何人出手阻拦之前,制服保安队长——唯一的顾虑是,我不能发力过猛,弄伤他的老胳膊老腿。

"Wait! No!"一个洪亮的声音在我耳边炸响。

我顿足,回头,瞳孔瞬间收缩,眼皮也开始狂跳起来。

在我的身后,不知何时,站了一道陌生的身影,这是个金发碧眼的白人男子,长发、个头比我高一点,他的站姿看似随意,但不知为什么,却给我一种极其可怕的威胁感。

事实上,他的身高、姿态,都不是我反应激烈的主要原因:最重要的是,这外国人太"年轻"了,脸上能看见不浅的皱纹,头发也白了一小半,但无论如何,他的外观年龄也就五六十岁,距离"八十岁"的移民门槛,至少差了二十年。我的心脏猛缩了一下,两段不算久远的记忆随之涌出:在墓地跟踪我的蒙面黑衣男子;前两天深夜,藏在我房间,对我发动致命袭击的陌生人。

记忆里,那个黑衣男子比眼前的白人高五六厘米,但我明白,只要一双内增高鞋,就能实现这样的"障眼法"!至于那个潜入我宿舍,给我迎头一击的"刺客",我根本没机会看清他的身材与面容!

不知是不是错觉,额头上的伤口开始隐隐作痛,带动两颊的青筋一并跳动起来。

难道是他?

"我是马克,我不是移民,是一直留在这里的宇航员。现任南山安全负责人。"马克借助智能翻译软件说,"樱小姐应该跟你提起过我。"

我愣了几秒,旋即回忆起来:马克,樱小姐的"左膀右臂",南山安保最高负责人……至于年龄,我记得樱小姐说过,七十四岁。

这一刻,樱小姐的面容再度浮现在我脑海里,黑亮的眸子、光洁的肌肤，六十一岁的年龄……在马克的身上，我似乎见到了同样的"驻颜"奇迹，只不过夸张程度轻一些罢了。

难道说，他们这批南山的"开拓者"，这些年都曾"休眠"过？这种只存在于科幻片的技术，已经问世了？

"你们发生了什么争执？"马克嗓音沙哑，如果"只闻其声"，倒真像七旬老人。

保安队长立刻凑了上去，想要解释，马克却摆摆手，走到路边，对一位须发皆白的老者微笑示意，说："赵教授，我知道您是诚实的绅士，您告诉我，刚刚这里发生了什么？"

我愣住了，马克居然会首先问目击者，而非袒护手下。这位赵教授点点头，思索了几秒，开始陈述刚刚目睹的一切。不得不说，赵教授确实是位严谨、诚实的君子，他描述的事件经过准确、公正，不带丝毫个人好恶，也不加任何猜测想象。他说完后，马克平静地看了我们一眼，问：

"你们有要补充的吗？"

我果断摇头，保安队长脸色尴尬，四下扫视了一眼，也没开口。

"我认为，把日记本交给和子小姐的提议相当合理。"马克说，"这本日记本确实属于证物，但也是私人物件，交给一位大家都信得过的女性来保管，是两全其美的结果。"

我有些惊讶，没想到身为"黑牛"的上级，马克居然站在了我这一边。非但如此，他投向我的目光诚挚而自然，这让我先前的怀疑不由得动摇了几分，难道我猜错了？但很快，随着马克走了两步，从保安手里接过黑色的证物袋，我的眉头又一次皱了起来：

马克的动作实在太利索了，脚步矫健，双手稳定，走路时腰背笔直，肩膀不带丝毫摇晃。不仅如此，他身上的肌肉线条也相当明显，手臂更比我粗了两个维度。一个我不愿承认，却又不得不承认的事实是：

真要动手，我很可能打不过他。

这意味着，就算刚刚马克护短，坚持要把日记本当作证物带走，我也无力反抗。

"谢谢……"我是个吃软不吃硬的人，既然马克秉公执法，态度友善，我也以礼相待。

"我们现在就把日记本送到医院，交到和子手上，你要跟我一起吗？"

我点点头，跟在马克身后上了车，这一路我们并没有说太多话，也没有目光交流。说实话，马克给我的第一印象并不坏：礼貌、真诚、公平正义。但即便如此，在我内心深处，依旧对这个人抱有深深的敌意。

一个我不太愿意承认的事实是，这份敌意不仅源自怀疑，以及双方可能的敌对立场，还因为，马克是一个比我强的男人。

这滋味绝不好受。

死亡手稿

翌日，南山历1月9日，10点整。

"你要看这本手稿吗？"

当老吴用诚恳的语气，对我问出这个问题时，我怔了几秒，随即脱口而出："方便吗？"

毫无疑问，我对这本蓝色封皮的日记本里的内容，是抱有极大的好奇的。不仅是老吴在生命垂危的时候还惦记着它，还因为昨晚我为了不让这本手稿落到保安队长手上，几乎跟他拼命。还好，在马克的干预下，这本手稿在被和子保管了一夜后，完好地交到了老吴的手上。

"没事的，你看吧。"

我不再推辞，当翻开封面的一刻，我愣了几秒，旋即笑起来。

第一页居然是一幅画，画的是南山的星空。

我清楚地记得，自己第一次遇到老吴时，她像雕塑一样坐在窗口，仰望头顶的星空，"月明星稀"，那一晚她如是说，而就在前一晚，月亮骤灭，她对周围的混乱视若无睹，而是打开智云，拍下了星汉灿烂的夜空。

这是一幅"写实画",画面主体分为两部分,上半部分是月亮、群星、夜空,下半部分则是我们住的4号楼,建筑的楼顶是一条规整的直线,将画面分割为1∶1的两块。

我把手稿翻到第二页。

第二页纸上很潦草,凌乱地写着数十行由数字、拉丁字母、符号组成的算式。其中有几处打着"√",又有十多处打着"×",以我的知识,我完全看不懂任何一道算式的含义,于是又翻开了第三页。

这一页的内容更艰深晦涩,由无数立体图形组成,在这些图形中间,分布着许多和第二页类似的算式。整页纸给我的观感就像一张立体几何试卷。我一连翻了十多页,发现后面的手稿全都是类似的内容,尴尬地笑了笑,将本子还给老吴,说:

"我看不懂。"

老吴笑了起来:"你高数成绩怎么样?"

"我是新闻专业的,没学过高数。"我说,"高考数学刚及格。"

老吴叹息了一声,明显对这个结果很失望,她合上本子,放到枕边,和我聊了几句,忽然抬起头,问:"对了,昨晚给你的饼干,你吃了吗?"

我想起那盒碎了一大半的饼干,老实地说:"吃了。"

"吃完了?"

我苦笑,但心头却有暖意涌动。这样的问话让我想起我的外婆,一个同样絮叨、细心的老太太,扯谎道:"吃完了,很好吃。"

老吴似乎不信,直勾勾地与我对视,我有些尴尬,甚至心虚,怀疑自己善意的谎言是否被发现了,但老吴很快笑了起来,不再追问,说:"吃完了就好,我最喜欢吃这种饼干。刚刚在售货机上又买了几盒,你再拿一盒回去吃吧。"

老吴拉开抽屉,果然,在抽屉里,像积木一样,码了五六盒饼干,老吴从最上面拿了一盒,塞到我手上。我啼笑皆非,也不好意思推辞老人的一片好意,伸手接了过来,向老吴道谢。

"多吃甜食,心情好。"老吴说。

"您昨晚怎么回事?怎么突然发病了?"我问,"保安队长有没有伤到你?"

"受伤倒没有,但被他那么欺负,确实有点激动。"老吴微微叹息,摇头,"我回家后,心跳有些快,就早早上了床,开始吸氧。吸了二十分钟,我感觉好一些了,就拔掉了氧气,起身上了厕所,没想到刚回到床上,没过两分钟,就觉得喘不过气来,手也开始发抖,抖到连吸氧的面罩都戴不上……就只能拍墙了……"

"检查结果是什么?"

"过敏性气喘,可能因为激动,也可能吸入了刺激性气体,昨天下午我给屋子做了个扫除,用了一些清新剂。"

"现在身体怎么样?"

"挺好的,已经不用透析了,刚才下楼吃了早饭。"老吴说话的中气依旧不太足,但精神不错,脸上也有了血色,一旁的仪器上,十多个读数一大半是代表"良好"的绿色,剩下三四个则是代表"尚可"的黄色,显示她现在血压正常,心跳平稳。老吴说:"也幸亏是这儿,如果在地球上,我可住不起这么贵的病房,人说不定就没了。"

我点头认同,她身后这台智能医生不简单,属于呼吸类疾病最昂贵、高端的智能治疗仪,可以根据病人的各项体征,给予供氧、呼吸帮助、快速血液透析,甚至紧急气管切管。说得直观一些,相当于一位医术高明的医生+一位经验丰富的护士+

一位无微不至的护工，提供二十四小时无间断的医疗保障。没记错的话，这样的病房、全套设备，在地球上，每天的费用至少三万人民币。

南山移民的医保总额度是两千万日元，每天三万，可以住两个多月。

"我还算好，隔壁的老太太前天心肌梗死，用的续命设备每天要十多万，唉……只可惜医生说，就算这么烧钱，估计也续不了几天命了……"

我与老吴闲聊了个把小时，之后便回到住处，上床，读了会儿书，开始补觉。等醒来时已是晚上8点，窗外月色明亮，星辰寥落，这让我下意识回想起前一晚的璀璨夜空。很快，一天没进食的肠胃向大脑传达强烈的饥饿感。正当我犹豫，是该吃一份自热食品，还是去老裘的杂货店逛一圈时，我看到了床头柜上老吴新送给我的饼干。

我对吃饭一直不太讲究，便伸手拆开了饼干的包装。今天这一盒饼干，居然跟昨天的一样，碎了一大半，只有一小半完整无损。更准确一点说，数量都一模一样，只有三片饼干是完好的。

"看来这批饼干在运输时，确实被挤压或者摔过。"我看着饼干盒里，如黑土白雪搅碎混杂的碎片，一个奇怪的念头冒出来——既然饼干会在运输途中碎成齑粉，如果我真的搭载货运飞船偷渡回地球，会不会也面临同样粉身碎骨的命运？可老赖不是说，绝大多数时候，货运飞船的安全、稳定性，都没太大问题吗？难道他骗了我？可若真如此，他又怎么敢以身试法？

无论如何，这个发现彻底断绝了我偷渡回家的念头。我决定放弃危险的尝试，转而寻找更稳妥、安全的法子。毕竟樱小姐解决了我最担心、最迫在眉睫的问题——母亲的病。那么回家对我来说，就是一个必要但不迫切的诉求了。如今我最担忧的，反而是上次的遇袭事件，这成了我心头最浓重的阴影，怎么也挥之不去。樱小姐答应过我，会调查这件事，如今有什么进展吗？

因为睡了一下午，我精神饱满，干脆洗漱出门，直奔医院。要见樱小姐，需要通过和子提前预约。谁知刚进医院大门，就听见前方传来一阵嘈杂，仪器警报声、人语声、奔跑的踢踏声混在一起。难道有病人在抢救？我下意识地加快了脚步。

"左心室室颤！电击除颤！能量220单位，电流21毫安，阻抗63欧姆，阻抗偏低！嘀——嘀——警告！警告！室颤未消除。准备第二次电击！能量250单位！倒计时5——4——3……"尖锐的电子声从一楼抢救室里传出，扎入耳膜。这是智能医疗设备在紧急诊疗、抢救时发出的同步语音提示，下一秒，我听到和子嘶哑的呼喊，"切换到手动模式！"

我的心揪了起来，很明显，抢救室里的病人已到了生命垂危的地步——老吴说过，她有个病友心肌梗死，很可能没几天了。难道就是这个人？很快，我听到和子更焦急的声音："电击除颤，能量280单位，肾上腺素准备，1.2剂量！"

"收到，除颤倒计时……10——9——8……"

我有些难受，不想再亲眼见证一个生命就此离去，于是转过头往楼梯走，打算上楼找老吴聊聊，楼下这么大动静，她多半也被吵醒了。

在迈出第一步之前，一个声音将我的双脚黏在了原地。

一墙之隔的抢救室里，和子手操仪器完成第二次除颤，她显然已紧张、疲累到极限，沉重的喘息声隔着门都能听到。接着，我听到几声微弱但清晰的电子声，嘀——嘀，这声音很熟悉，并不来自医疗器械,而是智云的拨号声。

"小姐。"和子用的是日语。

……

"那个中国老人忽然病危……希望不大……要不要告诉易……"

中国老人?

告诉易?

我大脑一空,身体晃了晃,靠住墙才没有倒下去。

这么说,此刻在抢救的,并不是我以为的、老吴的"心脏梗死"的病友,而是老吴?!

希望不大?

就在半天前,老吴还跟我谈笑风生!她给我看了那本天书一样的手稿,给了我一盒她最爱吃的饼干,甚至微笑着回忆,如果七十年前,她接受那位追求她的、说话有些口吃的学长,如今孙子应该和我一样大了!

那会儿她确实还有些虚弱,但神志相当清醒,各项体征都是"良好"或"尚可"!这才过去了不到半天!

"知道了。"是和子的声音,下一秒,她挂断了电话。

我愣了半秒,后背靠住墙壁,瘫软在地,其实我跟老吴相识不过几日,甚至直到昨晚,都只算点头之交,但不知为什么,对这个比我年长了七十岁的老人,我有一种特别的亲近感。又不知过了多久,我从浑噩中惊醒,伸手去拍抢救室的铁门,和子听到了,问:"谁?"

"我,易一。"

和子有些惊愕:"你怎么来了?"

"我……"混沌的大脑已无法理清思绪,于是说,"是老吴在抢救?"

"是的。"和子的声音有些颤抖。

"她怎么样?"

"我尽力了……"和子停顿了几秒,说,"你去二楼找近藤医生,让他帮你找一套无菌服,然后进来吧……"

我茫然点头,上楼的时候,我的双腿似乎被抽空了气力,以至于不得不用力抓住扶手,才挪上二十多阶楼梯。近藤是个戴眼镜的矮瘦老头,说话、行动都慢条斯理。为了找一套合身的无菌服,他换上老视镜,不紧不慢地在衣柜里翻了五六分钟,我心急如焚,干脆自己动手,直接拽下一套最大码的,套好,穿过长长的消毒走廊,奔进抢救室。

抢救室灯光惨白,老吴仰面躺在正中的病床上,身上插了几十根管子、电线,与三台智能医疗设备相连,氧气面罩下的面容如久未粉刷的墙壁一样灰白。和子和一名护士站在床边,戴着口罩,仅露出一双眼睛,眼角的皱纹很深,瞳孔里神色复杂。

"为什么不抢救了?"我颤抖着问。

"交给 AI 自动处理了。"和子说,"情况很不好,你要有心理准备。"

"到底怎么回事?"

"半小时前仪器报的警,突发呼吸障碍,引发室颤,心肺衰竭,现在室颤控制住了,但生命体征依旧很差,人处于深度昏迷状态。"和子说,"毕竟一百多岁的人了,一点小毛病都可能……"

我哽咽着走到床头,老吴确实还活着,干瘪的胸腔毫无节奏地起伏,手背上的青筋胡乱颤抖,"高压165!""心率170,心动过速!""即将注射0.6标准剂量盐酸地尔硫䓬,倒计时3——2——1……""脑干血压异常!""血栓警报!"报警声连绵不断,提示这具躯体已进入灯枯油尽的弥留状态。又过了十几秒,老吴的右手动了一下，食指抬起半厘米左右，指尖如风中细枝般上下震颤。我没有多想，走向前，握住了她的手。

她的手很凉、很粗糙，就像一截霜冻的枯木，我眼里流出泪来，半跪在地，在老吴的耳边说："是我。"

有些意外的是，老吴听到我的话，身体顿时有了反应，紧闭的眼皮猛跳了一下，胸腔的起伏幅度也明显了许多。

"加油！你能挺过去的！"

老吴嘴唇翕动，似乎想说些什么，但声带肌肉已发不出任何可辨的语言。接着她紧闭的眼皮撑开一条小缝，露出一丁点浑浊的眼白与更加浑浊的瞳孔，她似乎在看我，又似乎没有，因为这瞳孔毫无焦点又全无生气，我不寒而栗，但又不敢移开目光，几秒后，老吴的右手又动了一下，往回缩，像是想从我的手里抽出去。

我心头一酸，将她的手握得更紧了些。谁知老吴并不领情，而是表现出更激烈的反应，她的右手颤得更厉害了，抽离的力道也继续加大，手背上的青筋一条条凸出来，就连氧气面罩下的面容也变得扭曲。

"你？怎么了？"我茫然放开老吴的手。

老吴的喉管里响起咳咳的声音，却依旧发不出完整的音节，下一秒，她深深吸了一口气，用尽仅存的一丝气力，做出一个动作——右手抬起两三厘米，食指孤零零、颤巍巍地指向身侧后方。

她想指什么？

我茫然地顺着她手指的方向看去，那儿，只有一片灰色的金属墙壁。往旁边一点，大约二十度的偏角，是抢救室的大门。

她是想指门吗？门口有什么？门外有谁？我刚从门外进来，外面什么都没有啊！

"你想说什么？"我将耳朵贴到老吴的嘴边，却只听见粗重的喘息声，"呼哧""哧哧"，她一定在竭力摩擦声带，试图将气息汇聚成音节，却无力做到。与此同时，老吴的右手缓缓垂了下来，呼吸更加微弱。

我转过头，和子静静地看着我，一言不发。

"她想说什么？"

"我不知道。"

"她还能好起来吗？"

和子看了一眼治疗仪上七八个鲜红的读数，摇摇头说："这需要奇迹。"

这是个意料之中的答案，但依旧击溃了我。我一屁股坐在坚硬冰凉的地面上，茫然看着机器上仅剩的几个黄色读数一个个跳成红色，最终全部归于黑色的"0"。没有奇迹……

伴着刺耳、悠长的死亡提示声，和子走到我跟前，蹲下，与我平视："人总会有这一天的。"我茫然点头，站起身，往出口走去，门外站着四五个老人，一双双浑浊的眼睛木然地看着我，满是褶皱的面庞上流露出悲伤之色。没错，他们都太老了，老到对死亡无比敏感——当你少年时，陌生老人的死亡通常不会给你带来太多感触，但到了中年，你会下意识地想到父母——我的父母也与他（她）一般大了；等到老年，即便一条狗、一只鸟、一条虫的老死都可能勾起你的联想——它死了，我还剩几年？

老吴走了，留下了太多的遗憾及谜团——那本如天书般艰涩的手稿、那根指向虚空的孤独食指。她临终前想对我说什么？她还有什么未完成的心愿？无数问题在脑海里盘桓、生长。六七步，或是七八步后，一点火花骤然在心头燃起——与这些问题的答案无关，而是一件更重要、更难以解释的事情。我回头往抢救室跑去，推开门，径直走到和子跟前，说："和子医生，你之前那个电话，是打给谁的?"

和子愣住了，她低下头，避开了我的眼神。

"是樱小姐?"我单刀直入。

"是。"

"为什么?"我说，"老吴病危，为什么要向樱小姐汇报?"

"樱小姐关照过，所有关于你的事，都必须第一时间告诉她。这次出意外的，是你的邻居、朋友……"

"为什么?"

和子用力摇头，拒绝回答，我抬高音调，质问她："为什么要监视我？你还向她汇报了我的哪些事？刚才的事，你也会告诉樱小姐，是吗？"和子起初一言不发，当面对最后一个问题时，她坚定地点了点头。这让我更愤怒了，于是伸出手，扳住和子的肩膀："到底有什么事瞒着我？"

和子深吸了一口气，脱掉手套，去掰我按在她肩膀上的右手，她的力道其实不大，但动作、眼神里透露出的坚决让我动摇。和子挣脱我的束缚，转身走向病床，用一块洁白的床单盖住了老吴毫无生机的面庞。

"你走吧。"和子说。

遗物

    我浑浑噩噩地走出医院。当华人区的灯光射入瞳孔的一刻，一簇无法抑制的怒火在心头升起。可恨，若没有前一晚的事，老吴多半也不会发病。我将老吴的死迁怒于保安队长的粗暴执法，于是走到1号楼，敲响了保安室的门。屋里，黑牛多半猜到了我的来意，并不开门，只是隔着金属墙壁跟我理论了十分钟。我用力捶门、大声咒骂，但最终只能掉头离去。回家，上床，窗帘开着，月光透过一尘不染的窗户涌进房间，照在脸上，明晃晃的。

    为什么，前一晚辉月会骤然熄灭？如果它没有熄灭，混乱就不会发生，悲剧就不会发生。如果它未曾熄灭，就不会显露出那片美丽的星空，老吴就不会录像，这一切也不会发生。如果我勇敢一些、坚决一些，在老吴之前站出来抗议保安的暴行，一切也不会发生。

    思绪混乱零碎，这是我三天里第二次近距离接触死亡。上一次是老赖，这一次是老吴。他们都算我的熟人。事实上，在南山上，和我有交往，确切地说有交集的也就七八个人——老裘、老包、老吴、老赖、樱小姐、和子、保安队长、孟德尔……然而，短短四十八小时内，这八个人里，竟有两人死了，而且都死在我面前……

老吴弥留之际的那个手势，到底想表达什么含义？那会儿她已无力说话，却用尽仅存的一丝生命力，指向抢救室大门附近的墙壁。

她想让我出门吗？莫非她感应到了什么危险，让我早点离开？

突然一个奇怪的念头，在我脑海深处钻出芽尖，疯狂生长，让我打了个寒噤——难道他们两人都是因我而死的？

老赖算计了我，取代我潜入返回地球的货运飞船，坠毁身亡。这真是意外吗？如果不是意外，而是阴谋，那极有可能，它是针对我，而非老赖设计的。至于老吴，此前一直身体硬朗，却在跟我成为朋友的几小时后，忽然发病，诡异死亡。

谁跟我走得太近，就要死？难道在弥留之际，老吴已意识到，她是因我而死，正因如此，对生的眷恋，让她做出了赶我走的手势？

这猜想让我几近窒息，我仿佛被一双无形之手扼住咽喉，被一张透明巨网牢牢困住，无法移动、无法呼吸、无法生存。

我害死了他们？

下一个是谁？

老赖？老包？还是我自己？

突兀的敲门声把我惊得从床上跳起来，幸好很快响起了熟悉的声音。

"睡了吗？"

是老裘。

我全身发冷，也不想开门。毕竟我怀疑，老吴跟老赖是因我

169

而死，我不想再连累其他人。然而，这时的我太恐惧、孤寂，需要有一个人说说话了。犹豫的工夫，敲门声又执拗地响了起来，似乎有不开门便不罢休的意味。

我只好下床，开门。

"你怎么了，脸色这么差？"老裘手上拎了一瓶茅台和几包零食。

"老吴走了。"

"什么？"老裘的脸色瞬间从红润变得灰白，"中午不还挺好吗？"

"就在刚刚，病情忽然恶化，没抢救过来。"

老裘沉默了，胡须、白发微微颤抖，额头的皱褶如波纹般变幻扭曲。

我问："找我什么事？"

"我刚刚看到你回来，脸色不太好，也没来店里找我们喝两杯。我以为你是为暂时无法回家的事不开心，想来安慰安慰你，没想到……唉，人死不能复生，我们这些老家伙都看透了，你也想开点。"老裘唏嘘着坐了下来，打开茅台，倒了两杯，"喝一点？"

端起酒杯一饮而尽，辛辣的液体顺着喉管淌进胃里，给寒冷的身子带来一些暖意。老裘跟我聊了一会儿，吁叹人生苦短、生死无常，一瓶茅台很快见了底。老裘有些头重脚轻，大着舌头说："货架上还有，我去拿。"

老裘晃晃悠悠地起身，却没有走向身后的大门，而是向右转身，径直往我床头走去，直到膝盖撞上床脚，才猛地激灵了一下，嘿嘿一笑，说："喝多了，还以为是在店里。"

前几次我同老裘对饮，都是在楼下的杂货店。每一次，老裘都坐在背对柜台、正对大门的主位，而茅台、五粮液等高档白酒，就放在他右边货架的顶层——据他说，主家宾客的座序很有讲究，暗合中华传统的乾坤之道。"如今的小年轻，都不讲究这些规矩了！只是我这个老顽固坐习惯了，改不过来咯！"刚刚老裘喝得七荤八素，下意识地按照习惯，去熟悉的位置找酒。我笑了起来，扶着他走向大门。

"这边。"

老裘推开门，摇晃着走了出去。我转过身，看着桌上见底的酒瓶酒杯，忽然，一点火花在大脑的某道皱褶深处闪了一下，一个声音提醒我，就在刚刚，我触到了某个问题的答案——某个我苦苦寻觅、求之不得的答案。我闭上眼，把这段时间发生的每一个细节，在脑海里过了一遍。

老裘起身拿酒，却走向了错误的位置。只因那时他已不太清醒，误以为这里是他的杂货店……

我想起老吴临终前，食指指向的那个空无一物的位置！毫无疑问，那会儿，她的意识已是混沌一片。莫非她想指的那个位置、那个方向，也不是抢救室里的那个位置和方向，而是她家的？

我的心脏几乎从胸腔里跳了出来，我三步并两步地冲下楼，老裘刚下到一半楼梯，转过头，目瞪口呆地看着我，问："怎么了？"

"没怎么……我有点困，看你走路也不太稳了，要不先睡吧，改天再喝。"

我将老裘扶回杂货店，旋即轻手轻脚地走到老吴的门口，亮黄色的警戒线反射出刺眼的荧光，大门紧锁，但窗户上那个巨大的破洞并没有补上，我四下张望了一眼，双手一撑，跳进房间。

屋里一团漆黑，不太好闻的腐朽气息尚未散尽，我鼻腔发痒，只能强行忍住喷嚏。但很快，恐惧便盖过了不适，毕竟这间屋子的主人刚刚死去，而我，也并非坚定的唯物主义者。

墙角立着个黑黢黢的影子，跟小孩差不多高，还挂着一条长长的辫子……是带导管的氧气瓶……

墙壁上，一个缺了牙的老太正冲着我笑……是照片，上次我进屋，照片就挂那儿的。

吱嘎，右脚踩到了某样物件，滑滑的、软软的……让我全身的汗毛一瞬间全部竖起，我险些摔倒在地。定睛一看，幸好，这物件露在明亮的月光下，不过是一块抹布。

别吓自己……老吴也就在这儿住了十来天，就算回魂，也该回地球才对……

这儿离地球两万七千……光年，就算灵魂的速度是光速，那也得两万七千年后才能回家吧。

我一面胡思乱想，一面战战兢兢地走到老吴床前，平躺下来。强忍恐惧，努力回忆老吴临终一刻的姿势，伸出食指，指向同样的角度。下一秒，恐惧飞到了九霄云外——如果躺在老吴每天睡觉的床上，那个手势指向的位置，不偏不倚，恰好是她床头柜的抽屉。

一定是那里！

那里藏着什么？

我一跃而起，拉开抽屉，抽屉最外口，整整齐齐地码着六七盒饼干，是老吴最爱吃的零食。我将饼干顺到一边，往里看去，饼干后面凌乱地放了十来件杂物：四支马克笔，两盒拆封的药，茶叶、零食。我一一取出，终于在抽屉最深处，找到了三样特别的物件——两本书与一张照片！

这照片有些年头了，表面的塑封已枯黄、风化，但保存得还算完好。照片上是一位戴眼镜、穿学士服的短发女生，唇红齿白，青春娴静，五官气质能依稀看出几分老吴的影子。在照片的背面，书写着一行娟秀的数字，"2030.6.7"。竟是老吴的大学毕业照！

我摇摇头，感叹岁月的神奇魔力，将照片收好，翻出下面的两本书，分别是太宰治的《人间失格》、高尔基的《童年》，书的品相很新，四角尖尖装订完好。南山的中心区、住宅区都配备了带打印功能的智能终端，供老人们打印信件、佛经、语录、诗集等实体书，并不实用，只是为了满足信仰或情怀。我翻开书，《童年》的扉页竟夹了三张精美的书签，由黄色的薄竹片做成，上面有三段手抄的名言警句："学而时习之，不亦说乎。""不以规矩，不成方圆。""博学，审问，慎思，明辨，笃行"。字迹娟秀，是老吴的亲笔。

我又把两本书快速翻了一遍，无论是《人间失格》，还是《童年》，里面的每一页都无比光洁，连一处折痕都没有。

想必这些旧物，承载着老吴对童年、青春的记忆。我不免有些失望，我本以为能在这抽屉里寻到一些有价值的线索，例如一张纸条、一块芯片，然而并没有。这让我不由得怀疑起先前的推断——老吴临终前那一指，真是意有所指，提醒我抽屉里有线索？在哪里呢？莫非老吴想指的，是那本淡蓝色封面的日记本手稿？毫无疑问，这个床头柜抽屉，是它平时最可能在的地方。

我竭力回忆手稿里的内容，只可惜被贫瘠的数理常识禁锢了记忆力。我只能想起手稿的第一页是一张手绘的星空图，但后面的那些算式、符号对我来说宛若天书。

这手稿究竟记载了什么？那些天书里是否藏着秘密？

我深吸一口气，将抽屉里的全部物品打了个包，带了回去，否则等到明天，这些遗物很可能会被统一收缴。回房后，我也没休息，而是换了套衣服，打算再跑一趟医院，去找那本手稿。起初我想打个电话给和子，但考虑再三后还是放弃了，一来，我想不出自己有什么理由索要老吴的遗物；二来老吴垂死之际，我隔门听见的那个电话，让我对和子产生了一些戒心。

"但愿这个点，他们还没来得及整理老吴病房里的东西。"我暗自祈祷。

密码

事与愿违。

这是我今天第三次来医院,时间已是子夜,整栋楼寂静无声,偶尔听见几声仪器蜂鸣、病人的呻吟。我轻车熟路地摸到二楼,走进老吴前一晚住的病房,房间苍白而死寂,几台智能医疗设备都断了电,面板一片漆黑,十来根导管、电线孤零零地垂在床头,被穿堂风吹得轻轻摇曳。我强忍"物是人非"的感慨,走到床前,拉开抽屉。

空空如也。

我的心咯噔了一下,没错,我上午探望老吴时,她明明把"手稿"放在了这里,我又掀开被子、枕头,最后趴在地上,在地板上寻找。

一无所获。

显然,在我来之前,这间病房已被仔细"收拾"了一遍。不只是老吴的私人物件,就连病房里的"消耗品",如一次性水杯、吊瓶都被收走了。这效率让我诧异,甚至怀疑,毕竟老吴病情转重、抢救无效离世,也就是两小时前的事情。

莫非,"他们"也意识到,老吴的"遗物"里,藏着什么秘密?

我咬牙、握拳,犹豫要不要去医生办公室问个清楚。值班的是和子?还是那个男医生近藤?或是某个我不认识的医生护士?究竟是谁收走了老吴的"遗物"?我又该用什么理由,追问"手稿"的事?我蹲在地上,紧张地思考,眼前忽然有什么晃了一下,我以为是酒醉引起的眼花,于是甩甩头,揉了揉眼睛,然而没过半秒,针刺感便从脊梁一直爬到头顶。

我身前一侧的地板上,出现了一道人影。

人影瘦削,看不出性别,短发,站姿有些佝偻。从位置、方向判断,就在我身后三四米,也就是进门一步的地方。下一秒,伴着一阵轻微但急促的呼吸声,影子的右腿抬了起来,朝我迫近了一步。

步子不大,也不快,但右手却举了起来!

我瞬间紧绷,也不管形象,一个"驴打滚"滚出去两米,起身、转头,与身后的来人对视。

"谁!"

来人愣住了,退了一步,举到一半的手也僵在了半空。这人戴着口罩、身材瘦小,胸腔不断起伏,看样子比我还紧张,当看清我后,发出一声轻微的叫唤。

"あなたです!"(日语:是你!)

居然是和子。

我长舒一口气,毕竟和子对我并没有威胁——至少表面如此,和子一脸警惕地看着我,问:"你来干什么?有东西忘这里了?"

"这抽屉里本来有一本手稿,你看到了吗?"

"你说那本蓝色封面的日记本？"和子说，"护工刚刚收起来，交给我了。"

和子的坦率让我有些意外，我说："能给我吗？"

"你？"和子的秀眉挑起一个不大的角度，"它的封面上写的名字，并不是你……"

"那是老吴的手稿，她白天特地嘱咐，如果她有什么不测，就交给我。"我撒了个谎，"我知道那本子里的内容，第一页是一幅画，画的是这儿的星空，后几页是一些算式，老吴以前是数学老师，业余爱好是做一些数学题。"

"我没看过这本日记，也不知道里面写了什么……但我知道，这是一位已故女士的私人物品，除非你能拿出遗书、录音的证据，证明她要把本子留给你，否则我是无权这么做的。"和子摇了摇头，"就算你是她儿子也不行！三天后，我们会在老人火化时，将日记一并烧掉。"

烧掉？这个词刺激到了我，我下意识地喊了出来："不！"

"这是一本日记本！是老人的隐私！"

我握紧拳头，却无言以对，和子的理由很充分，甚至很正义，不仅如此，她的态度也很坚决，昂头怒目，没有一丁点心虚、怯懦。在这一瞬间，我不由得生出一种错觉，那就是眼前这道白大褂下的佝偻身影，比我更高大、强大，比我矮一个多头的和子，此刻正在俯视，而非仰视我。

我毫不怀疑，除非有奇迹发生，我再没机会见到老吴的那本手稿了。

"和子医生……我……"

"没其他事的话，还请你早点离开。"和子没有继续计较，让出门，"隔壁房间还有病人，你走路轻一些。"

我回到住处，当脊背与沙发接触的一瞬，强烈的疲惫淹没了身体。酸痛、刺痛……从一处处新鲜的、不新鲜的伤口，以及没有伤口的位置，一波波涌入脑海。我抬起头，漫无目的地扫视四周，却被桌上那堆从老吴抽屉里顺出的遗物吸引了注意，《童年》《人间失格》，两本书不太整齐地摞着，中间夹着那张泛黄的毕业照。我心念一动，打算再翻一遍寻找线索，但还没起身，就被倦怠与饥饿击垮了。

"吃点甜食吧，对心情好。"我想起老吴的这句话，遗物里有饼干六盒，整齐地码在两本书旁边。我已经大半天没吃饭了，饥饿感激起强烈食欲。想必老吴也不会介意我吃她留下的饼干吧。我伸手拿了一盒饼干，拆开。和先前收到的两盒饼干一样，这盒饼干同样碎了一大半，黑、白两色碎屑混成一团，堆在两条船形的包装盒底部，令我食欲大减。

人生就像盒子里的饼干，拆封前满怀期待，拆开后支离破碎。我心生感叹，这一次，我甚至懒得挑出其中完好的几块，干脆再次伸手，重拿了一盒，拆开。依旧一堆碎片，没几块完好。我拆开了第三盒，没有惊喜……

三盒加在一起，能勉强凑出十枚完好的饼干，选选也够吃了。我在第一盒饼干里翻找，一、二、三，找出三枚完好的饼干，接着是第二盒，一、二、三……第三盒，一、二、三……

三，三，三？我猛然想起，昨天晚上和今天中午，我拆开的那两盒饼干，也都有且只有三枚完好的！会不会太巧了一些？不，绝不是巧合！因为我突然发现，眼前这三盒拆封的饼干里，每一枚完好的饼干的位置，也都完全一致！

每盒饼干有两小屉，每小屉八枚，共十六枚。而这三枚完好的饼干，分别是第一屉的第二枚（如果从另一个方向数，就是第七枚）与第二屉的第五、第六枚！不止如此，除去这些完好无损的饼干之外，就连其他饼干的受损状态也完全一致——这里的一致并非外观的一模一样，而是数学上的一致——

每一整枚饼干都由三部分组成：两片黑色脆饼、一块白色奶油，在每盒饼干的第一屉内，第一枚饼干两边的黑色脆饼都残缺不全，但中间的奶油偏偏完好无损；第二枚饼干则完好无损，黑白分明完整无缺，而第三枚饼干，靠第二枚的那块脆饼，以及中间的奶油都是完好的，唯独另一面的黑色脆饼碎成了渣渣……

莫尔斯电码？！这几盒饼干里，竟藏着莫尔斯电码！

没想到，老吴临终前，竭尽全力暗示我的秘密，不在书里，竟藏在了抽屉里最不起眼的饼干之中！

不难想到，黑色的脆饼代表1，白色的奶油代表0（抑或相反），如果所有饼干全都完好无损，那自然对应——101101101101101101101101——一个二十四位的二进制数字。现在有一部分饼干碎了，如果把破碎的部分剔除、忽略，那就可以得到一个十多位的数字。

我拿起智云，从不同角度，给三盒饼干拍了几十张照片，然后仔细将碎屑、碎片清理干净，果然，每小屉饼干里，都有十六片完好的脆饼或奶油，每盒就是十六乘以二，三十二片，数字化后，得到的结果是：

0101　1011　0110　0110
0101　1001　0010　0111

当然，"0"和"1"的位置顺序都可能颠倒，共计八种可能。

我知道每一个汉字都存在一个固定的通用数字码。意味着这两行数字，可以解译成两个或四个汉字。我强忍激动，掏出智云，输入网址搜索，但很快摇头苦笑了起来。我在南山，是没有互联网的。

27000光年的距离隔绝了一切实时数据，通信成为天方夜谭，正因如此，南山上的智云都是特制款，可以与其他移民通话、联络，内置软件，大多是单机或局域网版本——服务器位于南山的中心区：例如导航、健康监控，也包括一个涵盖大多数常用知识的百科全书APP，然而这百科全书并未涵盖冷门的汉字数字编码——这是少数程序员才偶尔用到的玩意儿。

答案近在眼前，我却找不到开门钥匙。

我心生懊恼，下意识地重重捶了一下桌面，不少饼干碎屑飞溅出来，落得满桌都是。手掌的疼痛让我冷静了一些；深吸了一口气，安慰自己一定有办法。

南山上有三千名老人，其中不乏老吴这样精通某项技能的退休教授、专业人士，只要有耐心，一定能找到破译者。

我突然想到了老年大学。

那是我第二次遇见老吴的地方，当时的她在我眼中，还是一个"形容恐怖""做数学题打发漫漫长夜"的怪异老妪。那时她正同孟德尔校长，如一对稚童般匍匐在地，观察、品尝一株紫草。孟德尔说过，老年大学的课程，包括数学、天文、计算机等，那么在那里，很可能存在我要找的破译者。

对了，以孟德尔与老吴的关系，说不定这饼干里的秘密，他本来就知道呢？

殊途同归

这一夜我是在老年大学2号教室里睡着的，地板冰凉、坚硬，窗台上摆了十几盆紫草，细长的枝叶在月光下摇曳出妖异的影子。我辗转反侧，将近拂晓才勉强入睡。噩梦袭来：有关老吴的、有关母亲的……我一次次从梦中惊醒、挣脱，后背被冷汗浸湿，如此反复。终于，太阳从窗口跃出，一个熟悉的声音唤醒了我。"你怎么在这？"我睁开眼，是孟德尔站在门口，身上套了件新潮的浅色西服，头发、胡须依旧一丝不苟，日光照在他饱满的前额上，折射出滑稽的光芒。

我心头泛起一丝酸楚，开门见山地说："老吴走了！"

孟德尔愣住了，玩世不恭的表情瞬间消失得无影无踪，他张着嘴，喉结滚动，却没有发出任何声响，两颊的肌肉随之跳动了一下，一些浑浊的液体从眼角溢出，顺着皱纹的沟壑滚落。

"老吴身体一直挺好，怎么会？"孟德尔擦拭了一下眼角，泪水流到粗糙的手指上，他的手指仿佛几段泡过雨水的枯枝。我哽咽着，简短地描述了昨晚发生的一切，孟德尔静静地听完，嘴巴张了张，似乎想追问什么，但最后却摇摇头，说：

"算了，人都走了，不问了。"

"老吴给过我几盒饼干。"我从背包里拿出一盒拆封的，"我发现，这几盒饼干居然藏着莫尔斯电码，所以就来找你了。"

孟德尔猛然抬头，用不可思议的目光看向我："你也懂计算机，能破译ASCII编码？"

"不能啊……"我忽然顿住了，没错，"ASCII编码"，正是数字转汉字的那把解谜钥匙。然而问题来了：这盒饼干我刚拿出来，还没来得及打开外包装，孟德尔怎么能一口报出"ASCII编码"这个名词的？他果然知道这饼干的秘密！我又惊又喜，然而事实是，孟德尔似乎比我更意外，他眯起眼，浑浊的瞳孔里射出锐利的光芒，说："你不懂ASCII编码，怎么会找到我这儿？"

我一头雾水："我在南山认识的最有学问的人就是你，这里又是大学……我想肯定有懂解码的人，所以就来请教你了。"

"最有学问的人？大学？请教？"孟德尔僵了片刻，眼里的光芒消失了，嘴角牵扯出一个比哭还难看的笑容，说："原来如此。"

"什么意思？"我说，"每盒饼干对应的数字信息是0101101101100110、0101100100100111。"

"是啊，这两个二进制的十六位数字，ASCII编码对应的汉字，正是'大'和'学'！我以为，你是破译出这个答案才找过来的。"

没想到我竟误打误撞，直接撞到了正确答案，就像手握一把神秘钥匙寻找宝物，却最终发现这宝物正是钥匙本身。

"老吴还留下什么遗物？"孟德尔问。

"有一本日记本，老吴说是一本手稿，很重要……但被和子收走了，说要跟遗体一并火化。还有两本打印出来的纸质书——

《童年》《人间失格》，里面夹着三张书签，上面抄了三段格言，'学而时习之，不亦说乎''不以规矩，不成方圆''博学，审问，慎思，明辨，笃行'。对了，还有一张老吴年轻时的照片……"说到这里，照片上穿学士服的少女形象跃入脑海，我打了个激灵，问，"那张学士服照片，莫非也在暗示'大学'？"

孟德尔叹息了一声，说："不止照片，你说的那堆遗物里，至少有三条线索。"

"三条？"

"那两本书《童年》《人间失格》，老吴弄了个玄虚，用《人间失格》代替了与书名相近的《在人间》，就把你蒙住了。"

我愣住了："你是说《童年》《我的大学》《在人间》？"

"第二条线索就是那张照片，学士服、毕业照，明显指向大学。"

"我以为，那是她对青春的缅怀……"

"还有那三张书签。"

"书签也是？"

"三张书签上的三句名言，'学而时习之，不亦说乎'出自《论语》；'不以规矩，不成方圆'出自《孟子》；'博学，审问，慎思，明辨，笃行'出自《中庸》。《论语》《孟子》《中庸》都有了，独缺《大学》不是吗？"

我目瞪口呆，头顶的冷汗涔涔而下。孟德尔眯起眼，手指抵住太阳穴，陷入了短暂的沉思，当沉思结束后，他苦笑起来，说："老吴留下的三条线索，你没有破解其中的任何一条，但依旧找到了我。"

"我太愚钝了，幸亏运气还行。"

"不，你不愚钝，是我们老了。"

"老了?"我愕然。

"即便最平凡的事物,也会让老人联想到许多乱七八糟的东西:前些年在地球,只要一下雨,我就会担忧右腿的膝盖会不会疼、该打伞还是穿雨衣、女儿出门有没有多加件衣服——那会儿我的女儿女婿还在世,但年轻人从来不会想这么复杂。所以,无论用年轻人的思维去揣摩老人,还是用老人的思维去推测年轻人,都很容易产生偏差,很难理解彼此。"孟德尔双眼流露出悲哀之色,笑容也变得苦涩凄凉,"你没有找到任何一条线索,却依旧得到了正确答案,反倒是我们老人,自以为睿智、沉稳、老谋深算、经验丰富,最后的结果,却往往被你们甩在后面。"孟德尔的嗓音有些嘶哑,"老吴这个人,执拗、任性、跟孩子一样,喜欢吃甜食、打哑谜,所以也把自己的秘密藏在了甜食跟哑谜里,看上去很保险、很安全,实则毫无意义。"

我唏嘘不已,说:"老吴的那本手稿,我大概记得一些。第一页是一张手绘的星空图,后面写了很多我看不懂的算式……"

"星空?"孟德尔仰起头,将目光投向窗外的天空,此时是白天,太阳射出和煦的光芒,辉月无光悬在熟悉的方位,但孟德尔目光深邃,仿佛穿越时间,跨越白昼与黑夜之壁,凝望漫天星辰,孟德尔问:"你刚才说,前天晚上老吴死活不肯删除拍到的星空录像,才顶撞了保安队长?"

"是。"

"星空……算式……唉,老吴,既然你已经在做这件事,又何必这么执着,急于一时呢?这么做,可能让我们的计划、我们的秘密全部暴露,所有努力毁于一旦啊!"

"星空""算式""这件事""计划""秘密",这一连串别具深意的词语,激起我的好奇,更让我困惑恐惧,我正要发问,孟德尔却打断了我。

"事已至此，我也无须隐瞒，那张星空图，那些你看不懂的算式，都是在推算一个问题。"孟德尔说，"这个问题，关系到这里每个人的生活、生命，关系着你这辈子还能不能回家，关系到南山的终极秘密！"

间章三　母亲的病

　　母亲的后一次犯错发生在她六十三岁生日的前一天，此时距她被AI彻底替代整整一年。在这一年里，她苍老了许多，迟钝颓丧了许多。我本以为随着时间的推移，她会调整心态，恢复好转几分，但事实证明我错了，变化在不知不觉中发生，并酝酿成无法弥补的错误。

　　那是一个阴冷的秋日下午，小雨时断时续。我做好了晚饭，但母亲却迟迟没有归家，我的心悬了起来，母亲是个极其守时的人，如果被工作上的事情耽搁，是一定会提前给我打电话的。

　　我走到门口，看见了那个熟悉又陌生的归人。是母亲，却不是记忆里的母亲。

　　母亲是个很注重形象气质的人，尽管不再出镜，尽管老态尽显，但很多习惯依旧保留了下来——即便走在空无一人的路上，她也会竭力保持形体的端庄，腰背挺到最直，昂首平视前方，她并不总穿高跟鞋，但即便穿平底鞋，走路时也会注重步态，她要保证每一步跨出的距离不大不小，速度不紧不慢。但此时的母亲仿佛换了一个人，她忽然驼了背，身形矮了至少两寸，双脚好像被磁铁吸在了地面，一步一拖地向前挪动，就连夕阳下的影子都短了几分。我愣住了，心知她一定受到了什么重大的打击，赶紧跑下楼，将她迎进院子。

母亲看见我，没有说话，却用力抓住了我的手，我感觉，她将整个身体的重量压在了我的手上……

"怎么了？"

"我又犯错了。"

"现在不都是虚拟主持人主持节目了吗？"我打开电视，绿子AI主持的新闻是在一小时前播出的，于是我按下点播键。

"节目源读取失败。"这行信息让我全身发冷，通常来说，只有节目内容出现严重错误，才会出现这种情况。

"AI主持出问题了？"

"不，不是主持人出问题了，是节目出问题了。今天有一条社会新闻，警方抓捕了一群被公司解雇、上街游行的老人，但智能新闻采编软件却犯了个低级错误。"母亲咳嗽了两声，继续说，"警察本部的东尼先生接受了采访，但是AI采编软件，却生成了错误的身份字幕，把'新闻发言人'弄成了'犯罪嫌疑人'。"

我几乎笑了出来，东尼警司一向不修边幅，采访很少穿制服，说话粗鲁，而且右臂上的伤疤又极像是文身，被AI错误判断完全在情理之中。我宽慰母亲说："字幕错误，应该是记者、程序员的问题，和你没关系啊。"

"现在AI主播代我主持，节目播出前，我负责从头到尾审看一遍。唉，那会儿我一定走神了，居然没看出这么明显的错误。"

"那也是大家共同的责任，真要给予处分，程序员、记者都排在你前面。"

187

"不，他们说，由我负主要责任。"

"凭什么？"

"因为那个记者今年才二十九岁，程序员更是大学刚毕业……"

我心中瞬间被愤怒填满，旋即又被抽空，没错，这是最近十来年的惯例：功劳、成绩属于年轻人，而错误、责任老人优先——放到过去，则是截然相反的情况。

最近几十年，老龄化问题日趋严重，日本，乃至东亚、亚欧大陆，都难以解决。随着大数据技术发展，老年从业者的经验优势荡然无存。就拿外科手术来说，现在，即使一个有四十年临床经验的老大夫，面对病灶时的判断，也远不如"宰赫拉威""裘法祖"等智能AI准确，毕竟两者的阅历差距是几千对几十万、几百万。在此前提下，年轻人的体力优势、健康优势就成了决定性因素。说得更直白些，在很多领域，年轻人同样不如AI做得好，但至少人力成本比AI低廉。

但老人不一样，他们反应迟钝、体力衰弱，隔三岔五会请病假、事假，偏偏又大多爬上了较高的职位，拿着更高的薪水。这样的不公引发了年青一辈的反感，甚至敌视。这也成了2082年"东京大罢工"的导火索，两万多名激进的年轻人拒绝奉献过半的劳动价值，去赡养一切已退休、接近退休的无用老者。当他们的游行被强制镇压后，一个二十二岁的财阀公子站了出来，在非洲南部、平均人口从业年龄只有三十一岁（与之相较，日本则是五十五岁）的S国成立了朝阳株式会社。会社的经营、生产范围覆盖十多种行业，一万多名年轻劳动者跟随领袖的脚步远赴非洲，并主动签署了"五十五岁退休，不要求任何养老福利待遇"的不平等条约，得到的回报则是月收入达到了日本国内同样岗位劳动者的三倍。

当年轻人发现，即便经过资本家的盘剥，他们也只需每天工作两小时就足以养活自己时，一些变化发生了。

他们宣称："我们不要求政府养老，也拒绝赡养任何老人。我们只为自己、为当下而活。如果五十年后，我在贫困、病痛中老死在东京街头，那就让我的尸骸成为城市里鼠类的饕餮大餐。"

这一点年轻人的叛逆起初并没有得到当局的重视，直到会社的人数开始以几何级数增长，一万、三万、十万、五十万……当会社人数突破百万时，议员们嗅到了危险的气息，紧急颁布了一系列条例：大幅削减老人的福利待遇，调整工资结构，通过一些摆不上台面的手段，让一些六七十岁的老人退休，甚至失业。

这样的举措自然引发了老人的反弹，然而，当"尊老"与"年轻人的劳动、生育热情"成为一道二选一的选择题，被摆上天平后，答案显而易见。

母亲低着头，五官与皱纹一并藏在阴影中。毫无疑问，这次错误将极大地影响，甚至断送她的职业生涯。但即便如此，她依旧没有抗辩、没有抱怨，嘴里絮絮叨叨地说出一些自欺欺人的话语："社长说，记者得东奔西跑、程序员要每天加班，出了错误也能理解。只有我这个老人，待在家里，唯一的任务就是审查节目，但就连这么简单的事都搞砸了……唉，我真没用……"

"他们要怎么处分你？"

"不知道。"母亲说，"如果我失业了，该怎么办？怎么办？"

"只是一次二级事故，应该不至于吧。"

"但是我六十二岁了啊……"母亲喃喃自语，"如果我今年四十二岁……哪怕是五十二岁，该多好。"

我无言以对，只能抱住她瘦骨伶仃的身体，她的肩膀抖得很厉害，肩胛骨硌得我生疼。"别担心，我会养你的。"当我说出这句话时,母亲猛地推开了我,说:"不,我不能连累你。"

母亲摇晃着站了起来,转身走进自己的房间,她锁门的声音巨大而刺耳,我有些害怕,担心她想不开,以至于每过五分钟就去窗口偷窥一次。母亲沉默地坐在榻榻米上,低着头,茫然地看着斑驳开裂的地板,她似乎在流泪,又似乎没有。直到半小时后,一个电话将她从深渊里拯救了出来。

这通电话很简短,但母亲却说了十一次"谢谢",以及七次"抱歉",接完电话后,母亲打开门,脸上的皱纹全都舒展开来,仿佛听到了这世界上最好的消息。

"处分出来了,电视社没有开除我!只是降职、降薪,而且只降了三分之一的薪水!社长万岁!大和万岁!天皇万岁!"

第四章

真实世界

我不可思议地看向孟德尔,他说老吴在"手稿"里演算的问题,关系到我们每个人的生活、生命?关系到我能否回家?关系到南山的终极秘密?我有些眩晕,甚至窒息,这怎么可能?孟德尔抬起头,淡淡地回望我,我又一次生出那种错觉——他是在"俯视"而非"仰视"我,那种智者面对愚者,上位者面对下位者自然流露出的,居高临下的俯视。

我问:"什么意思?"

"今天是南山历1月10日,从你醒来开始算,有六七天了吧。"

"嗯。"

"你有没有发现,南山有很多不正常的地方?"孟德尔皱了皱眉,似乎觉得刚刚的措辞不够准确,于是思索了几秒,改口道,"这么说吧,你觉得南山上的一切,有哪些是违反正常的经济规律、社会规律、人性规律的?"

我微微一愣,孟德尔提出的,正是我思索、纠结了许久的问题,只不过最近几天遇到了太多意外,以至于暂时忽略了。

"我觉得,南山的根子就不对,人口老龄化问题,归根结底,是生产力不足,收入水平跟劳动能力倒挂。正因如此,各国政府、各大企业探索的养老模式,都本着一个原则——节约,用更少的资源,更低的人力、经济、能源成本,满足尽可能多的老人的生理、心理需求。但南山完全背道而驰,投入海量资源建设外星基地,又耗费大量成本把人和物资运过来,给予老人丰厚到难以想象的物质保障,这里面,每一个环节都是在铺张浪费……"

"很好,继续。"

"有不少人猜,这是南山会社,甚至日本政府用来测试'孤岛养老模式''老人群体隔离'的一处试点,也是一块彰显企业形象、国家实力的招牌。但即便这样,依旧有不合理之处。如果出于这两层目的,那把这个试点放到太平洋的某个孤岛上,允许各国政府、财阀定期参观,不是更合适,更有利于公司形象的传播?还有,我始终无法理解,他们向全世界开放报名,究竟为什么?"

"非常好,还有吗?"

"还有樱小姐……她看上去太年轻了,跟年龄完全不符。对了,我一直有一种第六感,在这里,除了我之外,还有其他的年轻人,至少是壮年人。前几天在住处偷袭我的那个人,他的动作、速度就绝不像老人,但樱小姐并不承认有这样的人存在。"

孟德尔静静地听我说完,双眼微微眯起,稀疏的头发随风拂动,在额头上留下斑驳、摇曳的影子,和一道道皱纹的沟壑交错在一起,他说:

"你有没有想过,这一切,都不是真的?"

"不是真的?"我呆住了。

"你有没有想过，我们所在的南山，并非真实存在，而是由尚未公开的脑机接口技术、虚拟现实技术，共同构筑的虚拟世界？说白了，十天前，我们走上飞船后，都在不知不觉中，被某种药剂、气体催眠了。现在，我们都处于缸中之脑状态。而他们之所以要说这儿是距离地球两万多光年的外星殖民地，就是为了阻断秘密被发现的可能。因为只有这样，才能合理、合法地切断我们与地球——现实世界的一切信息联系。"

"虚拟世界""缸中之脑"，这是一个大胆至极的猜测，甚至有些石破天惊、振聋发聩。我一时忘了呼吸，就连胸腔里的心脏都似乎忘记了跳动。微凉的空气钻入鼻腔，从气管灌进肺泡，仿佛要将整个身体冻住。这空气是真实的吗？这身体是真实的吗？我的思维是真实的吗？我艰难地说："有什么证据？"

"目前没有，但我们一直在用科学的法子寻找证据，例如老吴的仰望星空，又如上次你看到的，我们做的紫草杂交实验。"

"什么意思？"

"很简单，如果'缸中之脑'的猜测属实，那我们身处的世界，一定是由某个虚拟引擎构筑成的巨大沙盘。这引擎一定很庞大且完美，以至于模拟出了一个如此逼真的虚拟世界。但再先进的引擎也有局限之处，受限于算力，无法模拟出真实世界的全部细节。为了不被发现 bug，软件通常会这样处理问题——将更多的算力，分配到你最经常看到、接触到的事物上。但据我所知，至少有两点细节，即便最强大的虚拟引擎都难以完美模拟。"

"哪两点？"

"第一，星空。"

星空？据我所知，早在一个世纪前，大多数游戏里，就已经有了美丽的星空，这些虚拟星空会随着日夜更替、阴晴雨雪呈现出不同效果，孟德尔看穿了我的疑惑，说："没错，星空很简单，但完美的星空很难。正因如此，他们故意放了这轮格外明亮的辉月，让我们无法观察星空。"

我愣住了，下意识地将目光转向窗外，此时是早晨，辉月已灭，只是孤悬在头顶的一个灰蒙蒙的无光圆盘。

"要知道，一片完美的星空包括太阳、月亮、恒星、行星、卫星、彗星、类星体等数十种天体，夜空里一个小小的光点，可能是几个天文单位以外的一颗行星，可能是某颗行星的卫星，可能是距我们几十、几百、几千光年的恒星，可能是一个双星、三星系统，可能是由数万亿颗恒星组成的星团，每一种星体的运动轨迹都完全不同，而恒星、行星、卫星之间，会因为引力干扰，对彼此的轨道造成细微的影响，还有新星、超新星爆发、彗星蒸发……总而言之，想实时运算所有星体的状态，模拟出完美夜空，是一件需要海量算力的工作。如果做不到，有心人很容易会发现，这星空是假的，只是一面全景幕布，按照我们脚下行星的自转轴，千篇一律地转动，而这轮明月带来的光污染，正是我们观测星空的干扰素。"

我心中激荡，这一刻，我忽然明白与老吴第一次见面的那晚，她说的"月明星稀"这四个字的真实含义了！

"第二点是什么？"我问。

"第二点，是生物的遗传规律。"

我点点头，心里已隐约猜出答案的雏形。

"先进的虚拟引擎，可以自动生成数万种不同的动植物，而且每种生物都包括两三种亚种，每一株植物会按照特定周期生长、开花、结果、繁衍，几乎每一步细节都能以假乱真。但虚拟引擎毕竟是虚拟引擎，一旦我们深入研究某种生物的遗传规律，它就会露出马脚。"孟德尔引我走到窗前,指向窗台上摆放的几十盆紫草,继续说,"我一共统计了紫草六种不同的性状,包括花色、花瓣数量、果实形状等,如果这个世界是真实的,那这轮杂交实验,杂交出的后代里,至少有三四种性状的遗传分布,是符合3∶1的显隐性基因表现规律的。但如果这世界是虚拟的,那后代的性状比就可能是1∶1、2∶1,或是任意一个程序员指定、掷骰子决定的数字。还有变异,在大多数虚拟引擎的算法里,变异就像是极品装备,程序员会给它设置一个极小的出现概率。但从遗传学的角度看,一旦某株植物因遗传因素产生了性状变异,它的直系后代,能遗传变异性状概率也该是四分之一或四分之三……据我所知,还没有一个虚拟引擎,能将生物学的遗传规律完美嵌入。"

窗台上,数十株紫草迎着阳光,随着微风的节奏轻轻摇曳。我怔怔地端详这些紫草,仿佛整个世界都散了焦,变得模糊不清。

"还有一件事,我想告诉你。"

"什么?"

"昨晚月亮忽然熄灭,是我干的。"

听完孟德尔刚刚一番关于遗传规律的话后,我已心神尽失,浑浑噩噩,但此刻,我一下子被激醒了,几乎跳了起来。

"前天晚上,我潜入了能源区,切断了总电源,然后,辉月就熄灭了。"

"这不是虚拟世界吗?为什么辉月还要电源?"

"这问题很好,但要知道,即便虚拟世界,也存在一套相对自洽、精密的逻辑,这就是'引擎'——我打你一下,你会受力后退、疼痛;你掉下悬崖,会在重力的作用下下坠,同时在落地后,身体形变、受伤。这些都是引擎,相当于现实世界的规律、法则。在先进、复杂的虚拟世界引擎里，这辉月既然是人造的，就必须依靠电源才能点亮。还有，我怀疑你上次在住处遭遇神秘人袭击，但最后又放过你，也是引擎所决定的。"

"什么?!"我失声道。

"你想想，这个世界的准入规则是什么？年龄超过八十岁，但你是例外，你是因为一场意外才到了这里。如果'虚拟世界'的推论成立，我认为是'GM'，也就是樱小姐开了个后门，才放你进来的。但这虚拟世界很可能自带防火墙，当它注意到你这个异类入侵者之后，就自动生成防卫者，试图将你清除出去。"

"可是，它为什么后来又放过了我？"

"不清楚，可能是防卫者从那些氧气瓶里，判断出你打算离开的意图，又或者是GM及时发现，阻止了这一切。总之，我刚才给你说的这一切，也都只是猜想而已，还存在一些漏洞，很难得出完美的答案。"

我深吸了一口气，努力用贫瘠的大脑消化这难以置信的一切，最终点点头："所以，你们观测星空，做杂交实验，就是想找出这虚拟世界的漏洞？"

"是的。"

"你们有多少人？都是谁？"

"目前有七八个，我们是一群寻错者，是对南山的不正常之处心存怀疑、希望找出真相的一群人。我是生物学教授，负责做植物杂交实验，但这实验至少要一个月才能出结果；还有一对老人，老卓跟老赵，老卓八十一岁，老赵八十四岁，他们的任务，是每天徒步去爬山。"

"爬山？"我有些不解，南山的地理环境很特殊，南、北、东三面环山，西方则是一条数十米宽的河，水流很急。哪怕我这样的年轻人,也几乎不可能游泳横渡。最近这几天,我到过的最远的远方,就是北面的山脚下。

"是的,他们想看看,山的那一边,到底是什么。"

"什么意思?"

"你看过电影《楚门的世界》吗?"

"没有……"

"这电影是我爷爷那辈的,主角从小生活在一个人为创造的巨型演播室里,这演播室有小半个城市那么大,所有的邻居、店员、公交司机,都是演员。而主角,则是唯一不知道自己身处虚拟世界的人。但既然是人造的空间,就一定会有边界……网络游戏你熟悉吧,如果这是一个虚拟世界,那么在山的那一边,也就是殖民点外部区域,就属于游戏里的未开放区域。这样的区域,完成度自然不会高。很可能就是一张简单、粗糙的贴图,为了避免我们进入未完成区域,他们很可能在世界的边缘设置了空气墙,或者其他未知的障碍。只要发现了这些,那就能证明虚拟世界的推论。这几天,老卓一直在摸索线路,希望能爬上西北方的那座山顶,看看山的那一边是什么!"

我深吸了一口气,偏过头,往西北的群山看去,那是一片淡青色的丘陵,表面被植被覆盖,仅靠目测,海拔高度有四五百米,像波浪一样连绵不绝。我问:

"进展如何?"

"山上的植被很厚,又没有现成的路。所以到目前为止,他们最好的纪录,也就爬到了五分之三的高度……那次他们带了四升水,两个迷你氧气瓶,到下山时已经弹尽粮绝了。行百里者半九十,他们想登顶,够呛。"

"老吴呢?负责观星?"

"是啊,她的视力最好,又有天文学、数学基础,所以负责观测星空;理论上,她的工作是最容易出结果的,但这轮辉月实在太亮了。所以我昨晚潜入了能源区,切断了电源,争取到了一小段完美观星时间……"

孟德尔的眼睛再次蒙上雾气,显然又想到了老吴。不只是他,我也怀念起那个奇怪但温和睿智的老妪。我终于明白,为什么她会日复一日地仰望星空,做数学题,那不是爱好,而是事业。我沉默、沉思了许久,咀嚼孟德尔告诉我的一切。

"你们平时都用密语联系?"我问孟德尔。

"是的,如果南山真是建立在脑机接口技术上的虚拟世界,那么,我们每个人在这个世界里的全部举动,尤其是用智云发的信息,都可能会被监控。而我们的这些探索行为,毫无疑问是被系统禁止、可能付出代价的。所以,我们之间的联系,都是依靠各种密语、密码。"

"你既然说南山是虚拟世界,那我们的思想,不该是完全透明的吗?密码又有什么意义?"

"这就涉及更深层面的问题了,政府为了解决老龄化问题,是有可能默许,甚至支持虚拟世界养老方案的,毕竟可以节约海量的资源,就算真相被揭露,也就是引发巨大争议,而不是全民公愤。毕竟老人们并没有损失生存质量——至少没损失主观感受上的生存质量,年轻人又获得了大量节省出来的社会资源,最多就是终止计划、鞠躬、道歉罢了。但毫无疑问,当权者不会允许这个虚拟世界的主脑直接读取每个人的思想,这么做不会产生直接收益,却完全颠覆了法律人权,会被万众唾骂。所以我认为,即便这是一个虚拟世界,它最多只能监控你的行动、行为,但不可能直接读心。"

孟德尔说得很在理，这一刻，我再度想起此前两段危险的经历：公墓里被风衣男子跟踪，在住处遭到神秘人迎面偷袭。那两次，我都没能看见敌人的面目，甚至无法想起他们的声音——但有一点可以确定，这两个人都年富力壮。我也因此认定，南山一定有不满八十岁的"法外之徒"存在，但假若这世界是虚拟的，这一点也就有了合理解释——这两个人都是系统防御者，甚至连樱小姐不符常理的外表年龄也有了完美解释，毕竟，大多数女人都喜欢在虚拟世界里，将自己建模成年轻美丽的形象。

那么，这世界，到底是真实，还是虚幻？

"老吴一直在观察你，当知道你联系老赖，不惜冒险也要偷渡回家时，她确定你会跟我们站在同一阵线。"孟德尔痴痴地看着窗台上的一株紫草，说，"我希望，你能帮助我们，一起找到这个问题的答案。"

潜入

孟德尔的下一步计划毫无新意,那就是再次潜入能源区,切断总电源,熄灭辉月,让壮丽的星空再次显露。毕竟观星是最快捷、最简单的,能够找出这世界bug的法子,尽管精通天文学、数学的老吴已经不在了,但只要给孟德尔三五天工夫,他也可以凭借他的数理知识,推算出这满天星斗的运动轨迹是否符合天体规律。

"上次,他们对辉月熄灭这件事如此紧张,这恰好证明了头顶的星空里,可能藏着重要的秘密!"孟德尔说。

"可是,既然前天晚上出了事,现在能源区的安保,应该大大加强了吧?"

孟德尔嘴角一扯,露出熟悉的玩世不恭的笑容,他双眼微微眯起,牢牢锁定我的脸,我隐隐觉得,这笑容、这目光,似乎有些不怀好意:"没错。所以现在,只有你可以完成这个任务。"

孟德尔的笑容有意味了,说:"昨天之前,能源区的安保并不算严格,在最重要的核电大楼里,一共就两个保安,年纪都九十多了——一个胖子,天一黑就犯瞌睡;另一个瘦子精神倒不错,就是前列腺不太好使,每半个小时就要跑一趟厕所,一次至少两三分钟。前天晚上,我就趁他们一个打瞌睡、一个上厕所的工夫,直接从大门走了进去,绕过监控,跑到了中控电脑的操作台前。但出了前天的事情以后,他们给核电楼所有入口都增加了虹膜识别系统,除了授权人员,别人都进不去了。"

"那我怎么进?"我有些茫然,"难道你要我硬闯?!"

"不急,听我慢慢说。其实除了几个出入口外,还有一条通道可以进入核电大楼——是一条安全管道。平时用于通风、散热,遇到紧急情况,例如能源区出现火灾、核泄漏,大门无法进出时,可以让消防应急维修机器人出入。管道直径大约八十厘米,以你的身材,完全可以钻进去……管道的外部入口在能源区北侧的墙上,也没人值守,入口高度在两米五左右,管道里有些岔路,但也不会太复杂,你沿着主管道爬到底就行,出口的高度有一米五左右,你跳下去就行……"

孟德尔笑嘻嘻地看着我,一道道皱纹的缝隙里似乎都放出光来,他用力拍了拍我的肩膀,说:"你要记得,这里是养老院,一切设施、安全保障,都是按照老人的标准设计的。但你不同,在这儿,你就是无所不能的英雄。我想,这也是老吴拼命想拉你入伙的原因。"

我哑然失笑,"无所不能的英雄"这头衔让我生出一丝飘飘然的虚荣感,与此同时,对老吴的怀念、愧疚,让我毫不犹豫地答应了孟德尔的提议。毕竟切断电源,熄灭辉月,无疑也是老吴的遗愿。即便抛开情感因素,我也会去做这件事,毕竟我也很想弄清自己身处的这个奇异、危机四伏的南山世界,到底是真实还是虚幻。

晚上11点,能源区。

这是一片充满赛博朋克气息的工业区,巨大的金属厂房、高耸的信号站、形状各异的净水、变电设施。我很快便找到了位于能源区正中的枢纽建筑——核电大楼,这是一栋十来米高的钢铁建筑,外形却不是住宅楼那样的标准长方体,倒像一个巨大的、放倒的十字架。正门、侧门都戒备森严,而孟德尔所说的紧急管道则位于十字架中部的拐角处,四周一片寂静,没有一个人影。

我走到通道口,用力踹了两下,窥探管道内部的情况——狭长、幽深、一团漆黑,但毫无疑问通向建筑内部。至于入口的高度,有两米六左右,但轻轻一跳也能够到。倒是下一步的引体向上难度不小,毕竟我的身体完全贴在光滑的金属墙面上,无处落脚,也无法发力。我一连试了几次都没成功,最后还是孟德尔急中生智,找来一个垃圾桶,让我站在上面,同时他"用力"托举,才帮我勉强钻进去。

孟德尔说得没错,别说八十岁以上的老人,即便我再老二十岁,到了五十岁,这次潜入都会因为身体素质原因而失败。

通道里漆黑一片,弥漫着一股不太好闻的味道,那种混杂了润滑油、灰尘、电路塑胶气味的工业味,刺激得我喉咙发痒、不断咳嗽。我手脚并用,在阴冷的管道里爬行了三四十米,其间转过两个九十度的弯道。刚过第二个弯道,眼前便出现了一方亮光,前面就是出口!

居然如此顺利!我振作精神,三两下便爬到出口处,往下看了一眼,忍不住骂了一句脏话。

出口没问题,没有任何阻碍,附近没有保安、工作人员,也没有监控。据孟德尔回忆,从这里下去,继续往前经过一个拐角,再走十来米才是保安休息、值班的办公室。然而怎么下去?

没错,管道口距离地面的高度只有一米六左右,对于我这样的年轻人来说,跳下去毫无风险,然而问题在于,安全管道的直径只有八十厘米,我这一路,是像蛇一样爬过来的,根本直不起身,想要转身、掉头,难如登天。

出口在正前方,就这么直接下去?那意味着,我会头朝下,栽在下方的金属地面上——运气好,是脑震荡;运气不好,只怕脑浆子都要摔出来!

在进来之前,我怎么没想到这一点?就算我没想到,孟德尔呢?他不是聪明人吗?

我弓腰、蜷身,双手握足,试着将身体抱成一团,用打滚来完成转身,但事与愿违,管道的直径,比我身体缩成的球,还是窄了好多,好几次,我都差点以一个别扭的姿态,卡在管道里。三四次尝试后,我已经气喘如牛,精疲力竭。

怎么办?放弃?我不甘心。

唯一解决的办法,是进管道时就倒着爬进来——要做到这一点,肯定要提前准备工具。

我心头懊恼,也只能原路返回,由于管道里没法转身,我只好保持原本的姿势,慢慢地往后倒,这姿势十分别扭,又相当费力。我回退的速度,比进来时慢了好几倍,花了将近两分钟才回到第一个弯道口,咚,由于心急,我的脑门在管道的金属内壁上磕了一下,疼痛让我眩晕了几秒,当恢复清醒后,一个念头从脑海里跳了出来。

没错,拐角。

既然是拐角,空间自然是要比直道宽敞一些的。不如在拐角的位置,试着掉头。我深深吸了一口气,把肚皮收到最薄,缩肩、抱膝、低头，重新将身体缩成球状……果然，这一次我没有再被卡住。我用脚尖发力，一下下蹭在光滑的管道内壁上，身体则竭力保持原来的球形，这无疑是一段相当痛苦的过程，我感觉自己的腰、颈椎都快要折断了，头皮、手肘被蹭得生疼——但功夫不负有心人，我终于在这个拐角成功掉头。

我喘息了十几秒，一鼓作气，重新往出口处退去，这一次，由于脚在前，头在后，我可以先探出双腿，然后调整姿态，把身体折成一个"7"形，最后平稳落地——十分顺利，落地声也不大。我赶紧跑了两步，将身形隐匿在最大的一台机械后面。

值守的保安显然不够耳聪目明，并没有被惊动，我等了两三分钟，便小心翼翼地走了出来。此刻我身处大楼的中庭，四周立了十多台由AI控制，闪烁着各种数字、符号的精密仪器，有大有小，小的和冰柜差不多，大的则有两三层楼高，形状奇特，仿佛一头银白色的金属巨兽。在我身后，有一个直径十米的圆形巨坑，很深，坑里埋着一个巨大的、纯黑色的金属圆筒，这便是整片能源区，乃至整个南山的心脏——核聚变发电机了。

我深吸了一口气，调整脚步，蹑手蹑脚地往前走。果然，在拐角右侧，两个穿深蓝色保安服的老头儿正并排坐在值班室门口的简易沙发上——一个正在闭目养神，另一个则举着智云玩游戏。闭目养神的老头矮矮胖胖，头顶寸草不生，有些憨态可掬；玩游戏的那个则身材精瘦，头发稀疏。在两人身后，那个亮着红灯的小房间，就是能源区的主控室了，只要能进去，我就可以切断电源，再次将辉月熄灭。

我回忆了一下孟德尔给的情报，很快便制订好了计划。

原地待命，最多半小时，那个"前列腺不太灵光"的瘦老头就会跑去走廊另一头的厕所，而那个胖子，只要我脚步放轻一些，多半也不会惊醒他。从我的位置，到主控电脑只有四五十米，而关闭电源的操作，孟德尔让我模拟操作了七八遍，半分钟就能搞定。

情况的进展比预计的还要顺利，十五分钟后，玩游戏的瘦老头骂骂咧咧地放下手机，打开一旁的抽屉，摸出一卷手纸，以一个滑稽别扭的姿势，往厕所赶去。

我深深吸了一口气，轻手轻脚地往前走去。胖老头双目紧闭，喉管里鼾声如雷，油光滑亮的肚皮有规律地微微起伏。谁知天算不如人算，我走过他身前时，胖老头光秃秃的脑袋竟然晃了一下，呼噜声也戛然而止。

"老侯？"胖老头没有睁眼，嘴里嘟囔了一句。

我愣住了，也不知他是醒了还是说梦话。

"游戏声音调小点！"

原来那个瘦老头叫"老侯"，刚刚在找厕纸时，把智云顺手放在了旁边的桌子上，恰在酣睡的胖老头的耳边，偏偏智云上的游戏还没终局——多半是老侯不想受强退的惩罚，干脆直接挂机了，此时扬声器里正不断传出噼里啪啦的枪声、手雷爆炸声，被吵着的胖老头很不爽，便出言抗议了。

"老侯？"胖老头又嘟囔了一声。

我心一横，两步走到胖老头身边，拿起智云，轻滑了两下屏幕，直接强退了游戏，音乐声戛然而止。

"这还差不多……玩游戏自觉点。"胖老头没有睁眼，翻了个身，继续睡。我心头一喜，屏住呼吸，按下智云的锁定键，正要放回原处，没想到一个刺耳的电子声响了起来："警告！警告！无权限！无权限！"

警报声响起的一刻，胖老头毫无悬念地睁开了双眼，直愣愣

207

地盯着我,当意识到发生了什么后,脸上、肚皮的肥肉如触电般颤了一下,嘴巴抖索,表情比我还惊惶。

我的大脑先是一片空白,当意识到自己犯了什么错误后,恨不得抬起手,抽自己两个耳光。

报警的并非能源区的智能安保,而是我手里正要放下的、瘦老头的智云,我刚才按锁定键,食指无意中触到了指纹识别区域,因为是外人,便触发了智云的防盗装置。

都是我的强迫症作祟,游戏都关掉了,胖老头也满意了,我还要锁定这智云干什么?

"你?你来干什么?!"

我心知自己在这儿的"名声"与"辨识度",对方想必一眼认出了我——这也是我为什么没有戴面罩,只要我随便走上两步,别人就能认出我的身份,毕竟三十岁与八十岁的人,即便最简单的肢体动作也存在天壤之别。我沉默不语。胖老头的身体抖得更厉害了。半秒后,他畏缩着抬起头,眼里露出乞怜之色。

"我……我不认识你!不,我没看见你!你,你别……别杀我……!求求你,我什么都不会说!你饶了我吧!"胖老头的声音很轻,明显压低了喉咙,我愣了几秒,他居然在担心我杀人灭口!

"你放心,我不杀你。"我强忍想笑的冲动,此刻时间紧迫,我也不多说什么,"我不欺负老人,你别拦我就行。"

"你……你是好人……"胖老头长长呼出一口气,但脸色依旧惨白,颤颤地伸出手,从上衣口袋里摸出一盒速效救心丸,想要打开,但手抖得实在太厉害,好几次都没能拧开瓶盖。

我有些歉疚,也有些担心,于是转过身,走向胖老头。胖老头误会了我的用意,以为我要对他动手,瘫软的身体抽搐了一下:"别!别过来!!"

"我帮你拿药。"我尽可能友善地笑了一下,向胖老头伸出手,胖老头缩了缩脖子,哆哆嗦嗦地把药瓶递给我。

"几颗?"

"四……四颗!"

我将四颗药丸塞进老头嘴里,端起桌上的茶杯,欠下腰,轻轻拍打他的脊背:"你没事吧?"

"没……没事,就是刚才被吓到了,有点心慌,吃药也是为了以防万一。"胖老头汗出如浆,把我的手都浸湿了。

"那就好。"我也不想再生枝节,"你继续休息吧。"

"你……你来做什么?"

"没什么。"

"你要关闭电源?"

我没说话。胖老头眯起眼,细细打量我,不知是不是药效开始发作,他的身体似乎不抖了,眼睛里也有光了,我点点头,说:"你别管。"

"不行!"胖老头忽然跳了起来,抱住了我,他的力气不小,手臂勒得我有些疼,肥硕的肚皮顶在我的脊背上,滑溜溜的,我愣住了,这个刚才还胆小如鼠的家伙,怎么忽然这么勇敢了?

"你?!"

"你说你不欺负老人的,我九十三岁了!"胖老头说。

"那你刚才那样,是骗我?"

"上次忽然断电,保安队长说是有恐怖分子溜了进来,我以为你是恐怖分子……"老头的眼珠转了转,说,"上次不是你?"

我把嘴闭得紧紧的,一句话都不说。

胖老头把我抱得更紧了,他伸长脖子,朝走廊另一头大喊:"老侯!老侯!有外人!抄家伙!"

很明显，正是我刚才表现出来的友善、仁慈，才让这个胆小、懦弱的老头一反常态，从贪生怕死变得有恃无恐、从谨小慎微变得倚老卖老。我有些后悔，很快，走廊另一端出现的身影让我笑不出来了，瘦老头手上好像拿根电击棍。

胖老头放开我，跳到一边，堵住我的退路，眼睛四处乱瞄，应该在找趁手的武器。我心沉了下去——倒不是因为害怕，这两个人都九十多岁了，以他们的灵敏度，即使使用"武器"，也对我构不成任何威胁，只要我稍一发力，可以轻易制服他们。

但我真的可以这样做吗？我还能闻到速效救心丸在我指尖留下的、淡淡的中药味道……

如果我放手一搏，他们会没事吗？但凡一个失手……

不知为什么，我忽然想起那一晚，老吴躺在抢救室的病床上，拼命呼吸，挣扎求生的模样。

毫无疑问，我可以制服他们，击倒他们，强行切断电源。但如果我真的这么做，我不就变得跟保安队长，跟那些我讨厌、憎恶、鄙视的人一样了吗？

恃强凌弱，毫无底线。

没错，我有太多理由为自己辩解，这胖老头也不是个善茬，他欺软怕硬，令人生厌；而我切断电源熄灭辉月的举动，也有足够正义的理由来支撑。我的呼吸变得急促，双手微微发抖。好几次，我都忍不住一个箭步跨出，冲向前方的控制室，但终究忍住了。

"站住！"我说。

"你先站住！"两个老头显然也心存忌惮，只是遥遥地与我对峙，并没有继续逼近，想鱼死网破的意思。

"我们发现了这里的一些秘密，跟天上的辉月有关，所以，希望切断电源来验证……这个秘密跟所有人，包括你们也有关系……"我解释道，但孟德尔的推论显然不是只言片语便能说清楚的，我刚说了两句，胖老头便打断了我："不可能！保安队长说了，要是再出事，我们这一周的工资就没有了！！那可是三十五万！！"

胖老头眼看我犹豫，底气更足了，举起桌上的茶杯对准我，一副作势欲砸的样子……我木木地看着他，一种莫名的情绪涌了上来，我忽然有些同情他，同情他的懦弱，同情他的衰老，同情他的外强中干与见风使舵。

"算了。"我叹息了一声。

"你快走，我们就算了。"

"我现在就走。"我说，"你们是不是打算，等我走了之后，就把这事汇报上去？"

瘦老头瞪了我一眼，手里的电击棍垂了下来，嘴巴紧闭一言不发，胖老头眨了两下眼睛，开口道："你只要走了，我们就当无事发生。"

我笑了起来，说："你们最好不要上报，如果我被带走调查，一定会告诉他们，你们值班时一个玩游戏，一个睡觉。还有你，发现我之后，第一反应是求我饶命……"

两个保安的脸色同时变了，短暂对视了一眼，一个字都说不出来。

"还有，我的报复心很强。"我面无表情地抛下一句话，转过身，快步地往来时的通道走去。毫无疑问，我此刻的心情是极其沮丧的，任务失败，甚至暴露了自身，可想而知，下一次再想潜入，难度就会倍增。我沿着来时的管道爬出大楼，孟德尔正一脸期盼地望着头顶的星空。

211

"没成?"孟德尔有些失望,但并没有责怪的意思,"保安就一直守着?没走神,也没去厕所?"孟德尔有些诧异。

"我进去的时候被发现了。"我说。

孟德尔哦了一声,花白的眉毛皱了起来,脸上的沟壑也拧成一团。我忍不住说:

"其实,我可以制服他们……但下不了手。"

"我理解。"孟德尔点点头,"你是个好人。"

"好人"这两个字让我鼻子有些发酸,我用力咬了咬嘴唇,因为再不这么做,我担心眼泪就会从眼眶里流出来,我说:"谢谢……对不起。"

"不用对不起。"孟德尔笑了起来,眼睛里流露出一丝不易察觉的狡黠,"既然方案A失败了,那就只能执行方案B了,你得去爬山了。"

"爬山?"

"是啊,我之前不是说,老吴负责观察星空,我负责做植物杂交实验,另外还有两个同伴,这几天一直在爬山吗?如果我们身处虚拟世界,那山的另一边,多半是'未完成区域',很容易从贴图、材质,或者一些细节里发现问题。但我们年纪大了,最多爬到半山腰就要折返,但现在你加入了我们,以你的身体素质,一定能上到山顶!"

我愣住了,下意识地看向远方的群山,此时还是凌晨,群山黑黢黢的,蜿蜒绵长,仿佛一头沉睡的巨兽,我的心头有些发毛。但孟德尔并不在意,拍了拍我的肩膀,说:"早点休息,明天早上九点,我让老卓带你去爬山。"

世界的尽头

南山历1月11日,晨。

老卓是个精瘦黝黑的高个汉子,年轻时做过运动员,四肢细长,腰杆笔直,要不是脸上有数十道刀凿斧劈般的皱纹,只从精神头看,跟五六十岁的壮年汉子也没多大区别。他用一手敲开了我的房门,一手提着一个五公斤的氧气瓶,身后还背了个鼓囊囊的巨大背包,但呼吸均匀,脸不红气不喘。

只是这样的队友并没有让我心安,相反,脑海里闪过的第一个念头是:"他都爬不上山顶,我能行吗?"老卓看着我,也不多话,而是将背包甩到身前,从包里翻出一双胶鞋,递给我。

"试试这双鞋,防滑,适合攀登。"

胶鞋是军绿色的,鞋底有好几圈高高凸起的螺旋纹。鞋帮上嵌了一个指甲盖大小的液晶屏幕,可以配合鞋内的智能芯片,记录每次出行的步数、步频、心率,从而调整运动计划。鞋的脚感略紧,抓地很牢靠,比我穿过的任何运动鞋都好不少。

"这种鞋,我在这儿没见卖过啊?"我注意到,老卓脚上也穿着一双同样的鞋子。

"地球上带来的。"

我有些吃惊,我记得当初登船时,除去随身衣物,每位移民允许额外携带的行李只有五公斤,大多数老人都选择了一些具有纪念价值的物件,例如婚戒、手串、故乡的泥土等,很少有人愿意将宝贵的行李配额浪费在一双鞋上的。

老卓看穿了我的心思,说:"这两双鞋都是找老赖走私来的,你脚上的那双不是我的,是我搭档的,他昨天登山后,体力恢复得不够理想,今天就不来了。我看你们身高差不多,就带来给你试试合脚不。"

我跺了两下脚,点点头说可以,便跟老卓下了楼。孟德尔正坐在路边的一辆无人驾驶汽车上等我们。汽车一路向西,七八分钟后,便来到了此行的目的地,白首峰附近。

白首峰位于移民点西南两公里的位置,原本是一座无名山峰,山脚、山腰都被杂草、灌木覆盖,峰顶却光秃秃的,一大片花白色的岩石裸露在外。孟德尔灵机一动,就想出了这个形神兼备的名字。

"我当时想的名字叫秃顶峰。"老卓笑嘻嘻地说。

我们在公路尽头下车,离山脚约两百米,山不算高,大部分路途也很平坦,只有峰顶那段略陡峭,坡度在三十到三十五度之间。山坡表面的植被大多是最常见的紫草,仅有的一些灌木也低矮稀疏,不会对登山造成太大的阻碍。据资料说,南山行星最高等的生物,是一种多年生、类似银杏的阔叶树木,最近的分布区域离殖民点有数千公里,至于动物,如果没有人类的干预,至少还要数亿年才能演化出来。

而我们将要探索的,便是这些山峰、植物、岩石,乃至眼见的脚下的一切，到底是一颗系外行星的真实环境，还是某个虚拟世界的数字造物。

"你们加油……我在车上等你们。"孟德尔满怀期待之色，以他的年龄、体力，跟着登山只会成为累赘，"对了，如果山上有你们没见过的植物，采一些带回来。"

"知道。"

"还有，山的另一边不管是什么，都多拍几张照片。"

"明白了！"

山就是这样，看着不高不远，但一旦脚踏实地去攀登，往往会发现近在眼前的山峰比天涯还要遥远。

"放慢点！放慢点！"老卓反复提醒我，我起初以为，这是因为他年老体衰，跟不上我的节奏。但很快意识到自己犯了个离谱的错误——我们是上午11点开始登山的，原本以为两个小时就登顶，然而到了下午1点，也才爬到了一半左右的高度。我的两条腿就跟灌了铅一样，每一次呼吸都觉得鼻腔里火辣辣的，反观老卓，虽然也露出明显的疲态，但步履、呼吸都比我稳定许多，看到我踉跄的脚步，老卓关切地说："我们换一下背包吧。"

我一愣，上山前，我自告奋勇地承担了七成以上的负重，包括两个五公斤的氧气瓶和一部专业相机。而老卓的背包里只有六瓶矿泉水、几块面包。

"不用。"

"那休息十五分钟……吸一会儿氧气。"

在这休息的十五分钟里，我的年龄优势开始体现出来。坐在地上，吸了一会儿纯氧后，我的体力恢复了大半，虽然够不上精神抖擞，但呼吸、心跳都恢复到了非运动状态的水平；而老卓就差了许多，继续出发没多远，他已明显跟不上我的脚步。我只能停下来，说："要不我们再休息一会儿，把你包里的水给我吧。"

老卓眼里流露出一抹倔强，摇了摇头，表示拒绝，但又走出十几步后，终究叹息了一声，说："听你的。"

我点点头，又一次坐了下来，静静地看着面前的老卓，他的脸上浮现出不健康的嫣红色，胸腔上下起伏，又吸了十五分钟氧气才勉强恢复过来，我有些担心，犹豫要不要就此放弃，但老卓摆摆手，看了一眼山顶，说：

"我没事，今天有希望。"

"你确定？"

"现在是下午1点35分，我定的时间是下午4点，如果4点能登顶……在山顶休息、观察一个小时，5点之前返回，都没问题。这儿大概6点30分天黑，但除了山顶一小段，下面的路都很平坦，整体来说比上山要轻松，辉月又特别亮，只要能在6点30分之前离开峰顶，接下来慢点走就问题不大。"

我点点头："一会儿把你的氧气瓶丢这儿，减轻负重。"

"嗯？"老卓愣住了，"可这瓶氧气刚用了一半……氧气瓶是有点重，但是真的管用……"

我笑了起来，说："我说的丢这儿，又不是丢掉。我们带了两个氧气瓶，我的这个还剩四分之三，我们俩合着用，以你为主，登顶肯定够。我们下山时原路返回，回到这里时，不就可以继续用这个氧气瓶了？"我将氧气瓶放在路边一块最显眼的地方，说，"其实前两次，你们完全可以不急着登顶，而是先运一些氧气瓶、矿泉水到半山的几个位置，相当于建几个临时补给点，这样下一次登山，负重就可以减轻许多。"

老卓愣了半晌，说："这个方法，我们前两次居然没想到。"

"我也是灵光忽现。"

"不，不是这样。"老卓痴痴地看着不远处的山顶，灰白色的山岩映在褐色的瞳孔里，显露出迷离的色彩，他喃喃地说，"其实这是登山常识，我们虽然不是专业人士，但也不笨，之所以想不到，是因为我们老了……"

"这之间没关系……"

"有关系，我们是老人，在做很多事情的时候，都不会想到未来，因为我们根本就没有未来……还有一点，我们总习惯把所有的东西都带在身边，放在眼前，只有这样才会有安全感。这也是老人的思维定式，跳不出去的。"老卓的话很有道理，我无法反驳。

由于减轻了负重，后面的路途我们加快了速度，半小时后，便抵达了山顶的岩石区域。脚下的地面不再被植被覆盖，只有光秃秃的土壤以及大片大片的岩石，坡度也陡峭了不少。由于岩石滑，我们放慢了速度，不断寻找相对安全的泥地通过。老卓的状态不错，虽然走一会儿就要停下来吸几口氧气，但心跳呼吸都还平稳，到了下午3点35分，距离最后时限还有近半小时，我们登上了一块巨大的岩石平台，此处离白首峰的峰顶，只剩不到200米。

真的要成功了吗？山的另一头，究竟是什么？我们会看到世界的边缘？还是会撞上一面无形、牢不可破的"空气墙"？

我深吸了一口气，站起身，打算一鼓作气登顶。忽然，身后响起了老卓的声音："等等！"

我以为老卓还想休息一会儿，于是停下脚步，打算找个地方坐下来，但很快意识到不对劲了，老卓的这一声叫得很急，而且中气十足，并不像体力不支的样子，我赶紧转过头，发现老卓正怔怔地瞪着远处的天空，脸上露出异样的神色。

"怎么了？"我循着他的目光，往远处看去，目力所及之处，一个模糊的黑影正在移动，我脸色大变："是鸟？"

鸟，放在地球上自然不足为奇，但南山上是没有动物的！

"不，不像是鸟。"老卓说，"那么远，如果是鸟，那……得有翼龙那么大。"

"那是？"

"是人造飞行器，蜉蝣Ⅲ型。"

这飞行器相当知名，形似蜻蜓，配有核聚变发动机，体积小、速度快，便于起降。南山作为大型外星殖民中心，配备几架"蜉蝣"完全合理。但很快我便发现了异样，黑点越来越大，显然正在往我们这边迫近。"是冲我们来的？"在我问出这个问题前，飞行器迅速下降，落在了我们登山的起点，也就是白首山的山脚下。

我连忙拿出相机，用长焦镜头做望远镜，惊讶地发现，飞行器降落的地点，不偏不倚，正好在我们来时搭乘的无人汽车旁边！

毫无疑问，能够动用飞行器的人，一定是南山的官方人员。我下意识地想来者不善，突然想到一件重要的事——孟德尔还在车上等我们！

他们会怎么对他？很快，我就在长焦镜头里看到了答案。

飞行器停稳后，两个人影走了出来——由于距离太远，即便将焦距调到最大，也只能看到两个模糊的移动黑影，面目、身材、衣着都只能分辨个大概，两人都不矮，身上像穿着制服。两人走到车前，拉开车门，半分钟后，这两个人把孟德尔从车里架了出来，三人一并往飞行器的方向走去。走出几米后，孟德尔忽然挣脱，往前跑了两步，但身后两人很快便冲到他身边，按住了他，并将他押上了飞行器。

很显然，孟德尔被挟持，至少是被控制了。我全身的血液涌上脑门，呼吸变得急促。

"别急。"老卓一只手掌按在了我的肩上。

"怎么办？"

"我们继续登顶。"

"孟德尔怎么办？"

"从这里下山，至少三四个小时，就算现在回去，能干什么？"

老卓说得很有道理，但并不能让我心安……那两个人为什么抓孟德尔？又会怎么对他？孟德尔会供出我们吗？

"计划有变，暂停登顶。"老卓忽然开口，"他们冲我们来了。"

我悚然睁眼，果然飞行器已再度起飞，而且笔直往我们这边掠来，按照目测速度，最多五六分钟就能到我们附近。

"别急。"老卓淡淡地说，让我意外的是，他的脸色居然很平静，呼吸也不见丝毫紊乱。他为什么不紧张？若非事态紧急，我一定会把这个问题问出来。老卓眯起眼，往四周张望了一圈，指向五六十米开外的一块巨大岩石，说："不出意外的话，飞行器应该会降落到那块巨岩附近。"

没错，那块巨岩旁边有一块篮球场大小的空地，是附近最平坦的地方。我下意识地后退了两步，想要跟那块空地拉开距离，老卓却叫住了我，说："别跑了，跑不掉，再说老孟还在他们手上。对方应该就两个人，在南山，没人是你的对手。"

我旋即回忆起孟德尔曾说的话，在这儿我是超级英雄。

"他们可能有武器……"

"没事，我们两个人，他们也两个人，他们可能有电击棍，我们有你，放手一搏，我们有希望。"

219

放手一搏？我们真有希望吗？打赢的结果是什么？输了的后果又是什么？

我内心一团乱麻，并不只是畏惧，还因为我不想伤害任何人，也不想触犯任何法律，不想与南山的官方人员发生正面冲突。然而眼下的情形并没有给我留太多犹豫的时间，飞行器迅速迫近，螺旋桨的轰鸣声在耳边鼓荡。身旁，老卓深呼吸了一口，一屁股坐了下来，右手伸入口袋，摸出了一个不知名的黑色物件。

那物件很小，只有拇指大小，看上去像一个迷你香水瓶，我问："那是什么？"

"自制的防狼喷雾。"老卓说，"应该能管用。"

我呆呆地看向空无一物的双手，手心已满是汗水。下一秒，我弯下腰，将一块拳头大小的石块攥进手里……

一分钟后。

螺旋桨的狂风刮到身上，飞扬的沙砾打得我睁不开眼，巨大的轰鸣声里，飞行器悬停，下降，不出预料地停在那块巨岩旁边的空地上。两道人影一先一后地走了下来。当看清来人时，我的呼吸再度停滞，居然都是熟人——一向跟我不对付的保安队长和南山的安保总负责人马克。

两人身穿黑色制服，右手上都攥着一根小臂粗细的电击棍。显然，他们对我也充满戒备，并没有迅速靠近，而是呈掎角之势缓缓逼近。我的心脏跳得跟擂鼓一样，双手发颤，我下意识地看了老卓一眼，然而正是这一眼，让我的心一下子沉入了谷底。

就在半分钟前，老卓还很镇定，手里握着喷雾瓶，坐在一块凸起的石头上，一副以逸待劳的姿态。然而此刻，老卓却跟换了一个人似的，黝黑的脸上泛出极不健康的潮红色，胸腔剧烈起伏。随着保安队长和马克逼近到十来米开外，他哆嗦着右手，把氧气面罩扣在鼻子上,拼命喘息,颤抖的身躯扭动着往一侧爬了两三米,跟我拉开了一些距离。

我需要独自面对手持电击棍的保安队长与马克了。

投降,还是反抗?

绝不投降!真相近在眼前,关系到我能否回家!关系到我能否再见到母亲!他们如此在意我们登山,甚至不惜出动飞行器来拦阻,这岂不意味着,咫尺之遥的山顶上,藏着什么重要的秘密?

10米……

我深吸了一口气,右手把石头攥得更紧了一些。

8米……

我两颊的肌肉开始疯狂跳动。

5米……

我屏住呼吸,目光牢牢锁定马克,毫无疑问,在两人里,他是威胁更大的那个。我右手往身侧摆动,开始蓄力。我手里的石块砸中他脑袋的话,他可能被砸死吧……要是砸不中要害,被他们抓住,会怎么样?

我感觉大脑快要爆炸了。

马克忽然站定,眼里露出一丝犹豫,说:"把石头丢掉,跟我们下山。"

"为什么?爬山犯法吗?"

"不犯法,但是不安全,所以我们来带你们回去。"

"如果不犯法,那就别管我们,我们上到山顶,休息一会儿,然后自己下山。"

"你们待多久?再有两个小时就天黑了。"马克开口道。

"半个小时。"

"可以！"

当"可以"二字从马克口中吐出时，我一度怀疑，自己是不是听错了，可以？他的意思是，并非一定要采取强制措施带我们回去？我全身松弛了两秒，但很快再度紧绷，万一他在麻痹我，然后忽然发难……

马克却用实际行动证明了自己的诚意，他冲保安队长点点头，两人后退了两三米，再度与我拉开了七八米的距离。

"只要你们在下午4点30分前下山，我们便不干涉，当然，这是最后一次，以后不许再擅自登山了。"

难道说孟德尔错了？即便我们登上山顶，登高远眺，也不会看到这个世界的边缘或发现bug？我思绪混乱，也不知道如何抉择，攥着石头的右手不自觉地放松了一些。可是如果他们真的出自善意，那为什么要强行控制在山下等我们的孟德尔？

"那你们先放了……"我刚一开口，整个人猛地蹿了起来，就在我刚才失神的刹那，马克居然弓下腰，一个箭步，直直地朝着我怀里撞来，手里的电击棍顶端，射出几道耀目的电弧。

这偷袭动作的迅捷程度，绝不是一个七十多岁的人能够做出来的！

"卑鄙！"我愤怒地大吼，挥手将石头砸出，然而在最后时刻，内心的仁慈还是让我改变了投掷的方向，将目标从他的脑袋移到腹部。拳头大小的石块擦着马克的右腿飞了过去，电击棍顶端的弧光刺痛了我的眼睛，我的左右两边都是嶙峋的乱石，避无可避，毫无搏击经验的大脑让我做出一个无比愚蠢的防卫动作——用手去挡。

完了，全完了，我很快意识到了错误，但已无弥补的可能。

当……

马克瞬间从志在必得变成惊恐绝望,在躲避石块的同时,他奔跑的右脚撞到了一个突然出现的氧气瓶上,身体瞬间失去平衡,上身因惯性继续前冲,但两条腿,尤其是右腿却依旧停在原地。"Fuck!"他高大的身躯摔倒在地。而跟在马克身后朝我冲来的保安队长突然捂住眼睛,喉管里发出瘆人的哭号。

我惊讶地发现,刚才还病恹恹的老卓,不知何时已站到了我身边,腰杆挺得笔直,双眼射出逼人的神光,就像被施了某种神奇魔法。活力、锐气,仿佛一瞬间全回到了老卓身上。我喘了两口粗气,终于明白过来,刚刚的千钧一发之际,老卓忽然暴起,先是用力将氧气瓶扔到马克脚下,绊倒了他,旋即用防狼喷雾制服了保安队长。

形势瞬间逆转。保安队长只顾双手捂面,惨叫凄厉,马克在跌倒时崴伤了脚踝,挣扎着想站起来,却一个趔趄摔倒在地。不但如此,两人都失去了最具威胁的武器电击棍。老卓吩咐我按住保安队长,自己则麻利地拆下背包的两条背带,将两人的双手反绑在背后,脚踝绑在一起。搞定一切后,他冲我笑了笑,说:

"我们两个人,明显你威胁更大,所以我故意装出体力不支的模样,这一来他俩的注意力就全放在你身上了。然后你一失神,他们出手偷袭,我就扮猪吃老虎了。"

我瞠目结舌。老卓也不多解释,径直走到飞行器那边,把孟德尔放了出来。

"本想着我这把老骨头,肯定没机会到山顶,没想到托他们的福,居然坐飞行器上来了。"孟德尔笑嘻嘻地走出来,斜了一眼地上的两名"俘虏",两人都没有受重伤,但显然已不具威胁。

"你们为什么要抓我们?"孟德尔走到马克跟前,蹲下身,开始审问,"你们怎么知道我们爬山的?这山顶有什么?"

马克牙关紧咬，一个字都不说。

"听不懂？"孟德尔又用英文问了一遍，马克冷笑、咳嗽，将一口唾沫吐到孟德尔的脸上。孟德尔的笑容瞬间扭曲了，干呕了两下，也不擦脸上的唾沫，伸出手给了马克两个耳光，紧接着颤颤地弯下腰，看样子，是打算从地上捡起一块石头……

"冷静！老孟！"我赶紧抱住他，毕竟这两个人虽然是敌非友，但"拷打俘虏"确实有失人道，孟德尔情绪激动，手脚乱舞，却用只有我能听见的音量说："我吓唬他们呢！"

没想到孟德尔如此狡猾。我便装模作样地陪他演了一段，最后夺下他手里的石块。出乎意料的是，马克依旧很平静，一副视死如归的样子。

"你打死我好了，我不会说的。"马克淡淡地说。

"他不说，你说！"孟德尔转过脸，将目标换成保安队长，这家伙看似五大三粗，实则是个软骨头，自从被喷了辣椒水后，便彻底失去了斗志，不断哭泣求饶，此刻被孟德尔问话，他的声音更凄厉了："我不知道……呜呜……你别打我……我真不知道……"

我与老卓、孟德尔对视了一眼，同时苦笑，这两个人，知情的马克意志坚定，求饶的保安队长却一无所知。

"算了，他们不说，我们上去看。"孟德尔拍了拍老卓的肩膀，"你在这看牢他们俩，我跟易一上山顶看看，一会儿我下来换你。"

峰顶离这儿只剩一两百米，虽然陡峭，但也只用七八分钟就能走到，然而刚爬了一小半，我的心脏便开始剧烈跳动，近乎窒息的感觉从肺部蔓延到全身。三十米……二十米……十米……我距离这个世界的真相，只剩下最后几步了。

如果这世界是虚拟的,那么,我们该如何打破障壁,回到现实?如果这世界是真的,那么它的不合理之处因何而生?

我深吸了一口气,向山顶跨出了最后一步。

山外有山

此时是下午4点,天空万里无云,太阳的光芒和煦而不刺眼。我们登高远眺,能见度几近完美。前方,一片广袤的山脉层层叠叠,大多数被郁郁葱葱的植被覆盖,在几座特别高的峰顶,堆着淡蓝色的积雪——南山的自然水体里富含某种矿物元素,所以河流、地下水都呈现美丽的淡蓝色。淡蓝色的雪山连接深蓝色的天空,两者的界线因反射的邻光略显模糊。前方,山谷底部一条细长的河流蜿蜒流淌,七折八弯,仿佛一根蓝色的绶带。很美丽,也很……真实。

没有任何障壁,看不到"世界的尽头",找不到任何"简单建模""贴图错误"的痕迹。我取出相机,将镜头对准最近的一座山峰,调整焦距——灌木、岩石、紫草,一切都与我们脚下的环境别无两样。

身边,孟德尔面露迷茫,显然与我有同样的感触。他吁叹了一声,忽然做了一件事,费力地弯下腰,从地上捡起一块石块,用力抛向前方。

孟德尔已年老体衰,石块划过一道无力的弧线,在一丛低矮的灌木上弹跳了两下,最终,落在前方十多米外的山坡上。"跟我来。"孟德尔的声音有些颤抖,三分钟后,我们找到了孟德尔抛出的石块、石块砸出的浅浅土坑,以及被拦腰砸断的两三根灌木枝丫。

"把这几根被砸断的树枝,折下来给我看看。"

我依言照办,孟德尔举起树枝,对准阳光,仔细地观望,由于是被暴力砸断,这几处断口都不算光滑,其中有一截还藕断丝连,依靠具有韧性的表皮连在一起,少量乳白色的植物汁液正缓缓渗出。孟德尔痴痴地看了许久,脸色变得无比灰暗,他喃喃地说:"我可能错了。"

"什么?"

"这个世界……或许并不是虚拟的。它没有可见的尽头,一切细节都很完美……我想不出有哪个虚拟的世界引擎,什么配置的超级计算机,可以构建出一个如此宏大、细致的世界。"孟德尔说,"其实我早该想到的,如果爬到峰顶,就能到达或看到世界边缘的话,那他们应该设置几座更高、更难攀登的山脉才对。"

"那我们……"

孟德尔长叹了一声,不再言语,低下头,回身颤颤地向前走,阳光从侧面照在他枯瘦的身躯上,在斜坡上拖出一道长长的诡异影子。我试着安慰他:"您的紫草实验,过几天也会出结果了。"孟德尔摇摇头,依旧保持沉默。"您别沮丧,这世界是真实的,不也挺好吗?"孟德尔还是没有回答,他蹒跚着、喘息着攀回峰顶,我抬起头,默默凝望他,却发现这道身影显得异常佝偻疲惫。

我能体会到他此时的心情,于是也不再开口,下面的岩石平台上，两名"敌人"被反绑着，背靠背坐在一块石头上，老卓站在一旁，居高临下地监视他们，然而不知为什么，这一幕拨动了我麻木的心弦。我隐隐意识到，似乎遗漏了什么重要信息。

我猛然抬头，对孟德尔说："如果山顶上没有任何秘密，他们为什么还要拦我们上山？甚至不惜采取强制措施？"

孟德尔被一语惊醒。

我们走回两名"俘虏"身边，轮番审问。只可惜马克的骨头实在太硬，无论我们用什么方法，始终一言不发，而保安队长虽然知无不言，但确实一无所知。时间一分一秒流逝，大约下午5点30分，橙红色的落日跌入一片厚厚的云层，天色瞬间暗了下来。

我将征询的目光投向孟德尔，他的脸上古井无波，似乎对一切都失去了兴趣。但下一秒，老卓忽然从地上站了起来，将我俩拉到一边，说："有情况。"

"什么？"

"刚刚太阳被云挡住，天忽然黑了，马克这家伙好像有点紧张，偷偷瞄了太阳一眼，但很快又把脸转回去了。"

我心念一动，自从被俘虏后，马克始终表现得很冷静、无惧，面对所有威逼利诱都无动于衷，然而此刻，只是天色黑了一下，这个铁骨铮铮的男人竟然会紧张？这让我费解，也有些担忧，下一秒，身后响起了马克的声音："我说……"

我们三人同时转头。

"山顶、夜里，危险。"

马克说的是英文，依靠胸前的自助翻译装置译成汉语，然而不知为什么，当这三个词用柔美的电子音发出时，一股寒意从脚下蹿了上来，我打了个哆嗦，下意识地往孟德尔那边靠了靠，却发现孟德尔也做了与我相同的事情。

马克深吸了一口气，像是下了什么重要的决心，说："前两天，有一个欧洲老头爬山，晚上在山上过夜，结果没有回来，第二天被发现死在了露营的帐篷里。"

我倒抽了一口冷气。我们这一路上山，并不曾遇到任何危险，也没有发现任何可能存在的威胁，我问："怎么死的？"

"AI给出的尸检结果是呼吸困难导致心肺骤停，具体过程并不清楚。我们怀疑，和山上植物的呼吸作用有关。"

"植物的呼吸作用？"

"南山植物与地球植物，呼吸作用的机制大体相同，消耗氧气，生成二氧化碳，但也有一部分南山植物呼吸时，会释放出少量有害气体，包括乙醇、氨气等——其实地球的少数植物在特殊环境下，也会释放出有毒气体。我们怀疑，这些有害气体刺激了登山者的呼吸道，才导致死亡的。"

"有害气体？"我下意识地屏住呼吸，有些愤怒地问，"移民点里也有植物，难道所有的人都有危险？"

"不是这样。"马克低下头，将目光投向地面上的几株不知名的草本植物，说，"移民区只有三种植物：紫草、绿荧草、蓝荆木，都是经过实验室的安全认证，确定叶片、果实不具有毒性，花粉不会引起过敏，呼吸不会产生有害气体，这才统一栽培的。但山上的植物有二三十种。再说，移民点和山上，植被的密度也不一样，居民又住在室内，跟在草地上搭帐篷野营，完全是两个概念。"

"那你们为什么不公开？"我说，"你们公开的话，不就没人爬山了吗？"

"公开？"马克笑了起来，"你有想过后果吗？"

"什么后果？"

"现在的情况是,山上有一小部分植物会呼出有害气体,对健康造成损害,只要不爬山,就不会有任何危险。但如果公开……你认为,在人群里引发的反应,会只是不去爬山那么简单吗?"

"什么意思?"

"以老人对健康的重视,会理智地看待这事吗?如果让他们知道,在附近的山上,一些植物会产生一些有害气体,会发生什么?乐观一点的情况,他们会铲除移民点的所有植物——即便那些植物都是无害的,如果传言被发酵,我怕……"马克笑了笑,说,"我怕他们会放火烧山。"

"放火烧山?"这个由 AI 自动翻译出的词语激得我头皮发麻,我不可思议地看向孟德尔,孟德尔也怔住了,表情呆滞了几秒,最后点点头:"确实有可能。"

"你们已经登顶了,该看的也看过了,所以趁天还没黑,赶紧下山。"

马克的理由基本说服了我们。我与孟德尔、老卓相视一下,点点头,着手收拾背包,老卓则在询问马克飞行器的操控方法,唯有孟德尔一言不发,他佝偻地站在一块石头上,抬着头,用浑浊的双眼凝望远方的群山、群山间的晚霞、晚霞后的夕阳,皱纹间的表情仿佛痴了一样。

"不,再等等……"孟德尔忽然说。

"等什么?"

"等天黑。"

孟德尔此言一出,马克宽厚的肩膀猛地颤了一下,仿佛触电一般。

"可是他说……山上,晚上有危险。"说实话,对马克的话,我也半信半疑,但此时此刻,我们登山的目的已经达到——山的那一边还是山,并不是世界边缘,没有空气墙,也没有bug,既然如此,又何必以身涉险,继续待到天黑呢?孟德尔神秘地笑了笑,说:"你们先上飞行器,座位上有氧气面罩,氧气瓶留给我,我在这等。"

"可是……"

"没什么可是,既然有氧气瓶,不是已经把风险排除了吗?"孟德尔的话确实有道理,我点点头,表示认同。与此同时,马克的表情一下子变了,蓝色的瞳孔猛地缩了一下,嘴角上翘,像是要笑,但偏偏笑得比哭还难看:"这里地势复杂,等到天黑之后,飞行器起降都不安全……"苍白的辩解恰恰出卖了他内心的波动,我摇摇头,说:"老卓,你带他们先上飞行器,我先陪老孟在外面,放心,我年轻,身体好,如果感觉不舒服,我会立刻上飞行器的。"

老卓点了点头,喝令马克、保安队长往飞行器走去,马克抬起头,表情有些不甘,想再说几句,但却被孟德尔冰冷的脸色给堵了回去。两分钟后,空旷的山顶只剩下我与孟德尔两人,我问:"你发现了什么?"

"没有。"

"那为什么要留下来?"

"直觉。我感觉马克在骗我们。"

"但我们已经观察了很久,没有任何异常的地方啊,山的那边还是山,地上的石头、泥土、草也很正常……"

"也许我们忽略了一些细节,又或者有什么真相,必须等太阳落山后,才会显露出来……"

我打开智云的手电,趴在地上,仔细搜索每一寸土地的每一处细节。南山上的泥土比地球的松软一些，由于生态环境简单，气味也很淡薄，闻不出土腥味，大多数石块都很坚硬，但脆弱易碎。我一点一点地往前探查，依旧一无所获。在这段时间，远方橙红色的夕阳挣扎着跃离云层，将最后一丝余晖慷慨地洒向大地，终于坠入地平线以下。

几乎同一时间，头顶的辉月亮了起来。

随着天色明暗变幻，一种奇异的感觉渐渐笼罩身体，我感觉，自己的呼吸似乎变困难了，一些未知成分、未知作用的气体在四周弥漫。它似乎无色，又似乎有色；似乎无味，又似乎有味，让我的鼻腔、肺泡都感到隐隐的"异样"，却又无法用语言表述。就连我的视线好像也有些模糊扭曲，我无法判断这是身体的真实感受，还是潜意识影响五感的幻觉。毕竟马克先前那一番话，已先入为主地在我心里种下了恐惧的种子。

"如果他说的是真的，植物真的会呼出有害气体，那么，我有把握在被毒晕前，跑回飞行器吗？"

我毫无来由地咳了两声。

"你感觉不舒服了？"孟德尔面露紧张，问，"呼吸有问题？"

"不知道……可能是心理作用。"

"要不我把氧气瓶给你吸两口？"

"不用。"我坚决推辞。

"我不是跟你客气，要是真有毒气，我倒下了，你可以第一时间背着我上飞机，但万一你倒下了，我可没力气扛你！"

"真不用！"

"过来！"孟德尔不依不饶，他走到我面前，摘下氧气面罩，想帮我戴上。我自然不肯，坚决地推了回去，说："我没事！"摘掉氧气面罩后孟德尔很执拗，皱纹全部挤成一团，面色通红，他的呼吸越发急促，胸腔里发出拉风箱一样的声音。

"您快吸氧吧！"

孟德尔并没有听我的，不知为什么，在某个瞬间，他的脸色变了，血色迅速消退，从通红变得苍白。

"你……怎么了？"

孟德尔毫无反应，就像被施了定身法一样，从头到脚都凝固了——脸上的表情，举着氧气面罩的右手，跨出一半的脚步，全部冻结在了刚刚的一秒，整个人仿佛一尊石雕。

"你没事吧？"

孟德尔纹丝不动。

"真有毒气？"我心神大乱，慌乱跑上前，扶住孟德尔，出乎意料的是，他站得很稳，没有任何脚步虚浮、重心倾倒的征兆。很快，我发现孟德尔并非体力不支，更没有呼吸困难，只不过，是被一样东西——或者说，一样景观、一种存在，彻底慑住了心智。

当我看到这存在时，大脑发出"嗡"的一声，一时间甚至忘了呼吸……

真相的真相

这是我从未见过的天文奇观，它的壮丽、奇诡、深邃，足以让任何目睹者为之窒息。它出现在群山的最远端，地平线边缘位置，视觉面积不大，比不上刚落山的红日，却轻而易举地夺走了我与孟德尔的全部心智。事后我知道，这种神奇的魔力，早已超越了时间与空间的桎梏，足以打破这宇宙的一切规律。

在地平线边缘，出现了大半个圆形光环，就像是土星的巨型光环，很亮，放射出耀目的白光，但当你仔细端详，会发现这种白里面夹杂着淡青色、橙红色、宝蓝色等多种不同光谱的可见光，然而最震撼的并非光环本身，而是这光环之内的存在——光环内部的圆形区域，这是一片我从未见过的黑色——我见过很多黑色，黑夜黑、墨水黑、煤炭黑……然而从没有哪种黑色，像这团黑色一样纯粹、深邃、伟大。这好像一个黑洞，吸走了附近宇宙空间内，所有的光。

孟德尔站在原地，身体从石化状态里解除了一些，他一口口地用力呼吸，几句细碎的呢喃从颤抖的嘴唇里吐出："原来如此……原来如此……"

"什么?"我问,"原来什么?"

"怪不得他们能给我们那么富足的物质条件……怪不得樱小姐那么年轻……怪不得医院的智能设备会时不时地出故障……怪不得老赖的飞船会失事……怪不得他们要造出这个辉月……怪不得他们不让老吴观察星空……所有的不合理,所有的不可能……所有的问题和答案,就在我们眼前……"

孟德尔仿佛魔怔了一般,他没有回答我的问题,只是痴痴地、语无伦次地自言自语。我有些无措,走到他身边,帮他戴上氧气面罩,他没有拒绝,但也没有丝毫反应。孟德尔失魂落魄了五六分钟,之后又用了更长时间才恢复思维与语言的逻辑,当这一切结束后,他找了一块石头,坐了下来,对我招手。

"你坐过来。"

我依言照办。看来孟德尔已恢复了平日的冷静与睿智——或许,比之前任何时刻,都要更冷静睿智一些。

"那是什么?"

"黑洞,银心黑洞。"

我深深吸了一口气,勉强平缓心绪:"你确定?"

"确定,这一圈光环,是恒星被黑洞的引力撕碎留下的尸体,或者说,尸体碎片。我们看到的,是宇宙里最壮丽、最伟大的奇观!"孟德尔说,"在南山的居住区,我们看不到它。因为它恰好位于地平线边缘,中间又有群山阻碍。只有爬到山顶,等到天黑,才能看到这一切。这也是他们不惜出动飞行器,也要阻止我们爬山的原因,因为看到了黑洞,就等于明白了一切真相!"

"真相?你说什么真相?"

"黑洞的引力足以扭曲时空,我们现在所在的星球,时间流速要远远快于外面的宇宙。"孟德尔说,"地上一日,天上一年。"

这句与俗语相悖的话让我怔了两秒,当理解其中含义后,我全身因兴奋、恐惧而发抖。没错,我曾在科幻电影、书籍里看到过这个概念,但当冰冷的物理学设定扑面而来时,依旧给我造成了极大的震慑,这是宇宙法则,是万物至理,凌驾于任何人力之上,凌驾于整个文明之上。我生出一种奇异的错觉,我感觉自己似乎变小了,而身处的这方天地则变得无比广袤。孟德尔看出了我的异样,停顿了几秒,说:"我慢慢给你解释。"

我茫然点头。

"第一,南山会社为什么能给老人提供如此丰厚、奢侈的物质生活?这与全球老龄化趋势下,以节省资源为核心的养老方针完全背道而驰,但时间流速差可以逆转这一切。在这里,我们每天吃三顿饭,每顿饭喝一瓶茅台——但对地球来说,只要每隔一年,给我们供应一天的物资就可以了——这是假定两边的时间流速比是365∶1的情况,具体的比例,还需要推算。"

"怎么推算?"我点点头,"也可能没这么高呢?"

"具体的比例我不能确定,但必定是一个很高的数字,因为樱小姐的年龄……"

"樱小姐的年龄?"没错,樱小姐魔幻般的外表年龄,始终是南山的最大谜团之一。她明明六十一岁了,却洋溢着二十多岁的青春少女感,而且绝非化妆、保养所能达到的程度。

"因为她的真实年龄就是二十九岁,自从来到这颗行星的那一天起,她就身处一个与地球完全不同的时空里。没错,樱小姐离开地球三十多年了,但在这里,她只度过了几个星期、几个月!这也是为什么她现在的模样,跟三十多年前的照片没有任何分别!这就是时间的魔力!黑洞的魔力!"

我的脑海里再度浮起那道熟悉的美丽身影，随着这个谜团解开，一些奇怪的情愫似乎开始生长。

"到这儿几天，你应该碰到过好几次计算机莫名故障了吧？"孟德尔沉默了几秒，说，"对了，那次飞船发射事故，也许真的只是意外，而不是人为的……"

"为什么？"

"因为我们身处的时空是不均匀的！而且随时随地都会发生细微变化，即便是最轻微的干扰，都会让量子计算机出现bug，进而报错，死机。这也是为什么我们的智云、医院的智能设备、自动驾驶汽车，会时常出错。这并非宇宙辐射造成的，而是时空。就拿上次飞船事故来说，时空的不均匀，会导致飞船的导航系统对速度、方向的计算出现错误……类似的事故，以后很可能会频繁出现……这也是他们为什么要把发射区建在离居民区最远的地方。"

"等等！"我忽然打断了孟德尔，"你说，因为时间流速的影响，地球那边只需每隔一年，给这里供应一天的物资……但是相应的供给周期会同比延长，需要的物资总量并没有减少啊。而且，按照我们的生活标准、物流成本，总量只会增加才对！"

"你很聪明。"孟德尔笑了起来，说，"首先，这是一种无息贷款，假定我们这些老人平均能活二十年，把我们送到这儿，就能把二十年的物资支出平均到几千、上万年里，这还不够有吸引力吗？其次，他们供给我们的物资，除去日用品、生活用品外，那些电子产品、工业制品，如计算机、伴侣型机器人、智云、汽车、药物，完全可以用几十、几百年前的积压库存。是啊，我们到这儿才十多天，但地球已经过去了若干年，他们的淘汰货，不就是我们的新品吗？就像在南山医院里的，那些价值数千万、上亿的医疗器械,恐怕都是过时的淘汰品了。最后,说不定等几十、几百年后——全球老龄化问题就解决了呢?"

我难以置信,却又不能不信:"你刚刚还说,这跟他们不让老吴观测星空有关系!"

"是的,为什么他们要打造辉月,营造出月明星稀的效果?因为星空会出卖时间的秘密!如果没有月亮造成的光污染,那么,我们将看到一场璀璨的烟花秀!"

"烟花秀?"

"是的,由超新星、超超新星组成的烟花秀。我们的一天,是宇宙里的一年,那么,在夜空中,超新星、超超新星的出现频率、演变速度,都会是地球的几百倍。这儿又是银河系中心区域,这意味着几乎每个晚上,我们都会看到,许多星星骤然爆发出现,又在几小时、几天内重归暗淡,熄灭。这不正是一场宇宙的伟大烟花秀吗?"

"怪不得那晚月亮熄灭,我在夜空里,看到了一些特别明亮的星星。"我脱口而出,然而很快,一个奇怪的念头钻入脑海。我深吸了一口气,空气明明清新,却依旧生出一种近乎窒息的绝望感,我说:"难道说,老吴的死……就是因为她拍下了星空?"

孟德尔愣住了,这无疑是个合情合理的推测。种种迹象表明,南山的掌控者处心积虑地要维护黑洞的秘密,而老吴的拍摄星空之举,无疑在这黑幕上撕开了一条巨大的裂口。我下意识地回忆起老吴发病那一夜的诸多细节——凌乱的房间,若有若无的奇怪气味,那本被强行没收、绘有星空图的日记本……无数破碎的记忆片段拼接在一起,让我全身发冷,双手颤抖。孟德尔轻拍我的肩膀,说:"先别想了,没有意义。"

泪要流出来了,我赶忙仰起头。孟德尔不再说话,怔怔地看着我，脸上带着些许怜悯。

"下面我要说的这件事，对你很重要。"孟德尔悠悠开口，"南山的真相，是一场关于黑洞、时空的诡计，他们骗了我们，但说到底，我们老人没有损失……"

"没有损失？"

"没错，这里的时间流速是地球的几百倍，但对我们来说，大家的寿命并不会因此缩短，相反只会因为全面的医疗保障而活更久。每个人的生活条件，也比过去好了无数倍。那你说，我们损失了什么？虚无缥缈的知情权？"孟德尔眼中的悲悯之色更重，他直视我的双眼，"但你不同，你是唯一的受害者。"

"为什么？"

孟德尔干枯的嘴唇翕动了一下，并没有说话，只是叹息了一声，他的呼吸越发缓慢，也越发沉重，不仅如此，脖子、手臂上的青筋都高高凸起。很显然，为了下面的坦白，孟德尔下了很大的决心："今天是南山历1月11日，是我们到这儿的第十一天。这里的十一天，地球上……可能已经过去了十一年……"

说实话，我迟钝的神经并没能在第一时间内，理解这"十一年"的意义，然而当醒悟后，巨大的冲击瞬间将全部思维砸得粉碎。十一年！我不关心这十一年里地球上的科技变化、房价涨跌、世界格局，我也不介意自己如果回去，将面对一个怎样完全陌生的未来，此刻的我，脑海完全被一个问题占据——我在地球上的父母，怎么样了？

我离开地球时，母亲七十二岁，父亲七十四岁。

我只离开了十几天，但他们，已等待了多少年？

他们还健康吗？

他们还活着吗？

冷，我的身体仿佛被冰封了，意识陷入无边的混沌，我艰难地抬起头，仰望月明星稀的夜空，又低下头，凝视被光环包裹的黑洞。之后，我的目光、思维渐渐失去了焦点，我不知道自己在看什么，也不知道自己在想什么，甚至不知道自己在做什么，又或者我什么都没有看、没有想、没有做。

"你不用急，我会尽快计算出时空流速比，或许没有你想象的那么糟……如果时间流速比是100∶1的话，地球上，也就过去了三四年。"

"我要回去！"

"他们不会让你回去的，你一回去，南山的秘密就彻底暴露了。"孟德尔说，"他们一定控制了两边的信息交流，我们发回地球的所有文字、照片、视频，一定都经过了处理、删改！"

"我要回去！"

"你疯了吗？他们控制着虫洞！控制着武器！控制着舆论！你怎么反抗？还有，你也不是这儿唯一的年轻人了！就拿马克来说，他的真实年龄应该只有四五十岁！樱小姐的团队里有多少人？你怎么跟他们斗？！"

"你千万别激动，我会在二十四小时内估算出时间流速比！"我对孟德尔的劝慰置若罔闻，扭头冲上飞行器，在老卓惊愕的目光里，伸手扼住马克的喉咙。马克瞪大眼，竭力挣扎，喉管里发出绝望的"咯咯"声。我扼了足足一分钟，等松开手，马克的脸色、瞳孔已一片血红，额角的青筋跳动得像要爆炸一般。

"我看到黑洞了。"我冷冷地对马克说，"这里与地球，时间流速比是多少？"

马克强壮的身躯剧烈战栗了一下，一旁的老卓、保安队长同时露出不可思议的神情，马克深深吸了一口气，面无表情地说：

"你们很聪明，也很仔细。"

"告诉我这儿跟地球的时间流速比。"我说，"现在，是地球上的哪一年？"

"2113年。"

我离开了十一天，地球上已经过去了三年多？我心头一颤，这个结果虽然相当震撼，但至少比我预估的要乐观许多。马克看穿了我的心思，说："你父母都还安好。"

"什么？"

"这一点我们没有骗你，会社替你母亲支付了六千万日元的医疗费，就在你离开的三个月后，你母亲接受了免疫细胞治疗。至少，昨天从地球传来的信息里，她还很健康……根据健康评分，她的预期寿命，应该还有三十五到四十年。"

"2113年。"我速算了一下，"南山和地球的时间流速比，在100∶1左右？"

"准确地说，是112∶1，但南山的一天，折算成地球标准时间只有将近二十二小时，所以这儿每过一天，地球上大约过去了一百零二天。不需要那么精确的话，按100∶1算，没问题。"

"我要回去。"

"不可能。"马克顿了顿，说，"你一旦回去，秘密就暴露了。按照规定，任何移民都不可能跟地球直接联系，更不用说回去了。"

我愤怒了，又一次将右手扣上马克的咽喉，但没有发力——我毕竟不是一个热衷暴力的人，当情绪平复后，我实在无法再重复刚刚的暴力。马克看穿了我，他的呼吸均匀而稳定，表情里看不到一丝愧疚，更没有一丝恐惧，我泄了气，但又不甘心，茫然自语道："怎么办……怎么办？"

我们势单力孤，但面对的敌人又过于强大。我颓丧地低下头，手指插入头发，一旁，孟德尔枯瘦的手臂托住硕大的脑袋，显然也在沉思。老卓一脸警惕地监视着两名"敌人"。马克昂首挺胸，满脸桀骜不驯，至于保安队长，这个色厉内荏的老家伙此刻缩成一团，一脸谄媚地问老卓要一根烟抽。

我……我能做什么？

我没有武器、没有队伍，甚至没有聪慧的大脑、强大的勇气……唯一引以为豪的年龄、体力优势，如今也不复存在。我只是一个普通的记者，凭什么跟他们斗？

等等，我是记者！这一刹，脑海里的迷雾被驱散了。

我走到马克身边，取下他戴着的、具备智能翻译功能的耳麦，走到保安队长面前，一脸冷漠地抽走他口里的香烟。

"你干什么？"保安队长脸上闪过一丝惊惶。

"问你一个问题。"

"什么？"

"最近这几天，整个南山，有什么大型活动？"

保安队长愣了愣，旋即明白了我的用意，黝黑的脸庞抽动了一下："你想干什么？"

"你知道，我的身份是记者，我要做的，当然是在公共场合，在许多人面前，揭露你们的骗局。"

"没……没有，没有集会。"

老卓也反应了过来，他冷笑一声，从我手上取过香烟，将燃烧的烟头对准保安队长的大腿，慢慢靠近。

"真……真没有……"

"嗞！"伴着一丝烟头戳到皮肤的烧灼声，保安队长发出痛彻心扉的呼喊，眼泪、鼻涕一并流了出来，皱纹拧成丑陋的一团。

我心头恻然，但依旧保持一脸淡漠，一旁的老卓脸色铁青，再次用打火机点燃熄灭的烟头。

"我说！我说！"保安队长是个彻头彻尾的软骨头，便忙不迭地"招供"道，"今晚！今晚就有聚会！"

"什么聚会？"

"印度人的第一批佛像建好了，今晚要办一个水陆法会！大概有两百个印度人、一百五十个东亚人报名，欧美区、非洲区也会有不少人来看热闹，现场至少有五六百人！"

"南山有这么多人信教？"

"没有，但老人们反正没事做，就当看热闹了！"

我又惊又喜，五六百人，这已相当于南山总人口的五分之一，可想而知，只要我们在这场水陆法会上，把真相公之于众，那么樱小姐和她的团队，这些天来苦苦经营的骗局，就会被毫无悬念地戳破，我的全身都因激动而颤抖，思索了几秒，旋即说："怎么过去？"

"导航……中心区1号广场。"保安队长抬起右手，指向仪表盘上的某个蓝色按钮，我毫不犹豫地按下了它，输入目的地，飞行器迅速升空，加速，发出震耳欲聋的音爆声。

"我来了！"

解决"真相"

"蜉蝣"飞行器速度极快,只过了不到两分钟,我们便飞离了群山,抵达南山中心区上空。下方灯火通明,数百名老人围成一个巨大的空心圆,圆心是一座临时搭建的舞台,台上立着十几尊一人多高的佛像。我自然记得这些佛像,其中的某一尊,还是我亲手从地上扶起来的。

飞行器减速,下降。很快,我便听到下方的喧哗声。不少人看到了空中的飞行器,但并不在意,只当在航拍或维持秩序。数分钟后,飞行器缓缓降落在距人群三四十米的空地上。我深吸了一口气,准备昂首走出舱门,一个苍老的声音忽然在耳边响了起来。

"等等!"孟德尔眉头紧锁,脸色有些苍白。

"怎么了?"我问,"我怕晚一点,这边的安保发现我们,时机就错过了。"

"我有些担心……"

"担心什么?"

"刚才我说了,对我们这些老家伙来说,南山在不在黑洞附近,时间流速跟地球什么比例,对生活没什么直接影响,更没什么损失……"

"但这是一场骗局!一场彻头彻尾的骗局!南山就是一座监狱,一座任何人都无法逃脱的时空监狱!"我愤怒地说,"他们骗了我们,也骗了地球!对了,最近不是有许多人想回家吗?这样的真相,可以说扼杀了所有人回家的希望!"

孟德尔沉默地看着我,他的呼吸很沉重,也很缓慢,不知为什么,我感觉他脸上的皱纹似乎更深了,纵横交错的沟壑将熟悉的脸庞分割为数十块,就像被垄沟分割得细碎的稻田。我摇了摇头,起身出门,孟德尔却叹息了一声,说:

"你留下,我去。"

我怔住了:"为什么?"

"我刚才说了,你是这儿唯一的年轻人,也是最迫切希望回家的人。如果你上台,别人未必会相信你,他们甚至会认为你为了回家,为了制造混乱而刻意造谣。但我不一样,我跟他们有着同样的年龄和身份,我开口,比你更可信、可靠……"孟德尔冲我笑了笑,继续说,"这里有三千名受了蒙蔽的老年人,而你是唯一的年轻人。这时候你站出来,居高临下地说,'你们这些老迈昏聩的家伙被骗了,让我来告诉你们这一切的真相。'相信我,老人不会喜欢这种感觉的!"

孟德尔颤巍巍地离开座位,按住我的肩膀,这一按的力道并不大,但动作却异常坚定,我无法抗辩,只能目送他走出舱门,他走向人群的背影孤独而高大,在上台前,孟德尔忽然转过头,深深地看了我一眼。

这目光深邃复杂,难以名状,我感觉心脏倏然紧缩了一下,眼皮猛跳了一下。孟德尔走上台，站在舞台的聚光灯中央。

"您是……"台上的主持人愣住了，但并未阻止，毕竟孟德尔外表儒雅，气质斯文，外加这是一场水陆法会，一些粉丝、信徒想上台说两句也很正常，孟德尔咳嗽了一声，说："我姓孟，是一名大学教授。"

台下响起一阵稀疏的掌声，以及几声哄笑与嘘声，孟德尔不以为忤，顿了一两秒，伸手指向远方的群山，用更平静、更缓慢的语调说："今天下午，我和两名同伴，爬到了那座山的顶峰！"

台下的喧哗声小了一些，无数张脸上浮现出好奇与期盼。与此同时，在我身前不远，两名穿保安制服的老头脸色瞬变，交流了两句，并排往舞台走去。

不能让他们阻止孟德尔！我不假思索地冲上前，勒住这两名保安的肩膀，两人惊恐地转过头，奋力挣扎，周围瞬间一团混乱。台上的孟德尔注意到了这边的动静，深吸了一口气，一字一顿地说："我们看到了黑洞！"

全场瞬间寂静。

黑洞，这无疑是一样神秘、可怕、摄人心魄的存在，足以给大多数凡人带来无可抵御的恐惧，一张张苍老的面庞变得扭曲、僵硬。被我勒住的一名保安大吼了一声，拼命一扭，挣脱了我，挤过人群，往台上冲去，孟德尔知道情况危急，用最快的语速说："南山在黑洞附近，这儿的一天，是地球上的一百天！正因如此，他们才能给我们这样的物质条件！你们如果怀疑，可以登上南边随便一座山顶！就能看到，我们头顶的辉月，也是他们掩盖真相的工具。我们听到的所有地球的新闻，其实都是小半年前的旧事！更重要的是，为了保守秘密，就算南山发生自然灾害，就算他们削减我们的生活标准，我们也不可能回家了！只能老死在这座时间的监狱里!现在,他们办这场法会,也是为了麻痹我们,让我们安于现状!我们看不见真相,只是因为我们都身处洼地!"

那名挣脱我的保安冲到孟德尔身边,抱住了他,并捂住了他的嘴巴,但显然为时已晚。台下的喧哗声几乎震破我的耳膜,过了几秒,一个沙哑,却极具穿透性的声音在人群某处炸响:

"爬山!"

"爬山!爬山!"

"爬山!爬山!爬山!"

无数苍老的声音汇聚成巨大的声浪,在广场上空反复回响,保安被震慑住了,放开孟德尔,跑到台后,关掉了舞台灯、扬声器。但此刻孟德尔已无须这些外物了,他昂起头,仰望头顶那轮突兀的人造明月,佝偻的腰背如旗杆一般笔直。在他身后,立着数十尊栩栩如生的佛像。这一刻我不由得生出一种错觉,这些佛像都是"罗汉",是拱卫"孟德尔"这尊"真佛"的卫兵与扈从。

"后退!散开!"更多保安声嘶力竭地呼喊,但无济于事,相反,他们很快便被愤怒的人潮淹没了。众目睽睽之下,一个光头老叟手脚并用地爬上台,用蹩脚的方言怒骂:"那群狗日的骗了我们!"用力抄起一件奇形怪状的物件——法会上祈福禳灾用的金刚杵,狠狠砸在其中一尊佛像的头上。

这一砸发出令人心悸的沉闷声响,佛像晃了晃,轰然倒地,在地上滚了两圈才停下来,我清楚地看见,在佛像的脑门上,裂开一条手指宽的细长缝隙。更多人被感染了,咒骂着,对逆流而行的保安拳脚相向。孟德尔有些发愣,显然也没想到会出现如此混乱的场面,当清醒过来后,他试图阻止这一切,挥舞双手,高呼"冷静"——这两个字还是我从口型判断出的，虽然只相距二三十米，但他的呐喊毫无悬念地被一片咒骂、尖啸声淹没了。我全身发冷、发颤，在我面前，一场可怕的群体性暴力事件即将发生，这儿，应该没有人可以阻止这一切。

不，有一个人。

头顶一道刺目的白光蓦然出现，震慑住数百人的心神。下一秒，一个空灵、清脆的女声在每个人的耳膜边荡漾。

"请停下来。"

一道瘦弱、美丽的身影出现在舞台边缘——没人知道樱小姐是何时到的，也没人知道樱小姐是怎么到的。沸腾的人群瞬间安静，人们停止了互殴、咒骂，甚至屏住了呼吸——这绝不只因为樱小姐的美丽慑人，所有人都知道，这个女人，是整个南山的掌控者，此刻，在她头顶盘旋的那两架飞行器便是证明。

这飞行器与我们此前"劫持"的是同一型号，不同的是，它们的前端装载了高能电弧武器——泛着寒光的炮口对准台下密集的人群，令人身体发冷头皮发麻。

"谢谢。"樱小姐缓缓走到舞台正中，偏过头，淡淡地看了孟德尔一眼，从她脸上看不出丝毫的愤怒，就好像孟德尔揭露的，石破天惊的真相和她毫无关系一样。孟德尔有些呆滞，似乎也被樱小姐的神采或武力慑服，干裂的嘴唇翕动了两下，没有发声。

樱小姐再次向前跨出一步，站在话筒的一侧，同时，孟德尔下意识地往一旁移了半步，试图跟这个女人拉开一些距离。下一秒，舞台的灯光被重新点亮，一束明亮、细长的光柱投在樱小姐纤细的身影上，给这道身影凭空染上了些许神圣色彩——就在她身旁两米的位置，孟德尔孤独地立在黑暗中，整个人显得分外阴郁。

光明与黑暗、正义与邪恶，便是这束灯光营造出的暗示。樱小姐的唇角绽放出迷人的笑容，说："这位老人刚刚说的一切，都是真的。"

我愣住了，刚才我还在想，樱小姐会用什么话术来狡辩、否认，之后又打算颁布怎样的法律或禁令，阻止更多的老人爬山探索真相，然而我猜错了，她没有否认，没有狡辩，而是爽快地承认了，这让我此前想到的全部应对措施都变得毫无意义。很快，我发现台上的孟德尔也流露出惊愕神情。

"我想说三件事。第一，南山确实位于黑洞附近，时间流速与地球的比例是112：1，但南山计划是得到日本政府以及联合国许可，为解决人口老龄化问题，探索的一种新型养老模式。正因为这样的时空错位，各位才能够享有如此丰富的物资供应。

"第二，黑洞不会给任何人造成生命财产威胁，关于电子设备频繁出错的问题，我们已有了解决方案，未来几个月，我们会将量子计算机全部替换为稳定性更高的电子计算机。根据天文学家推算，距离南山行星受到黑洞引力的实质影响——还有数万年的时间。你们可以想一想，如果真有危险，我为什么会一直留在这里？"

人群中有一个声音发问："那你们为什么要隐瞒这事？"

"因为我不想造成各位的恐慌，就像刚刚那样，以及南山是人类目前发现的，唯一位于时空扭曲区域的宜居星球，这个秘密可能带来的连锁反应，将是巨大，甚至难以想象的。就拿我的年龄来说，在地球的时间线里，我已经离开了三十二年，今年六十一岁，但事实上，我来到这里，只度过了不到一百天，我依旧是二十九岁。各位知道，这意味着什么吗？意味着世界上最重要、最基本的公平——时间公平会被彻底打破，这将给地球上的秩序造成怎样的冲击？以及毫无疑问，我们公司、我们国家可能因此失去对南山的所有权。"

樱小姐的这番解释并不完美，逻辑也不很通畅，其实并未说服大多数老人——他们不敢公开反抗，只是在台下窃窃私语，揣摩这背后的阴谋，或真相中的真相。樱小姐敏锐地发现了这一点，淡淡一笑，说："如果各位真的对黑洞抱有极大的恐惧，又或者，完全无法认同我们目前的做法，那么，我愿意给各位一个机会——让所有人投票。"

我愣住了，台上的孟德尔侧过脸，用不可思议的目光看向身边的樱小姐。

"是的，投票，只要超过一半人同意，那么，南山将停止运营，我会在十个南山日后，调集飞船送所有人回地球，并向全世界公开这一切。"

现场陷入短暂的死寂，旋即瞬间再次沸腾。

"我要回家！"

"为什么要回家?!"

"我不要回去！"

"那是黑洞啊！说不准就把我们都吸进去了！"

"回去像狗一样，生活在狗窝一样的养老院吗?"

"回去受年轻人的歧视、嘲笑，在重阳节被他们当作道具一样摆弄吗?"

"黑洞真不会有危险吗?"

"既然樱小姐都一直待在这里，她总不会不要命吧?!"

很快，"不回家"的声音占据了明显的上风——这里的每一位移民都是南山会社仔细筛选的，多数人无儿无女、无依无靠，此前几十年，过着孤独、潦倒困苦的生活，只有在这里，他们才能衣食无忧、健康长寿。与这样切切实实的生活提升相比，那点故土情结、黑洞风险又算得了什么？

家，谁不怀念呢？但家在哪里？地球上没有，这里也不是，去哪儿还重要吗？

"为什么不能让愿意回去的人回去，不愿意回去的人留下？"一个苍老的声音喊出了多数人的心声。

樱小姐微微一笑，说："只要有一个人回到地球，这儿的秘密就会暴露，南山项目一定会被叫停，到那个时候，留下来的各位，大概率也会被强制遣返。"

"不！我不要回家！死也不回去！"

"我要回去！谁也别拦我！"

随着两种声音的滋生、碰撞、争吵、咒骂、推搡，混乱很快蔓延到广场的每一个角落。一个老头颤巍巍往另一个老头踢出一脚，自己却脚底一滑跌坐在地，臀部发出可怕的骨裂声；一名老妪伸出枯瘦的右手，用满是泥垢的指甲，在身边老叟的脸上留下长长的血痕……幸好，受体力所限，大多数争吵并没有升级成斗殴，但并不妨碍他们张开嘴，将唾沫、浓痰吐到对方的身上。一团混乱中，好几双手抓住了我，他们对我大吼：

"你想不想回去？"

"他一定想！这里就他最想回去！"

"我们不要回去！你也不能回去！"

"你老实点！不要搞破坏！"

我表情木然，如木偶般被他们推来搡去。或许我根本不该来这里，现在，我该走了，带孟德尔、老卓一起离开。我抬起头，在台上寻找孟德尔的身影，台上已不见樱小姐的踪影，而孟德尔，正在被三个陌生人围殴。

舞台上两名老头一左一右地立在孟德尔两侧,摁住他的双肩,另一名头发全白的老妪则趾高气扬地站在三人面前,老妪体形干瘦,右脸颊上有一块鸡蛋大小、深褐色的老人斑,她举起枯枝般的手臂,用生锈的关节带动全身,一个耳光甩在孟德尔脸上。这一下她几乎用了全身的力量,以至于身体转了大半圈才停下来,她弯下腰大口大口地喘气。

"你为什么要这么做?"老妪厉声问。

"我做了什么?"孟德尔咬牙切齿,白皙的脸颊高高地肿了起来。

"你为什么要爬山?!你为什么要看到黑洞!你为什么煽动大家回家!"老妪一连问出三个"为什么",孟德尔拼命摇头,无法回答。老妪更疯癫了,再次扬手,"啪啪啪",第三下耳光打偏了一些,打到了喉结位置,孟德尔剧烈咳嗽,吐出一口带血的唾沫。

"你说谎!你是个骗子!"

孟德尔竭力挣扎,却无法挣脱两人的钳制。

我拼命拨开人流,向台前挤去,然而寸步难行。身边的老人以为我想逃跑。

"别走!"

"你去哪儿?"

至少四五条枯瘦的胳膊拖住了我,我心急如焚,却只能眼睁睁地目睹台上的暴行继续。孟德尔被下一巴掌拍碎了眼镜,他愤怒地昂起头,用仅剩的、能利用的武器——那口摇摇欲坠的牙齿,咬在了老妪的手臂上。

老妪吃痛,发出惊天动地的惨叫,她跳起来,猛地抽开手臂。孟德尔两颗焦黑的牙齿,和带着血水的唾液一并飞了出来。孟德尔发出嘶哑的哀号,躯体里爆发出仅存的力量,左右扭动,让两个揪住他的老头踉跄难立。其中较瘦弱的一人，已无法控制身体的平衡，险些摔倒在地。

只要再给他一点时间，孟德尔便能挣脱束缚。他一定会冲向我，和我一起逃离这片疯狂的混乱之地。只可惜，上天并没有给他这个机会。

老妪干瘦的身躯疯狂颤抖，被咬伤后，她发出凄厉的尖叫，脸上的老年斑因充血而分外扎眼。她将手臂凑到眼前，怔怔地看了两三秒。上面的牙印、鲜血让她愤怒，她形同恶鬼，狰狞的目光扫视四周，最后落到一旁地面上，那件刚刚砸倒佛像的金刚杵上。她走向了金刚杵，浑浊的瞳孔里射出血色的光。

"不！"我嘶声呼喊。

老妪抱起了金刚杵——这动作她做得很费力，手脚都在打晃，但她还是做到了。

"孟德尔！跑！"

老妪摇摇晃晃地举起金刚杵，砸向孟德尔的额头……

一具瘦弱的身躯轰然倒地，几缕鲜红的液体，从白发的间隙里流淌出来，顺着皱纹汩汩而下。我像疯了一样，搡开几名揪住我的老人，冲到台上，跪倒在地，查看孟德尔的情况。他的眼睛圆睁着，痴痴地毫无焦点地看向前方。孟德尔还活着，但气息微弱。"孟德尔！孟德尔！"我哭喊道，他的嘴唇微微颤动，不知是自然反应还是想回答我。

孟德尔倒地的位置恰好位于舞台正中，在他身前不远的地方，倒着那尊不久前，同被金刚杵砸坏的佛像，两个破裂的头颅相距不足一米，两双圆睁的、毫无生气的瞳孔四目相对。一条拇指粗细的鲜血溪流将两具躯体联结在一起，再往后，十几尊佛像依旧肃穆地、沉默地站立着，或怒目圆睁，或宝相庄严，或笑容

253

可掬。

那几个头发花白、腰背佝偻的凶手、帮凶,早已一哄而散,不见了人影。

我抱着孟德尔的身体,这一刻,我忽然明白,为什么刚才他会阻止我走上台公开真相。

"你是为了保护我吗?"

"你早已预料到了这样的结局?"

"你为什么要这么做?"

求同存异

幸好,孟德尔还活着。

他被抬上担架的一刻,樱小姐出现了,身后还多了一个人,那位印象里永远低眉顺目、腰背佝偻的管家菅野。樱小姐看向血泊里的孟德尔,大声说:"快送他去医院!用最好的设备!打电话给和子,准备急救措施!"她的声音很焦急。我有些恶心,但没有表露出来——孟德尔的性命危在旦夕,而且完全掌控在对方手上,我不能因一时意气而断送他的生还希望。

急救车绝尘而去,我本想跟去,但两条腿却不由自主地打软——一天的奔波耗尽了我的精力,我无力行走、无力思考、无力做任何事,只是在浑噩中看混乱平息、看人群散尽,不知多久,我感觉恢复了一些,打算赶往医院时,一个电话阻止了我。

"我在医院,老孟已经脱离了危险,今晚我守着,你回去好好休息,明天换我。"老卓的声音沉稳而充满磁性,让我放下心来。

这一觉醒来已是正午,窗外日光明媚,但嘈杂声很大。我爬下床，走到窗前，楼下站着许多人，有的三五抱团，也有十余人成群的，大多数人群并不太和谐，不断有争吵声、骂声从四面八方响起。

很快，我看到了更扎眼的景象——小区门口的巨型屏幕上，亮着一行红字标语："求同存异，禁止斗殴。"

我洗漱更衣，准备去医院，然而刚出门，便看到楼梯口站了一排保安，有七八个，包括两名黑人和一名白人。我刚露头，这七八人便齐刷刷地转过脸，一脸警惕地向我行注目礼，我下楼时，有两名保安毫不避讳地跟在我的身后。

专门安排人监视我？我有些生气，一扭头走进楼下的杂货店，这两名保安也随之驻足，一左一右地守在杂货店门口，好像两尊沉默的门神。

店里只有老裘一人，跷着二郎腿坐在那张老式藤椅上，望着门外的人群，表情神秘、难以捉摸。

"我给你请来了两尊门神。"

"昨晚的事，我都听说了。"老裘嘻嘻一笑，低下头，从货架上摸出一瓶茅台，满上两杯，"老包这两天不会来店里了。"

"为什么？"

"他去参加留守派的游行了。"

"留守派？游行？"

"是啊，自从你们公开了黑洞的真相后，这儿的三千人分成了三派，一部分人迫切想回地球，也就是回家派；一部分人想留下，就是留守派。像我这样，没有明确的立场的，就属于中立派，也叫观望派、骑墙派。"

"你说详细点儿。"

"这么说吧，想回家的老人，动机有好几种——有些人害怕黑洞有危险，有些人则是不甘心上当受骗，还有一部分人，觉得南山的生活并不如之前想的那么好，但即便这三种人加在一块儿，也不超过总人数的两成；大部分的人还是想留在这儿，这很好理解，如果回去，他们的好日子就没了，回去受苦干吗？"老裘打了个哈欠，指着桌上的茅台酒瓶，淡淡地说，"就拿老包来说，过去在养老院，买两瓶二锅头都要精打细算，在这儿，茅台、五粮液管够。留守派跟回家派是死敌，两派一旦遇上，都会吵架、谩骂。要不是AI、人力保安二十四小时维持秩序，只怕早就升级成武斗了。"

"那你们中立派呢？怎么想的？"

"对我来说，这儿有这儿的活法，回去有回去的活法，各有各的好处，各有各的坏处，不如听天由命呗。但回家派跟留守派不这么想，他们搞出各种阵仗，到处游行、演讲，就是想拉我们这些人站队。其实照我看，这一切都是樱小姐的计划，让老人们内斗，便于他们控制。所以就算你争取到民意，也没有任何意义。"

我心中悲切，端起酒杯一饮而尽："昨晚樱小姐也在现场。"

"我知道，有人用智云拍下了全程。那个上台发言的老头子，是你朋友吧。"

老裘把智云递到我眼前，打开一段视频——昨晚的现场十分混乱，我又身处旋涡中心，被许多人围攻谩骂，所以台上发生的一切并未全程见证。而这段视频恰好以旁观者的角度，完整记录下了孟德尔的受伤全程：混乱发生后，冲上台控制、殴打孟德尔的一共有五个人，除去我看到的，那两个扳住他左右肩膀的老头、抄起金刚杵行凶的老妪外，另有一高一矮两个老头，在这之前便跳上台，分别给了孟德尔一拳一脚。

令我震惊的是，当这两人继续攻击孟德尔时，站在一旁的樱小姐竟挺身而出，护住了孟德尔。她张开双臂，拦在这对暴徒身前，纤细的身体微微颤抖，"不要！"樱小姐大喊，两人愣住了，慑于樱小姐的身份地位，灰溜溜地逃下台。然而十几秒后，菅野带着两名保安走到樱小姐的身边，护她离开了现场。只留下孟德尔一个人，神情呆滞地站在原地，仿佛一只待宰的羔羊。

再然后，便是我目睹的那一幕了：我将视频的播放速度放慢到0.25倍，咬牙切齿地注视画面里那面目狰狞的老妪，努力记下这张脸上的每一个细节。

老妪八九十岁，头发花白，满布沟壑的脸上有三处老人斑，分别位于脸颊、额头与下巴，其中第一块最显眼，在老妪的右唇角，还长了一颗"美人痣"，两边耳朵上都有耳钉的痕迹。

华人区有两三百人，我对这张辨识度极高的脸有些印象，两三天前，我似乎在附近的楼下看到过她。

"这老太婆后来怎么样了？"

"不知道，也许被抓了，也许没事。昨晚太乱了，有好几十个人受了伤。"

"我要去找她。"

"你想报复？你能对这么一个老太太动手？"

"我不知道。"我说，"但她打伤了人，应该受到惩罚。"

"你最近最好别出门。"老裘淡淡地说，"真要出去的话，一定要戴上墨镜口罩，别让人认出来。因为谁都知道你是回家派，又能与樱小姐说上话，在他们眼里，你就是最大的不安定因素。"

"他们能怎么对我？"

"不知道。"老裘瞥了一眼门外，"你以为那些保安是来监视你的？其实，他们是来保护你的。要不是他们拦着，从昨晚到今早，最少有二三十个留守派的老头老太要砸你的门了。对了，有一个老太上楼时手里拿了一捆电线,也不知道是想绑住你还是勒死你。"

我握紧拳头,重重砸在金属桌面上。

"我觉得,樱小姐对你还是不错的。"

我沉默了,不知道该如何回答这个问题,作为南山的掌控者,樱小姐隐瞒了黑洞的真相,拒绝了我的回家请求。但不知为什么,骚乱发生的一刻,她又挺身而出,用纤弱的身体挡在狂热的暴徒前,护孟德尔周全。如此前后矛盾、自我对立的举动让我费解,她为什么要这么做?为什么不惜一切代价阻止我们发现真相,但在事后,又做出各种努力保护我们?

她是在演戏,抑或只是天生的圣母病?

老赖、老吴的死,是她一手策划的吗?

我将杯中的茅台一饮而尽,站起身,往杂货店大门走去。在两名保安跟上来之前,我忽然加速,拐弯,奔跑,把这两位老迈的跟踪者远远甩在了身后。

确定甩掉了保安后,我深吸了一口气,走向6号楼。

慈悲

6号楼距我住的地方只有两三百米,刚走到楼下,一股浓郁的熏香味便扑面而来,钻入鼻窍,一扇扇金属门扉里,隐约传出浑厚的佛曲梵音——《大悲咒》《金刚经》。看来传闻没错,这栋楼里住的三四十位老人,大多是信教、吃斋、诵经放生的老年信徒居士。

南山的入住率只有五成,移民们会主动寻找志趣相投的邻居,而聚居了几十位善男信女的6号楼,也因此多了一个别名——"功德楼"。

昨晚的水陆法会,这楼里的住户想必都参加了。我迎着四面八方数十道不太友善的目光,从一位闭目养神的老头那里,打听到了老妪的信息。

"你说的张居士,她住206,听到楼上读《法华经》的声音了吗?那就是她家,这个时间,她都在做早课。"

一种莫名的悲哀在心头蔓延,就在十几个小时前,这位被称作"张居士"的老妪,带着狰狞的表情,举起坚硬的金刚杵,砸向孟德尔的额头，差点夺走他的性命，然而一夜过后，这位凶手却在做早课。我一言不发地上楼，出乎意料的是，206的大门敞开，门上贴着一张文殊菩萨画像，一个枯瘦的老妪侧对大门，双目紧闭，对桌上的几尊佛像匍匐跪拜，口中念念有词。

室内光线昏暗，香案前烟雾缭绕，老妪的侧脸有些模糊，即便如此，我还是凭借那块巨大、丑陋的老人斑，一眼认出了她。我攥紧拳头，敲响了敞开的房门。

"谁？"张居士侧过脸，怔怔地看向我，旋即发出"呀"的一声，脸上的几块斑痕瞬间涨得血红，"是你？"

我深吸一口气，却被冲脑的熏香味呛得咳嗽起来。

"找我干什么？"

"你昨晚打伤的人，是我朋友。"

"你说那个戴眼镜的老头子？"张居士愣了愣，猛然伸手，抄起面前香案上最大一尊佛像，横在胸前，"你不要过来！"

"我不对你动手，但你要跟我去见我的朋友，向他道歉……然后去找保安自首，他们怎么处理你，我不干预。"

"不！你休想！"张居士尖叫起来，在我跨出第一步前，用力将佛像砸了过来，只可惜年老力衰，佛像坠在离我一米开外的金属地板上，乓的一声摔得粉碎。而她也被双手的惯性带得跟跄了一下，险些跌倒在地。张居士双手捂胸口，佝偻的身躯随着呼吸的节奏起伏颤抖，等稍微恢复了一些体力，她重新抱起一尊小一些的佛像，再次护在胸口。

"不要过来！"

我望着满地的陶瓷碎屑，心中的悲哀越发强烈："你信佛，为什么要做那样的事？"

"我做什么了？"

"你差点杀了我朋友,杀了一个无辜的人。"

"我没有!"

"你用金刚杵砸了他的额头。"

"那不是金刚杵!那是降魔杵!我不是杀人,我是在降魔!"张居士披头散发,脸上的表情比前一晚更加狰狞,"那个老头不是人!他是魔!他在法会上捣乱!还砸坏了佛像!他想要毁掉我们的生活!"

"他没有砸佛像!"

"不,我亲眼看见是他!他在说谎!他要我死!他应该下地狱!"

"他说的是事实。"我努力辩解,"黑洞是真的。"

"就算是真的又怎样?!天上一日,地上一年,不正说明这里是天上的仙宫吗?"张居士咆哮道,"他是魔!你也是魔!"

老妪浑浊的瞳孔里射出令我生畏的光芒,颤颤地将佛像举起,她的肩关节已僵硬锈蚀了,一动便发出细微的骨头摩擦声,即便竭尽全力,她也没能将佛像举过头顶,只能从她的眉心、我的胸口高度再次砸来,我向后跳了一步,乓,又一尊佛像在地上摔得粉碎,彩釉的碎片铺散在纯色的金属地板上,折射出刺眼的七色光彩。

"救命!"张居士大喊,很快,七八个老人从门外冲进来,男多女少,为首的是一个须发皆白的老头儿,手里端着一个香木雕成的木鱼。

"什么事?"老头看见我,脸上浮现出怒容,"这个人来干什么?"

"他要回家!"张居士说,"我们不愿意回家,他就威胁我!打我!他说,只要把我们这些人全部弄死,他就能回家了!"

我惊呆了,我难以想象,一个整日诵经念佛的老年居士,为什么能说出如此恶毒、无耻的诳语。但我很快又明白了,有人曾对我说，很多人念佛并非因为信佛，他们吃斋、做早课、放生，只是为了"业报"，这"业报"包括今生的平安健康、来生的富贵……但说白了只有两个字"利益"。

用信仰交换利益，用虚无之物换取有形之利，一本万利。

此刻我认定，张居士便是这样的人。

我疲于分辩，也百口难辩，这份沉默被当成了理亏。闻讯而来的七位老人，有四个蹒跚着退到门口，堵住了大门，另外三个人则冲向我，伸出六条枯枝般的手臂，揪住我的衣领、胳膊。当头的一位老妪尖叫着，用尖尖的指甲朝我脸上抓来，我躲闪不及，脸颊瞬间传来火辣辣的刺痛。

"住手！"我喊道，却不想更多的手伸向我。我奋力挣扎，混乱中，我的胳膊肘撞在一个老头的肩胛上，老头退了两步，干瘪的嘴唇喘出难闻的气味，指着我厉声说：

"你打我！"

"我没有！"

"你欺负老人！"

"我没有！"

"我们在这里生活得很好！我们不要回去！"

"我只想自己回去，跟你们无关！"

"只要你回去了，秘密就暴露了，我们就全都待不久了！"

我不再解释，试图夺门而出，却重重撞在两名奋不顾身的老人身上。一具瘦骨伶仃的躯体晃了两下，在同伴的搀扶下才没有摔倒——这还幸亏我在最后关头收了力，否则不堪设想。其他人被激怒了，一双双昏黄、浑浊、被眼翳遮盖的瞳孔里喷出火来，他们肩并肩地站成两排，一步一步向我逼近。

"我刚才说了，他就是魔！降魔就是积德！"张居士第三次举起佛像，目光里的怨毒让人不寒而栗，受她的感染，另外两名老人也抄起了手边的物件，分别是一个金属烛台和一串实木做成的念珠。

我深吸了一口气，抹了一把侧脸——被抓伤的伤口正在流血，灼热的血液顺着脸颊流进嘴角，血腥味一点点剥夺我的理智。是的，面对一群狂热、愚昧的老人，任何解释都显得苍白无力。我和他们确实处在对立的立场上，只是没有想到，这样的对立，会升级到你死我活。

这群老人至少有一半过了九十岁，有的连走路都已不太稳当，我如果真的全力反抗，会有多少人受伤，甚至死去？

然而，面对迫在眉睫的生命威胁，我又如何不出手？

我深吸了一口气，沉肩，弓腰，准备向右边撞去——在那个位置，站着一个穿高跟鞋的短发老太，和一个目光畏缩的秃顶老头。

"住手！"

一个熟悉的声音骤然在门外响起，我愣住了，当看清门外站着的人时，蓄力待发的身体瞬间松弛下来，靠在门上，大口大口地喘气。

是樱小姐，在她身后，站着一整排全副武装的保安。

"你怎么来了？"

"保安说你把他们甩掉了，今天到处都乱，而你又是众矢之的。"樱小姐目光闪烁，语气里似乎带着一些关切与焦急，"你……受伤了？"

民可使由之

南山历1月12日，医院。

我脸上的伤口流了不少血，但并未伤筋动骨，智能医生很快处理好了伤口。之后，和子同意我去孟德尔的病房探望他。孟德尔的模样很狼狈，半边脸肿着，右眼蒙了一块巨大的纱布。昨晚的那一下砸裂了他的眉骨，离眼眶只有半厘米，如果稍偏上一点，孟德尔就会失去他的右眼。不幸中的万幸，张居士毕竟常年吃素、年老体衰，所以只造成骨裂、Ⅱ度脑震荡的伤势，静养个把星期便可痊愈。看见和子跟我走进病房，孟德尔腾的一下从床上坐起来，说："我要出院。"

和子愣住了："你的伤还没好，尤其是脑震荡，需要观察一周。"

"不用了，我回家静养也一样。"孟德尔说，"麻烦把需要的药开给我，我现在就走。"

"可是……"

"我现在能吃能睡，能走能跑，为什么不能出院？"为了证明这一点，孟德尔一骨碌下了床，挺直腰杆走了几步。然而事与愿违,他走得并不平稳,脚步一深一浅,像是喝醉了酒。不仅如此,孟德尔迈步时,没受伤的左眼明明看向病房大门,但脚下的方向却与目光偏离了十几度,若不是及时停下,就要一头撞在门口的墙上。

"你现在一只眼睛看不见,外加脑震荡,平衡感也会受影响。"和子说,"这里是普通病房,你多住几天,花不了多少钱。"

"不,我要出院。"孟德尔语气坚决,丝毫没有商量的余地。

孟德尔怎么了?我很快明白过来,他多半是担心住院期间,发生老吴那样的意外,在某个夜晚病情急转直下,突然死亡。尽管没有证据证明这一切是人为的,但终归是隐患。

和子有些不悦,但也拗不过这固执的老头儿,只能让AI医生开出药单。孟德尔道了声谢,随即在老卓的搀扶下,慢慢地走出病房。我目送二人离开,叹息了一声,问和子:"樱小姐呢?"

"她在楼下的会议室等你。"

樱小姐端坐在会议桌旁,她身后站着老态龙钟的管家菅野。我在两人对面落座,菅野恭敬地走过来,给茶杯里倒水,他的手指很长,水加得刚刚好。

樱小姐没有立刻开口,只是静静地看着我。正如前几次见面一样,她妆容精致,仪态优雅,漆黑明亮的眸子仿佛天边的晨星。这一次对视,我的心跳比以往都快,脸颊不由自主地有些发烫,好几次,我下意识地想低下头,避开她的目光。

过去两次见面,同样面对这张近在咫尺的美丽脸庞,我只感觉震惊而非欣赏。然而随着真相被揭开,我知道了她的真实年龄是二十九岁,比我还小两岁。

她确实跟我站在相反的立场,但就在不久前,她却救了我,以及前一晚，在一片混乱中，她用纤弱的身躯，挡在两名暴徒面前，保护我的朋友……

她从不与任何男性移民单独见面，却连续见了我三次……

她为什么要这么做？只是因为我的身份特殊吗？

我不愿承认，却不得不承认，在内心深处，我对樱小姐的态度已发生了一些变化——一些奇异的情愫正在不受抑制地生长。当一个美丽的年轻女性表现出格外的热情与关心时，我想大多数男性都会生出同样的感觉。

我不敢与樱小姐对视，就连呼吸都变得小心翼翼，不止如此，我甚至生出一种手足无措的慌乱感，不知我此刻的坐姿是否端正得体，发型是否凌乱……尽管残存的理智不断提醒，我跟樱小姐属于两个阶层、两个世界，几乎不可能产生任何情感交集，但依旧无法抑制"多情应笑我"的错觉。樱小姐觉察到了我的异样，微微颔首，用闪亮的眸子打量我，是的，聪慧如她，一定早就看穿了我的内心。

她会继续装糊涂，还是用最礼貌的方式，回绝我的痴心妄想？当樱小姐开口的一刻，我的心跳倏然加快了。

"在这里，我和你，是仅有的两个年轻人。"

我瞬间呆住。这是什么意思？

"如果不出意外状况，未来的几个月、几年，这情况应该都不会改变。"樱小姐洁白的脖颈微微发红，我惊呆了，这番话非但不是"回绝"，甚至流露出一些主动亲近的意思。

樱小姐的暧昧态度让我难以置信，但她的理由却很好地解释了这一点：是啊，我和她，是这颗星球上仅有的年轻人。尽管我只是一个普通记者，她是南山会社的继承人，阶级虽有云泥之别，但至少，我比这个星球上的其他男性，都年轻大半个世纪。

"你没有年轻的助手吗?"我问。

"没有,毕竟AI就能胜任大多数的工作,而且你知道,大多数老人对年轻人的抵触情绪很强。其实我也不想过多露面,之所以常常出现,也是为了增加老人们的安全感。他们会想,既然樱小姐一直生活在这儿,这儿想必是安全的。"

"其实之前,你应该化妆得更老一些的,毕竟在黑洞的秘密被揭露前,你的官方年龄是六十一岁。"

樱小姐又笑了,说:"但我是个年轻的女孩子。"

是啊,很少有二十多岁的女孩,愿意将自己化装成沧桑的六旬老妪形象的。我的呼吸越发沉重,心跳也越发急促,樱小姐说的每一句话,似乎都在撩拨我的心弦。我偏过头,看了一眼管家菅野,这张满是皱纹的脸上毫无表情,但目光始终锁定我的双眼,片刻都不曾离开。

他们,到底找我什么事?

在我的心脏跳出胸腔前,樱小姐拢了拢头发,脸色重归严肃,说:"昨晚的事,我都知道了。我会让那个老太太向你朋友道歉,至于如何惩罚她,我会征求意见,给你一个交代。但我想说,其实,那个老太太也有苦衷……"

"苦衷?"

"回去,她就要死,留在这,她能活。"

我愕然抬头。

"她脸上的那些斑其实不是老人斑,而是肾病的后遗症。她的代谢不太好,血液里毒素累积,所以脸上长了许多斑。就在上个星期,她的肾病忽然复发,三天就用掉了一百万日元的医疗费……"樱小姐眼里流露出明显的悲悯之色,"如果在地球上,她靠自己的医保，只能做最便宜、副作用最大的透析，能活十年就算命大，但在这儿，靠两千万日元的医保额度，她大约能再活二三十年。"

我怔住了，不知是不是错觉，这一刻，我内心的第一反应居然是轻松。在这之前，我一直在纠结该不该报复张居士，她打伤了孟德尔，险些要了他的命，还用谎言煽动别人围攻、伤害我。然而，我能用什么方式报复这样一个风烛残年的老妪呢？打她，骂她，侮辱她，我能做到吗？而这个事实则让我解脱出来。虽然我依旧愤怒，但不再是复仇心切，而是怒其不争。一种莫名的、巨大的悲哀在心中弥漫开来——这些人都太老、太贫穷、太孤单了，他们对遥远的母星的思念，远远不及对当下的、优越的物质生活的眷恋。"回家派"没有丝毫希望胜利，只会像微弱的烛火一样，被掐灭、踩灭，时过境迁，连一丝光亮、灰烬都不会留下。

"可是……我想回家。"

"不可能。"

"我的父母年纪都不小了。"

"我说过，任何一个人回去，都会暴露南山的全部秘密。"樱小姐打断了我，"这不只会让我们的几千亿投资全部打水漂，银心养老计划也极有可能被迫中止。或许你们认为，我们欺骗了老人，欺骗了地球上的百亿民众，你也无法否认，我们正在做的事情，是有机会从根源上解决人口老龄化问题的，是一次前景无限、功德无量的社会实验。如果能在全球推广，数十亿老无所依的人将获得梦寐以求的物质条件与医疗保障，而留在地球上的年轻人，需要承担的社会养老压力，也可以减轻到原先的几分之一、几十分之一，如此伟大的创举，难道不值得冒险牺牲吗？"

我张了张口，却无法反驳。

"你也不用太难过,目前我们确实没法让你回去,但过一段时间,可能有转机。"

"转机?"

"是啊,例如地球上出现第五次工业革命,生产力再度飞跃,又或者医学获得突破,出现能让人返老还童的端粒酶修补技术……嗯,这样的革命性技术,至少要等几十、几百年,遥遥无期。但你别忘了,地球上的几十、上百年,在这儿,只是几十、几百天……"

"但是我的父母……"

"如果你愿意,我可以跟地球那边联系,把你的父母接过来——只要他们自己愿意。"

毫无疑问,对我来说,这提议是极具诱惑力的。我抬起头,用不可置信又感激的目光看向樱小姐,樱小姐微微一笑,说:"不过,有条件。"

"什么条件?"

"我希望你录几段视频,告诉你父母以及所有人,南山的生活平静美好、物资充足,老人们安居乐业。"樱小姐说,"这视频我会放到全球的各大媒体播出,当作南山最新的广告片。"

我思量了片刻,反问道:

"今天是南山历1月12日,算下来,地球上已经过去了三四年,你们是怎么骗过地球那边的?对了,还有那个老赖,他做了好几次走私,两边就没意识到时间对不上?"

"有点烦琐,但不难。反正两边无法实时通信,所有的文字、照片、视频信息,都只能记录在实体硬盘上,通过飞船运回去。只要借助AI,将所有信息仔细甄选、加工,再进行人工审查,就可以同时骗过两边了。"樱小姐深深地看了我一眼,说,"至于那个老赖，不瞒你说，他的大多数行为，其实我们早有所知，从某种程度上说，我们甚至一直在利用他……"

老赖做走私的事，他们事先就知道，这是否意味着，那次飞船失事，也是他们一手策划、导演的？寒意顿时袭遍全身。"你们是怎么利用老赖的？"我用尽可能平静的语调问，樱小姐没有回答，只是冷冷地说："我们这里有专门的演员，上一次传回地球的影像资料里，包括一条纪录片，记录了一位爱好盆景的名古屋老人的晚年生活。为了造成时间流逝的假象，我们重点拍摄了他床头两株植物开花结果、枯荣交替的过程——你应该知道，这是很容易实现的剪辑效果。"

"你的意思是，让我也成为你们的演员？"我有些不甘，但我势单力孤，面对南山的时空骗局，樱小姐和她背后的利益集团，让我无法反抗，但这并不等同于，我愿意加入对方，成为这谎言的维护者、代言人。

"其实，我们前几次发回地球的信息里，已经包含了不少你的生活起居画面，毕竟你的身份特殊，地球那边对你一直比较关注。"樱小姐顿了顿，说，"这些画面大多来自街头监控设备，别人的智云相机，也有一些我们专程偷拍的，你的真实生活。例如你逛无人超市、在公园跟人聊天、一起修造佛像，等等。大前天上午，你在中心区帮一个老太太打遮阳伞，那一段我们剪了十五秒进去，效果很好。当然，我们也将一些素材进行了二次加工，同时用电脑合成了一些视频片段，两者结合，营造出你在这儿快乐地生活了三年的效果。"

地球与南山，两边信息无法真实传递，一切话语权都掌握在他们手里。这意味着，即便我坚持立场，斗争至牺牲，地球那边也无从知道。即便某一天，黑洞的真相被揭开，我在史书里的形象,也不会是英雄,而是制造、维护这个谎言的"帮凶""叛徒"吧。

"既然这样,那我加不加入,还有什么意义?"我有些恼怒,"我的宿舍里,是不是也藏了你们的针孔摄影机?"

"没有!微型摄影机偷拍的画面,内行人一眼就能认出来,毕竟景深、感光都太差了。至于第一个问题,你也不必妄自菲薄,你主动加入和被动偷拍,区别还是很大的。没错,现在的AI换脸、动作表情捕捉技术都相当成熟,但是特写、近景画面还是会出现瑕疵和破绽,例如眼角的细纹变化、说话时喉结与声音的同步等。所以,之前的视频,我们加工、合成你的生活起居画面时,都以全景、远景为主。但你是地球最关心的主角,老不给特写,不太合理。"樱小姐说,"还有,我们有十几个演员,但在剧情里,一位已经病逝,另两位则卧病在床——毕竟地球那边的时间线前进了三四年。所以,如果你愿意配合我们,一定是有益无害的。"

我低头沉思,毫无疑问,在内心深处,我对这个提议是竭力抗拒的。接受它,便意味背弃立场、原则、朋友。在我开口前,樱小姐说话了,声音一如既往地温柔:"不用立刻回答我,回去仔细想想,我随时等你的答案。"

我将即将出口的话语咽了回去,深吸了一口气,站起身,决定结束这次毫无惊喜的会面。看到我要离开,菅野快步走到一旁,恭敬地帮我开门。

"谢谢!"我面无表情地说,菅野将弯曲的腰挺直了一些,静静地平视我,开口道:"你们中国的圣人,孔丘先生说过一句话,我觉得放在这里,十分合适。"

我惊讶地看着他。

"民可使由之,不可使知之。"

公投

"答应她!"

听到这话,我整个人呆了半晌,睁大眼,不可思议地看着面前的孟德尔,这家伙脑门上裹着纱布,表面还能看到隐约渗出的血迹,模样颇为狼狈。我不禁怀疑,他的脑震荡程度是不是比想象中更严重一些:非但平衡、运动能力有待恢复,就连思维、逻辑判断也受了影响。孟德尔却嘿嘿一笑,说:

"我很好,脑子很清楚。"

"为什么?"

"首先,你跟樱小姐对着干,以卵击石,毫无意义;其次,你不用感觉对不起我,我是被那个老太婆打伤的,之前樱小姐还保护过我,至于老吴的死因,目前也只是猜测和怀疑;最后……"孟德尔顿了顿,说,"归根结底,你的目标是回家……"

我不清楚他葫芦里卖的什么药。

"你要回家,唯一的方法是把这里的真相传回地球。"孟德尔说,"如果你一直跟他们保持敌对,地球那边收到的所有关于你的消息,就都是电脑合成,或是他们刻意挑选、剪辑的片段,但是如果你加入他们,打入敌人内部,说不定反而有机会。"

"诈降?"我笑了起来,"能有什么机会?"

"你还记得老吴给你的那几盒饼干吗?一盒碎掉的饼干,就能暗含重要的讯息。"孟德尔看着一脸迷茫、冥顽不灵的我说,"你先答应樱小姐,配合他们采访、录制视频,但在拍摄时,用一些暗语暗号、隐秘的肢体动作来传递信息,把真相传回地球。"

"这……能做到吗?"

"很难,但总比没有机会好。为了维护南山的秘密,他们的信息审查机制一定相当森严。即便你配合,樱小姐的团队也一定会反复、细致地审核你录制的视频,你的每一句话、每一个表情、每一个动作,只要存在任何疑点,都一定会被删改。还有,你的小动作一旦被发现,恐怕就不会再有第二次机会了。"

"我会三思而后行。"

"不用急,先考虑两天。"孟德尔说,"等我忙完手头的事,会帮你一起想。"

"你现在有什么事?"

"嗯,这事很重要,能成的话,说不定你直接就能回家了。"

"你想干什么?"

"樱小姐不是说,让南山的三千移民,投票决定是否回家吗?我觉得,或许有方法,说服大多数人投赞成票。"

"不可能!"我脱口而出,"有六成的老人立场很坚决要留在这里。毕竟一旦回去,他们就要重归老无所依的生活,你不可能改变他们的想法!"

"我知道,现在留守派占了绝对上风,但并非没有反转的可能。"

"怎么反转?"

"用魔法击败魔法,用谎言战胜谎言。"孟德尔被纱布包裹的脑袋看起来很滑稽,但左眼中,放射出坚定、高深莫测的光芒。

"什么意思?"我追问,孟德尔却摇摇头,笑而不语。我仔细打量孟德尔,想要从他的表情里找出点线索,可惜一无所获,只能问:"你为什么要这么帮我?我来到这里完全是意外,我爸妈又在地球上,自然想回家。至于那些'回家派',有一大半是知识匮乏,相信黑洞有危险的,一部分则是性格偏执,发现被骗后怒不可遏的,但你显然不属于任何一种。我很想知道,你为什么如此坚定地想要回家?"

孟德尔又笑了起来,露出口中稀疏的牙齿,他直直地看着我,说:"因为,我和你是朋友啊。"

一股难以遏制的酸楚涌上来,"朋友",这两个字已足以说明一切。我咬了咬嘴唇,不知该如何开口。孟德尔说:"我的计划成功的机会并不大。你仔细想想,如果投票失败了,你还有什么方法瞒过樱小姐和她的团队,将真相传回地球。"

"我……尽力。"

"不急,宁可不做,不要暴露。"孟德尔笑着说,"对了,还有一个忙需要你帮,你去通知老卓,让他找几个熟练的石工,做几套日晷放他家里,图纸我会发给他,钱让他自己想办法。对了,这事别让人知道。"

"日晷做什么用?跟投票有关?"

孟德尔笑了起来,这笑容有些高深莫测:"一时解释不清,你照办就是。"

我有些郁闷,但也只能点头应允,转身走出老年大学,刚拐过一个街口,便看到一条长长的游行队伍迎面走来。队伍有二三十人,打头的是一个烫了头、体态臃肿的老太太,她高举一块硬塑料板牌子，上面用拙劣的书法写着"回家"二字。是回家派，我来了兴趣，跟在后面，不近不远地观察他们，游行队伍走到一个坐在路边玩游戏的秃顶老头身边，打头的老太太说："加入我们吧，为回家投一票！"

"回去干吗？"

"这天上有黑洞啊！"老太太说，"说不定哪天，我们被吸进去了！据说人被吸进黑洞，会被撕得粉碎，连个全尸都没有！"

"不可能，樱小姐也留在这儿，要真有危险，她不走？"

胖老太一时语塞，队伍后方，一个干瘦老头说："黑洞附近有辐射，人容易得癌症。"

"反正有两千万的医保，得癌症就治呗，回地球我就成了低保户，别说癌症，连感冒都看不起。"

"但他们骗了我们！"

"他们答应我到这儿不愁吃不愁穿，现在确实不愁吃穿啊！至于黑洞，关我屁事！"

"南山公司骗了我们，我们回去后，可以找律师告他们，让他们赔我们钱。"

"能赔几个钱？能比现在生活好吗？你回去了，这里几千号人就可能得一起回去挨饿受苦，凭什么？"

游行者理屈词穷，数十张密布皱纹的脸上流露出沮丧，他们放弃了游说，举着牌子继续前行，但口号声越发微弱杂乱。又走了百十米，游行队伍里，先前那个干瘦老头掉队了，坐在路边休息抽烟，我走了过去，想与他攀谈几句。

"是你？"老头抬起头说。

"你们……好像不太成功。"

"这不正常吗？当初报名来这儿的老人，一大半都没儿没女，没钱没势，回家干吗？"

"那你为什么想回家？"

"我？"老头嘿嘿一笑，"不瞒你说，其实我是中立派。更准确点说，我更希望留下，算是半个留守派。但是在外面，我都说自己是中立派。"

"为什么？"我头脑一片混沌，"刚刚，你还在代表回家派游行。"

"是啊，现在回家派和留守派互不相让，所以我们中立派就成了两方的拉拢对象。那个带队的老太太是我隔壁邻居，她没文化，害怕黑洞附近有辐射，所以搞了这个游行。但回家派的人太少，她就找到了我，请我帮忙过来撑场面，报酬是一盒三千块钱的雪茄。"老头扬了扬手里印着拉丁字母的高档雪茄，"当时我们说好，一盒雪茄，我帮她两个小时，现在时间到了，我就回去了。其实不止我，队伍里还有三四个人是留守派，是不想回家的，还有四五个人是中立派，只不过老太太找到了我们，答应给好处，我们才过来帮忙的。"

"那投票你怎么投？"

"嗯，如果是不记名投票，她又肯给好处，帮她投一票也不是不行，但我估计她那点钱，也买不到几张选票，再说现在留守派也找到了我们，也答应花钱拉票。"

老头深吸了一口雪茄，淡青色的烟雾在眼前飘荡、扩散，周遭的景色变得扭曲模糊，我咳嗽了两声，内心深处，一种莫名、难以抵御的绝望开始蔓延。我难以想象，在这样的大环境下，孟德尔能有什么办法，逆转这强弱悬殊的民意，如果只是像这支临时拼凑起来的回家派游行队伍一样，依靠蝇头小利拉票，又怎可能战胜掌控绝对财力、权势、舆论的樱小姐？

"后生仔，我知道你想回家，不过，我劝你别想了，就算有几个人被买通，最后的结果也不会变的。既来之，则安之。中心超市里有智能伴侣卖，你选个年轻漂亮的女朋友，下载你喜欢的性格数据，不就有同龄人交流了？"

老头露出暧昧的笑容，一扬手，甩掉只抽了一半的雪茄，站起身往远处走去。我蹲在路边，目送他的背影远去。在某个瞬间，我心头的某根弦丝被拨动了，一缕火苗被引燃在脑海深处，此时我并不清楚，这火苗能不能变大，蔓延，燃成燎原之火，但它确实给我带来了温暖，以及更重要的——希望。我深吸了一口气，起身走向中心区的无人超市，走进超市角落被一道不透明隔断独立出的伴侣区。这片三四百平方米的区域布置得很家居，床、沙发、书桌一应俱全，仿佛一间宽敞温馨的新婚卧室，十余位不同肤色的智能伴侣或站或坐、巧笑倩兮地看着我。

我一眼看中了坐在床侧太妃椅上的那个AI黑发少女，她拥有东方美女标准的长相、五官精致，最重要的是，她纤弱的身材、月牙形的清澈双目、略带忧郁的气质，让我想起了一个人——樱小姐。

我径直上前，将目光投向她肩头的价码标签，"九十九万日元，首付30%"。我没有犹豫，俯下身，牵起了她柔软、温暖的手。

"请输入你喜欢的伴侣姓名。"

我犹豫了片刻，最初我想叫她"樱"，但终究羞于如此直白。恰在这时，伴侣区灯光变幻，美丽、浅淡的彩色光芒照在她的额头上，我感觉，自己的心房也被这缕光照亮了。

"就叫你'光'吧。"

故事

我再见孟德尔时,已是第二天晚上。他精神振奋,缠着纱布的脑袋仰得很高,连皱纹里似乎都闪烁着兴奋的光芒。当听到我已把做几套日晷的要求秘密转告老卓后,他几乎要手舞足蹈起来。我有些不忍,但还是给他说了这两天的见闻,至少七成人会投票选择留下,结果没可能改变的!孟德尔竟毫不沮丧,他将一副智能眼镜递到我的手上,同时点开智云上的一段视频让我看。

我戴上眼镜,旋即身临其境地进入了一间陌生的房间:尖端VR技术营造出的幻境,房间的布局、结构与我的住处完全相同,是南山标准的单人公寓。房主颇具生活情调,客厅里,茶几、桌椅摆放错落有致,地上铺了一层颜色素淡、花纹简约的天鹅绒地毯,四壁上挂了六七张19世纪经典的印象派油画,有《星夜》《呐喊》,另几幅我叫不出名字,在《星夜》下方,立了一台木质老式挂钟,秒针每跳一下,便伴着一声"嘀嗒"的微响,颇是悦耳。

我正疑惑这是谁的房间,卧室的门打开了,一位老者牵着一位少女走了出来。老人体态匀称,头发稀疏但乌黑,梳得相当整齐,领口熨帖并一尘不染。至于那位少女,我一眼便看出她的智能伴侣身份,并非外表不够拟真,而是按照法律,所有人造人的右手手背上都有一个指甲盖大小的发光标识。

"这是我家。"老人宠溺地看了少女一眼,"是我和维C的家,你要不要来卧室参观一下?"

我配合地点点头,这是一段精心设计的互动AR视频。我跟随老人走进卧室,卧室布置得很温馨,也很喜庆,墙纸、家具大都是暖色调,大床两侧的床头柜上,分别放着一对娃娃和一个LED相框,相框旁立了三四个药瓶:我好奇地看了一下,都是维生素、降压药、抗生素等常用药品。

老人笑了笑,说:"大家好!我叫周可,今年八十六岁,我在南山生活得很好,我身边这位就是我的新婚妻子,新伴侣型机器人维C。我前天晚上吃维生素片时,恰好看到了她的广告,我对她一见钟情。"

周可走到床头柜前,拉开抽屉,取出一张纸质结婚证打开。结婚证上贴着二人偎依的照片,打印的姓名是"周可"与"维C"。接着,周可一手举起结婚证,另一只手童心未泯地比出剪刀手的胜利姿势。

"这儿的生活品质、环境质量都远超地球,维C是我梦寐以求的完美伴侣!阳光、空气、维生素,一样都不少!完美!我这辈子最幸运的事情,就是被南山选中!我有信心,至少能活一百二十岁!谢谢南山!"视频里的声音戛然而止。

我猜想这位老人多半是樱小姐的演员之一,而这段视频,也是一段精心策划的广告。我抬起头问孟德尔:"这是樱小姐发给地球那边的广告?"

"不，这位周可先生，是我朋友。"

我有些惊讶："什么意思？"

"是的，周可现在的身份是坚定的留守派，他昨晚拍了这段视频，然后找到社区负责人，希望将这段视频发回地球，表示对樱小姐的效忠。"

"你朋友，要效忠樱小姐？"

"你再把视频看两遍。"

再看两遍？我起初不解，然而当想通其中的奥秘后，激动地站了起来："你是说，这段广告视频里隐藏了某些秘密信息？"我闪电般地戴回AR眼镜，重新播放视频，这一次我看得很仔细，其间还暂停了两次，一帧帧前进、倒放，然而即便如此，我依旧没有发现丝毫不对劲的地方。

正常的房间、正常的对话、正常的老夫少妻，自然、和谐、美好，找不到丝毫可疑之处。孟德尔看出我的茫然，嘴巴咧了开来，提醒道："壁钟、油画。"

我将视频倒回客厅一段，仔细观察，壁钟造型古朴，金属钟盘上布着一些斑驳的锈迹，但并无任何异常，至于油画，我能叫出名字的，就只有两幅《呐喊》《星夜》，而且与记忆里的样子并无差异。

"我看不出来。"

"呵呵，这也正常。毕竟我看了三遍，也没发现异常。最后还是靠老周提醒才知道。他在录视频之前，给壁钟做了手脚，让秒针转动的速度，比正常速度慢了10%，而且分针、时针都完全静止，不会移动分毫——嗯，这段客厅的画面持续了八十秒，正常来说，分针至少应该移动一格半。"

"这代表……"

孟德尔打断了我："《星夜》《呐喊》两幅油画，画面分别是扭曲的星空、扭曲的田野、人像，象征扭曲的空间；而静止的分针、时针，则代表了相对静止的时间，扭曲空间、静止时间，宇宙里，只有黑洞能实现以上两点！"

"会不会太隐晦了一些？"

"当然，所以在后面，还有更清晰的明示。"

"什么？"

"看这个画面……"孟德尔将视频快进，定格在周可对镜头炫耀结婚证的一幕，画面上方是清晰的结婚证特写，能看到两人的姓名、照片，下方则是老周比出的"V"字手势，因为虚焦而有些模糊，"你仔细研究这画面的构图，老周是侧着比画出V字手势的，V侧过来，不是大于号（>）吗？在这只手的正上方，是结婚证上的女方姓名，维C——如果将三者，'V''>''C'放在一起，代表什么？"

"什么？"我依旧发蒙。

"V>C！逃逸速度大于光速！满足这个条件的，在宇宙里只有一样存在——黑洞！"

我瞠目结舌。如此奇妙的"望文生义"，无疑超出了我的联想能力。

"如果只是这两点，当然不够，而且很容易引发歧义，所以除此之外，视频里还隐含了很多线索。你听这句话，'这儿的生活品质、环境质量都远超地球'，当说到'远超'二字时，画面恰好切换到床头柜上，除去两人的合影，还摆了一瓶VC。V远超C——只有黑洞。你再看后面，枕边的这本《顾城诗集》，恰好翻在这一页——'黑夜给了我黑色的眼睛，我却用它寻找光明。''土地是弯曲的，我看不见你。'黑夜、没有光明、弯曲的土地，不都隐隐地指向黑洞吗?"

我被深深震撼,以至于摘下眼镜后,过了好一会儿才缓过来:"你确定,会有人发现这些线索?"

"很有希望!我相信,地球上也有很多对这边好奇与怀疑的人。"

"这些暗语可以骗过樱小姐和她的团队?"

"不知道,只能说大有希望。"孟德尔说,"我之前找了三五个朋友,其中包括理工科副教授、推理小说爱好者,都没能发现任何异常。"

孟德尔眼里的光芒更亮了,毫无疑问,他对这段视频是寄以厚望的,这也点燃了我心中的希望火焰。我平静地与孟德尔对视,告诉他我今天也录了两段视频。

孟德尔愣住了:"你录了什么?"

"看了你就知道了。"我说,"我打算明天将这两段视频交给樱小姐,在这之前,我想先请你看看。"

孟德尔迫不及待地抓起VR眼镜,当他发现,被纱布层层包裹的脑袋无法戴上它时,瞬间流露出失望之色。

"只能用投影看了。"孟德尔讪讪一笑,打开投影设备,关灯。这一来,我们身处的房间就成了一个VR放映厅——第一段视频的内容相当简单,前面60%的篇幅都是我独自站在空无一物的墙壁前说话,没有前景、背景等任何其他画面信息。

这是一封我给父母口述的家信:

妈妈、爸爸:
  我很好,你们最近好吗?我到南山已经三年了,我很想你们。

我挺好，你们不用挂念、担忧。

对我来说，刚开始的几个月确实有些孤单，毕竟身边没有同龄人——但年龄的代沟也不难跨越，这几年我交了不少朋友，有一个外号叫孟德尔、研究花草植物的老头；一个叫老卓的运动爱好者；我的邻居老吴，每天都会把她爱吃的甜食分享给我，可惜去年她生了病，去世了。

这儿的环境挺好，并没有因为缺少年轻人而暮气沉沉，老人们大多很积极、乐观，不少人还在坚持工作，例如修佛像、种花草。不工作的老人也有各种娱乐、休闲活动。大家的物质生活都很富足，精神也不空虚，对大多数老人来说，这儿就是天堂。

爸爸、妈妈，我很想你们——因为南山的规则，我暂时不能回去，但是樱小姐答应，可以接你们过来。

妈妈，你来南山吧，我知道，你过得很孤单、困苦，工作时也如履薄冰。如果你来了，就不用再为柴米油盐发愁，也不必为工作的失误担惊受怕了，这儿的医疗条件、生活条件都很好，一定很适合你。

我知道，您一定很想我，我也很想您。

您也不用急着动身，我知道，你还有不少难以割舍的亲人朋友：大阪的妹妹妹夫，广岛的小姨，还有远在中国的父亲——我知道，每个结婚纪念日，您都会把自己锁在房间里，念叨父亲的名字。你去见见他们，跟他们道别，把手头的事全部忙完，如果哪天，您决定了，就告诉南山的联络人，让他们接你过来。

嗯，还有爸爸。我知道你还没退休，有自己的学生、事业、梦想,但再等几年,等你退休了、累了,你也可以来南山。对了,您那位智能伴侣,也可以一并带来的。

对了,爸爸,妈妈,我还有一个不情之请。我想要你们给我寄两件礼物——一枚钻戒,一把梳子。

这两件礼物,我想送给生命里,最重要的那个女孩:我的智能伴侣。爸爸,你一定能理解我。

画面里,我冲一旁招了招手,光便含笑入镜,站到我身边,但镜头未动,背景依旧是单调的墙壁。

她叫光,因为她就像阳光一样点亮了我的生活,我一刻不能没有她,她也一刻离不开我。我很喜欢她、爱她。

我决定和她举办婚礼。这些年,很多年轻人都这么做了,不是吗?

她的长发很美,每天早上,我都会帮她梳头,所以,我想要一把梳子。妈妈,您家乡的樱花木梳子非常有名,请您买一把最漂亮的寄给我,对了,还有富士山的樱花,您也采一朵寄我吧,光戴上一定很好看。

至于钻戒,其实南山的奢侈品商店也能预订,但我们中国的风俗,新娘的戒指都是男方家长购买的,所以钻戒的事,就拜托父亲啦。

钻戒不用太大,跟当年您送妈妈那枚差不多就行……当然,大一些更好,不是我贪心,而是她个子很高,手指很长,感觉要比妈妈的手指长三分之一——不用买名贵的品牌,我知道爸爸您也不宽裕。这钻戒戴在她的无名指上，一定很美。

最后，希望你们平安，健康！

视频最后，我与光对镜头鞠躬，全片完。

孟德尔聚精会神地看完了第一段视频，沉思了片刻，没有发表一个字评论。事实上，当他看到我在视频里坦白与"光"坠入爱河，打算结婚时，眼角的皱纹跳了两下，嘴唇翕动，他似乎想要开口，但终究忍住了。

他打开第二段视频，这段视频的起始画面依旧是我对镜头自言自语，但从第十秒开始，便配上了与内容对应的空镜头画面：

前辈们好：

我是易一，南山行星上唯一的年轻人。

这是我在南山度过的第四个年头。上个月是中国的春节，我和邻居老裘、老包一起吃了年夜饭（切换到我在杂货店与老裘、老包喝酒吃饭画面，之后的视频，也大量配上与内容吻合的纪录片式画面）。年夜饭一共八个菜，主食是饺子，老裘喝了两杯茅台，一杯五粮液，他已经快一年没有喝这些高档酒了，当然不是买不起，用他的话说，早喝腻味了。

说实话，到这儿之前，我有点不太相信，南山会社给出的物质承诺——美食、美酒、大房子、免费医疗、智能伴侣，但他们确实不折不扣地兑现了。如果你愿意从事一些力所能及的劳动，生活费可以达到每天五万，甚至更多。

因为都是老人，所以这儿没什么年龄歧视，说实话，唯一被歧视的，或许是我（笑）。

这儿的秩序也不错，有一些老人会因为楼上楼下的噪声，或者争风吃醋（笑）起一些摩擦。但大多就是吵吵嘴、摔摔东西，毕竟大家都老胳膊老腿（笑）。偶尔会有个别脾气不好的老人想动手，AI警卫、保安都会及时制止他们。

在这儿，老人的预期寿命要比地球上长六七年。据我所知，还没有一个老人，因为贫穷导致的缺医少药，或放弃治疗而去世。我前两天去了一趟公墓，祭奠我的一位邻居，她的墓志铭就写着"南山，是我到过的最遥远、美好的地方"。

对了，这三年多，南山上只有九十多位老人去世，这样的死亡比例，对于平均年龄八十七岁的老人来说，是非常了不起的。

（画面切换回住处，我的独白）

作为唯一的年轻人，来南山之后，我对物质生活相当满意，唯一的问题就是孤单、没人说话。毕竟身边没有同龄人，但是幸好，不久前，我认识了现在的女朋友，她叫光，灿烂、温柔、漂亮，就是有些腼腆。"光，你过来。"

（AI伴侣机器人走到镜头前）

第一眼见到光，我整个人就被她照亮了，无法自拔，没错，她就是我要找的那个女孩——不怕你们笑话，我当时在超市的伴侣区，跟她聊了一下午的电影、书籍、游戏。跟她在一起时，我仿佛感觉不到时间的流逝。

没错，光是一个伴侣型机器人，售价九十九万日元，换在过去，我可无力拥有。但在这儿，我只要未来三四个月吃喝节约一些，就可以拥有她了。

对了，南山的老人们也拥有同样的权利——当然，身边也有不少"P2P"的恋爱，这个P2P（笑），就是老人跟老人的黄昏恋。

说了这么多，就是想告诉大家，这儿人人平等、丰衣足食、秩序井然。

樱小姐告诉我，在不久的将来，南山可能会启动下一批移民计划。

南山欢迎你！

"这是你帮南山打的广告？"孟德尔先是一愣，旋即哑然失笑，"我建议，你回头去找樱小姐报销这个智能伴侣的费用，她肯定会批。"

"不用了，我确实挺喜欢光。"

"你在这两段视频里，夹带什么私货没有？"

"你找找看。"

孟德尔点点头，瞪大眼，按下重播键。第一段家信很简单，前面是我一个人站在墙前独白，后面则是我与光两人，但镜头、背景都没有改变，相当单调。所以孟德尔的注意力，也全放在了我的语言、表情、肢体动作上，他几乎一无所获——

至少没有在纸上记下一个字。当放到第二段视频，那段广告时，由于画面信息丰富，孟德尔也警觉了许多，他屏住呼吸，将这一段反复看了三遍，遇到任何可疑的画面或声音，都将视频暂停，倒放，四分之一、八分之一倍速播放，甚至逐帧观看。突然孟德尔跳了起来，说："我明白了！"

"明白什么？"

"这个地方！你说去祭拜一位邻居时，配上了南山公墓的画面。嗯，你没有用全景，只是放了一块墓碑——那块刻着'南山，是我到过的最遥远、美好的地方'的墓碑的特写，外加一段能看到四五座墓碑的中景画面，你看这个中景画面……"孟德尔指向画面中的某个位置，"最左边这块墓碑上的铭文，'永恒是很长的时间，特别是对尽头而言。我将永恒睡去，直抵时间的尽头'。"

"怎么了？"

"这段话的前半句是霍金说的，而他最为世人所知的，就是对黑洞的研究，而后半句，也很容易让人联想到黑洞。"

我愣住了，思索了三四秒，旋即打开视频编辑软件，在孟德尔惊讶的目光里，直接删去了这段可能引发联想的画面，并用一小段生活区内，老人们安居乐业的场景取代了它。

"你干什么？"孟德尔眉头紧锁，说，"我觉得这处伏笔埋得挺好，而且就算被发现，你也完全可以用不知情解释过去——只要这墓碑上的字不是你设计的。"

"当然不是，这几块墓碑都是本来就立那里的……你别管这个了，继续看。"

孟德尔有些恼火，但还是照做了。

"这个智能伴侣光，你说自己被她'深深吸引，无法自拔'，还说'和她在一起，感觉不到时间的流逝'，这是在隐喻黑洞的引力无穷无尽，黑洞附近时间流逝缓慢？对了，下一个画面里，女孩的黑色长发，恰好挡住了房间里唯一的光源——头顶的LED灯，这也是隐喻吗？"

"那我把你说的这两句删掉，画面也换掉。"

"不止如此,这个女孩叫光,原本就别有寓意,第一段视频里,你说光离不开你,只有一种情况,你是黑洞!或者你身处黑洞!"孟德尔皱起眉头,"不过这样的隐喻,似乎太明显了!我建议你改掉!"

我立刻点头:"好,我给她改个名字,改得寻常点,要不,叫'小宜'?"

"我赞同!"

"不过你刚才说的这些,都不是我的本意,光这个名字,也真的只是我一时心动,至于那些隐喻、私货,都是你强行关联、强行联想出来的。"

孟德尔懊恼地摇头,旋即说:"对了,对了,第一段视频是你给你父母的家信吧?他们会对外公开?"

"应该不会。"

"那信息只可能在第二段视频里了?告诉我,你到底藏了什么关键信息?"

我笑了笑,摇头:"没有。"

"没有?"

"嗯,一点都没有。第二段视频,从头到尾,就是一段纯粹的、为南山歌功颂德的广告。"我说,"我让你看,就是希望让你找出这段视频里,任何可能引起樱小姐怀疑的地方,然后删掉。"

"你的意思是,你打算用这段广告换取樱小姐的信任?"

"是啊。"

"先虚后实,虚虚实实,也是办法。"孟德尔忽然想起了什么,说,"对了,你跟你的父母说,你要跟小宜办婚礼?还让你父母给你寄结婚礼物?"

"嗯。"

"现在确实有不少人和智能伴侣结婚,但我一直以为你不是这种人……"孟德尔眯着眼,饶有兴趣地打量画面里的女孩,"等等……"

"嗯?"

"为什么我总觉得,这个光,不,小宜的气质,和樱小姐有些神似?"

我微笑,用沉默代替了承认。

"她身上这件连衣裙,前些天樱小姐也穿过,不会是你特地去买的吧?!嗯,她的发型、眉型!到处都能看到樱小姐的影子!"孟德尔的表情骤然变得无比精彩,绷带外的那条眉毛夸张地上挑,带动额头的皱纹扭成一团,"难道说……你喜欢的人,是樱小姐?"

我继续保持沉默。

"你觉得这样能让她更信任你?"孟德尔彻底迷糊了,呆呆地看着我,几秒钟后,说,"这不会是真的吧?樱小姐年轻漂亮,对你的态度又一直很暧昧,难道说,你真的给樱小姐迷住,乐不思蜀了?!"

"不,我要回去。"我断然否认,"你继续看视频,帮我找找里面的疑点。"

孟德尔骂了一句脏话,但还是照做了,不得不说,他的联想能力、博学程度都高到令我咋舌,很多看似寻常的画面、语言,一旦经过他那硕大的脑袋,都会与"黑洞""引力""时空扭曲"这些元素产生"看似合理"的联系。我打开编辑软件,一处一处仔细修改他提出的全部疑点,做完这一切后,我抬起头,说:

"好了,我回头将这两段视频交给樱小姐,请她发回地球。"

"你到底想干什么?就为了递投名状,获取她的信任?"

"暂时保密。"

"连我都要瞒着?"孟德尔气得直跳脚,说,"亏我还在想尽办法帮你回去!"

"我知道,谢谢。"

"对了,后天就要在广场上公投,三千移民一人一票,决定要不要回家。"孟德尔说,"从现在的民意看,至少三分之二的人会投反对票。"

"我知道,所以我压根没把希望放在投票上。"

孟德尔忽然笑了起来,这笑容很神秘,似乎还带有一丝阴险的味道:"一切没有发生的事情,都可能改变。"

"不会吧?"这笑容让我隐隐嗅到一些气息,"难道你能改变上千人的想法,让他们投赞成票?!不可能!我这两天跟好多人聊过,很清楚大家是什么态度,你到底留了什么底牌?对了,你上次要老卓找人做的日晷,又是用来做什么的?"

"暂时保密。"

孟德尔将这四个字原封不动地还给了我,之后,面对我气急败坏的询问、控诉,一言不发,脸上的笑容变得越发神秘。他慢慢踱到窗前,拉开厚厚的窗帘,月色如流水般倾泻进来,照在他清瘦的脸庞上,洒满皱纹的每一处缝隙,让这张苍老的面容显得分外神圣且睿智。

间章四　母亲的钻戒

自从降职、降薪后,母亲越发窘迫了。日渐上浮的智能家居升级、维护费用,居高不下的体检、保健品开支,生活必备的柴米油盐、水电网费,这些重担让她不堪重负,整日唉声叹气。幸好两年后,我从早稻田大学毕业,在自媒体找到了一份还算体面的工作,家中的光景才缓过来了一些。但好景不长,半年后,我发现母亲开始自寻烦恼。每个晴朗的早晨,在第一缕晨曦从窗缝漏进卧室前,母亲就会起床,站在院子中央,用字正腔圆的标准日语,播报前一日的《东京新闻》。

我问她:"怎么了?"

"上个月电视社安全防护软件崩溃,社长担心播报程序被入侵,让我临时顶替AI播了一天新闻……十分钟的口播,发音居然有四处瑕疵。都怪我,自从不上台之后,就不怎么练习了。唉,如果我表现得好一些,说不定能抓住这次机会,重新回到岗位上……"母亲说这话时,头几乎一直低到胸前,双手局促地搓动,就像一个犯了错误的小学生。

我没有，也不忍告诉她，没人会在意如此细微的错误，以及即便她表现得再完美无缺，也不可能重回东京电视社新闻播音员岗位了，这与她的形象、水平无关，而是因为她是人，还是上了年纪的老人。前者决定她每次上镜，都要给整个节目组增添化妆、灯光布景、话筒调试等一系列烦琐、早被扫进废纸篓的程序（虚拟主持可随时切换妆容，自带灯光、阴影），浪费人力成本；后者决定她不具有"年轻爱豆""真人少女主持"的话题度与吸引力。母亲显然没有这个觉悟，她日复一日、月复一月地练习发音，期待着下一次替补，等待逆袭的机会。

这一天自然没有到来，日子不好，也不算太坏，直到三年前那个寒冷的冬日下午。

即便时隔一千多个日夜，我依旧清楚地记得，2107年1月11日，天刚下完一场雪，屋檐、树枝上堆积着一团团、一片片洁白，我回到家，看见母亲半跪在卧室的落地窗前，将一样闪闪发光的物件对准远方的落日，仿佛痴了一样。那时阳光已不刺眼，悬在墙头，给天边的云层、院中的积雪以及这张满是皱纹的脸上都涂了一层美丽的胭脂。

我蹑手蹑脚地走近，惊讶地发现，母亲手上拿的竟是她的结婚钻戒。戒身由白金打造，戒面上钻石有花生粒那么大，晶莹剔透，在夕阳的照射下，绽放出夺目的光芒。

我很清楚这枚钻戒的分量——10.5克拉，寓意十分之一的灵魂，因为在某个传说里，人的灵魂重量是21克。如果没记错的话，我至少有六七年没见过这枚钻戒了。我一度以为，这辈子都不会再看见它了，因为就在父母离婚的那天，母亲将这枚钻戒，同他们初见的合照、那本被撕碎又重新粘上的结婚证，一并锁进了地下室那个坚固的樟木箱子。我甚至知道，那个箱子的钥匙，已被母亲扔进了东京大学南侧，那条流淌了一百多年的小河里。

我心头一酸，母亲一定是想念父亲了。便屏住呼吸，慢慢后退，但母亲听到了动静，她没有回头，也没有如我想象的那样，流露出丝毫紧张或羞涩，她用平静的语气，喃喃地说："你回来了？"

"嗯。"

"从明天开始，我就不上班了。"

我怔住，无言。母亲幽幽地说："社里给我办理了退休，比法定年龄早了六年。"

"那挺好，你正好休息。"

"是我主动要求的……"

我有些惊讶，印象里，母亲绝不是一个会主动放弃的人。

"我联系好了大阪的一家养老院，准备下个月搬进去。"母亲颤颤巍巍地将手里的钻戒放回戒盒，"养老院要两百万日元的入门费，我打算把这戒指卖了。"

我用不可思议的目光看向她，在此之前，母亲从未流露过这样的念头。更重要的是，我十分清楚，这枚钻戒在母亲心里的分量。即便在父母分居两地，感情已出现裂痕的那几年，母亲每天早晨做的第一件事，都是用一块崭新的手帕将钻戒仔细地擦拭一遍，然后无比虔诚地套在无名指上。有几次，家里的智能家居出了问题，母亲不得不用手洗衣、洗菜，干活前，母亲总会小心地将戒指取下，收好，等做完家务再重新戴上。我曾不止一次劝她，钻戒不怕沾水的，沾上洗衣粉也没关系。但母亲置若罔闻。

母亲怎会想卖了它？还要离开我，去一座陌生城市一家从未听说的养老院？

"前天，我在新闻上见到你父亲了……"母亲说。

我父亲是个颇有建树的物理学教授，上新闻也是常事，我打开智云，输入父亲的名字。果然，东方卫视最近做了一档以父亲为主角的纪录片，片子记叙了父亲近年的科研成就、生活状态。纪录片末尾，在父亲的卧室里，我看见了一个美丽、文静的黑发少女，她静静地立在父亲的身后，宛若一朵盛开的清水芙蓉。

父亲轻握着少女的手，对镜头说："谢谢她，这些年她给我生活、研究上的帮助，比任何人都大。"

我有些眩晕，但很快调整过来。事实上，这位黑发少女我是认识的，她叫墨子，市场价四十万人民币，属于高端复合型伴侣机器人。而父亲与她相恋，完全算不上离经叛道，更不会受到任何道德、舆论谴责，甚至在很多年轻人看来，一个具备足够财力、不算油腻的老头选择伴侣机器人，是一种洁身自好的高尚行为。这意味着他们大度地将适龄女性留给了晚辈，留给了后浪们。

更何况，复合型伴侣机器人所能提供的，不只是生理与心理的慰藉，也包括生活起居照料，百科知识查询，甚至论文的查重校对。"她的角色不只是妻子或爱人，也是保姆与助教。"这也是父亲在采访中，说出最后那段话的原因。

我试着劝说母亲："这女孩不是真人。"

"我知道。"

"父亲身体不太好，生活需要人照顾。"

"我知道。"

"这种事……很正常……"

"我知道。"母亲垂着头，空洞的瞳孔似乎失去了焦点，"就连妻子这个身份，人工智能都做得比我更加完美，更何况主持人呢？我老了，没用了，回不去了。所以，我今天申请了退休。"

这段话就像一堵堤坝，将我正要说出的、宽慰她的话语一下子全部堵回了喉咙。母亲抬起头，目光里的温柔消失了，取而代之的是怨恨与愤怒，她问："你早就知道这件事？"

我手足无措，但只能点头——一年前我去中国探望过父亲，母亲是知道的。

"为什么不告诉我？"

"我……不知道该怎么说。"

"你也觉得他是对的。"母亲说，"我老了，没用了，还常常发脾气。你的爸爸离开了我，你也觉得我是个累赘。"

我跪在硬木地板上，紧紧握住母亲的手，拼命摇头。母亲叹息了一声，说："我查过了，这钻戒市场价五百万日元，就算二手，也能卖一半的价钱，再加上我的存款，足够交养老院的入门费了。"

"不要！"我大声说，试着从母亲手里夺过钻戒：我这么做并非只出自情感因素，更重要的是，我知道这戒指的秘密——这戒指并不值五百万日元，甚至连五十万日元都不值。它确实是一枚钻戒，一枚质地纯净、切工完美的钻戒，只可惜，这枚钻石的产地并非南非或俄罗斯的矿场，而是父亲的实验室。

父亲就是这样的一个人——务实，严谨，毫无情趣。对于一切浪漫的开销，他始终保持让人难以忍受的吝啬。我甚至认为，他当初之所以与母亲结婚，只不过因为两点——母亲很爱他；母亲是个温柔、细致的女性，会细心地照顾他的生活，让他将全部精力投入到学业与研究上。父亲曾对母亲做出三个承诺："我每天不在学校，就回家。""我从未和任何其他女人在一起，以后也不会。""我绝不会打你、骂你、骗你、欺负你。"

结婚十多年，父亲完美地履行了全部承诺，他对我和母亲始终保持绝对的温柔与耐心，从不高声说话，更不会动怒、怀疑、嫉妒，这样的完美表现一度让母亲如沐春风，但随着时间的推移，她渐渐明白，父亲的这些表现，并非因为爱，而是因为不在乎。父亲将他的全部喜怒、全部身心、全部生命，都投入到了那些实验、那些数据、那些定律里。母亲意识到这一点后，从爱情的幻梦里醒了过来，变得敏感、脆弱、多疑，在无数次抱怨、失望、单方面争吵后，他们分开了。

即便如此，我知道，母亲在心底，依旧是保留着某种幻想的——父亲其实是爱她的，只不过他过于迟钝木讷，完全不懂爱情的表达方式。而这枚钻戒，就是支撑这幻想的重要支点，"他每年买衣服的钱都不到两万日元，却给我买了一枚至少几百万日元的订婚钻戒。"我不敢想象，如果母亲知道，这枚钻戒上的钻石只是父亲实验室的产物，而它的诞生原因，也并非父亲想送给心爱的女人一枚钻戒，只是某次具备良好商业前景的探索性物理实验的产品试验，信念崩塌的她会做出怎样的事情。

"你把钻戒给我。"

"不。"母亲将盒子攥得很紧。

"我去帮你卖掉它。"我不得不说谎道，"还有，大多数养老院的生活，真的不如你听说的那么好。"

"不！你和你爸爸都在骗我！你们都受够我了，我也受够了你们！"

母亲很激动，近乎歇斯底里。之后几天，她将自己锁在房间里，不和任何人说话，在好几个深夜，我甚至听到，母亲豢养了七年的智能宠物小猫发出惊惧、乞怜的叫声。

钻戒的谎言终究没有被戳穿，因为母亲最后没有去大阪的那家养老院，至于原因，是我将一条媒体内参禁止传播的新闻报道发给了她。那是一起发生在朝鲜半岛的恶性事件——

半岛最大的红日养老院，一百一十岁的老头金成秀因为玩游戏错过了饭点，对床头的AI配餐员说有啥吃点啥，一墙之隔的厨房很快传出金属传送带的摩擦声、微波加热的蜂鸣。两分钟后，一小碗热气腾腾的米粥传了出来。

老头皱了皱眉，还是端起碗，吧唧吧唧地喝了几口。但很快，一阵勾人食欲的香气便吸引了他的注意，他抬起头，看到对面床上，舍友老朴正端着一盘泡菜饺子，一口一个吃得喷香，金成秀走到老朴身边，问："你怎么有饺子？"

"下午来志愿者送的，当时没吃完，留了几个到晚上。"

"我怎么不知道？"

"人家来的那会儿，你跑出去玩了。"

"那也该有我的一份啊！"金成秀愤怒了，"你没说这屋住了两个人吗？不对，就算你不说，屋里也有两张床啊！"

老朴和金成秀一向不太对付，出言嘲讽道："有床又不一定有人，说不定人死了呢？"

金成秀恼羞成怒，也不啰唆，伸手去抢饺子，却被吃饱喝足的老朴打得无力还手。响动惊动了左邻右舍，五分钟后，四十二岁的楼层管理员进了屋，并不安抚任何一方，只是叉着腰，斜着眼睛说："打架受的伤，医保不报！全部自费！"

两个老头同时住了手，用血红的瞳孔瞪向管理员，管理员又说："反正没几年活了，早死早超生！"

金成秀吐出一口带血的唾沫，恨恨地低下了头。随着肾上腺素的作用消失，疼痛从每一个神经末梢涌入脑海。入夜后，他辗转难眠，想去自助售药机上开两盒止痛药，却发现名下的医疗账户已被暂时冻结。凌晨四点，他把一把雨伞当作拐杖，一步步挪到养老院的无人超市，想买一瓶清酒，借助酒精的麻痹来缓解疼痛。

在买清酒时，一样特别的商品跳入了老人的视野——生命之水（高浓度伏特加）。

"反正没几年活了，早死早超生！"

由十升伏特加助燃的烈焰与浓烟最终吞噬了七十二个衰老的生命——事实上，在智能消防系统的庇护下，火势并未蔓延太广，只有十名老人当场死亡，另外六十二人则在病床上挣扎、咳嗽了十几小时后，痛苦地死于因吸入浓烟诱发的呼吸并发症，毕竟对平均年龄九十多岁的他们而言，一次小小的肺炎便可能要了性命。这新闻被各国政府默契地层层封锁——毕竟老龄化是横亘在每个发达国家面前的无解难题。

看到这则新闻后，母亲终于意识到，那些广告里光鲜亮丽、"老有所依""老有所乐"的养老院，有可能是关押了几十、几百个像她一样，孤独、执拗、多疑、歇斯底里的老人的集中营。

一个毋庸置疑的事实是，与地球上大多数养老院相比，南山是美好、欢乐的天堂。老人们衣食无忧，拥有独立、宽敞的独居空间，无须忍受年轻志愿者、管理员趾高气扬的态度，居高临下的目光。如果母亲再年长十岁，她一定会毫不犹豫地报名南山，如果她也在这儿，我不知道自己是否还会像现在这样渴望回家。

但事实是，母亲不在这里，我必须回去。

第五章

过审

南山历1月13日，中心区，2号别墅。

又一次，我在管家菅野恭敬的迎接下，走进2号别墅的会客厅，与前几次见面相比，樱小姐的打扮明显要随意一些，五官略施粉黛，眉尾处有几丝杂乱的细毛，漆黑的长发随意地披散在肩头，这妆容别具亲切的美感。我不安地低下头，避开她的目光，将存有视频的闪盘放到桌上，说："我录了两段视频，一段是你想要的南山的宣传片，另一段是我给我父母的私信。"

"好的，我看一下。"樱小姐首先打开了那段声画并茂的宣传广告，令我意外的是，她看得似乎并不认真，至少目光并未始终聚焦在视频画面上，反倒若有所思，视频最后，当小宜走入镜头的一刻，她微笑着偏过脸，将目光移到我的脸上，饶有兴趣地观察了四五秒。

"这个智能伴侣，是你特地买的？"或许是看得不够认真，樱小姐并未立刻察觉小宜与自己的神似。

"是，昨天买的。"

"很好的策划，全部费用由我们承担。"樱小姐微微一笑，说，"对了，说到南山平均寿命长、死亡率低的时候，建议配一个公墓的全景画面，交代一下环境。毕竟地球上，墓地价格也是社会痛点之一……嗯，墓碑数量不对，要不这样，我们回头布个景，临时立几十座墓碑。这视频总体感觉很好，我很满意。"

我先是惊喜，但很快便平静下来——想必这只是审查的第一步，樱小姐只负责把关主题，至于寻找、删除视频里可能夹带的私货（隐藏信息），那是等我离开后，她手下团队的工作。毕竟这样，能最大限度地赢得我的好感与效忠。

"第二段是你给你父母的私人信息？"樱小姐说，"非常抱歉，但我们还是要看一下。"

"没事，我理解。"

随着樱小姐点开第二段视频，我的心跳渐渐加速到每分钟一百五十下——而心跳波峰的出现时间，恰好是视频中我坦言"我想与小宜办婚礼，希望父母能寄来梳子和钻戒"的一刻。

樱小姐面色平静，偶尔微微颔首，很明显，她认为这一段跟宣传广告遥相呼应，是我为了配合南山的宣传需求演的一场戏。然而，随着视频继续播放，并接连出现小宜的两个特写镜头后，樱小姐的目光流露出短暂的迷茫——她终于觉察出这段视频里，小宜的穿着、气质、外表，和自己存在的诸多微妙相似。樱小姐的脸颊，连带脖颈、耳朵都从白皙变得通红，她局促地拢了拢头发，抬头看了我一眼，在目光相撞的刹那又迅速躲开。这样的异常点醒了此前一言不发的管家菅野，他佝偻的身躯颤动了一下，低下头掏出智云，手指颤颤地点了几下。

菅野开口了："对不起，易先生。您选择的这位智能伴侣，原产地日本，首发时间2106年，外形原型是日本的平面模特，长崎大学的直子小姐,由Ｃ公司取得肖像授权,Ｎ公司代理发行,市场价九十九万日元。"

"是的。"

"您在买下她后,对她的眉形、发型做了微调。"菅野说,"这当然是您的自由,但是这样的调整,让她的外形、气质变得有些像另一位女士。"

菅野没有说出"樱小姐"的名字,但这样的挑明已足以让房间里的空气黏稠到凝固。樱小姐用力咬了一下嘴唇,低下头,左右手的拇指相抵,瞳孔里闪过一丝异样的色彩。

"非常抱歉,这两段视频需要调整。"菅野说。

"为什么?"

"因为小姐的年龄关系到南山的最大秘密——时间流速。"菅野说,"按照地球那边的时间线,小姐已经六十一岁了,你不应该喜欢她,更不应该按照她年轻时的外表,定制你的智能伴侣。"

我抬起头,发现菅野正直直地盯着我,浑浊的眼睛里射出锐利的光芒,仿佛要刺穿我的一切,他说:"如果你不是故意的,应该不会拒绝我的提议。"

"故意?"我问,"什么意思?"

"没什么。"

我胸腔里的心脏几乎跳了出来,很明显,菅野已开始怀疑,我选择这个智能伴侣,将她打扮得与樱小姐神似,到底抱着怎样的居心。他从鼻梁上取下老视眼镜,仔细擦拭,戴上,又将两段视频重新播放了一遍——由于此前已被孟德尔用吹毛求疵的态度审核过数遍,他并未找到其他疑点。

菅野蹒跚着走到樱小姐身边,两人耳语了几句,菅野说:"易先生,您让您的父母寄礼物过来?"

"这是中国的传统，父母需要给儿媳妇准备首饰。"

"非常抱歉，您父母寄来的物品，我们必须开箱检查。"

"可以。"

"这两段视频需要修改，部分内容要重拍，你需要给小宜重新化妆打扮、设计发型，至少不能让别人看到她，联想到樱小姐。"菅野说，"你的语言也需要调整，我们回头商量一下，一并告诉你。"

我抬起头，没有开口，只是将目光投向对面的樱小姐，她脸颊上的红晕已消退大半，目光变得冷静深邃，我读不出任何信息或情绪。

"菅野的话，就是我的意思。"樱小姐说。

"我知道了。"我深吸了一口气，双手撑住桌面，从椅子上站了起来，头有些晕，双脚也有些虚浮，仿佛踩在一团棉花上。我很清楚，这是过度紧张，心跳过速带来的生理反应。我努力调整呼吸，挺直腰杆，不快不慢地走出去。走出别墅后，我甚至无法记起菅野把我送到了什么位置，是在客厅还是楼梯口，有没有说"再见"二字。

我径直回到住处，在沙发上躺了下来。两小时后，我收到了一条文字信息，菅野要求我改动视频大约五分之一的内容——除去改变小宜的外形气质外，还应删除提及南山的老人们发生摩擦、矛盾的片段，增加老人们团结友爱，以及黄昏恋篇幅。如此保守的修改意见让我叹息苦笑，但还是照做了。我在线上超市给小宜选了一件运动外套和一条牛仔长裤，接着用大半个小时，笨拙地帮她扎好马尾辫，修改眉形、妆容——忙完这一切后，我才意识到自己犯了一个愚蠢的错误，新型智能伴侣完全可以自己束发、梳妆，根本不需要我动手。

"你为什么不提醒我?"我问小宜。

"我喜欢你帮我梳妆打扮呀。"小宜用温婉Ⅲ型的电子语音回答我，这声音清脆悦耳，仿佛一道清泉缓缓流入心底。变身后的小宜成了一个活力四射、青春洋溢的运动女孩，任何人都不会从她的身上，看出丝毫樱小姐的影子，她俏皮地看着我，乌黑的瞳孔闪闪发光："你喜欢我现在的样子吗?"

"喜欢。"我感觉心慌意乱。

"你的心率从七十五加速到了九十四，你是在骗我，还是在想什么坏心思?"

看着面前绝对忠实、言听计从、美丽窈窕、肌肤材质以假乱真的完美伴侣，我的心跳得更快了，呼吸也变得急促，房间的气氛变得暧昧。

"咚咚咚"，突如其来的敲门声将我从慌乱中拯救了出来。

"是我!"门外响起了老裘熟悉的声音。

"那个……请进!"

房门打开了，老裘提了两瓶白酒走了进来，当看到小宜的一刻，他错愕了两秒，旋即咧嘴一笑，露出一副了然的表情，客客气气地跟小宜打了个招呼："你好。"

小宜甜甜一笑："您好。"

老裘眼神闪烁，对我说："那个……我有点事想跟你说，能让你女朋友先回避一下吗?"

我怔了下，也不知老裘有什么秘密要跟我分享，正犹豫如何开口，小宜已懂事地坐到了沙发上，温柔地说："那我离开一会儿，你和你朋友聊吧。"说完，小宜肩头的信号灯闪烁了两下，自动进入待机状态。我不放心，走到她身后，手动切断了开关，转身看向老裘，问："什么事？"

"一个好消息，一个坏消息，先听哪个？"

"随便……"

"先说坏消息吧，我这两天出门溜达，跟不少人聊了聊，就目前看，回家公投这事，十个人得有七个会投反对票。"老裘说完后，脸上露出古怪的笑容，"嗯，另一个是好消息，只怕你现在听了要跳脚。"

"什么？"

老裘没有立刻回答我，他转过头，看向因断电而僵坐在沙发上的小宜，朝我挤眉弄眼了一番，说："你这个智能伴侣，我在超市里也看到过。"

"你也关心这个？"

"这有啥？我一个老鳏夫，关心智能伴侣有啥问题？现在买智能伴侣的人越来越多，最多半年，就人均一个了。"老裘笑了起来，"没记错的话，你这个智能伴侣，出厂的人设标签应该是'温柔''知性'吧？"

"你连这个都知道？……不过性格也可以调整，有二十多种模式可以选择，只要额外付费，就可以把她的性格切换成叛逆型、泼辣型、学霸型……"

"我能不知道吗？只不过现在的第三代智能伴侣，性格切换功能还是不够成熟，能改变的只有语音、对话、思考模式，一些涉及物理层面的习惯——比如说走路姿势、习惯性动作，是没法做到完美的。比如说你的伴侣，就算下载升级包，把她的性格调成'叛逆'，她的二郎腿也跷得不太自然，抽烟的姿势也会别扭。没办法，这涉及机械骨骼、人造肌肉、神经等底层设计，都是出厂时定好的。"

"想不到你还挺懂。"

"是啊，因为下个月，第Ⅳ代智能伴侣就要出来了，你等于是花上百万，买了个马上要淘汰的玩意儿。"

第Ⅳ代智能伴侣？我愣住半晌："这个，不是说至少要等十年吗？"

"你别忘了，这儿的三天，就是地球上的一年！对了，就在前几天，留守派有代表向樱小姐提出了条件，要求能第一时间，享受到地球上最新的科技产品，据说樱小姐已经接受了这项提议！这就是我要说的好消息！"

我难以置信，思绪瞬间骇浪翻滚。是啊，南山的一个月，相当于地球上的十年，这对移民们来说，无疑是一笔福利，这福利是这般巨大、近乎无价，就连我心中强烈的回家渴望都被冲淡了不少。

我为什么要回家？只因为团圆？因为无法忍受谎言与欺骗吗？

是的，对我来说，这儿没有同龄人，没有亲人，缺乏朝气与活力，但对老人们来说，这些缺点要么不存在，要么不重要。我怔怔地看着老袠，回想起他仰卧在杂货店的躺椅上抿着小酒，通透无欲的模样，不知该如何开口。

恳求他帮我投一票？他多半会答应我，但一票又有什么意义？对于这儿的大多数人来说，他们有什么理由回去？凭什么放弃富足无忧的日子，回到地球忍受年轻人的敌意与嫌弃，重回贫穷孤独的老年生活？没错，我可以承诺、保证、起誓，回去后保守南山的秘密，但他们凭什么相信我？

如今，我是少数派，是异端，是危险分子、全民公敌。这一刻，我甚至感到一丝莫名的罪恶感——我的存在，我的回家执念，在这颗星球上，对这些老无所依的人来说，是原罪。能有老裘这样的邻居,和我相对而坐,乐呵呵地喝上两杯白酒,唠一会儿嗑,已是我能获得的,最大的友善与呵护了。

正因如此,两天后,当孟德尔在投票现场,创造逆袭的奇迹时,我心中的惶恐与愧疚一度压过了惊喜。

逆袭

1月15日，黄昏，中心区。

出乎意料，这场超过两千六百人参加的公投是在一片寂静中开始的，樱小姐上台时穿着一件白底红花的和服，发髻绾在脑后，显现出与真实年龄不符的庄重高贵。她的演讲言简意赅，先用了两分钟，介绍完银心黑洞对日常生活的微小影响（量子计算机偶尔死机、导航间歇性偏差、约0.0012伦琴的日常辐射），同时承诺在未来，每周向全体移民，真实全面地推送地球近年的重大新闻、科技发展，在每个月进行商品更新，保证所有人能享受因时间流速带来的科技福利。讲话结束后，四位老人代表依次上台，慷慨激昂，情真意切地表达对定居南山，拥抱美好的期待与信心。

"请各位拿起智云，一分钟后，投票界面将在各位的智云上自动推送。"这个时候，我几乎已放弃了仅剩的一丝希望——四面八方的枯叟老妪们交头接耳、窃窃私语，同时将警惕、怀疑的目光投向身边人的智云屏幕——虽说是无记名，但这样的投票方式，无疑能让"叛徒""少数派"在群众的目光监督中无所遁形,进而无地自容、无法立足。果然就连几位此前无比坚定的回家派也退缩、犹豫了。我四下张望,很快在人群里找到了那位曾带队在街头游行、高呼"黑洞危险""重回地球"的回家派领袖,这位老妪穿了一件大码白色T恤,T恤背后、胸前分别印着一个显眼的蓝色行星——地球。她将头埋得很低,同时用肥胖的手掌,努力遮住地球图案下的英文单词"HOME!"毫无疑问,如果此时的她敢冒天下之大不韪喊出这个单词,极可能会被愤怒的人群直接撕碎。

我深吸了一口气,低下头,手里的智云屏幕上,显示出鲜红的倒计时读秒数字:10,9,8,7,6……

我是在倒计时还剩五秒时意识到骚乱发生的,它确切的发生时间应该还要早两三秒。在一片沉重的呼吸声中,响起了几声沙哑的呐喊,内容听不太真切。我愕然转头,只见有一条手臂从一片人头里"生长"出来,就像是土地里钻出的一棵小树,小树的顶端——一只枯瘦的手,攥着一张花花绿绿的东西——这东西在22世纪实在过于陌生,以至于我过了两三秒才明白是什么。

居然是一张报纸。

就跟杂货店一样,报纸也是一种被信息时代抛弃的文物,在这个智能终端随处可见的年代,白纸黑字的纸刊早已失去了全部实用意义,只是一种权威与历史的象征。

很快,在稍远处,又有两只手从一片白花花的脑袋中冒出来,同样各攥着一张报纸。以这三只攥着报纸的手为中心,嘈杂声在人群里迅速蔓延。在多数人弄明白发生了什么之前,一个脑袋缠着绷带的人,顺着人浪挤到了台前,开始往上攀登。

居然是孟德尔!

或许是为了躲开保安阻拦，又或许为了引起更多人的注意，他没有走两侧的楼梯，而是直接从正面爬上台。演讲台的高度只有五六十厘米，他将瘦骨伶仃的左臂横上台面，右腿颤巍巍地往上蹭抬，笨拙的姿态仿佛一只撒尿的公狗。第一次他失败了，险些摔倒，但并不放弃——就在我推开人群，准备冲到台前帮忙时，孟德尔身后，两位陌生老人伸出手臂，托住了他干瘪的臀部，将他架了上去。

现场安静了片刻，旋即爆发出更嘈乱的交头接耳声，后来就是雷鸣般的叫骂：

"滚下来！"

"叛徒！"

"你想干什么？"

孟德尔置若罔闻，一步、两步，径直走到演讲台正中，抬起头，对樱小姐说：

"你在说谎。"

孟德尔领口别了扩音器与同步翻译器，这些装置将这句话翻译成英、日等语言，穿透现场的喧嚣，传到每个人耳边。"我承认，之前隐瞒了黑洞的存在。"樱小姐脸上的慌乱转瞬即逝，摆摆手，阻止了快步上台、打算采取强制措施的保安，平静地说，"但我刚刚说的是实话，黑洞给各位带来的益处，要远大于风险。还有，我会一直在这里，和所有人在一起。"

"我说的不是黑洞。"孟德尔说，"是别的事。"

"还有别的事？"

"什么事？"

"快说！"

数千张满是皱纹的脸庞同时抬起，将目光聚焦到孟德尔——

这个曾被千夫所指、万众唾弃的人身上。与此同时，我惊讶地发现，一种奇异的骚动，正在以那三条挥舞着报纸的手臂为圆心迅速蔓延，又过了几秒，有两条手臂被赶到的保安按了下去，报纸被粗暴地夺走、撕碎了。

"你想说什么？"樱小姐竭力保持平静，但语气里已带有颤音。

"今天是南山1月15日，地球那边已经过去了四年多。现在，地球上是2114年，就在2113年，一种延缓衰老的基因治疗技术被公布，并进入临床试验阶段。但是，你们却隐瞒了这个消息！"

全场刹那寂静无声。

"现场有我的三位朋友，他们手里拿的，是2113年7月10日的报纸。报纸上印着这种基因技术的权威消息！"孟德尔的声音越发高亢，缠着绷带的头颅高高昂起，"22世纪是生物科学的世纪，过去在地球上，每隔三五个月，我们就会从新闻里听说出现了某种革命性医学科技，能攻克某种绝症、遗传性疾病，平均每十年，人均预期寿命就会延长两三岁。但是，我们到这儿已经半个月了，地球上过去了四年多，可曾听说任何相关消息吗？最近三天，物流飞船往返了两趟，可曾带回一台新的医疗设备吗？这是为什么？是担心我们老而不死、浪费资源吗？"

刺啦，最后一张报纸被执法者夺下、撕碎，这声音落在每个人耳里，仿佛撕碎了他们的心脏与生命。

我彻底呆住了，在彻底理解孟德尔的话前，巨大的声浪已淹没了一切。很快，这些震耳欲聋的声响汇聚成两个词语——"骗子！""回家！"这两个词被六七种不同的语言表达，从数千个愤怒的胸腔中发出，凝固成一股强大到无可匹敌的力量。

"没有这样的消息！这是谎言！！这报纸是假的！"樱小姐抗辩道，然而太晚了，最后一份报纸被摧毁前，已被数十人传阅——

即便有些只是匆匆一瞥，足以让大大的标题关键词刻入人心。很快，另一个老人在数十条手臂的托举下跳上台，这个白肤、长发、穿着花花绿绿嬉皮士服装的老头蹒跚着冲向樱小姐，手里高举的智云屏幕上能清楚地看见"请选择"的投票界面。樱小姐吓呆了，快步后退，然而被和服束缚的双腿却绊在一起，踉跄了一下，险些跌倒，等她稳住身体，抬起头时，光洁的额头恰好迎上老人狠狠砸来的智云。

咚。一个身影倒在台上，是那个试图袭击樱小姐的老人。

刺耳、尖锐的警报声在四面八方响起："警告！警告！请所有人保持冷静，留在原地。任何伤害他人的举动都被视为危害公共安全，我们将采取强制措施。"这声音很苍老，但极其威严，透露出无法抗拒的意味——这声音的主人竟是菅野。

我有些恍惚，我与菅野见过数次，每一次，他都毕恭毕敬地为我引路、倒茶，低眉顺眼地立在樱小姐身后，话不多，每次开口都和声细语，恨不得每句话都加上"谢谢""抱歉""麻烦""您"这些敬语谦辞，谦卑到无以复加。然而这一次，尽管只闻其声，我还是强烈地感觉到，这个人的巨大变化——他不再是那个谦卑、恭敬的老管家，而是一个威严、尊贵、久居高位的领导者。

伴着螺旋桨割裂空气的风声，十余架飞行器出现在头顶，如巨大的鸟群般遮天蔽日。这些飞行器同时打开了探照灯，数十道炫目的白光将广场照得一片通明，一道熟悉的身影出现在演讲台的一侧，是菅野。菅野面色冷峻，沉默地一步一步往台中走，他的身形依旧佝偻，脚步依旧蹒跚，但不知为什么，这一刻，他微驼的脊背，仿佛一座巨大、沉重的山岳，压得我几乎透不过气来。

他走过樱小姐身边，却没有看她，只是抬起头直直地与孟德尔对视，两人目光交错，仿佛在虚空里激起几朵看不见的火花。

菅野轻轻咳嗽了一声,扫视一片死寂的人群。

我猛然意识到,先前那个低眉顺眼的老管家,不过是这个人的伪装,而这一刻,这个威严、阴鸷、冷酷的人上之人,才是他的真正面目。

"各位移民。"菅野缓缓说道,"这位来自中国的孟先生说了谎。"

台下,数千人噤若寒蝉,毫无疑问,他们并不相信菅野,然而面对十余架全副武装的飞行器,无人敢出头反驳。

"我知道各位一定不相信我,不过没关系,我有证据……"菅野的语气很平静,他微笑着看向孟德尔,说,"我知道,你伪造这三份报纸,一定花了很多心思——撰写官方口吻的新闻,做图修图,这全套程序想必也都是在加密的智能设备上完成的,事后也抹去了你能想到的全部痕迹,但是,有一道关,你是无论如何都绕不过去的。"

孟德尔冷笑:"什么意思?"

"没错,你很聪明,用实体报纸来让论据更有力。我甚至怀疑,你猜到了一片混乱中,报纸很可能被撕碎——但无所谓,证据并不会因为证物变成碎片而被消灭。"

"什么证据?"台下有人高呼。

菅野摇摇头,向孟德尔逼近了一步,缓缓地说:"这个年代,用到白纸黑字的场合已经很少了。不过,考虑到各位的年龄、生活习惯,我们还是在很多公共区域,安装了带打印功能的智能终端。大家可以用它来打印墙纸、照片、《圣经》、诗集……当然,我们也考虑到,可能有人会打印一些不太和谐、蛊惑人心的印刷品,就像这位孟先生做的这样。所以,我们给每一台带打印功能的智能设备,都做了一些改装。"

"什么改装?"

"放心,我没有侵犯隐私,智能设备并不会记录各位打印的内容,我们改装的,是每台打印设备的墨盒。南山的每一台智能终端,打印出来的印刷品,都会与国际标准存在轻微的色差。刚刚出现在广场上的这三份报纸,它并非来自地球。而是在华人区6号楼,01号智脑上打印的。这台设备打印出来的文字,黑字不是纯粹的黑色,会微微偏蓝。用专业的说法,RGB三原色,R(红)和G(绿)参数都是240,唯独蓝色是正确的极值255。各位可以用智云查一下真正的报纸图片,然后,再在白色灯光下,跟今天广场上的报纸对比,是否存在色差——很抱歉我们的保安撕碎了它,但碎片不会改变墨色。只要各位擦亮双眼,认真对比,就知道这几份报纸是真是假,到底谁在说谎!"

到底谁在说谎?我发现孟德尔的肩膀猛地一震,膝盖也颤动了一下,仿佛要软倒在台上。

难道,说谎的真是孟德尔?这三份报纸,是他伪造的?他为什么要这么做?只为了改变投票结果,帮我回家?不,这说不通!如果只是为了帮我回家,有必要做出如此惊天动地、胆大妄为的事吗?

我全身发冷,眼前发黑,耳边的喧嚣、眼前的骚乱变得模糊扭曲,我仿佛置身于一个无形的风眼,四周惊涛骇浪天崩地裂,唯独我所站的这一方空间与世隔绝。一股巨大的、从后背传来的推力惊醒了我,我被人浪冲倒了。人流向前涌动,群情激奋,看样子要将台上的孟德尔撕碎。我挣扎着想爬起来,但更多的皮鞋、膝盖撞在我的头上、肩上……

一根根如枯木般、蹒跚迟缓的腿仿佛密密麻麻的牢笼栅栏,让我无法起身,无法挣扎,无法呼吸,我觉得快晕过去了。

317

为了人类

随着脑海重归清明,我惊讶地发现,自己居然躺在病床上,四周是那片熟悉的洁白,巨大的液晶屏上,正显示我的生命体征指数:"心率90,血压85/110,体征良好。"我在医院?谁送我来的?时间是晚上7点10分,我深呼吸,调整思绪,回忆两个小时前发生的一切。

我被人浪冲倒,险些被踩踏丧命。幸好空中一架飞行器发现了异常,用探照灯、喇叭、辣椒水驱散了疯狂的人群,我没有受大伤,也没有昏迷,但仿佛被摄走了魂魄,对保安的英文、日文、中文问话毫无反应;保安无奈之下,在向上请示后,把我送到了医院。

我按下床头的呼叫铃。可是很久都没人过来。十分钟后,我又按了第二、第三次。漫长的等待后,门被推开了,和子小跑着冲了进来,深蓝色的手术帽帽檐下,几缕银发贴在满布汗水的脸上,"对不起……"和子喘息着说,"今天受伤的人比较多。"

"因为广场上的事?"

"是，很多老人跌倒，被撞伤、踩伤，你怎么了？不着急的话，我先去给一位尾骨骨折的老人确定手术方案。"

"你……你先去吧，我还好。"我心里涌出一些愧疚，但很快感到一丝不安，"等等，伤者里有孟德尔吗？就是上次被金刚杵砸伤的中国老头。"

"没有。"和子斩钉截铁地说。

"谢谢了，那您先忙。"

和子抹了一把汗，转身出门。不知为什么，当听到伤者里没有孟德尔时，心头的不安并未减轻，相反更强烈了。上一次，孟德尔不过揭开了黑洞的真相，便被疯狂的人们打伤，险些丧命；而这一次，他伪造了一个天大的谎言，试图改变公投结果，乃至所有人的命运。那些失去理智、群情激奋的人，又怎么可能让他平安离开？他没在医院，莫非已经……

我不敢再往下想，一把拔掉身上的管线，往门口走去。然而在握上门把前，大门又一次被推开了，两个熟悉的人影一前一后走了进来。

是樱小姐与菅野。

与以往不同的是，这一次，走在前面的是菅野，他走得很慢，弯腰驼背，但头仰得很高，用鹰隼般的目光与我对视，樱小姐则低着头，亦步亦趋地跟在菅野身后，菅野迈出一步，她便迈出一步，菅野停下，她便也停下，僵硬的脸上看不出丝毫表情。主仆、尊卑、上下关系完全颠倒，今天的樱小姐就像菅野的秘书、助理、仆从，相信任何人在场，都会生出同样的感觉。

"你是谁？"我问。

"我是菅野。"菅野笑了笑，说，"我的真实身份，是日本前厚生劳动大臣。"

我自然清楚这个身份的意义，内阁成员，相当于卫生部部长兼人力资源和社会保障部部长，刚清醒的大脑再次一阵眩晕："怎么可能？"

"怎么不可能？我们在南山做的一切，是给即将被人口老龄化拖垮的日本、亚洲乃至全世界，寻找一条出路，探索全新的未来！"菅野每一道皱纹的缝隙里都发出光来，"我曾是厚生劳动大臣，养老问题、社保问题原本就是我的职责，南山的时间流速是地球的百分之一，依靠时间流速来实现资源重新分配，如此伟大的社会实验，我怎能不支持？只恨内阁里那些迂腐的保守派，竟提出反对意见弹劾我！我一怒之下辞职来了这里。"

我哑口无言。

菅野继续说："你那位朋友确实很聪明，前两天，他一直在居民间游说，说我们这里只过了半个月，但地球那边已经过去了五年，这五年里，许多科技产品都已更新换代——例如能够从底层逻辑上改变人设的第四代智能伴侣。我们起初并不太在意。没想到，他散布这些的真正目的是在移民们心里种下一颗种子——因为这颗种子，当他用三张伪造的报纸，来指责我们隐瞒延缓衰老的医学技术已进入临床试验的消息时，大多数人瞬间相信了他。若不是我及时出现，点破其中的漏洞，舆情真的要瞬间反转，南山的秩序将陷入一片混乱。"

"他人呢？"

"你放心，保安保护了他，他没有受伤。"

"为什么？"

"说来话长，等我们聊完后，你可以找他谈谈。"

"谈什么？"我下意识地问，菅野却微笑摇头，没有回答，只是静静地看着我，我被他锐利的目光看得有些发毛，菅野又说，

"我知道,你一直怀疑我们还隐瞒了其他秘密,不相信我们会如此高尚……斥资几千亿,给老人建一个异星养老院,没错,我们也有私心,老人们虽然享受了福利,但也是有付出的。"

"付出?"

"是啊,他们付出了劳动,虽然南山的主体工程是由记忆金属、自动化设备建成,但还是有许多工作需要用到人力。例如樱小姐别墅外的富士山画像、中心区的佛像、筹措水陆法会,不都需要人工吗?还有,上位者不会喜欢没有仆人、冷冷清清的环境的,在南山,绝大多数物资都会因为时间流速变得一文不值,唯独人力除外。"

我有些发蒙:"上位者,什么意思?"

"啊,你还没想到这一点?那位姓孟的朋友也没有跟你说吗?南山上的一个月,等于地球的十年,我们在这儿生活一年,地球就过去了一个世纪。这意味着,如果某位顶级富豪、权贵身患绝症而时日无多,那么南山将成为他唯一有机会续命的地方!嗯,一百年前,癌症还是绝症,但现在,免疫细胞疗法的治愈率已经超过了99%。"

我惊呆了,旋即为自己的愚钝感到羞愧。这无疑是事实,而此前整整三天——从发现黑洞的那一刻算起,我竟一直没有想到这一层。

"没错,上位者可以带仆从过来,但南山的秘密,无疑知道的人越少越好。毕竟,这打破了人类社会最古老,也最重要的一样公平——时间公平。所以我们决定,在南山上提前安置一批永不回家的移民,他们年老体衰,但足以完成一些简单工作。例如宗教祭祀、伺候起居、文书文秘——还有,很多上年纪的高位者也不喜欢使唤智能设备,无论是AI管家、秘书还是仆人。因为只有使唤真人,才能让他们体验到熟悉、令人沉醉的权力感。就拿樱小姐来说,她就很习惯有一位像我之前那样,恭敬、顺从的忠仆,不是吗?"

我张了张嘴,却说不出一句反驳的话语。

"去见你朋友吧,如果你还有什么问题,或许他可以解答。"菅野淡淡地说,"还有,我建议你劝劝他,不要再跟我们对着干了,没有意义,也没有机会……我们希望,他能弃暗投明。"

"弃暗投明?"我抬起头,不可思议地问,"什么意思?"

菅野冷笑,浑浊的瞳孔里射出阴鸷的光。我打了个寒噤,下意识地将目光投向樱小姐,樱小姐依旧低头不语,美丽的面容隐藏在灯光的阴影里。我不知道她在整个计划里扮演了什么角色。但很显然,当菅野放下伪装,走到前台后,她便成了一具傀儡,一个美丽的木偶。

菅野说:"只要你朋友愿意改变立场,加入我们,那我们既往不咎,并在未来一段时间内,为他安排特殊的住处,他暂时不能外出,但生活、医疗都可以得到最高级的保障,外加接受智能警卫的二十四小时监视保护……"

"如果他拒绝呢?"

"我们会释放他。"

我一时愕然,但下一秒便激灵地打了个寒噤——孟德尔先前做的一切显然激起了滔天众怒,在这个时候,如果把他放出去,又不加以保护,其结果可想而知。

南山唯一的法,是我面前的这个人,以及他控制的那些武装飞行器、智械警卫。在残酷的现实面前,我不得不遏制住全部的愤怒与不甘,抬起头,木然问:"我朋友在哪儿?"

"走廊尽头,1号病房。"

"我现在去见他。"

我走出门,走廊上空无一人,但并不安静,两侧十几间病房里,尖锐的仪器报警声此起彼伏。

"高血压警告!"

"自动注射0.8剂量安非他命!"

"警报!病人脑干出血,请尽快干预!"

"病人需要紧急心脏搭桥手术,建议人工介入,或外接巴纳德Ⅱ型智能手术机。""O型血血库告急,存量两万毫升。"

这些声音仿佛一把把锥子,扎入我千疮百孔的心脏。走廊尽头的金属门前站着两名保安,一个须发斑白,如铁塔般高壮的黑人;一个更加魁梧,反射出银白色金属光泽的光头——价值数十万美元的反恐级智械。智械警卫伸出冰冷的金属手臂,挡住了我。

"站住,伸出右手,直视我。"智械警卫与我握手、对视,漆黑的瞳孔闪烁了两下红光,"瞳孔、指纹验证通过,请进。"

我深吸了一口气,推开门,走了进去。

这是一间特护病房,比平常病房大了一倍:两米宽的白色病床,床对面摆着四张会客椅、一张沙发。墙边排着三台巨大、昂贵的智能医疗设备,分别针对慢性疾病的体征维持,呼吸、心脏病人的心肺复苏与紧急外科手术。

孟德尔仰面躺在床上,缠着绷带的脑袋垫在软枕上面,干瘦的双腿随意地叠在一起,见我进门,孟德尔一下子坐了起来:"你怎么……哎哟!"孟德尔刚问出半句,便痛呼一声,同时伸手去摸脑门上的绷带。

"你慢点,别扯到伤口了。"我上前一步,想帮他检查一下伤势,却听到孟德尔用极细微的声音说:"房间里有监控,但你假装不知道,该问啥问啥,我会小心回答。"

孟德尔说这话时,摸绷带的手恰好挡住了嘴唇,成功逃脱了监控。我心领神会,坐下来。

我说:"这病房不错。"

"是啊,VIP病房,专门给樱小姐、菅野那些上等人准备的。"

说这话时,孟德尔已放下了手,显然这些话不忌讳被偷听。我沉默了几秒,静静地看着他,孟德尔被我看得有些不自在,放下了二郎腿,又觉得手脚无处安放,问:"你找我什么事?"

"那份报纸,真是你伪造的?"

孟德尔眼皮挑了挑:"是啊。"

"为什么?"

"为了扭转民意啊!如果不这么做,投票肯定是留守派获胜。他们一直在用谎言操控民意,那我们也可以用谎言来反击啊!有句话这么说的——用谎言击败谎言,用魔法击败魔法。"孟德尔摇头晃脑,眉头舒展开来,一副颇为自得的样子。

"可惜还是失败了。"

"失败乃成功之母嘛,再说了,我们也不是一无所获。很多老人虽然表面屈从,但内心已经对樱小姐和那个劳动大臣产生了怀疑,革命的火种已经播下,星星之火,可以燎原。"

我走到病床前半蹲下,与孟德尔对视,将刚刚的问题重复了一遍:"为什么?"

"什么为什么?"孟德尔眼皮挑了一下。

"你为什么要这么做?"我说,"就为了帮我回家吗?"

说实话,因为有监控,我已经做好听到"因为我们是朋友"这样情真意切、虚与委蛇的回答,甚至打算挤两滴眼泪,配合他演一出戏。谁知这一次孟德尔却笑了起来，他抬起头，直直迎上我的目光。一秒、两秒、五秒、十秒，我能感觉到，他鼻腔呼出的气息喷到我胸前的微弱热量，不知是不是错觉，在孟德尔的眼中、脸上，似乎放射出一种异样的光彩。

"为了人类文明！"

我愣住了。

"想回去的老人，理应有回去的权利，更重要的是，南山的秘密必须被传回地球，公之于众，而且越早越好，早一天公开，就可能造福，甚至拯救几亿、几十亿人。与几十亿人相比，我们这些老人暂时的富足，甚至奢侈的生活，算得了什么？"孟德尔用一种奇异的目光盯着我，"难道你还没意识到黑洞的存在，能够造福的并不只是老人，而是全人类吗？"我犹豫了一下，说："是啊，解决老龄化问题，那就等于造福了全人类！"

"错！大错特错！"孟德尔怒其不争地看向我，"你有没有想过这样一种情形——举全球之力，用最快速度，在南山建设可容纳几亿、几十亿人口的超级城市，毕竟南山宜居指数很高——记忆金属技术、星舰就地利用技术可以把主要工程量放在地球上，从而最大限度避开时间流速差。我估算过，如果一切顺利，这完全可能在五十个地球年内实现。下一步，我们把地球上的大多数人迁移到南山，同时给少数留守者留下全产业链的自动化工厂，自动学习、运算的智能计算机。到那个时候，我们每个人每天早晨醒来，都能享受丰厚的物资，同时感受到时代、科技的翻天覆地的进步！如果这一点可以实现，哪怕只要部分实现，人类文明将迎来怎样的伟大光景？"

我困惑了几秒，当明白这段话的意义后，整个人都因激动、恐惧而颤抖起来。毫无疑问，这蓝图比历史上的任何一次技术革命都伟大百倍，历史会因此改写，文明会因此改变。

"那么，还是要留10%，甚至20%的人在地球上啊，谁做留守者？"

"很简单，轮换！又或许，随着自动化科技发展，根本不需要这么多人，只需要1%、2%了呢？"

"这会不会太理想化了？短时间内，不可能送所有人到这里，要分先后顺序，可能出现很多混乱……还有，五十年后，目标即便实现，造福的也会是下一代，甚至下下代人了。"我的脑海依旧有些混沌，"刚才菅野对我说，这儿的一个月相当于地球上的十年，可以帮身患绝症的富豪、官员续命。而你说的蓝图如果实现，或许几十亿人都可以活得更久……"

"没错，确实存在很多问题，但至少，这是为了全人类。而菅野、樱小姐他们想到的，首先是权贵、富人，即便我们这些享受福利的老人，很大程度上，也只是工具人罢了。"孟德尔冷笑，"你有没有想过，他们为什么如此看重黑洞的秘密，严防死守，生怕地球那边发现真相？"

"为什么？"

"首先，能来到南山，享受时间福利的人越少，对权贵们来说，这特权才越珍贵，要知道，某项权利一旦被大多数人拥有，就不再是特权，也会极大削减价值，降低吸引力。"

我有些茫然："这只是主观上的区别吧？"

"当然不，如果只是十万人来到这里，那他们享受到的，就是一百倍的时间福利，但是，如果地球上八九成的人移民南山，那地球的科技发展速度也势必会缩水，就算缩水一半吧，那也意味着，来到这里的权贵，享受的时间福利降低到了五十分之一。"

我沉默了，是的，地球与南山，就像天平两端，一端升高，另一端必然降低，孟德尔冷冷地看着我，脸上的讥讽之色更重："如果你连这都接受不了，那我下面的话，只怕会把你的玻璃心砸碎。"

"还有什么？"

"你已经知道了，时间流速差可以帮绝症患者续命，那你有没有想到，既然这样，只要守住黑洞的秘密，菅野和他背后的那些人，就可以依靠南山，控制相当大数量的、渴望续命的顶级富豪、官员，让他们背叛原本的组织与国家。"

如果一个人常年忍受病痛折磨，面临死神威胁，当他面对这世界上，唯一一根能让自己活下去的救命稻草——即便只是一点机会、一些希望，完全可能做出一些抛弃信念、突破底线的事情。无法抑制的窒息感扑面而来，我喃喃地说："为了实现这样的计划，放弃改变世界、造福全人类的机会……"

"所以说，菅野的做法很高明，以异星养老基地为明面工程，给开发南山行星树立一个足够正义的幌子。这一来，即便哪一天黑洞的秘密被泄露了，他们也早有理由和准备。毕竟日本是全球老龄化最严重的国家，利用时间流速差，解决本国乃至世界的人口老龄化难题，多么光辉伟大。然而谁又知道，在这冠冕堂皇的理由背后，藏着这么黑暗、不可告人的动机。而他们把这个计划，命名为'长生'计划！"

"会不会只是你的猜测？"

"我入侵了菅野手下的智云，发现了一块名叫'长生'的云端硬盘，里面存着各国上百位罹患绝症的政要名单。"

"既然背后有这样的阴谋，他们为什么还要公开向全世界募集志愿者？如果在日本国内挑三千个老人，不是更方便管理，也更容易保密吗？"

孟德尔笑了起来，说："菅野说这是一个多方平衡的结果——南山第一期工程耗资两万亿，劳动省经费捉襟见肘，只能将项目交给南山公司，公司董事会为了自身利益，明确反对国内秘密选人，而是全世界广而告之，通过股价上涨来收回成本。"

为了利益而罔顾一切，确实符合资本家本性，足够迷惑，又足够合理。

"我还有一个猜测。"孟德尔淡淡地说，"他们需要证明。"

"证明？"

"这么说吧，假如三十年后，菅野和他背后的利益集团，试图争取、策反H国罹患渐冻症的国防部长，应该如何说服他？给他看南山的宣传视频，讲述黑洞原理吗？当然不，一来说服力不够，二来，一下子就把底牌、秘密全暴露了。此时最好的法子就是，向这位国防部长证明，某个他认识，早该老死的人还活着！"

"怎么证明？"

"你还真是……愚钝，这么说吧，假设你是身患渐冻症的H国前国防部长，我曾是厚生劳动大臣，为了策反你，我会在南山找一位你'最可能'认识的H国移民。然后按照你的要求，录制一段他的视频。你希望他对镜头说某句话、比画某个手势，没问题；你希望他做更复杂、更'防伪'的事，例如手持当天的报纸，读一段新近新闻，也照办。到时候，你会看到，一位本该一百二三十岁的老人，依旧精神矍铄地活着，而且容貌相较三四十年前没有丝毫变化，你还会怀疑我的能力吗？"孟德尔晃了晃脑袋，说，"你知道我是怎么想到这一点的吗？"

"嗯？"

"我发现，南山的三千名移民，看似三教九流，来自各个社会阶层，但事实上，至少有三分之一的人都存在一个共同点——脸熟！"

"脸熟？"

"还是举例吧，例如老吴，她退休前是重点大学教授，当年的学生里，有十几个已经是厅级官员；那个外号黑牛的保安队长，过去也做保安队长，但是在上海最豪华的别墅区，不少富豪都对他的黑脸印象深刻；就连前两天，把我脑袋砸开花的那个老太婆也是名人，她是中华佛学会理事，兼任会长秘书，和不少信佛的大人物都见过面。"

我木然无语。没错，时间，是宇宙中最神秘，也最本源的存在，掌握了时间，便掌控了一切。而我们脚下，这颗位于黑洞附近、时空扭曲区域内的宜居行星，背后的价值、意义，无疑远超绝大多数人的想象，足以直接颠覆现有的世界秩序，足以让一个二流国家就此走上世界之巅。

"所以，我想尽一切办法，希望将黑洞秘密传回地球。"孟德尔低下头，眼睛里流露出一丝黯淡，"但是很遗憾，我们……失败了。"

孟德尔用的是"我们"而不是"我"，难道他朋友老周之前录的那段视频，也没能通过官方审核？要知道那段视频的隐藏信息方式已相当隐秘……我没有在这个问题上追问下去，只是说："下面呢，你打算怎么办？"

"还能怎么做？不妥协，不合作，顽抗到底呗。"

孟德尔的头昂得很高，独目里射出无比坚定的色彩。我怔怔地看着他，心中生出一股难以抑制的尊敬："其实，你不必如此坚持的。"

"让我屈服？"孟德尔怒发冲冠，"可你知道，他们要我做些什么吗?"

我茫然摇头。

"他们让我在所有人面前认罪,坦白先前的谎言;还让我今后在公开场合配合他们说谎,歌颂南山的制度和生活!他们让我继续办老年大学,但所有课程都按照他们的要求,用于欺骗、驯化这三千移民!"孟德尔昂起头,厉声说,"最过分的是,他们要求我按照他们的要求录制视频,传回地球,给我的上级组织传递错误的信息!"

"错误信息?组织?"我愣住了,不可思议地看着孟德尔,生怕这是孟德尔过于激动,忘记身处监控之下的一时失言,但孟德尔却说:

"没事,这事他们已经知道了,你早晚也会知道。其实,除了大学教授外,我还有另一重身份——看山人。"

"看山人?跟护林员差不多,抓偷猎、放火烧山的?可你不是教授吗?"

"这里的山,是南山!看山人,是我们的一个特殊称呼,类似于'风语者'。我担负着一个特殊任务——竭尽全力,找出南山的真相,然后用密语传回地球,向组织汇报!"孟德尔没好气地说,"除了大学教授外,我还有一层秘密身份,国安局智库成员。南山计划公开后,国内有上千万老人报名,毕竟它开出的条件太诱人了。组织怀疑这背后存在什么阴谋,可能给我国移民乃至国家安全带来危险。所以,组织安排了我跟几位同志报了名,但最后只有我被选上……"

"怪不得你会如此积极地寻找真相,并且在发现黑洞的秘密后,做了这么多事。"

"是啊,不过我这么积极,不只是因为任务,更是为了人类、为了世界,我知道这么说有点冠冕堂皇,但谁不想成为全世界的英雄呢?"

我心情激荡,没错,在当前情况下,无论是谁将南山的秘密传回地球,无疑会成为"人类之光",甚至"救世主"。当意识到这一点后,一种莫名的使命感也在我心头升起来——既然如此,这个人为什么不能是我呢?谁不曾梦想成为救世主呢?

"他们让你传递错误的信息,又是什么?"我问。

"菅野要求我通过密语通知组织,南山的秘密是星球的赤道山脉里,蕴藏有大约百吨储量的高纯度的α矿石,这种稀有矿石是一种昂贵、稀有,具备重大战略意义的超导体,每克单价超过两万美元。但毫无疑问,与黑洞的价值相比,什么矿石、科技都不值一提。他们之所以要传回这个假情报,只不过是给反常的南山工程,增加一个合理的注脚,防止几大常任理事国过分关注罢了。对了,他们之前一直在为这个谎言做铺垫,前几次他们发回去的视频里,有一位老人在采访里提到,'我最近在采石场打工,每天五万元'。这是事实,但他们并没有提到,那些石头都被雕成了佛像。对了,说到这,还有一件极其龌龊的事,他们在发回地球的信息里,故意记录了一些老人的埋怨、诉苦,在潜移默化中塑造出我们华人移民因文化与生活习惯差异,与非洲、印度移民产生矛盾、屡屡冲突的假象,进而挑拨我国民众对这些国家的反感!!"

通过坦白,或是揭露一个较小的、不太过分的谎言,借此掩盖真正黑暗、可怕的核心真相,确实是一种计策。孟德尔又劝慰了我几句,让我不必担心他,尽量配合菅野给提的要求,以及暂时不用想回家的事……

我避开孟德尔的目光,低声说:"要不,你也考虑一下他们的提议吧。"

"什么?"

"我的意思是,如果他们愿意做一些让步,你是否可以考虑一下……他们的条件。"

孟德尔猛拍了一下桌子,右手握拳,枯槁的手臂上,几根青色的血管如小蛇般凸了出来:"你让我做叛徒?汉奸?!"

我摇摇头,握住了孟德尔的手,这双手很粗糙,温度冰凉,仿佛一截枯木。孟德尔咬牙切齿,愤怒的血色填满密布沟壑的脸庞。孟德尔想用力抽出手,但很快便颤了一下,抬头,目光在与我相触的瞬间再次闪开。他继续加力,抽出手,星星点点的唾沫从口中喷出,飞溅到我的脸上。"不可能!你做梦!做梦都别想!不可能!"很久之后,他似乎骂累了,泄了气,失望又愤怒地看向我,最终低下头,归于一副颓丧、绝望的模样。

就在孟德尔说出第二个"不可能"的同时,我的食指指尖,在他手心轻轻戳了两下——这是任何角度的监控都无法拍到的位置,等孟德尔重归平静后,我轻声说:

"能听我说几句话吗?"

背叛

我与孟德尔交谈了大约一个小时，之后穿过走廊，回到刚刚与樱小姐、菅野见面的房间，二人依旧坐在原先的位置，见我进门，同时露出看似友善的微笑。

"和你朋友谈完了？"菅野说。

我点点头，心知肚明他们一定监视了我与孟德尔的见面全程，如果有些对话无法听清，他们也会请唇语专家，尽可能翻译还原。但我并不紧张，因为我自信，他们能看到、听到的信息，全部指向一个事实——我试图说服孟德尔放弃反抗，至少，放弃与南山计划为敌。

孟德尔虽然还是不愿屈从，但从一些细微的动作、语言中，态度有些松动——这也很正常，如果他瞬间转变立场，那才是不正常的表现。

我相信，任何监控都不可能拍到我与孟德尔双手交握时，指尖在他掌心轻点、轻划的那几下——孟德尔是个无比聪慧的人，他一定知道我的用意。如今唯一的疑问是，他是否绝对信任我，将生命以及比生命更重要的信仰交托到我的手里。

"你跟他说了什么?"开口的是樱小姐。

"他承认了,报纸是他伪造的,目的是想让大家投票选择回地球。"

"这些我们知道。"樱小姐说,"他是否答应我们的条件?"

"没有……"我面露紧张之色,"他对组织很忠诚,我觉得,你们应该做一些让步……"

"什么让步?"

"你们是不是在设法误导地球那边,制造南山行星蕴藏有大量α矿石的假情报?"

樱小姐沉默了,偏过脸,与菅野对视了几秒,菅野说:"是。不过也不完全是谣言,矿石没那么多,但确实有。"

"为什么?"

"开辟一处外星殖民地养老,这件事确实反客观常识、反经济规律,我们需要给这些反常,找一个正常的理由。而千吨藏量的α矿石,是一个很好、合适的理由。近两年,已经有五个居心叵测的国家不顾星际公约,向我们的0471虫洞偷偷发射了探测飞船,试图窥探南山的秘密,其中有两架飞船在进入时空扭曲区域后,因仪器故障而失事坠毁,另外三架则被我们按照联合国《太空正当防卫条例》击落了……"

菅野的说法,与孟德尔讲的完全吻合。我直视菅野的双眼,深吸了一口气,说:

"你们如此重视保守秘密,就为了保证那些有资格来这里的权贵,享受最高倍数的时间福利?"

菅野愣住了,一时间,满是皱纹的面庞变得无比阴鸷,很明显,他没有想到,我会如此直接、毫无回旋地抛出这个问题,他张开口,似乎想掩饰、否认,但可能又觉得这并无必要,于是说:"确实存在这方面想法。"

"五十倍和一百倍时间流速差距,有本质区别吗?"

菅野愣住了,脸上浮现出一缕诧异,接着冷笑起来,用嘲弄的眼光看着我,问:"你吃鸡蛋吗?"

"嗯?"

"有生物学研究表明,从母鸡的健康角度出发,最佳产卵周期是1.9天一次,就是说,两天下一次蛋,母鸡活得最健康、最长寿、最开心。可又有哪个农户,不想尽方法,让母鸡每天下蛋?"菅野冷冷地说,"两天一个鸡蛋,一天一个鸡蛋,有本质区别吗?"

当弄清楚这段话的深意后,彻骨的寒意从全身的每一个毛孔渗出,是的,在少数上位者的眼里,平民的死活、权利,就和农民养的母鸡一样,与他有何相干?

人生来平等,是这世界上最大的谎言。

我深吸了一口气,说:"长生计划,也是真的?"

我很清楚这个问题的敏感程度,但我相信,既然他们全程监视了我和孟德尔的会面,知而不问,只会更添猜疑。菅野这一次反应更甚,两颊的肌肉颤了一下,半悬的右手条件反射地一跳一叩,指甲与桌面相触,发出清脆的声响。菅野竭力控制双手与声音的颤抖,问:"什么长生计划?"

"利用时间流速,利用那些罹患绝症的政要、权贵的续命渴望,控制他们,攫取政治和经济利益,甚至颠覆世界格局。"

"把续命的机会卖钱,确实有这个计划,但你要说策反官员,颠覆世界格局,那纯属阴谋论了。"菅野的回答避重就轻。我点点头,并不继续纠结,事实上,我跟菅野谈这些,本意绝非对质、对抗，而是相反。

"谢谢菅野先生的坦白。"我说，"但你们有把握将南山的秘密一直隐瞒下去？"

"没有把握。眼下好几个大国都对南山产生了浓厚的兴趣，即便传回α矿石的情报，也未必保险。迫于形势，我们准备在七个南山日后，临时关闭虫洞！"

"你们要和地球切断联系？"

"切断一段时间罢了，我们会改写虫洞的部分参数，任何飞船、卫星一旦进入虫洞，就会被卷入时空乱流……如今南山已经储备了足够三千移民生活一个月的基础物资，我们录制的南山移民的生活视频，时间线也到了十年后——与地球断交十年，没有任何风险。"

我深呼吸，让狂跳的心脏尽可能放缓。这无疑是个石破天惊的消息，会影响乃至决定我、孟德尔甚至全人类的命运。

"既然如此，我们无论任何反抗斗争，都没有机会，都毫无意义了。"

"你很聪明。"菅野意味深长地笑了笑，说，"你可以再找孟德尔聊聊，告诉他，无论他做什么，地球那边都管不到他，甚至都不会知道。"

"我尽量。"我说，"但我有话想说。"

"你说。"

"第一，你们向孟德尔提的要求，悔过、承认谎言、配合你们宣传，甚至继续办老年大学教化移民……这些都可以谈。但是，他不可能答应你们传递假情报回去欺骗组织、国家，欺骗全世界！"

菅野皱了皱眉，眼中闪过一丝冰冷的光芒，他站起身，走到窗前，目光投向下方，数十排四四方方、泛着金属光泽的建筑，之后缓缓上移，仰视头顶靛青色的天空，以及那轮尚未亮起，孤悬于穹顶的辉月。他缓缓说："我们调查了孟德尔的底细，他在地球上并没有亲友……我的意思是，他对组织的忠诚，并不会给自己、至亲带来任何利益，至于他的救世主梦想，呵呵……就算黑洞能造福下一代人，和他又有什么关系？而加入我们，至少能让他在未来二三十年里，享受高人一等的生活……"

我打断了菅野："这是孟德尔的底线，如果你继续坚持，只会彻底断送合作的可能。"

菅野沉默了，锐利的目光在我脸上反复扫视，终于他点点头，说："好，这一点我接受，还有其他条件吗？"

"第一，我们其他的同伴，比如老卓，你们不能伤害、拘禁他们，更不能煽动其他移民的情绪，来对付他们。"

"没问题，当然前提是，他们不再搞小动作。"

"第二，你必须严惩那个用金刚杵砸伤孟德尔的老妪。如果不这么做，别人就会觉得，孟德尔是全民公敌，任何对他的伤害都是被默许的。日后，即便他重获自由，也毫无安全保障。"

"可以，我们会以故意伤害的罪名，罚她从事六个月的无薪劳动，同时扣除60%的生活保障与医疗保险。你知道，所有老人都很在乎这个。"

我点点头，这惩罚已相当严苛，足够以儆效尤："最后一点，很重要，是关于我的。"

"你？"

"是。"我说，"前天晚上，我修改完的两段视频，你们发回地球了吗？"

"发了，昨天的飞船。"菅野算了一下时间，"地球上的一个月前,你的父母就收到了消息,但飞船往返需要时间,那边的反馈,最快明天才能到。"

"事已至此,我这一辈子,已经不可能再回地球了,对吧?"

菅野沉默、坚定地点了点头。

"之前,你们答应可以将我母亲接来团聚。我很了解她,她应该会同意,毕竟在地球上,她太孤单、无依无靠了,当时的我,也很盼望她能过来……"我说,"但是现在,我改变想法了。"

"什么?"菅野愣住。

"我要求,你们在下一次安排返程飞船时,给地球传一个消息。"我从座位上站了起来,直直地看向菅野,一字一顿地说,"我——死——了。"

菅野怔住了,很显然,这要求实在出乎他的意料。

"我昨晚考虑了很久。放在前几天,大家还不知道黑洞的秘密时,你们把母亲接过来,对我来说,会是一个圆满的结局,但现在不一样了。现在对所有人来说,最完美的结果,就是我死了!"

"为什么?"

"先说我的母亲,她来南山,确实可以和我团聚、衣食无忧。但另一方面,她一到这里,就会知道最近发生的一切,会知道我骗了她,骗了地球上的所有人!"

"这很重要吗?"

"重要!我很了解我的母亲!她是个有道德洁癖的人,从小到大,她一直教育我诚实、正直,如果让她知道,我因为自己的懦弱、私欲,冒着遗臭万年的风险,撒谎欺骗全世界……她一定会崩溃、会发疯、会自杀!"我深吸了一口气,将语气缓和了一些,说,"如果你们不信,可以安排人去做我母亲的性格大数据分析。"

菅野沉默不语，脸色愈加阴郁。

"至于我的爸爸，他还没退休，有自己的生活、事业、梦想。以他的性格，一定不会选择来南山。既然已永远不可能跟父亲相见，与其让他在未来的几十年，一直陷于毫无意义的担忧、思念，倒不如直截了当一些！"

"你的想法有些偏激。"

"不，我还没说完，我刚才说，我死了，对所有人都好。这里的'所有人'也包括你们，菅野先生！"我的语调越发激动，"今天是南山历1月15日，但在地球那边，我已经离开了四年多，我不知道，你们是怎么向公众解释，迟迟没有送我回去的原因的。"

"这一点，南山的公关部策划了详尽的报道：我们用丰厚的条件，吸引你在南山工作一段时间，这段时间，你也喜欢上了这里……"

"理由不错，但时间一久，质疑肯定会越来越多。再说，你们一定也在为我的年龄苦恼吧。我是地球关注的焦点，所以你们每次发回的视频里，都会加入我的画面。"我昂起头，目光从菅野身上移开，移到樱小姐年轻、美丽的脸上，"我今年三十一岁，但在地球的时间线是，我已经三十五岁了。如果说几岁、十几岁的差异，可以通过光线、化妆解决，那么，南山的两个月后，你们又要怎么做才能伪造出一段五十五岁的我，工作、生活、学习的录像画面？要知道，一个五十五岁的人和一个三十一岁的年轻人，迈出的每一步，甚至一次抬手、一次转头，在动作细节上，都存在巨大差别。你们就不担心地球那边发现问题吗？"我咬了咬牙，说，"说实话，我相当怀疑，在你们的计划里，我本来就要在某个特定时间点死去，这个时间点或许是地球的几年、十几年后，但在这里，也就是几天、几个月！我怀疑，你们早已策划好了一场以我为主角的意外死亡。"

菅野脸色一刹那变得无比铁青。我继续说:"所以,对我、对我的父母、对你们来说,最好、最安全、最一劳永逸的法子,就是我死掉。我想好了,这两天我会策划一场完美的,有人证物证影像资料的意外事故——可能是爬山失足,或是交通工具故障。我还会事先准备一些遗物——几万字的南山生活日记、一盆养了两年的植物、存着几千张照片的相机等,对了,我父母给我寄的那两件结婚礼物——送给小宜的梳子与钻戒,也请你们做旧处理,一并寄回地球。这些遗物可以辅助证明,我在这里和一群老人幸福地生活了好几年。"

"说实话,在我们的计划里,你至少要活到地球时间线的四十五岁……"

"不,不能拖,否则我的母亲就会找到你们,要求来南山跟我团聚。我绝不能让这件事发生!如果你们希望我加入你们,就必须答应这个条件。我会尽快设计、录制一段我的死亡录像交给你们。三天内,我要看到我父母,还有地球那边收到我死亡信息的反馈。"我咬了咬牙,说,"只要你们答应我的要求,我有把握说服孟德尔接受你们的条件。"

"你还真是……决绝。"菅野说。

"加入你们,便意味着要撒谎欺骗全世界。既然这样,我自然希望自己是一个死亡的销户人口,这也是对我、对我家人的一种保护。"我咬了咬牙,说,"长痛不如短痛,我的父亲很坚强;至于母亲,她听到我的死讯,确实会悲恸欲绝,但即便如此,也比她来到这里,发现她引以骄傲的儿子,变成了一个满口谎言、失去底线的同流合污者,未来会被钉上历史的耻辱柱要好!"

这一次,菅野沉默得更久,他在屋里踱了几步,从窗口走到门口，又从门口走回窗口，鞋底在冰冷的金属地面上拍出沉闷的踏踏声。就连很久没有说话的樱小姐也抬起头，望向我，凤眸里闪着异样的光芒。我冲她笑了笑，转过身，说：

"我先走了，明天下午，我会找你们的。"

间章五 父亲

我上次与父亲见面已是一年多前的事了,那是2108年冬季。父亲的AI伴侣墨子给我开的门。墨子略施粉黛的脸上绽放出编号"慈爱2"(多用于母对子、姐对弟)的笑容。几秒后,父亲穿着拖鞋从卧室里迎了出来,他的精神矍铄,走路带风,丝毫不显老态,相比起因失业、降薪备受打击的母亲,他看上去至少年轻十岁。我心头一暖,喊了声:"爸爸。"

父亲点点头,说:"墨子,去泡杯茶……"

墨子温婉地点点头,转身走进厨房,父亲呵呵一笑,说:"知道你回来,墨子刚把屋子前前后后打扫了一遍,真辛苦她了。"

墨子是父亲的伴侣、精神寄托,但归根结底,不过是一个由高强度合金骨骼与高仿真硅胶材质制造的AI伴侣,依靠电能驱动,永不疲惫,然而父亲居然在体谅她的感受。看来他把墨子当成真正的伴侣来相处了。

墨子泡完茶,把茶杯端到桌上,茶杯里袅袅的蒸汽升起来,父亲的面目有些模糊。

"你妈妈还好吗?"

"身体还好,但你也知道,她失业后,一直不太开心。"

"我每年都会给她寄钱,她都原封不动地退给我。要不我把钱给你?"

"不用了,我收入还过得去,妈妈如果知道我收你的钱,一定会不开心。"我犹豫了片刻,说,"对了,她想去养老院……还想把你送她的订婚钻戒卖掉。"

父亲眉头微皱,但并不见强烈的情感流露。我明白,这并非他对母亲薄情寡义:父亲是个极理性、冷静的人,一直认为养老院是孤独老者的最佳归宿。

"养老院也挺好,但那钻戒……"父亲苦笑,"应该卖不上几个钱,你知道的,那是我在实验室做出来的。"

没错,父亲读博期间,他的物理学导师干过一件创举——利用C14测量来鉴别人造钻石与天然钻石。那几年,至少有市价一万亿美元的人造钻石伪装成天然钻石流入市场,这些赝品完美地复制了天然钻石的瑕疵——雨裂纹、天然糙面、磺伤等,普通手段根本无法鉴别。

但造假者还是漏了一点,南非莫桑比克矿场的天然钻石成型年份,要比大多数人造钻石加工厂里用石墨、高温高压创造出来的钻石,早了几百万年。只要测出钻石的C14含量,对照检定证书上的产地信息,就能去伪存真。这项专利给实验室带来了数千万的创收,为了研究需要,实验室也自行生产了上百粒大小不一的人造钻石,而父亲送给母亲的钻戒,恰好是其中之一。至于成本,大约是五千元。

父亲说,那枚钻戒,是他这辈子唯一骗母亲的事情。其实也不能完全算骗,只不过母亲没问,父亲没说罢了。父亲还说,其实他也想过坦白，但母亲接到钻戒的一刻，眼眶里汹涌而出的泪水，以及泪水里绽放的笑容令他动摇了——这是父亲一次喝得大醉后，对我说出的秘密，我很好地保守了这个秘密。

父亲抿了一口茶，起身往卧室走，我想跟过去，却被父亲劝住了："你在沙发上坐一会儿。"父亲回屋的脚步有些迟缓，过了五六分钟，父亲走了出来，将一张银行卡放到桌上，说，"我往这张卡里转了六十万人民币，万一你妈真要卖钻戒……就找个熟人用这些钱敷衍过去。"

我犹豫了片刻，想开口拒绝，但还是接了过来，说："如果用不上，我再还给你。"

"不用。"

父亲笑了笑，扭头看了一眼墨子，墨子也在微笑，这次的笑容参数，应该是"认同3"加"善解人意1"，这也是AI伴侣的最大优点之一，绝不吃醋或嫉妒，即便你当着她的面，把全部积蓄给前妻，甚至情人。当然前提是，你把她性格参数的嫉妒指数调整成0。当然，即便嫉妒指数是100，她会做的，也不过是一哭二闹三上吊而已。反正机器人即便上吊也不会吊死。

我跟父亲的这次会面只有短短一个多小时。当天下午，他要去首都参加一场高端学术会议——这场会议很重要，偏偏通知又来得太晚、太突然。道别时，父亲约我一年后，也就是2110年春节再见。然而天算不如人算，父亲再次因为一次学术会议与我失约了。这次失约后没几个月，我就因为那次意外，来到了这个距离地球27000光年的老人星球上。

父亲不算那种情感丰富的人，但他毕竟是我的父亲，之前他等了我五年，很快，他将等到我的死讯。

第六章

假象

南山历1月16日，下午4点整。

菅野面无表情地接过我手里的加密闪存卡，连上智云，打开投影，开始审查卡中两段我认真策划、拍摄的视频。

第一段视频是第一人称拍摄的登山画面，时长二十分十一秒，拍摄设备是一副价值六千美元、架在我鼻梁上的多功能智能眼镜。视频中我独自一人，走到移民点北部一座百余米高的丘陵脚下，开始爬山。脚下的地面起初平缓，植被杂乱，但从山腰开始，坡渐渐陡峭，且变得怪石嶙峋。我的呼吸、喘息也越发沉重，偶尔还夹杂了几句脏话。视频的第十八分钟，我攀上了山顶——站在一块篮球场大小的岩石平台上举目远眺：正前方是一道巨大的峡谷，坡度至少有七十度，可以用"断崖"形容。峡谷对面是一片此起彼伏的丘陵，大多数与我脚下这座一样，山脚郁郁葱葱，山腰如同癞癣，山顶一片光秃。这地貌在南山十分常见，是由植物特性、土壤结构、海拔温差共同营造的奇观。我转过身，居高临下地将南山基地的全貌一览无余——数百座标准的长方体建筑如同孩童搭建的积木,整齐坐落在如直尺画出的、纵横交错的街道两侧。街道上、建筑间散布着一些蚂蚁大小,缓缓蠕动的人影。

我站在峰顶,鸟瞰了十来秒,深呼吸了几口,还拍了几张照片准备原路返回。然而刚迈出第一步,伴着一声突兀的、鞋底与石面的摩擦声,画面剧烈摇晃了一下,接着天翻地覆,瞬间从正视前方翻转到正对天空。我不慎仰面滑倒,坠崖了。

镜头视角疯狂旋转、震荡、摇晃,伴随着肌肉、骨骼与岩石、土壤撞击、摩擦声,"哎哟!啊!"我惨叫,痛呼,十多秒后,坠落停止,只剩下痛苦的呻吟声,之后的一分多钟,视频的角度数次颤抖、偏转、摇晃,能看出我竭力扭头,并尝试掏出智云呼救,但都失败了。很快,呻吟声、呼吸渐渐微弱,最后消失了。

很明显,这视频指向一个事实——我独自登山,却不慎失足落崖,摔死了。

菅野眯起眼,将视频倒放至我站在岩石平台上,四处远眺的镜头,同时把播放速度放慢,一帧一帧仔细审看。我明白,他担心这段视频里,拍到了黑洞的边缘轮廓。

我笑了笑,说:"那座山的海拔只有200米出头,即便站在山顶,也不可能看到黑洞,而且当时是白天。"

"这段视频,你是怎么做出来的?"菅野抬起头,目光里露出疑惑之色,"我是指最后的坠崖那一段,太逼真了。"

"很简单,坠崖那一段,我把眼镜戴在了一个仿真机器人的脸上,然后将他绊倒,让他跌下了山崖。"我说,"后期我做了技术处理,剪去了我把眼镜取下,换到机器人脸上的过程。坠崖过程中有两处,拍到了我的四肢。但没关系,这个机器人和我身材相近,肌肉、骨骼也都是高拟真人体材质,再加上智能眼镜的拍摄模式是普通模式,这种剧烈摇晃的镜头,画面都会模糊,而且无法还原。至于坠崖时、坠崖后的各种声音自然是配上去的,不过放心,无论怎么降噪、分音轨、一帧一帧地去听,也不会发现问题。"我说,"你可以看看另一段视频。"

第二段视频很短,不到两分钟,是一段无人机的航拍画面。我以一个扭曲、奇特的姿态,侧卧在峡谷底部一片碎石嶙峋的地面上,身侧有几片暗红的干涸血迹,在一侧的山坡上,能看见明显的植被被倾轧的痕迹。

菅野抬起头,说:"很专业的手法。"

"我找了一部法医题材的纪录片,死者也是坠崖身亡,以它作为参考,一遍遍地调整,尽可能做到完美还原。"我说,"你可以把这两段视频交给专业人士审看,需要修改的地方,我全力配合。这两段视频足以证明,我是在一次爬山郊游时,失足摔死的,跟任何人都没有关系。现在,麻烦您尽快将我意外身亡的噩耗,通知我的父母。"

菅野抬起头,目光笔直地刺向我:"你确定吗?"

"确定。"

"这样的话,也确实解决了我们的一个难题。"菅野说,"对了,上一次你配合我们录制的视频——你父母已经收到并回复了,你让他们寄来的两件结婚礼物,也到了。"

"礼物你们直接做旧,当遗物寄回就行,如果需要我和智能伴侣的指纹,我配合照办。"

"你很细心,到时候会通知你的。"

"没什么。"我说,"可以看一看父母给我的回信吗?"

"当然可以,我拷贝了一份,你把闪盘连接智云,用虹膜解密就能看。"菅野大方地说,"只可惜,最多两天——地球上的半年

349

后,他们就要收到你坠崖身亡的消息,希望二老不要过于悲伤。"

我是一口气喝下大半瓶白酒后,才鼓起勇气戴上AR眼镜,观看父母的回信的。与记忆中相比,母亲仿佛又老了十岁,她眯起被皱纹层层包围的双眼,直直凝视镜头,牵动嘴角,露出一丝笑容:"我挺好,你不用担心我,从去年开始,南山会社每个月都会给我一百万日元的生活补贴……"

说到这儿,母亲停了下来,深吸了两口气。当我意识到,这是因为她的肺活量已不足以支撑完一段长句,以至于说到一半便不得不停下调整呼吸后,悲哀的洪水便汹涌灌入脑海心房。当母亲再次开口时,我看见,她的一颗门牙已换成了假牙,另一颗也摇摇欲坠,母亲说:

"两年,再过两年,就去南山找你……再见!"

我心头悲戚,擦了擦眼角,开始看父亲的回信。与母亲相比,父亲的状态明显要好许多,当说到给我准备订婚钻戒一事时,他甚至开起了玩笑:"这是给你的结婚钻戒!比你妈妈那枚还大三分之一!怎么样?为了这份厚礼,我又要在实验室累死累活几个月了。"

父亲转过头,温柔地看了一眼身后厨房里忙碌的背影——按照地球时间,墨子已陪父亲度过了五年时光,父亲说:"唉,若不是那次意外,你应该已经谈恋爱、结婚了……不过智能伴侣也挺好,只要调到'乖巧'模式,就不需要你费劲劳神地哄她、迁就她,你忙事业的时候,也不用担心冷落她。别误会……我不是说你的妈妈,啊,也不是说我后来交往的那些异性……对了,我去年给你母亲打了一笔钱,建议她也买一个。那些年,你母亲一直希望我能多陪陪她,多和她说说话,'暖男'模式的智能伴侣可以做得很好,但她始终不愿意,还把钱给我退了回来。"

我流着泪笑了,心里感到隐隐地刺痛。视频里,父母大多数时间都在微笑,即便这笑容只是让我安心、掩饰思念与苍老的工具,但至少是笑容。我无法想象,下一次,当他们收到我的"死讯"时,脸上的表情会是什么。

我摘下AR眼镜,深吸一口气,走到窗前,月光清冷明亮。

"咚咚咚。"有人敲门,我以为是老裘来找我喝酒唠嗑,但开门后却愣住了,不是老裘,而是前两天,陪我一道爬山的老卓。老卓精瘦的躯体裹在一件黑色的风衣里,脸被口罩遮得严严实实,若不是一开门,他便自报家门,我都没能认出。

"找我有事?"

老卓并不立刻说话,而是警觉地望了望屋内,之后又警惕地,把目光移到我的身上,领口、衣袖,如猎犬般上上下下仔细检查了一遍,他忽然伸出手,抓住了我的胳膊。这一抓力道不小,我感到一丝疼痛,但没有反抗。

"跟我走。"老卓言简意赅。

老卓拖着我下楼,来到一辆停在路边的无人汽车边,拉开后排车门:"上车。"

我上了车,老卓跟着钻了进来,坐在我身边。车门关闭,车子启动,老卓才放开我的胳膊,说:"你住的宿舍可能被监控了。"

"有可能。"我不置可否,问,"车里就安全吗?"

"我破解了这辆车的中控系统,现在车载电脑已经跟局域网切断了联系,无法对外发送一个字节。"老卓说,"不过时间一长,保安系统便会发现有车辆失联了,所以,我们要尽快去一个安全的地方。"

"哪儿?"

"很近。"老卓冷冷地望向窗外，伴着窗外疾驰而过的、一栋栋泛着金属光泽的标准建筑，汽车很快抵达了殖民点北端的公路尽头，前方不到百米，就是南山最安静，也最被避讳的地方——公墓。

我下了车，跟在老卓身后，走了三五十米，走到公墓中心的空地。四周没有灯，只有皎洁的月光倾泻在荒凉的土地上，很亮、空旷、死寂，前方不远，零零星星地竖着十余座墓碑——数量比我上周来时多了将近两倍，我心情一黯，明白这激增的死亡人数是因何而来了。

前一晚公投现场，至少有十余人因踩踏、混乱受伤，或急病发作，被送到医院。这么看，这些人至少有一小半，在过去二十四小时里失去了生命。远远看去，十余座墓碑影影绰绰，我全身的汗毛不由得竖了起来。

"这是殖民点内唯一没有监控的地方。"老卓顿足，回头看我，"我本来想带你去爬山的，但是最近这两天，不少老人都在千方百计地爬山，上到顶峰，一睹黑洞的真容。所以大多数高一些的山脚下都有无人机或智械警卫值守。"

"找我干什么？"

老卓忽然笑了，这笑容让我感到困惑。首先，我们的近况实在有些悲惨，我想不出有什么事情能让老卓开心；其次，这笑容也不友善，带有明显的嘲弄甚至威胁意味。在我读懂这笑容前，老卓忽然一把揪住我的衣领，压低喉咙，斥道："叛徒！"

老卓粗糙的指节死死抵在我的喉结上，我惊住了，一时竟忘了挣扎："你干吗？"

"我看到你帮樱小姐、菅野拍的广告了，没想到你居然投敌，甘愿做他们的帮凶！"

我呼吸困难，只能用力喘气，同时去掰老卓的右手，但无济于事，老卓用的力气很大，即便我年轻力壮，也无法立刻挣脱。

"放……放手！"

"孟德尔为了帮你回家，做了那么多事，甚至冒着生命危险帮你争取民意。但是你居然投降了，这是背叛！"

"我没有！"我竭力呼吸，让自己舒服些。老卓显然也是孟德尔的"同事"，只不过之前在监控下，孟德尔没有透露罢了。

"那段视频你怎么解释？！"

这家伙的鲁莽行为激怒了我，但我还是无法狠下心一把将他推开，或者全力反击。毕竟凭借五十多岁的年龄优势，我可以轻松地击倒他，但同样因为五十多岁的年龄差距，我无法在他如此激动的状态下，安全地制服他，我担心自己一拳挥出、一掌推出，可能伤害这个失去理智的老者——无论如何，他是我的伙伴，而不是敌人。

"孟德尔让我这么做的。"我艰难开口，说出一句半真半假的话，老卓怔了怔，手上的力道减轻了一些，"怎么可能？"

"他没说，可能他觉得继续反抗没有意义，也可能他希望我先屈从，取得对方的信任。"

"真的？"

"真的。"

"这确实是这老小子的风格。"老卓犹豫了两秒，一甩手，放开我的衣领，他看向我的目光依旧不太友善，但至少已不再带着审视与愤怒，过了一会儿，他叹了口气，说，"算了，你只是个普通人，也没义务跟我们绑在一起。"老卓追问道，"孟德尔呢？人在哪儿？菅野他们把他怎么样了？"

"他没事，只是被限制了行动，我上次见他，是在医院1号特

353

护病房。这次他没有受伤——上次的伤也快好了,有吃有喝,除了没有自由,其他都挺好。"

"他们对老孟这么客气?不对,他们对老孟客气,肯定是想利用他、策反他。但老孟绝不可能妥协,所以他并不安全,随时可能出事!"

老卓咬牙切齿,语调下意识地抬高了几分,我吓了一跳,回头望去,还好,四周空无一人。与沉稳、耐心的孟德尔不同,老卓性格直率,急躁如火。正因如此,我不打算告诉他,我曾劝孟德尔临时妥协,以退为进的事——否则老卓会再次把我当叛徒对待。我安抚了他两句,随后把孟德尔分析的、南山背后的阴谋计划大致陈述了一遍。老卓听完后一言不发,黝黑的脸上透出越发明显的血红,泾渭分明的皱纹拧成一团。"呼哧,呼哧——"他的鼻息变得急促。

"你……别激动。"

"太卑劣!太毒辣了!"老卓说,"我之前以为,他们只是欺骗老人,利用时间流速来解决养老难题,没想到背后还有这么卑鄙的阴谋!不行……我一定要阻止他们。"

"我知道你不甘心,但他们控制了唯一的通道——虫洞,又完全控制了两边的信息传递。你知道,这儿的移民大多是孤寡老人,对他们来说,留在南山比回去好多了。菅野手上又有至少二十名智械警卫,十多架武装飞行器。舆论、民意、武力全都在他们那一边,硬碰硬的话,我们没有任何机会!"

老卓再次沉默,他拒绝与我对视,仰起头,直直地注视头顶那轮巨大、皎洁的辉月。这月光仿佛带有某种神奇的魔力,它消融了老卓的愤怒、激动,帮他安静下来。老卓低下头,说:"你说得对,现在敌强我弱,而且强弱悬殊,我们要冷静,冷静……

等待时机。"

我用力点头，伸出手，握住老卓的胳膊，这胳膊干瘦，隔着薄薄的衣物，能感受到两条青筋正在微微跳动，老卓没有推开我，也没有任何表示，只是轻轻地说："一定，一定还有机会的。"

"是的，我、孟德尔都在努力。"

"嗯，努力，努力！"

老卓的坚强在某种程度上感染了我，我忍不住深吸一口气，要将心里藏着的、最重要的那个秘密告诉他。但终究，我还是忍住了——我们相识的时间毕竟太短，短到我无法彻底信任、依靠他；更重要的是，老卓刚刚对我动粗时，表现出的冲动脾性，又让我实在无法相信他可以波澜不惊，守口如瓶。毕竟，这个秘密，就连孟德尔我都不曾告诉。

没错，我不能将这个秘密告诉任何人，没有人可以帮助我，我只能依靠自己。而这个秘密，又是逆转形势，打破眼下僵局的唯一机会。

只可惜我并不知道两天后的老卓会做出什么样的事情，否则我很可能会改变这一刻的选择。

最后一日

两日后,南山历1月18日,午。

我从菅野手中,再一次接过录有父母回信的加密储存卡时,十指都因激动而止不住颤抖。这卡里的两段视频,是我父母听闻我噩耗的第一反应——这噩耗是我主动提出、精心编织的谎言,只为了阻止母亲来南山与我团聚,发现真相而"哀莫大于心死",同时让父亲免于在未来数十年,始终活在对我的担忧与思念中。尽管长痛不如短痛,但当短痛如飓风般扑面而来时,依旧能让人悲伤到无以复加。

"我能带回家看吗?"

"当然可以!"菅野大度地说,"放心,你的父母当时确实很悲伤,但也都缓过来了,他们都很健康……你母亲的后续养老问题,会社一定负责到底。"

我回到家先吞下一粒舒缓心跳的药片,抿了口水,打开第一段视频——记录的是南山会社员工植田通知母亲我死讯的全程。

植田是一个礼貌谦恭的中年男人,这些年,都是他与我母亲联系。摄影师紧跟在植田身后,转过行人稀疏的路口,前面是那条我走过千万个来回的街道,和那间即便烧成灰烬都能认出的二层老屋。一阵熟悉的旋律幽幽响起,是手风琴的声音,每个晴朗的黄昏,母亲都会独自坐在院子里,弹奏这首略带哀伤的《樱花》。

拍摄者显然很贴心,当植田沿着别墅的前院藩篱前行,镜头已提前转向一旁,对准院中的母亲,她穿了件印满大朵樱花的和服,蜷在那条油漆剥落得所剩无几的椅子上弹琴,目光、精神全都集中在那几根细细的琴弦上。植田走到院口,叩响铁门,琴声戛然而止,长椅久未上油的榫卯间,发出细微的吱嘎声。母亲抬起头,看到植田的一刻,眼睛里放射出异样的神采:"请进,请进!"母亲蹒跚着跑到门口,颤颤地将手拍在指纹门锁上,旋即疑惑地问,"你们在摄影?"

门开了,植田没有进门,而是站在原地,下一秒,他忽然弯腰,对我的母亲深鞠一躬,之后把这个动作重复了三遍。"对不起。"植田说。

"怎么了?"母亲茫然,怔怔地看向植田,一副手足无措的模样,"没关系的,摄影就摄影,我不介意。"

"非常抱歉,但有一个消息不得不通知夫人……您的儿子,在半个月前,意外坠崖身亡了。"

植田再度鞠躬,抬头,沉默地看向母亲:之后十多秒,母亲仿佛定格了,若不是被微风拂动的母亲的银发与绿植的枝叶,我甚至怀疑,这一段被做了静帧处理。二十秒后,母亲的肩膀颤了一下,之后又静止了三五秒,眼角跳了一下,似乎在一瞬间,她瞳孔里的焦点消失了,脸上浮现出一种诡异的灰白色——她从空白中挣脱出来,坠入永恒的阴影和黑暗。

"不……这不可能……你在骗我,你是谁?"母亲喃喃地说。

植田上前一步，托住她缓缓软倒的身体。

我鼻子一酸，用力咬住嘴唇，仰起头，让汹涌而出的泪水重新流回眼眶。幸好在这之前我已知道，母亲悲伤、浑噩了一个多月，但终究挨了过来。我观看这段生离死别，除了徒增烦恼，并没什么实际意义。我深吸了一口气，点开了另一段视频，是父亲的。

与上一段不同，这段视频是由传话者佩戴智能眼镜，以第一人称视角录制的。毕竟南山此前与我父亲接触不多，带摄影团队登门未免唐突。这人上楼、敲门，开门的是墨子，她恭敬地将客人迎进客厅，父亲穿着一件浅色的居家服，仰坐在沙发上，看见来客后，他站了起来，礼貌地伸出右手：

"您好。"

"您好。"拍摄者声音很年轻，是一名女性。

"请坐。"

"对不起，易先生。"下一秒，这个女人做了和植田同样的事，向父亲三鞠躬——由于是"主观视角"，我看到，镜头快速下旋了九十度，从父亲错愕的脸庞，转向地面，之后重新仰起，反复三次。

"怎么？"父亲怔住了，与母亲不同的是，他几乎在一瞬间，便猜到了事情的真相，"我儿子怎么了？"

"他独自去爬山，不小心摔下了陡坡。"

父亲仓皇地后退一步，似乎想坐回沙发，但膝关节却像被锈住一样无法弯曲，若不是墨子及时扶住，他几乎就倒下了，短暂失神后，父亲清醒过来，空洞的眼光重新变得锐利，他直直地看向拍摄者，问："确定是意外吗？"

"确定。"

"当时的情形,能给我描述一遍吗?"

"这闪盘里存着这次意外事故的全部资料,包括一段令郎爬山时的自拍视频……"拍摄者说,"对不起……任何人都不希望看到这件事发生。"

"好的……谢谢,小姐,你先走吧,我想静一会儿。有事我联系你。"

"节哀顺变……这是令郎的遗物:一座他放在床头、用南山的岩石雕刻的石雕,是您和您前妻的塑像;一盆他养了三年的南山植物,我们做成了标本;对了,您此前送给他的订婚礼物——钻戒,也一并寄还给您,请您节哀。"

父亲木然点头,颤抖着把层层密封的包裹打开,半尺高的雕像栩栩如生——这件留有二十四处我指纹的道具"别具深意",它的岩石材质里便含有微量α矿石,指向菅野让我传回地球的假情报;那盆"养了三年"的外星植物标本,也是我在南山生活幸福安逸的重要注脚;钻戒则由菅野团队费了很大的工夫,完成了三道做旧处理程序,同样加上了我的指纹、小宜的硅胶材质,以及各种正常的生活痕迹。

以上这一切,都在直接、间接佐证一个谎言,我确实在南山工作、生活了四年多,不久前失足坠亡。

父亲痴痴地凝望我的遗物,伸出手,在雕像上摩挲了几下,想去触摸那盆植物标本,又小心翼翼地缩回手。最后拈起那枚硕大的、闪闪发光的订婚钻戒,怔怔地问:"他和小宜,生活得幸福吗?"

"很幸福——他的邻居、朋友都这么说。"

"小宜呢?"

"按照智能伴侣管理条例,她会留在南山,在令郎此前的住处继续独居三年，之后断电、清理内存，无害化处理。"

"谢谢，我给您倒茶。"父亲把钻戒放回桌面，颤巍巍地站起身，往厨房走去。

"砰！"

刺耳、巨大的声音骤然响起。我吓了一跳，赶紧寻找声音的来源，然而视频里并没有重物摔倒，父亲的脚步缓慢而平稳，似乎完全没有听到。

不，不只是父亲，拍摄者的镜头也没有丝毫晃动，对巨响恍若未闻。

"砰！"

我跳了起来，这声音并非来自视频，而是我的门外，有人在砸门！我手忙脚乱地关掉视频，冲到门口，居然是老包，他只穿了背心短裤，趿拉着拖鞋，一脸慌乱，说：

"出……出事了！"

"什么事？"我听到远方响起尖锐的警报声，心头一紧。

"你……你朋友的事。"

"我朋友怎么了？"我说，"孟德尔？"

"跟他有关，但不是他……是那个老卓！"老裘上气不接下气地说，"就在刚刚，老卓带了一伙人突袭了医院，救走了孟德尔，现在南山官方已经把这事定性成了暴动，正在全城搜捕！"

"暴动"这两个字震住了我。毫无疑问，这是一个相当极端的词语，意味着鲜血、混乱，乃至死亡。警报声越来越大，混杂了许多乱七八糟的噪响——尖叫声、喇叭声、重物摔落声，我的大脑陷入短暂的空白。

到底怎么了？

绝路

老包走后，我用力掐了一下胳膊，很疼，不是做梦。于是关上门，后背贴墙，大口大口地喘气，三四分钟后，我感觉清醒了一些，打开智云的南山新闻，从反复播放的《紧急通报》中，捋清了事情的大概。

三十分钟前，老卓与另几名同伙，外加两个智械警卫（通报里未提及他取得智械警卫控制权的方法），突袭了南山医院，救走了孟德尔，同时把和子和一名日籍护士挟持为人质。之后，他又利用一次短暂、毫无征兆的智能设备集体瘫痪的机会，闯入戒备森严的能源区，切断了南山的大部分电源，要求谈判。如今，菅野、樱小姐正在调集南山全体安保力量，与"叛乱者"对峙。

通报很简短，不到两分钟，配上明显经过剪辑的监控画面——老卓踹开医生办公室大门，面对瑟瑟发抖、惊声尖叫的和子，两步上前，捂住和子的嘴巴，把她的双手反剪到身后。和子并没有剧烈反抗，老卓的动作也不算太粗暴，但新闻里，却刻意给了一段长达五秒的特写——恰好抓取了老卓表情最狰狞、扭曲的一瞬。这五秒的画面足以在观众心里，留下一个丧心病狂的暴徒形象。之后，他们采访了四五个路人，借他们之口，说出"反人类""恐怖暴乱行动"等词语。我全身发冷，双手不由自主地颤抖起来。

老卓这个疯子，这样强行营救孟德尔，有什么意义？

为什么要挟持和子？只因为她可能是樱小姐的同伙？要知道，和子医生是南山受尊敬、爱戴的人物，却又不是实权派，绑架她只会适得其反！老卓做事冲动，未必能考虑周全，但孟德尔为什么不阻止他？他们还切断了南山的大多数电源——房间里的冰箱、空调、所有大功率电器，都陷入了瘫痪，只有床头的保险插座还能正常供电——那是大多数老人用来插呼吸机、吸氧机的。虽说重要公用设施都有紧急备用电源，停电一时半会儿未必会引发太大的祸事，但时间一长……

我该怎么办？

我能怎么办？

我喝了一口水，强迫自己冷静下来，坐到沙发上，把通报再次从头到尾看了一遍，起身走到衣橱前，换了一套运动装束，走了出去。

我决定去能源区。

能源区现在肯定乱成一团，尤其是核电楼的门口，据新闻里说，"双方正在谈判、对峙，不排除强攻可能"。但我知道，在大楼背面，有一条只有我能通过的暗道——那条七弯八绕、几十米长的通风管道对耄耋老人来说是一条死路。我乘坐无人汽车绕到目的地，四下无人。我把汽车直接停在管道口下方，爬上车顶，毫不犹豫地钻了进去。

黑暗扑面而来，污浊气味似乎更浓烈了一些，但我毫不在意，很快，我听到前方嘈杂的人声，还听到一个女人的哭泣声。

老卓不会伤害和子吧？我心头一紧，强忍肘部与膝盖的疼痛，加快速度，只用了几秒，我便爬过管道最后一个拐角，向前方那团光亮大喊："孟德尔！"

人语声戛然而止，两道人影一前一后，颤颤地晃了过来，是老卓与孟德尔，他们目瞪口呆地看向我从管道里探出的半个脑袋，表情复杂。

"你怎么来了？"孟德尔问。

"全南山都知道你们的事了……"我说，"他们给这件事的定性，是暴乱。"

"放屁！我们是革命！革命！"老卓暴跳如雷。

"我前天还劝你，不要冲动！"

"我也不想的，但出现了紧急情况！！"老卓说，"菅野策反了我们的一位同伴，这个叛徒出卖了好几个队友，还在昨天配合菅野录了几段视频，具体内容还不清楚，可能是帮南山歌功颂德，也可能更严重，就是用密语向组织传递假情报！"

"所以，所以你们就发动革命了，居然能成功占领这里……运气不错。"

"不，这不是运气，这是勇气、智力的完美集合！"孟德尔打断了我，"我们攻占能源区，靠的是一次智能设备集体瘫痪的间隙，但这个时机，根本就不是运气，而是计算出来的！"

"计算？"

"是的，黑洞的引力可以扭曲时空，我们身处的空间，就像一碗没有搅拌均匀的面糊。一旦时空不均匀程度超过一定临界值，量子计算机便会出错，死机。那么，只要计算出，我们何时会进入特殊区域，就能提前预知南山的智能设备集体瘫痪的时间。"

我一头雾水："如何计算？"

"很简单，你还记得，我让你通知老卓去定做的日晷吗？"

"日晷？"

"你知道，伴随行星自转，恒星在天幕中运动。日晷上，太阳的影子应该严格地按照刻度，按照几何学的正弦、余弦数值变化，但在南山，由于时空不均匀，日晷随时间的读数变化，也会跟标准值存在细微的偏差。只要将这些差值代入公式，就可以算出，我们星球附近各个区域的时空扭曲参数。然后，再计算我们行星、恒星系的运动轨迹……这一套计算过程很复杂……比老吴的观星还要烦琐。"

我瞠目结舌，尽管依旧无法完全理解，但至少大致明白，孟德尔做的事——就像是公元前的观星术士、天文学家，预测日食、月食。这样的预知，完全可能改变一场革命、战争的结果。

"现在，我们能做什么？"我问，"能源区又不是发射场，没法送我们回去。"

"占领发射场毫无意义，我们并没有发射飞船的权限和能力。而占领了能源区，我们至少有了跟对方谈判的资本！能源区是殖民基地的心脏，只要一把消防锤，就能让整个基地停电半个月！半个月，停水停电、物流不通、设备无法使用，你认为他们能够承受这一切的后果？"

没错，对一个外星殖民点来说，能源便意味着一切。可老卓这么做，万一谈判失败，双方玉石俱焚，多少人会因此死去？我冷冷地看着老卓，说："你的诉求是什么？"

"请菅野进来，然后我陪他一起，带着这个通信黑匣子，登上返程的货运飞船。"老卓从口袋里掏出一个四四方方、通体黝黑的金属"魔方","这是一个信号发射器,就算飞船爆炸,它也不会损坏。只要一穿越虫洞,黑匣子就会自动向地球发送信息,组织就能收到!信息很简单,只有不到1KB,但足以概括南山的真相。"

"菅野不可能答应的。"

"他必须答应。如今大面积停电,所有移民都很恐慌,未来几小时,会有越来越多的人聚集到这里。我有信心说服大部分老人听我的。"

"别忘了!菅野还有无人机、智械警卫部队。"

"首先,他的武装力量,已经被瓦解了一大半;其次,他有,我们也有……现在,只要取得民意,我们就能够逆袭!"

"瓦解""我们也有"?我正想发问,刺耳的警报蓦然在耳边炸响,"前门被破坏,有入侵者闯入!"我还在发呆,老卓已转过身,冲进不远处的值班室。值班室墙边蹲着五名"人质":和子、护士、那两个一胖一瘦的保安,以及熟人保安队长。在值班室门口,我惊讶地看到两个全副武装的智械警卫,这两部由致密的碳合金材质组成的武装机器正不动如山地站在原地,额前的电源灯快速闪烁,处于随时待命状态。

老卓冲到保安队长跟前,两指扼住他的咽喉,保安队长吓得大喊:"别杀我,我知道该怎么做!"

"快!"老卓抬头看了一眼监控,4号监控画面里,金属防护门破了一个大洞,硝烟里,站着另两名智械警卫,型号与我们面前这两台完全一样。

"入侵者是01、02号!"老卓冲保安队长大喊。

保安队长颤抖着站起来,对两名智械警卫说:"01、02警卫被敌人控制，消灭他们！"

"收到。"

我顿时明白过来，老卓是先制服了保安队长，再利用他贪生怕死的弱点，取得了两个智械警卫的控制权——最近局势动荡，南山官方给每个区的安保负责人都配备了智械警卫，并授予相应权限，没想到反而成了老卓的突破点。老卓转过头，凑到我耳边，悄声说："我挟持和子医生，一来要通过医院的门禁；二来获取医院里两个智械警卫的控制权，没想到和子外柔内刚，不肯配合，我只能破坏了那两台智械。既然人都绑住了，干脆就一起带来了，给谈判加一点筹码。"

老卓死死盯住面前的监控录像，说："我们之前的行动，一共破坏了八台智械警卫，我估计，现在前门这两个，就是菅野手里剩下的大部分，甚至全部武装力量了，我们有希望。"

身前，两个智械警卫发出冰冷的"准备战斗"语音，起身，走向前门——接着，房间里的九个人在监控室的屏幕上见证了一场决斗。这是一场二对二的公平对决，四个智械警卫的型号、装备完全一样，唯一能区分的是胸前的编号：我方的09、10号，对方01、02号。两方在前厅狭窄的安检区遭遇，伴着人质护士的一声尖叫，09号率先出手，右臂肘部的枪口射出一道淡青色的激光，准确地命中了01号的前胸。

01号的金属外壳冒出一缕青烟，快速上抬的合金手臂瞬间僵住，旋即，直挺挺地往后倒去。半秒后，我方的10号智械一击不中，紧接着一个漂亮的前滚翻闪开02号的攻击，抓住敌人充能的瞬间，猛地向前撞了过去。

伴着震耳欲聋的金属撞击声，02号被撞了个满怀，瞬间失去平衡，与此同时，完成蓄能的09号再次抬臂，不偏不倚地射中了

02号的胸口。

短短三秒，胜负已分！

相同型号、装备的智械，战斗AI版本一致，这样公平对决的结果，完全取决于遭遇时双方的阵型、地形，以及网速，说得更直白点——全靠运气。房间里响起一阵欢呼，与几声低泣。我与孟德尔、老卓击掌相庆，短短几秒，我的心跳已飙升到了每秒一百二十下。

异变骤起。

09、10号摧毁敌人后，内存里的战斗程序让他们依旧保持身体半蹲，枪口向前的戒备姿态，准备随时迎击可能存在的敌方后援。监控画面里，又有一道人影如幽灵般出现，在智械有所动作前，右手一扬，抛出一个黑色圆球，黑球划过一道抛物线，直直朝着09头顶飞来。

"砰！"在被"黑球"砸到前，09号毫不犹豫地开枪击中了它，与此同时，10号一步窜出，用金属手臂死死抱住敌人。正当我们要庆祝胜利时，监控画面瞬间被雪花淹没，不仅如此，头顶的照明灯也骤然熄灭，啊！黑暗让两个女性人质失声尖叫。幸好，不到一秒灯便重新亮了，五六秒后，监控恢复。只见09、10号智械保安仰面倒在地上，头顶的能源灯疯狂、不规则地闪烁，显然失去了战斗能力。

"电磁炸弹。"我反应过来那黑球是什么，"为什么09号智械不提前攻击敌人？"

"因为，那个黑影是人……"孟德尔苦笑，"根据机器人守则，所有保安、警卫类智械都不会主动对人类发动致命攻击。只要有电磁炸弹这类高端武器，人在智械面前，几乎是无敌的。"

老卓面色阴沉："他是谁？"

疑问很快便得到了解答，黑影一击制胜后，弯下腰喘息，缓缓向前走了两步，抬头看向监控，是一张苍白、苍老的熟悉面容——菅野。

"我来了。"

电磁炸弹对人体的伤害不大，但菅野的模样还是颇为狼狈，白发凌乱，两边鼻孔缓缓流出殷红的鲜血。他的脚步缓慢蹒跚，但坚决地朝值班室走来。老卓顺势迅速制服了菅野，将他押进值班室。看到我的一刻，菅野的眉头挑了一下，似乎有些意外，但很快恢复了镇定，接着，菅野将目光转向孟德尔，微笑致意，最后收敛起笑容，跟老卓说："我不是来打架的，我是来谈判的。"

菅野的个头很矮，比老卓矮接近一个头，双手还被反扣着，他只有抬起头，才能与老卓对视，但即便如此，我却感觉菅野在俯视老卓，这"俯视"自然不是视线的角度——而是气场威压。

"马克建议用电磁炸弹制服智械后，直接剿灭你们，但我没批准，你勇敢，孟德尔聪明，我们很难万无一失做到这一点。"

"我的条件已经说得很清楚了。"老卓说。

"嗯，我接受。"

接受？当这两个字从菅野口中吐出时，我瞬间被一种不真实感笼罩，不只是我，孟德尔、老卓，甚至在场的几位人质，都生出同样的感觉——这从众人脸上的表情中便能看出，老卓愣了几秒，说："你又有什么条件？"

"首先，我跟你回去后，南山的一切运转，依旧保持现状，直到地球那边介入；其次，这段时间里，你们不能对我们的人，做出任何报复、伤害行为，我知道你有几个同伴在这次行动中受伤了，但我们也一样！"

"可以。"

"既然你们要公开南山的真相，那就向全世界公布，而不是单单向你的上级汇报。为了确保这一点，返航后，请把我移交给联合国，而不是我或是你的上级，我觉得，只有在联合国，我才会受到相对公平、公开的审判。"

"没问题！"孟德尔毫不犹豫地答应了，对他来说，这些条件几乎不能称之为条件。

"那我也没问题了。"

老卓抽出一根皮带，牢牢捆住菅野的双手，说："我跟你，一同上飞船回地球。"

"可以。"菅野说，"飞船三十分钟内起飞，我会提前做好一切准备工作。"

"一会儿我们出门后，我的同伴、人质都留在这里，我跟他们用智云实时通信，你一旦反悔、反抗，他们会立刻采取措施。"

"没问题。"

老卓眉心微拧，菅野的顺从让他难以置信，他不放心地问："你想玩什么花样？"

"你误会了。我之前做的一切，都是执行内阁的任务，这是我的职责，他们又给我开出了不错的条件，但眼下局面失控了——能源区在你手里，只要你发话，这些老人为求活命，一定会像当初攻击孟先生一样，把我撕碎；就算我赢了，一旦能源区被破坏，这三千移民不知有多少会饿死、渴死、病死。这可是反人类罪，足以把我们一并钉死在历史的耻辱柱上。我在地球上还有老婆、孩子……"菅野笑了起来，"我唯一能赌的，就是你会退让、屈服，但这明显不现实。而鱼死网破的代价，又绝非我能承受的。

369

最后，说实话，从个人情感角度，我一点都不喜欢这个任务，也不喜欢这里，你这次暴动，反倒给了我一个退休回家的机会。"

老卓目光中的警惕丝毫未减，毫无疑问，这胜利来得太快、太顺利了，让他不得不怀疑菅野还藏着什么后手。他将征询的目光投向孟德尔，孟德尔脑门上的绷带刚拆不久，额头上斜着一道触目惊心的伤痕，他思索了几秒，说："我要求交换人质。我们把这五个人质放了，你把樱小姐、马克叫进来，来做人质。"

"为什么？"

"我这个人心有点软，就算你们毁约，或是玩什么花样，我也很难对无辜者下手，但如果是你们的人，我还是舍得让他们吃点苦头的。"

我真为孟德尔的智慧叫好。樱小姐与马克，是除菅野之外，南山的二、三号掌权者。这两个人的价值，显然比我们手上这五个人高无数倍。

菅野冷笑道："不可能！如果把樱小姐和马克都交给你们，那对我方来说，跟放下武器，无条件投降没有任何区别。"

"既然这样，那这笔交易就没法做了。"孟德尔笑了起来，"那你这一趟，就等于平白把自己送到了我们手上。"

菅野咒骂了一句，显然对这额外条件十分愤怒，他抬起头，朝我们怒目而视。老卓居高临下地看着他，目光里满是嘲讽、戏谑。菅野低下头，在阴影里思索了几秒，说："我可以退一步。"

"什么？"

"我会说服樱小姐，让她进来交换人质，但马克不可能，就算我下令马克投降，他也不可能服从这个指令。还有，这是你们新加的条件，所以需要你们先表达诚意，释放两名人质。"

毫无疑问，即便是一换五，对我们来说，依旧是一个相当有诱惑力的条件，毕竟樱小姐是南山二号人物，还是南山的门面，上千老人的精神偶像。孟德尔与老卓对视了一眼，思索了两秒，道："一换四，保安队长留下。"

"成交。"

我们首先释放了两名能源区保安，这两个可怜的印度老头重获自由，一时难以相信，一把鼻涕一把眼泪地抱着老卓，央求他不要在他们出门时，从背后痛下杀手。等老卓对神明起誓后，他们才连滚带爬地跑了出去，腿脚利索得让人难以相信这是两个年近九旬的老人。半分钟后，1号监控里，一道熟悉的身影出现了，樱小姐穿了一件淡玫色的和服，缓缓走近前门。

"站住！"老卓喝道。

樱小姐站住。

"举手，走04号安检门。"

樱小姐咬了咬嘴唇，慢慢走到安检门前，举起双手，证明自己没有携带任何武器。

"往前走。"

伴着鞋底踩在金属地面发出的声响，樱小姐穿过长长的通道，走进房间，她的脸色平静，步履一如既往地优雅稳定。进门后，直直地走到菅野面前，深深地鞠了一躬："对不起，菅野先生，您受苦了。"

我怔住了，在这之前，菅野给樱小姐发了一条语音信息，很简短："小姐，您进来，不要带武器，也不要反抗。"樱小姐如此"言听计从"已出乎意料，此刻，她面对菅野表现的"谦恭"更令人震惊：即便菅野的"厚生劳动大臣"身份确实压过樱小姐，但也不该如此尊卑有别。

"樱小姐来了，请你们释放另两名人质。"菅野冷冷地说。

老卓走到樱小姐身前,说了声"对不起",把她的双手扳到身后捆住——并没有怜香惜玉,浅灰色的尼龙绳在白皙的手腕上勒出两道清晰的血痕,青色血管从肌肤下凸了出来。樱小姐咬了咬嘴唇,眼眶里蒙上一层雾气。

老卓仔细捆好樱小姐的双手双足,站起身,检查了一遍。这才走到一旁,解开和子跟护士的束缚。两人感激地看了樱小姐一眼,走到菅野跟前,深鞠一躬,往出口走去。这一幕让唯一留下的保安队长涕泪俱下,在告饶、哀求无果后,他一脸谄笑地说:"能不能把捆手脚的绳子松一松?"

我们并不理他。

菅野昂起头,淡淡地对老卓说:"下面,轮到我们的事了。我现在陪你去发射区,飞船半小时内发射,返航地球。我会全程陪你一起。"

孟德尔与老卓对视了一眼,四眉紧锁,毫无疑问,下一步任务才是最关键、最凶险的,或许一出门,老卓就会被头顶的无人机偷袭,甚至,被可能存在的、暗处的狙击手爆头——尽管我从未在南山见过这样的武装力量,但谁又说得准呢?老卓却淡然一笑,对菅野说:"你只要敢耍花招,我有把握与你同归于尽。"

菅野说:"我不会做傻事。"

"我知道你不相信我,因为我也不相信你。"老卓转过头,郑重、严肃地对孟德尔和我说,"走出这里之后,我的命运其实掌握在你们手里。只要你们保证做到,他们一失约,你们就果断报复,破坏电源,那我就很安全,但如果你们妇人之仁,不能实现对等报复,我就危险了。"

没错,这是一场心理博弈,我们越坚决,老卓就越安全。我屏住呼吸往菅野看去,菅野却直接无视了我,他鹰隼般的目光,直直地投向孟德尔，孟德尔静静地看向菅野，说："我知道。"

"你知道什么？"老卓说。

孟德尔说："你那边出现任何突发情况，我就会立刻切断南山的全部电源；如果你受伤，我就会在切断电源后，发动所有的居民共同革命——如果你遭遇不测……那么，我会引爆炸弹，破坏这里所有能破坏的设备。如果其间我们的联系中断超过三十秒，我会视作最坏的情况已经发生。"

"好！"

老卓用力点头，走到值班室桌前，拿起那个形似魔方的黑匣子，它的分量有些沉重，以至于被放进上衣口袋后，带着半边衬衣都坠了半厘米。老卓又探出右手，在桌下摸索了一会儿，最后抓住菅野枯瘦的胳膊。我惊讶地发现，不知何时，老卓的右手上，多出了一件闪烁着银光的半截手套。

"这手套你应该认识，瞬间发动，180V电压，足以让你心跳骤停。"

"哪来的？"菅野的脸色微变，但很快恢复如初，他自然没有等到答案，但也毫不介意，只是晃了晃脑袋，倔强地将腰杆挺直了一些。

"走吧。"

两人一前一后地走出大门，在背影消失在视线中之前，老卓用智云向我们发来了视频请求，视频接通后，他对镜头说了一句："一切正常！"随即戴上智能眼镜，配对，这一来我们就能以他的视角，看到外面的一切了。两人刚一出门，一群保安便围了上来，密密麻麻，至少有二三十个，带头的正是马克。

我心头一紧，下意识地看向孟德尔，孟德尔一言不发，面无表情地将食指放到主控电脑的"紧急中断"键上——一旦情况有变,他将毫不犹豫地采取反制措施。

"住手!"菅野冲马克用力摆手,"站住,后退,解散!"

马克一脸戒备,后退两步,但并没有散开,而是严肃地说:"你们去哪儿?"

"发射场。"

"发射场?"

"你不需要知道为什么,只需要执行!"

视频里,马克苍白的脸色涨得通红,手指颤抖着放到电磁枪的扳机上,枪口微微抬起,准星从地面移到老卓的脚面。虽然看不到老卓的面部表情,但从急促的喘息、心跳声,以及镜头的微微震颤,我们能感到,老卓也无比紧张。

我的手心、孟德尔的额头都在出汗。

"我不能让你们回去!"马克说。

"这是命令!是我菅野——南山01号指挥官,发出的最高指令!马克,请你和你的人,全部放下武器!后退十米!"

马克更愤怒了,双眼几乎要喷出火来,但终究没有违抗。两秒钟后,他用力跺脚,右手一甩,将电磁枪摔在地上:"后退!"

"很好。"老卓深呼吸了一口,继续押着菅野,走向不远处停着的一辆无人驾驶车,两人如连体婴儿般钻进车门,汽车迅速启动,一路绝尘,顺利抵达了发射区,不知是不是巧合,他们下车的地方,恰好是熟悉的2号发射场。

一股不安的预感骤然从心头升起,上一次,我跟老赖那次密谋偷渡的起点,正是2号发射场。那一晚,飞船凌空爆炸,碎片飞溅,火光映天的一幕,是我至今挥之不去的噩梦,我抬起头,担忧地看向孟德尔。

孟德尔说:"别担心。"

"可上次……"

"南山历1月1日到现在,南山一共向地球发射过22架货运飞船,唯一一次失事,就是你偷渡那次,那次事故一定是人为的。虽说时空扭曲确实会导致导航系统出错,但那是在毫无准备的前提下,只要有准备,这层风险完全可以规避。例如用多台电子计算机与量子计算机并联,进行数据对比、纠错……"孟德尔看向一脸茫然的我,说,"这么说吧,我们把飞船想象成飞机,黑洞附近的时空扭曲,就类似于闪电、鸟击这些意外因素,如果我们将飞机的发动机数量增加一倍,涂上更高规格的抗雷击涂料,甚至直接把飞机外壳换成最贵的宇航材料,自然就能把失事概率降到极低的程度。"

"可是……"

"别忘了,菅野也要陪老卓一起上船……除非他自己也不想活了。"

我心头稍安,菅野是南山的绝对掌控者,而南山的二号人物,樱小姐此时又是我们手里的人质。除了他们,没人有能力在短时制造一起飞船事故。即便如此,老卓始终相当谨慎,无论是上车、下车、前进,他始终走在菅野身后,藏有电击器的右手片刻未离开菅野的身体。面对随时随地的生命威胁,菅野大颗大颗的汗珠从额角、脑勺、脖颈渗出来,在干枯、皲皱的皮肤上滑动、流淌,格外显眼。

发射架旁,飞船已准备就绪,舱门大开,门边站着两个保安老头,老卓押着菅野,一前一后走进飞船。这是一架隼级货运飞船,安全指数A+级,内舱容积约四十立方米——由于是货运飞船,没有乘员座位,所以只能将货舱侧面的易碎品装载箱作为临时客舱,两人面对面坐上箱内的货位,按下固定按钮。四周缓缓伸出数根机械手臂，用柔韧的束缚带把二人牢牢固定在装载箱内壁上，同时用安全气囊、减震材料垫在了人体与箱壁之间，以免这两件"货物"在起飞、降落的加速过程中受损——等飞船进入匀速巡航过程后，他们就可以解除锁定，在货舱里自由行动了。而在货舱的另一个物资箱内，放着足够两人生存一周的氧气、食物、饮水，确认完一切后，老卓说："走吧。"

由于被绑住，菅野的呼吸不太顺畅，干瘪的胸腔随着呼吸的节奏上下起伏，他用力喘了两口气，对舱门喊："准备发射！"

保安应了一声，伴着刺耳的金属摩擦声，舱门缓缓关闭，狭窄的货舱瞬间一片漆黑，过了几秒，灯亮了起来，光源在两人的头顶位置，菅野沟壑交错的脸上，出现了几道明显的深色阴影，让这张脸变得有些阴冷瘆人。

"倒计时，五分钟。"冰冷的电子声响起，老卓与菅野的呼吸明显变得沉重起来。

"菅野。"老卓说，"你回去以后，会怎么为自己辩解？"

"不知道，不着急。"菅野笑了笑，白森森的牙齿在灯光下闪闪发光。

"你刚才说，你有老婆孩子？"

"是，两个女儿、一个儿子。"

"那你为什么要来南山？"

"你不也有家人吗？"菅野反问，"在资料里，你和你女儿、女婿断绝了关系，应该不是真的吧，你为什么也要来这里？"

老卓沉默了，大约四五秒后，说："为了任务，为了我的祖国，为了全世界。"

"我也为了任务，为了我的祖国。"菅野将头抬了起来，仰望舱顶明亮的灯光，忽然说，"对了，我也为了全世界、全人类。"

老卓冷笑。

"在黑洞附近建立殖民点，来隔离年轻人与老人，同时依靠时间流速差来实现资源的无息贷款，缓解老龄化引发的社会矛盾，难道不对吗？你知道，我们国家是全球老龄化最严重的国家，只有解决这个问题，才有机会扭转国运。不是吗？"菅野说，"以现在的生育率，医学进步水平，再过一个世纪，或许就会出现二十亿年轻人，养活二百亿没有劳动能力老人的盛景，你认为，到那种时候，人类文明会走向何方？我这么做，不是为了全人类吗？"

"那你们还要隐瞒秘密？你知道，黑洞本可以造福所有人。还有，你们的长生计划，真的也是为了全人类吗？"

"你还真是……鲁莽、幼稚。你想想，如果让全世界知道，存在一个超越时间规则的外星圣地，可以让绝症者续命，让普通人穿越到百年后，世界会发生什么？全世界真可以团结一心吗？只怕在那之前，革命、战争会在无数国家、地区爆发！"菅野的声音越发冷漠，"不要觉得我在危言耸听，那么我问你，谁有资格来这里？谁留在地球？凭什么决定？年龄？财富？地位？抽签？你们说得漂亮！全人类都迁到南山，谁优先？你知道，这个'优先权'，就等同于生命权、生存权。这个前提下，我们暂时隐瞒真相，同时做一些探索、实验，不是理所应当吗？再说，南山本就是我们发现的，我们利用它来优先为自己的组织、国家谋取利益，难道不应该吗？"

老卓脸色铁青，他并非善辩之人，一字一顿地说："道不同不相为谋。"

"你有你的大义，我有我的立场。"

"但你输了，我们马上就要回去了。"老卓冷冷地说。

"是的,我输了,要回去了。"菅野微微摇头,他正了正坐姿,"飞船发射倒计时,60,59,58……"在尖锐的警报声中,菅野低下头,冲老卓笑了笑,开始哼唱一首熟悉的日本民谣:

"桜、桜,野山も里も,见渡す限り,霞か云か,朝日に匂ふ……"("樱花,樱花,暮春三月天空里,万里无云多明净,如同彩霞如白云……")

终局

《樱花》的曲调悠扬婉转，令人想到阳春三月晴空下，一望无际的樱花云海。即便从菅野沙哑、苍老的喉咙里哼唱出来，依旧勾起我强烈的思乡感——故乡，地球，远在27000光年之外，这个距离，比古书、诗文中的"天涯"遥远千万亿倍。这一刻，有两名南山移民，踏上了归乡之途。

孟德尔脸上浮现出短暂的迷惘之色，一层薄薄的白翳蒙上浑浊的瞳孔表面，反应更强烈的是樱小姐，泪水从眼眶里奔涌出来，冲花了精致的妆容。

"桜、桜、野山も里も，见渡す限り，霞か云か，朝日に匂ふ……"她也跟着菅野，轻声哼唱起了《樱花》。

樱小姐的歌声婉转动听，配合年轻娇嫩、楚楚可怜的美丽面容，让我不由得生出一种恍惚的失神感……在遥远的地球上，她的亲人还好吗？她会思念故乡、想念家人吗？她一个二十多岁的女孩，却在命运的驱使下，担任一颗寄居了数千老人的迟暮行星的傀儡领袖，她喜欢这样的生活吗？如果答案是"不"，她又为什么要来到这里,承担如此使命?不知不觉,我对她的怀疑、愤怒减少了,取而代之的,是一种怜悯,甚至怜爱——我本就对同为"暮星"青年的她,心存一丝超越共鸣的好感,如今,这种情感在这特别的场景下瞬间爆发。我痴痴地看着她的双眼,那双清澈的、深邃的、流泪的双眼,一时甚至忘了移开目光。

正因如此,我从她的眼睛里,看出了一些不同寻常的情感。

说实话,即便在事后,我冷静地思考、复盘这一切的时候,依旧无法用言语来描述,这种情感究竟是什么。它有些像崇拜,就像平民崇拜英雄;又有些像哀痛,好比生者哀痛死者;它更有些悲壮,"风萧萧兮易水寒,壮士一去兮不复还"。

几乎在一刹那,我迷茫的大脑里,一个电光石火的念头迸发出来。我赶紧扭头,死死盯住面前的智云屏幕上,老卓同步过来的视频影像。镜头依旧对准菅野,这个熟悉的阴鸷老者,在这一刻显得格外陌生。

开始的那几天,菅野的身份,是樱小姐的管家,一个低眉顺眼、谦恭佝偻的平凡老人;之后,随着他撕掉伪装,以南山掌权者身份自居,立刻变身为冷酷理性、性格强势的天生上位者。然而此时此刻,菅野又变了,懦弱、强势、阴冷、睿智,这些特质在他身上消失得无影无踪,两片干瘪的嘴唇里,哼出的曲调格外温和,气息没有丝毫紊乱,他的脸色格外平静,就连纵横交错的皱纹都仿佛舒展开来。

菅野在微笑,这笑容纯净单调,好像是一个行将回家的孩子。

"桜、桜、野山も里も、見渡す限り……"画面中,菅野第三遍哼起了《樱花》熟悉的曲调,与此同时,发射也进入了最后的倒数,"5、4、3……"当唱到"霞か云か"一句时,这歌声被震耳欲聋的轰鸣声打断了,画面开始剧烈抖动,显然,飞船已经进入了点火发射阶段。

镜头里的一切都在颤抖,唯有歌声格外轻柔稳定。

"霞か云か,朝日に匂ふ……"

温柔的歌声、巨大的轰鸣、刺耳的倒计时,几种声音混在一起,组成一曲极不协调的交响乐。在乐声里,一种强烈的不祥预感骤然在脑海里炸开。

樱花……回家……樱花……

我猛然意识到,菅野想做什么了。我从座位上一跃而起,抓住孟德尔的肩膀大喊:

"不!"

孟德尔茫然抬头,眼下已经没时间解释了,我只能冲向樱小姐喊:"停下!"

樱小姐抬起头,露出一抹震人心魄的美丽微笑:"太晚了。"

"你们疯了!"

"不,这是我们每个人的归属。"

身后,孟德尔怔怔地看着我们。此时火箭刚刚升空,视频信号出现了巨大干扰,清晰的画面瞬间模糊,很快变成一团无法辨认的雪花,在信号彻底消失前,我看到,镜头中只剩下模糊像素的菅野,做了一个奇怪的动作。

他伸出被固定绳束缚的右手,竭力对抗绳索的牵扯力,伸向怀里,似乎要取什么东西。

孟德尔整个人颤抖起来:"那是什么?"

我流着泪拼命摇头:"我们错了,我们错了!"

窗外传来飞船发射的巨大轰鸣,我与孟德尔同时奔向值班室一侧,那扇能看到外面的防弹天窗前,飞船拖曳着长长的尾焰直冲云霄,起初能看出轮廓,几秒后,便化作一个闪烁的小小光斑,又过了四五秒,那个熟悉的、始终在噩梦中萦绕的一幕出现了,光斑毫无征兆地爆裂开来,化作无数璀璨、拖曳的光点,散射、坠落,就像一团无比绚烂的烟火。

飞船凌空爆炸、解体,这一次,在飞船上,有南山的最高掌控者菅野,和我们的朋友——老卓。

爆炸摄走了孟德尔的魂魄,他呆滞地立在原地,如泥塑木偶。

"老孟!醒醒!"

孟德尔恍若未闻,对一切外界刺激都失去了基本的反应能力,我走上前,把这具摇摇欲坠的身体扶到最近的椅子上。旋即艰难地转过头,看向屋内的另外两人,樱小姐轻咬嘴唇,美目迷离,对天空中的烟花轻声说:"菅野さんは永遠に不滅です。"(菅野先生,永垂不朽。)

下一秒,手脚被反绑,一直抱头蹲在地上的保安队长挣扎着站起来,往门外跑去——由于双脚被捆,他几乎是跳出去的,只靠上半身左右扭动来保持平衡。我站起来,打算追上去,然而在跨出第一步前,新的意外出现了,一双冰冷、有力的机械手臂,忽然从身后钳住了我,我茫然回头,与一个额头闪着红光的智械警卫在近在咫尺的距离四目对视。

两三秒后,孟德尔也遭遇了同样的偷袭。

就在刚刚,两个智械警卫闯了进来——巨大的爆炸声掩盖了一切其他声响,而飞船爆炸、战友牺牲的一幕则让我们大脑陷入空白,以至于忽略了面前的监控,甚至直到被俘虏的一刻,孟德尔依旧没回过神来,茫然看向我:"怎么了?"

当他恢复清醒之前,一个熟悉的高大身影走了进来,是马克。他的脸上挂着令人生厌的笑容,径直走到樱小姐跟前,解开了她的束缚,樱小姐说了声谢谢。她的目光依旧迷惘,她怔怔地望向天空，哼出一曲悠扬的歌。

这是一首悼亡曲，歌曲的主题，是思悼一位在战争中与敌人同归于尽的老兵，想必此刻在她心里，这位老兵的名字叫菅野。

"你干的?"孟德尔愣愣地看着马克，语气里带着些许不可置信，"你杀了你的上级?"

"不是。"马克说，"这是菅野先生自己的选择。"

"他在飞船上做了手脚?"

"没有，半小时时间，根本来不及策划一起飞船事故。菅野在衣服里藏了一枚纽扣电磁爆弹，飞船发射后，他引爆了炸弹，摧毁了飞船的核心电子设备。"

"为什么?"孟德尔问，"他为什么要这么做!"

"为了信念。他宁愿牺牲，也不能让你们将真相带回地球，那样的话，对他的民族、国家，都会带来极大的威胁。"马克说，"是你们逼他的。"

"不!"

"当时的形势，他已经没有更好的选择了。他说这样做，才可以顺便毁掉你们的信号发射器，那东西，是最大的隐患。"

孟德尔沉默了，想必，当老卓攻占能源区，提出带上信号发射器，跟菅野一同登上返航飞船要求的一刻，菅野便做出了这个艰难的决定。只是我们没有想到，面对死亡，面对牺牲，他竟然能如此果决，如此淡然。

或许，就连我们刚刚的失神，也被他算到了。若非如此，很难解释在飞船爆炸的同时，两个智械保安能乘虚而入，钳制住了我们。

形势彻底反转，我们已成鱼肉。

孟德尔终于清醒了过来，他挣扎、怒骂，试图挣脱智械的控

制,然而毫无意义——除了在瘦骨伶仃的胳膊上,增加几道新鲜的伤痕。当认清形势后,他抬起头,用悲戚的目光看向我,说:

"对不起。这是我们的任务,却把你卷了进来,你只是个普通人,如果不加入我们,或许,你可以在这里过得不错的。"

我轻轻摇头,说:"你知道的,这里不属于我,我想回家。"

孟德尔扭过头,对樱小姐说:"你们怎么对待我都没关系,但是易一,他真不是我们的同伙,我们甚至在……利用他,希望你们放他一马。"

樱小姐长叹了一声,并没有表态,我不知道她是被说动了,还是想逃避这个问题。事实上我从未真正读懂过她,不知道她的性格是冷漠还是热烈,不知道她之前对我表现出的关心、亲近到底真假几分。

樱小姐沉默了许久,但马克却笑了起来,这笑容十分放肆,嘴角咧开夸张的角度,并在胸口画了个"十"字说了声"祈求上帝原谅"。我的心一下子就沉了下去。马克摇摇头,向智械保安发出一个我看不懂的密语口令,下一秒,我的手腕骤然被针刺了一下,锐痛过后,奇异的麻木感迅速沿着神经、血管扩散。

"你要干什么?"孟德尔有同样的针刺感,嘶哑着大喊。

樱小姐也愣住了,问:"马克!你干什么?!"

马克冷笑,樱小姐颤抖着冲到马克跟前,揪住他的衣领:"你疯了吗?!"

"不,我没疯。"马克居高临下,冷冷地逼视樱小姐,"菅野不在了,虽然你是2号,我是3号,但你并没有权力命令我,现在,所有武装智械都服从我的命令。规则,由我制定。"

"可以把他们控制起来!就算要处以极刑,也需要法律审判!"

"妇人之仁!"马克目光冷冽,伸手推开了樱小姐,"如果你早些听我的，彻底消除隐患，菅野先生就不会牺牲。一号是被你害死的，最该忏悔的人是你！"

樱小姐沉默了，在她做出下一步抗议前，马克已命令另一名智械保安，将她请了出去。樱小姐奋力挣扎，一次次将拳头砸在智械冰冷的手臂上，但无济于事，智械不会疼痛，也不会愤怒，只会冰冷、准确地执行指令。显然，这里唯一的发号施令者，是马克。

樱小姐被带离能源区，出门前，她奋力转过头，与我在十多米的距离对视，她的眼角亮闪闪的，在流泪。这泪水刺激到了我，我试图挣扎，却惊恐地发现，从被扎针的手腕到肩膀，再到腰部，半个身子都失去了力气，尤其是右手，就连动一动指头都做不到。

"你们做了什么？"我开始呼吸困难。

"没什么，给你们注射了一些镇静剂而已，剂量并不致命，因为安全守则，就算我拥有权限，也无法命令智械直接杀死人类。"马克冷笑着说，"所以，我只能分解这个任务——第一步，让智械给你们注射镇静剂，第二步，让另一台智械给你们注射肌肉松弛剂……第三步，由我亲手操刀，给二位注射放缓心跳的药物。这三步加起来，就是安乐死的标准流程。其实后两步可以由我亲手、一次性搞定，但你太年轻了，我担心前两步药效不够，你到时候偷袭我。所以，分成三步，确保万无一失。"

恐惧令我变得僵硬、迟钝、冰冷，我艰难地仰起头，和不远处正面临同样命运的孟德尔对视，他似乎比我要勇敢不少，沧桑的面容格外平静，他扯动了一下嘴角，说："对不起……把你拖了进来。"

"我们还没有死，不要……不要放弃啊！"我试着用另一只能动的手臂挣扎，但麻痹感很快蔓延过去，我能做的，只剩下咬牙切齿，发出几声气息微弱的咒骂罢了。

"没有了，没有奇迹了……"孟德尔摇头、惨笑，"我们的所有同志，都折在这次行动里了，两人去医院救我时受了伤，老卓跟菅野上了飞船，没了，什么都没了。"

"不，不，还有希望，只要再多坚持一会儿，一定会有转机！"我喃喃道，孟德尔用悲戚的目光看着我，不再劝慰。一旁，马克又一次笑了起来，用嘲弄的目光看向我："就算再给你一小时、一天、一年，你都没机会……你安心地死吧。"

马克指示两台智械交换目标，给我们注射肌肉松弛剂……这次我甚至感觉不到针刺的痛楚。冰冷的液体沿着静脉，流向心脏的方向，两种药物在血管中混合，产生一种奇异的感觉——我仿佛变成了一摊液体，骨头、肌肉都不复存在。我仰面朝天，无法移动熟悉的身体分毫，只能转动眼珠，试图找到任何有意义的东西——我很快便找到了，右侧头顶，是我们刚刚远眺的那扇天窗，窗外是南山纯净的夜空，不知何时，在那轮熟悉、皎洁的辉月旁边，多出一个小小的、明亮的光点，这光点很亮，以至于皎洁的月光也无法将其掩盖。我笑了起来。

孟德尔问："你怎么了？"

"你还记得，上一次我跟你见面，在你手心划的那几下吗？"

"当然。"孟德尔说。

"我的意思是，让你信任我、配合我。你猜到了，也做到了。但我一直没有告诉你，这到底是为什么，现在我可以说了，因为，就在前几天，我送了一个盒子回地球。"

"什么？"孟德尔惊呆了，"怎么可能？"

"这是一个有魔法的盒子，它的里面装着时空，藏着南山的一切秘密。"

"魔法？装时空的盒子？"孟德尔蒙了。马克更是一脸茫然，片刻后他说："不可能，没有人有机会从南山寄任何可疑物品回地球。"

"你说得没错，我确实没有寄出这个盒子，只是将它送了回去。"我的微笑更灿烂了，"你看，那是什么？"

"一颗星星？不，月亮的亮度正常，不该看到星星的，难道是新星，超新星？毕竟这里的时间流速，超新星应该很常见……"孟德尔的话只说到一半就被打断了，天空中的光点迅速变大、变亮，十多秒后，呈现出明显的飞船轮廓。

"这是……"孟德尔惊呆了，"如果我没记错的话，应该是我国最新型的龙级武装星舰。"

马克跳了起来，高大的身躯因恐惧而发抖，他彻底忽视了我们，冲向门外。

"敌袭！敌袭！准备战斗！！"

时空之盒

马克螳臂当车的勇气并未换来了求仁得仁的结果,他举起电磁激光枪,瞄准星舰的背影孤独而高大,然而0.1秒过后,马克和两名忠实的、在旁掠阵的保安,都被星舰主炮射出的、足以让日月失色的光束彻底震慑了心神,这次射击没有伤及任何人类,只是在数千米的距离,削平了远方一座奇形怪状的山峰。在强大、无可匹敌的武力威慑下,所有人放弃了抵抗,束手就擒。很快,数十名身形矫健的军人从飞船上跳了下来,用电磁枪击倒了试图自卫的智械,救出了我们。

镇静剂的效果还在,孟德尔精神萎靡,但还是让军人搀着,摇摇晃晃地走到我身边,问:"你怎么做到的?"

"我说了,我寄了一个装时空的盒子回去。"

"怎么可能?"孟德尔说,"我们试过用各种理由给地球寄各种东西,但没有一次过关的,他们拒绝把任何可能携带信息的物品发回地球,即便一抔泥土、一株植物、一张白纸,也担心泄密。"

"很简单,这样东西,并不是这里的,甚至,它几乎完全没有经过我的手，所以他们才不会怀疑。"

"不是这里的？"孟德尔表情茫然，我在士兵的搀扶下，奋力站了起来。前方，一位高大的军人迎面向我们走来，从制服的肩星看，是一名宇航军中将，"李将军！"在我之前，孟德尔叫出了对方的名字，李中将冲孟德尔点了点头，径直走到我的身前，伸出宽厚的手掌，说："易，你很了不起，如果不是你的情报，我们不可能发现、粉碎他们的阴谋！"

我无力伸手与他相握，说了几句自谦的话。孟德尔惊呆了，旋即露出恼怒的神色，他摇晃着走到我身旁，扳住我的肩膀，说："快点交代，你送回去的那个装时空的盒子，到底是什么？"

"装时空的盒子？"李中将微微一怔，旋即失笑起来，"你不用问他了，我来回答你。"他从军装的口袋里，取出一件被层层包裹的小巧物件，对孟德尔说："就是这个。"

"这是什么？"孟德尔瞬间来了精神，不等李中将许可后，伸手拿了过去，这玩意儿只有三四厘米见方，外面包了一层精美的红色绒布，当绒布揭开后，一个四四方方的首饰盒出现在眼前，孟德尔毫不客气地打开盒盖，一枚晶莹剔透的钻戒静静地躺在盒底正中，戒面上的钻石大得有些夸张，光芒璀璨夺目。

"这是？"孟德尔蒙了。

"你还记得，我前两天说要跟小宜结婚，请我的父亲寄一枚钻戒给我，作为父母给儿媳妇的订婚礼物吧？就是它了。"

"难道钻戒里面能隐藏情报？"孟德尔皱起眉，把戒指、首饰盒一并捏在手里，瞪大眼仔细观察，试图从戒面、戒盒里，找出类似刻痕、文字的线索，然而他失败了，这只是一枚普通钻戒——除了很大、看似很贵以外，没有任何独特之处，包装盒也同样如此。

孟德尔不解地问:"难道,你是把钻戒的几何结构、光学折射,转化为数字信息来传递信息,不可能,你就算有这个算力,也没有这个切工啊。"

"说不定,这是一枚魔戒。"

"别再戏弄我老人家了!"孟德尔脸色通红,"你是怎么说服他们同意,把这枚你收到的婚戒再寄回去的?一枚戒指里面能包含什么秘密?"

"你知道,我先向菅野提出,希望我的父亲寄一枚钻戒过来,因为是把东西寄过来,又不是寄回去。菅野很爽快地答应了。之后,在收到戒指前,我决定投敌,要求制造我自杀的假象,让地球那边知道我死了。这提议虽然有些过分,但放在投敌的背景下也很合理,跟他们的核心利益也不冲突。所以,当我以此作为我和你向他们投诚的条件后,菅野考虑再三还是接受了。这一来,这枚戒指就成了一件贵重遗物,交还到了我父亲的手里。最重要的是,从头到尾,它都没有经过我的手——菅野自然不会怀疑,我能在这枚戒指上做任何手脚。"

"你的意思是,戒指原封不动地退回,本身就隐藏着某种重要的信息?"孟德尔一下子变得聪明了起来,"但我还是想不明白,只是这一点,如何传递出南山的重要秘密。"

"我没有骗你,这枚钻戒里藏着时空。"

孟德尔一脸茫然。

"我的父亲是一名物理学教授,数十年前,他为了赚实验经费,曾经带过一个项目——通过测算钻石制品的C14含量,对照钻石的鉴定证书,来鉴别钻戒的真伪。"

"C14可以用于文物的年代鉴定,可是,和时空有什么关系?"

"我父母结婚那年,父亲送了母亲一枚10.5克拉的钻戒,寓意'十分之一的灵魂'。以我父亲的经济实力,还有小气程度,这钻戒自然是实验室产品。这一次,我要父亲寄给我一枚'比母亲那枚大三分之一的钻戒',也就是14克拉,以父亲对数字的敏感,一定会想到,这个'14'不只是重量,也是分子量,我需要一枚精确检测过C14含量的钻戒。"

孟德尔显然想到了其中的关键。

"地球上的一年后,父亲收到了我的死讯,以及遗物,他对我的死一定很怀疑,会尝试一切可能,从遗物里寻找线索。没错,菅野很小心,在他的安排下,钻戒和戒盒加上了我、小宜的指纹,以及一切应有的生活痕迹,但是有一样东西是绝对无法被掩盖的,那就是时空留下的痕迹!

"父亲一定会拿这枚钻戒,再一次去做C14检测。当他发现,这枚钻戒里的C14元素在过去一年内,衰变指数却只相当于几天时,答案就出来了。在宇宙里,放射性原子的衰变周期,是最牢固、精确、不随环境变化而改变的法则,能够造成这种误差的,只有时空!这意味着这段时间我一直身处时空异常区域。南山行星在黑洞附近!以他的智慧,一定会想明白,利用时空流速养老,可以为地球节约大量资源。这就是我要传达的真相!"

我微笑着伸出手,从孟德尔手心的盒子里取出钻戒,放回戒盒,硕大的钻石映在孟德尔浑浊的瞳孔里,仿佛一颗闪闪发光的巨型恒星。

"现在你明白,为什么我说,这是一个装时空的盒子了吧。"

孟德尔仰头望天,明亮的月光洒入皱纹中的深深沟壑里:"你为什么不早说?如果早说的话,或许老卓,就不会死了。"

"对不起,我也没有把握,我不确定菅野会不会恪守承诺,把这件看似不存在风险的遗物寄回给我父亲;我也无法确定,父亲是否能破解谜题，找出钻戒里的时空真相；我还无法确定，父亲会把这个秘密汇报给谁，他找到的那个人，是否会相信这个近乎天方夜谭的情报，有没有能力和决心派遣舰队来到南山拯救我们。最重要的是，我确实没有想到，菅野居然会如此极端，为了保守南山的秘密，不惜与老卓同归于尽。"我叹息了一声，将目光投向不远处。

被几名卫兵牢牢控制的樱小姐，在这之前，她尝试了挣扎、反抗，但毫无意义。这个南山上，唯一的年轻女性失去了往日的冷静优雅，长发披散，脸上、胳膊上带着显眼的淤青和血痕，见我走近，樱小姐倔强地抬起头来，看着我，目光里流露出复杂的色彩，孟德尔从身后走了过来，说："谢谢。"

樱小姐表情一滞："谢谢？"

"若不是你拦阻了马克几分钟，或许，在飞船降落前，我们已经死了。"

"我……"樱小姐流下泪来，"菅野死了，马克也……好几次，我放过了你们，保护了你们，却害死了他们……"

"不，这不怪你。南山的秘密不可能永远被保守，这是他们必然的结局。"

孟德尔轻轻摇头，用怜悯的、温柔的目光看向樱小姐："你是个有人性的人，我很尊敬你。"

"不用再安慰我了，我已经认命了。"

"他不是在安慰你，我们并不会惩罚你，更不会处决你们。你们需要面对的，是联合国法庭的公开调查、审判。"说话的是李中将，他笔直地站在樱小姐身前，居高临下地俯视她，肩章在月光下闪闪发光，"也可能，你会被无罪释放。"

"公开审判？"

"是的,你确实参与了菅野的阴谋,也在很长一段时间内,掩盖了黑洞的秘密,但当真相被揭开,地球那边的舆论并非简单地一边倒。有很多人认为,利用时间流速来实现资源的重新分配,或许是当下解决老龄化问题的最佳方法,不止如此,也是解决许多社会问题的契机。如今,几乎全部国家、政权正在围绕'黑洞养老''星际移民'展开激烈的讨论,而你们要面临的指控,并非黑洞养老的计划本身,而是你们想要利用这一点,给少数权贵、政要以时间特权,以及控制他国重要人物,从事间谍活动。"

"也就是说,南山黑洞养老计划不会被中止?"

李中将冷冷地说:"当然,但我们相信,黑洞带来的时间特权,绝不该属于少部分人,它应该造福全体公民。一个月前,我国发出倡议,联合国五大常任理事国,共同制订了'银心计划'——未来半个世纪,我们会集全世界之力,扩建南山基地。具体说来,会沿行星的轨道线分二十批次,建设一千座能容纳一百亿人口的巨型生态城。地球公民只要愿意,都可以移居南山。当然,我们会在地球上,留下大量智能设备和少部分志愿者。志愿者将领导智械,从事科研、实验工作。这一来,全人类都能享受时间流速带来的科技加速福利!"

我惊呆了,下一瞬,便因"人类文明即将开启崭新纪元"这一宏伟改变,而难以呼吸。我非常清楚,这个旷日持久的工程,至少一大半人是活不到受益那天的,我将这问题问了出来,李中将说:

"是的,就像我,今年七十一岁,未来数十年,我都会留在地球,投身移民飞船设计工作,我多半活不到全民移居南山的那天,但我的儿子、孙子可以!不只是我,为了子孙后代,数十亿人已经报名,成为'银心计划'的建设与开拓者。这,才是人类文明之光!"

马克努力申辩:"其实这也是我们的远景计划……"

"不,这只是你们对外喊出、停留在纸面的口号……在我们的计划里,第一批迁徙的,不是富人、特权阶级,而是那些最平凡、伟大的老年劳动者。这是我们和你们最本质的区别。"

樱小姐眼神更迷茫了,她微微摇头,不知是否认,还是无法相信,李中将叹息了一声,转过头说:"现在,我们回家吧。"

我的心几乎从胸腔里跳了出来,飞上天空,飞到数万光年以外的地球。

"那他们呢?南山上的这些老人呢?"

"只要愿意的,都可以回家!自愿留下的,将成为南山的第一批开拓者,原住民!"

李中将昂起头,遥望明亮、深邃的夜空,坚定的目光仿佛一把利剑,直直指向银河系第二悬臂边缘——我们遥远的故乡,地球。这样的姿态感染了四周几十名前来围观的老人,他们中有些神情激动,喃喃自语道:

"回家……可以回家了。"

"不,我要留在这里,为了全人类!"

另外一些人却流露出茫然、畏缩的神情。

"我不回去。"

"回去后,还能过跟这里一样的日子吗?"

有人低下头,往远处走去,似乎想逃避可能到来的回家命令。李中将怔住了,作为一名优秀的军人,他并不知道,该如何回答这些老人的问题,于是转过身,用力挥手,将我引向不远处,闪耀着明亮灯光的星舰舱门。

"我们,回家!"

图书在版编目（CIP）数据

暮星归途 / 吴楚著. -- 北京：作家出版社，2024.1
（2024.8重印）
ISBN 978-7-5212-2610-2

Ⅰ.①暮… Ⅱ.①吴… Ⅲ.①长篇小说 - 中国 - 当代
Ⅳ.①I247.5

中国国家版本馆CIP数据核字（2023）第236267号

暮星归途

作　　者：	吴　楚
责任编辑：	朱莲莲
装帧设计：	王梦珂
出版发行：	作家出版社有限公司
社　　址：	北京农展馆南里10号　邮　编：100125
电话传真：	86-10-65067186（发行中心及邮购部）
	86-10-65004079（总编室）
E-mail:	zuojia@zuojia.net.cn
http://www.zuojiachubanshe.com	
印　　刷：	唐山嘉德印刷有限公司
成品尺寸：	145×210
字　　数：	300千
印　　张：	12.625
版　　次：	2024年1月第1版
印　　次：	2024年8月第2次印刷
ISBN 978-7-5212-2610-2	
定　　价：	48.00元

作家版图书，版权所有，侵权必究。
作家版图书，印装错误可随时退换。